山东大学文艺美学研究中心经费资助

宅居谈诗

致邵燕祥书

杜书瀛　著

山东大学出版社
SHANDONG UNIVERSITY PRESS
·济南·

图书在版编目(CIP)数据

宅居谈诗:致邵燕祥书/杜书瀛著. -- 济南:山东大学出版社,2025.1. -- ISBN 978-7-5607-8462-5

Ⅰ. I207.22

中国国家版本馆CIP数据核字第20247973UY号

策划编辑　傅　侃

责任编辑　李淑敏

封面设计　连易安

宅居谈诗:致邵燕祥书

ZHAIJU TAN SHI:ZHI SHAO YANXIANG SHU

出版发行　山东大学出版社

社　　址　山东省济南市山大南路20号

邮政编码　250100

发行热线　(0531)88363008

经　　销　新华书店

印　　刷　济南华林彩印有限公司

规　　格　787毫米×1092毫米　1/16

　　　　　21印张　300千字

版　　次　2025年1月第1版

印　　次　2025年1月第1次印刷

定　　价　86.00元

序言

《宅居谈诗——致邵燕祥书》的两位对话者，都是我十分热爱的学者和诗人。他们著作等身，杜书瀛先生是著名文艺理论家、美学家，邵燕祥先生是著名诗人、杂文家。他们的对话自然会随时爆起灵感的火花，引领读者进入一片思维的新天地。邵燕祥由于身体原因，后来不能再一一作书答复，但杜书瀛此后的论诗书也并非单纯的心灵独白，他依然是有明确的对话者的，这是基于杜书瀛与邵燕祥几十年的友谊，基于杜书瀛对邵燕祥人格、思想以及诗学观念的全面而深刻的认识。

改革开放以来，我国的新诗理论有了长足的发展，形形色色的西方文学理论的引进，中国古代文论的转换与借鉴，不断推出的"新理论""新观念""新方法"，再加上所面临的不断变换的诗歌新格局与生态环境，使这些年的新诗理论与创作界呈现了一种蓬勃发展但又众说纷纭、抵牾冲突的混乱局面。因此，目前亟须用科学观念来对新诗理论与创作的现状予以反思、清理，以促进新诗理论与创作在新时代的健康发展。

《宅居谈诗——致邵燕祥书》就是在这种情况下应运而生的。

这是一部谈诗的书，围绕中国新诗的发展及当下诗坛状态而展开，作者试图改变以往理论文字那种面孔冷峻、不苟言笑的呆板文风，故采用了书信体，以活泼的语言娓娓而谈，由此既可见两位老友之间几十年的感情，又可以看出他们共同的对诗歌的热爱，以及对诗歌历史与现状的深刻认识。作者有明确的问题意识，不是就事论事，而是针对诗歌理论与创作中的问题，提出了富有建设性的意见。作者的创新性思维涉及诗歌的基本特征、诗歌发展方向、百年新诗史、当下诗歌创作现状等方面，既阐明了自己的理论观点，也对当下诗坛存在的“晦涩”“读不懂”“贵族化”“神秘化”“朦胧诗”“第三代诗”“知识分子写作”“民间写作”“下半身写作”“打工诗歌”“底层写作”“机器人写诗”等敏感而富有争议的问题表达了自己的看法，这有助于廓清诗歌理论界与创作界存在的一些模糊认识与片面观点，对新时代诗歌的健康发展是有益的。

本书的一大特色是鲜明的思辨性与敏锐的艺术感觉的交织。作为著名的美学家与文艺理论家，杜书瀛熟悉中外美学史和文学理论史上的主要理论与流派，从理论高度对当下诗歌理论使用的“诗歌”“象征”“隐喻”“韵律”“节奏”“象征派”“格律派”“朦胧派”等概念做了认真的梳理与辨析，并对相关术语间的关系做了明确的界定，显示了出色的思辨能力，这一点早已被学术界所认知。不过，杜书瀛的另一重身份，即诗人身份，在这本《宅居谈诗——致邵燕祥书》出版前了解的人恐怕不多。其实，在诸种文学形式中，杜书瀛最爱的是诗。他说：“我一生虽然不主要研究诗，但我一直关心诗，热爱诗，也读了不少诗，直到今日耄耋之年仍然乐此不疲。”（《读路也——与吴思敬论诗书》）杜书瀛不只爱诗、读诗，而且还写诗。他把诗歌看成抒发内心情感、排解胸中垒块、实现人生价值的一种方式，写诗不求发表，有的藏之箧底，有的则在书信、邮件中与朋友互相交流。我曾有机会读到过他自称“打油”的诗作，实际是非常认真的书写，直抒胸臆也好，借物喻人也好，写所见所闻也好，全发自内心，亲切感人，而非游戏笔墨。他诗歌的最大特点是“真”，抒真情，说真话。他的《我只是一个老鸡公》不只是自白、自嘲，更是把自己的主观情思附丽在“老鸡公”这个意象上：“当黑夜/

即将逝去/我仍会按时报告天明/但我/无资格以此居功/也不值得别人称颂。”他另有题为《三条小溪——赠三个女孩》的一首诗，来自一次会议中与三个女孩的接触，写得清新活泼，用小溪的意象暗示女孩：溪水的清澈暗示她们的纯洁，溪水的流动暗示她们的活泼，溪水的歌唱暗示她们的情怀。全诗就像溪水一样灵动、透明、清亮，这三个女孩就在她们生命最美好的时刻被定格了，成为诗美的结晶。长期的诗歌创作实践，使他的艺术感觉分外敏锐，诗的悟性更强，所以在他品评诗人诗作的时候，会“眼逢佳句分外明”，写起文章来会笔锋常带感情，议论切中肯綮。

本书的另一特色是对诗歌评论文体的创新。杜书瀛曾写过一本书《从“诗文评”到“文艺学”》，这是从理论角度对古代“诗文评”到现代“文艺学”进行的系统探索与研究。作者认为，体系总是试图给人一套规范式的东西，这套东西经常管制着人家，成为所谓“知识–权力”结构。而中国的“诗文评”，很少有类似西方的“体系”，中国诗学更多的是点评，其特点是要言不烦、一语中的、直击要害、点到为止。这本书则是他继承古代“诗文评”的传统，改变文风的一次实验。书中没有宏大的结构，没有复杂的层次，就是一封信接一封信地写下来，每封信大致谈一个主题，一封信谈不透，下一封信可以接着再谈。他明白“话须通俗方传远，语必关风始动人”，他要的就是那种活泼泼的，为读者所喜闻乐见的“亲民”文字。这种继承古代“诗文评”传统的写作趋势，到近期所写的《读路也——与吴思敬论诗书》和《读王单单〈花鹿坪手记〉手记》就更明显了。以《读路也——与吴思敬论诗书》的写作过程为例，我先是在邮件中分期分批地向杜书瀛转发了路也的诗，他边读边写下札记，然后我把杜书瀛的意见转告路也，再把路也的意见反馈给他。后来我则把路也的联系方式给了他，让他与路也直接对话。实际上，《读路也——与吴思敬论诗书》这篇精彩的诗歌评论，正是运用“诗文评”的方式解读当代诗人的一次成功的实践。

比起一般读者，我是比较早地就读到了《宅居谈诗——致邵燕祥书》的最初文本的。越读越爱读，不仅作者所讲的诗学理论、所作的诗人评论深得我心，而且我也深感杜书瀛以耄耋之年写出此书，他不只是谈诗，其实也是在谈怎样做人。“诗乃人之行略，人高则诗亦高，人俗则诗亦俗，一字不可掩饰，见其诗如见其人。”(徐增:《而庵诗话》)最近几年，我们经常互通邮件和电话，使我更透彻地了解了他的内心和为人。2021年9月24日，他给我转来巴金的一篇文章，并附了一段他的感想，他说巴金“说的是觉悟之言，是真心话。对我们，特别是对我，是非常有用的话，说到我心坎儿里去了。而且我也与巴金有同样的感觉。只是我同他在‘文革’十年觉悟的过程是不大一样的。十年‘文革’，我第一年‘造反’，是彻底的‘奴在心者’(以‘奴在心者’的心，走错误的路)；等到后面的九年挨整乃至自杀未遂时，我才渐渐觉悟了，残酷的现实教育了我，我的‘心’觉醒了。当‘心’觉醒之后，倘若今天有人企图让我回到‘奴在心者’的状态时，我是绝不干的——也不可能回去了。回不去了。我的那篇《说自己的话》(发表在《随笔》)，就是我走出‘奴在心者’之后的写照。也许我还不够彻底，但我基本上是‘自己’了。对谁，对什么事情，我在没有弄清楚之前，再也不盲目跟从了，再也不迷信了”。杜书瀛是至诚君子，他说到做到。就以本书的写作而言，他评论了从新诗草创时期的胡适，到当下最活跃的青年诗人，也涉及了许多敏感而有争议的热门话题，他所持的原则是说自己的话，既不想去讨好谁，也不想去为难谁，不遮遮掩掩，不支支吾吾，有好说好，有坏说坏，不作违心之言。读他的文章，你会感到很自然很痛快，支持什么，反对什么，一目了然；而不像当下的某些诗评，用一连串的引文，外加密密麻麻的注解，疙里疙瘩，貌似高深，却是云山雾罩，不知所云。这里还要特别提及的是对年轻一代诗人的态度。作者既充分肯定了他们的探索，又指出了他们的某些不足之处，既不去“捧杀”，更不去“棒杀”，而是表达了一位前辈作家对后代诗人的温暖关怀与殷殷期望。

我曾在《苦难中打造的金蔷薇——邵燕祥诗歌研究论集》的序言中引用过苏联作家巴乌斯托夫斯基所讲的“金蔷薇”的故事，称“邵燕祥就像这位巴黎清洁工，但他收集的不光是尘土，还有他的苦难，他的血泪。他把这一切凝结在一起，打造成了诗的金蔷薇，献给他终生热爱、不离不弃的祖国和人民”。杜书瀛是邵燕祥的知音，在《宅居谈诗——致邵燕祥书》中对邵燕祥的诗歌和为人做出了崇高评价，并视他为“排在第一位的我最尊重的朋友”。在我看来，杜书瀛本人以他博大的爱心、独立的人格、卓越的学识同样赢得了朋友们的友谊与敬重。为此，我把凝聚着杜书瀛心血的《宅居谈诗——致邵燕祥书》也看成他献给祖国、献给新时代诗人的珍贵礼物——一朵金蔷薇。

吴思敬

2022年10月22日

自序

我和邵燕祥先生交往近四十年。在我们都“七老八十”以后，主要是通过电子邮件互通信息和畅叙友情。2020年初新型冠状病毒肺炎疫情泛滥以来，我们这些耄耋老者宅居避灾。宅居期间，从2020年2月22日起，到8月1日邵燕祥先生突然去世的近半年时间，我就诗歌现状及发展方向问题，诗歌的“小众化”“贵族化”“精英化”“神秘化”问题，诗歌的“本源性”特征问题，象征与象征派问题，朦胧派问题，“朦胧派之后”诗歌状况等，给他写了数十封信（电子邮件），二十余万言，兴之所至，随意挥发，平生首次对诗歌问题说了这么多话。

起初，我把信发给他，他很高兴地回了几封，说了他的意见。我不妨把我们最初的两组通信（电子邮件）发布于下：

第一组

给邵燕祥的信

2020-02-29 11:59

燕祥你好！

这几天一直琢磨就目前看到的诗歌中的问题写点什么，于是，就以给你书信的形式发泄出来。写了三封（附件）。隐去名字（这样好些，不知谁是谁），作为小文章出现。发去指正。不知我的观点有没有问题。

书瀛

2020年2月29日中午

邵燕祥回信

2020-02-29 19:30

老杜你好！

这三封信甚好，你深入浅出地讲清了诗要通向读者心灵的道理。我们“文坛”上有老中青三代诗评家、诗歌理论家，他们或者不作声，或者发些怪论（如所说这位欧阳氏），误人子弟。包括某某教授，就往往在诗的问题上有失郑重，说了许多不负责任的话，有的是趋时媚俗，有的是吃了人家嘴短，必得说好话。

兄平时的研究方向，并不涉及诗，也与诗坛无人事瓜葛，偶然跨界发声，句句中肯，足以服人。以上三文，是否可付非专业的媒体一发（如《光明日报》或《中华读书报》等，拥有非专业的读者较多），听听反应？

匆匆祝好！

燕祥

2020年2月29日晚

第二组

给邵燕祥的信

2020-03-11　19:30

燕祥全家好!

几经修改补充,终于把《宅居谈诗》写成。并且是以给你写信的形式。你看合适吗?现在定稿了,发给你指正。我曾把稿子发给吴思敬看,他充分肯定。

稿子太长,只好给刊物。正联系。

祝全家平安!

书瀛

2020年3月11日晚

邵燕祥回信

2020年3月12日　18:50

老杜:你好!

以书信形式谈诗,不作高头讲章,易为一般读者所接受。这类随笔式的"科普",是当前最需要的。乐见其正式发表。

燕祥祝全家安健!

又及:我喜欢你的文风,目下诗歌界活跃的评论家,多是中青年高校教师,他们的文章,往往是为评职称而作,枯燥乏味,甚至故作艰深;影响所及,带坏了准备考研和已经读研的年轻人……一说你就明白了。

燕祥

2020年3月12日晚

得到了他的肯定，我每天或每隔几天就写一封，并发给他。但他后来很少回信。起初我还纳闷：以往他接到信总是回得很及时，怎么不见回信呢？直到8月1日他突然仙逝，我才恍然：实际上这几个月他精力可能有些不济——看那么长的信，的确是个负担。前天我把《记邵燕祥》初稿发给燕祥的女儿谢田，她的回信印证了我的猜测："杜先生：您好！看了您写的记我爸爸邵燕祥的文章，很喜欢……您的判断是正确的，现在回想起来，我爸爸后来的确有些力不从心了，但他很少跟我说。我们夫妻俩和他们住，我2018年退休后就一直全身心地陪伴他们。谢谢您的文章，让我更了解我爸爸。祝冬安！谢田敬复。2020年11月26日。"

我写给燕祥最初的一批信近两万字，《文学评论》决定发表于2020年第5期。打出清样，正准备给燕祥审阅，突然得到燕祥去世的噩耗。广大读者、燕祥的朋友们纷纷发文悼念。我的心情与燕祥众多朋友一样，很悲痛。《文学评论》主编要我在文末加上几句话，以示我们的刊物（我是《文学评论》几十年的编委，前不久卸任）和我本人的悼念之情。于是我写了这样一段话：

> 这半年来，因新冠疫情宅在家里，我一直通过书信的方式与邵燕祥先生谈诗。第一批三封信写于年初，发给燕祥，他2020年2月29日（周六）19:30给我发电子邮件（略）。后来我把第一批信整理修订给《文学评论》。前不久，《文学评论》以《宅居谈诗——诗歌现状及发展方向问题》为题打出清样，我发给燕祥。哪料想，还没有来得及听到他的意见，却得到噩耗。燕祥子女于8月3日发来邮件："父亲前天上午没醒，睡中安然离世。之前读书写作散步如常。清清白白如他所愿，一切圆满。遵嘱后事已简办，待母亲百年后一起树葬回归自然。人散后，夜凉如水，欢声笑语从此在心中。"
>
> 燕祥，这么好的人走了。他是排在第一位的我最尊重的朋友。为人为文，他都是我的榜样，他的人格，他的作品，将不朽于世！
>
> 权以此文作为对燕祥先生的纪念。（2020年8月4日杜书

瀛补记）

今天，我修订这批论诗的信，仍然在悲痛中。我想以《宅居谈诗——致邵燕祥书》为题印成书，献给已经故去的好友燕祥先生——这也是寄托哀思的一种方式。修订之后，力图使它成为与新诗名家燕祥先生讨论百年新诗的一个不合通常体系的“体系”，异于流行系统的“系统”。它触摸到的诗人和诗派较广，涉及自20世纪初期胡适《尝试集》、郭沫若《女神》等新诗发轫，中经新月派（徐志摩、闻一多、卞之琳等），湖畔派（汪静之、应修人、冯雪峰等），象征派（李金发、王独清、穆木天等），现代派（戴望舒、何其芳、李广田等），艾青和田间等一大批诗人的抗战诗歌，七月诗派（绿原、阿垅、曾卓、牛汉等），九叶诗派（穆旦等九位诗人），到20世纪50年代贺敬之、李季、郭小川、公刘、李瑛、闻捷、邵燕祥等“共和国诗派”（不知这个术语是否首次提出），到20世纪70年代末兴起的朦胧派（北岛、顾城、舒婷等），再到20世纪80—90年代之后以至21世纪的“朦胧派之后”——“知识分子写作”“民间立场”以及打工诗人、农民诗人等。但在全书中，有的诗人和诗派，只是点到为止；而围绕“新诗面临的问题和出路”这个中心，我则费尽心力加以论述；尤其是朦胧派和“朦胧派之后”这五十来年的新诗状况，更是着墨的重点。

本书批评了个别诗人“小众化”“贵族化”“精英化”“神秘化”创作倾向和理论主张。如果说某个诗人甚至某些诗人追求诗歌创作的“精英化”，提出“精英主义”的诗歌理论，作为个人的创作取向和美学愿景，也许应该得到尊重，因为，今日的世界（包括诗歌世界）毕竟是一个多元化的世界，他追求“精英化”，你追求“平民化”，可以共存；但是，如果某种理论主张、某种创作倾向走向极端，甚至提出某种与诗歌本性相悖的主张——例如个别诗人提出“很多时候，最美的最神秘的事物，它就是一个发生，无需你去弄明白它确切表达了什么。我们不会因为听不懂鸟的歌唱，看不懂鱼的游泳，就不去听鸟语，就不去看鱼游了。可我们何曾给予过诗歌以鸟和鱼一样的特权？”等等，我以为就成为奇谈怪论了。这恐怕对中国现代汉语新诗的发展不利，不能不进行商榷。

我以为，从诗歌世界可以多元化的角度，你可以按你的"精英理论"写你的"精英诗"，但似乎不应该提倡创作"鸟歌唱、鱼游泳"这样谁也不懂的诗，也不应该倡导"鸟歌唱、鱼游泳"这样众多读者（包括许多诗人）难以理解、更难以接受的理论。当年卞之琳说"我以为纯粹的诗只许'意会'，可以'言传'则近于散文了"[①]，也并非提倡诗可以"读不懂"——他所谓诗可"意会"，就是诗歌不同于散文的被"读懂"的方式。因此我大声疾呼：诗人不能不与读者"交流"，诗歌不能与"交流"绝缘；把所谓"读不懂"诗歌比喻为"听不懂鸟的歌唱、看不懂鱼的游泳"是荒谬的，诗歌根本没有让人"读不懂"的特权！

过去也曾讨论过"读不懂"的问题，但多就事论事，停于现象。本书试图从诗歌的发生、诗歌的本源性特征等基本理论上说明诗歌为什么没有让人读不懂的理由。

在本书中我还对象征与象征派、朦胧派，特别是"朦胧派之后"的诗人和诗歌状况进行了重点讨论。

本书是写给朋友论诗的书信，不是写史，也不算正规的论文，随"机"性强，自然不能面面俱到。"机"之所遇，就谈得多；否则，连谋面之缘也没有。许多很优秀、很有成就、很有特点的诗人，如昌耀等，我非常喜欢，却没有合适的场合加以论说以表示我的敬意，是很遗憾的事；还有一些比较年轻的诗人，如路也、王单单、娜夜、叶舟、沈苇、胡弦、小岛、黄梵、李建春……（恕不一一列出）写出了许多非常有味道的诗，也没有在本书正文中专门论述，甚至写作之初连名字也没有出现，只好等以后有机会再说了。

我在本书中试图改变以往理论文字那种面孔冷峻、不苟言笑的呆板文风，用书信形式（即《文艺争鸣》所说的"随笔体"），轻松活泼地阐发我的思想。我追求文字的素朴和生活化。我不喜欢过多的装饰语和形容词，或者动不动就是成语和典故。我欣赏的是平淡清新、自然天成、行云流水，似同家人寻常说话，如与朋友促膝谈心。我努力做了，只是做得还不那么好，但，这是我的追求目标。

---

① 卞之琳：《关于圆宝盒》，《十年诗草 1930—1939》，明日社 1942年版，第216页。

本书第一部分以《宅居谈诗——诗歌现状及发展方向问题》为题在《文学评论》发表之后，受到学界关注，2020年第12期人大复印资料《中国现代、当代文学研究》和2021年第5期《新华文摘》予以转载。2021年1月29日《文艺报》发表《观念、问题与方法——2020年度文学理论评论刊物述评》一文，其中说：

杜书瀛的《宅居谈诗——诗歌现状及发展方向问题》(《文学评论》2020年第5期)以书信的形式谈论诗歌理论问题，消解了学术论文严整形式带来的严肃与隔膜。文章提出，相对于适应古代农耕文明经验的中国古典诗歌语言更多“直寻性”“肉体性”而言，今天的诗歌为适应现代文明经验中意义的多变和复杂，其语言乃至诗人对人生经验的把握和感悟方式更突出了“分析性”“哲思性”，这在某种意义上增加了诗歌阅读的难度。但是，不能因此强调诗一定要写得让人“读不懂”。当代诗歌“分析性”“哲思性”特征与传统诗歌“直寻性”“肉体性”特征，可以结合乃至融为一体。

我一生中，自接触文学以来，最爱的一种样式，还是诗。但是，于诗，虽爱，相对于真正的诗人和诗论家来说，我依然站在“门外”，顶多是一个正在努力学习、争取“入门”的年至耄耋的老学生——这并非虚词或谦词，而是我实实在在的状况，我常常奢望重新进学校当学生。

本书的许多观点，有些朋友可能并不赞同或不完全认同。我欢迎批评和争论。这很正常，正如蔡元培先生主政北京大学时所提倡的，不同(甚至尖锐对立)的学派可以共存，不同学术观点的争论，无害而有益；在学术上若总是“舆论一律”，倒没有什么好处。老朽不敏，诚惶诚恐，恳切向新老“诗骨”(此乃仿戏剧界“戏骨”一词而生造)鞠躬请教。惶恐之余，我也郑重请诸位惠顾片刻，沉思片刻：这本小书是否可能为当代新诗创作提供些许参考意见，为诗论家提供思考百年新诗问题的另一维度呢？

我本是诗歌的“门外汉”，燕祥也说我“平时的研究方向，并不涉及诗，也与诗坛无人事瓜葛，偶然跨界发声”。在本书中，我“跨界”(或称“破圈儿”)，“不知好歹”地对诗歌问题说东道西(我绝不敢说自己的意见一定正确),诗歌行家看了,也许会发笑。然,不管“门里”“门外”,不管“跨”不“跨界”、“破”不“破圈儿”,不管诗歌行家们看了“发笑”与否,我还是要按照在拙著《学术一家言:新时期文艺学反思录》“自序”中所主张的“说自己的话”。贸然多舌,多有得罪,抱歉;按我的本性,不吐不快,请谅。

半年多以来,我陆续把该书的许多篇章发给谢冕、张炯、洪子诚、吴思敬等老朋友以及许多年轻朋友看,听到他们的意见,受教匪浅。在此一并感谢。

本书末尾,附上我的《耄耋诗选》。之所以敢于在众人面前献丑,是企望读者可以从这些诗歌习作中略窥我的某些诗歌理念,或许有助于理解本书所阐述的理论文字。

恳请方家指教。

杜书瀛

2020年12月12日草于北京安华桥蜗居

2022年12月25日修改

目录

第一章　诗歌现状及发展方向问题 / 1

诗歌现状和“读不懂”这个老话题 / 2

我并不认为一下子读懂就是好诗 / 8

诗没有让人读不懂的“特权” / 12

欧阳江河在进行一场诗歌“革命”？ / 17

诗之“真假”及其他 / 21

第二章　不要将诗神秘化 / 27

我不赞成将诗神秘化 / 28

心灵交通之路 / 36

第三章　回顾百年新诗 / 43

接地气儿，接人气儿 / 44

新诗如何是“当代的骄傲” / 53

不要忽视了“胡适、徐志摩们” / 60

诗的创作与心智自由 / 67

小冰写诗为我们提出的问题 / 73

第四章　关于诗歌特征问题 / 79

“无知者”的“无畏”之见 / 80

诗是“文精” / 84

诗无达诂 / 88

第五章　节奏和韵律 / 93

节奏和韵律是诗的本根性特征之一 / 94

"四声"的发现及诗歌形式建构 / 98
"不可歌之诗"的节奏与韵律 / 103
关于新格律诗 / 109
第六章　象征和象征派 / 117
象征 / 118
象征派 / 123
中国象征派 / 129
第七章　朦胧派 / 137
朦胧派 / 138
对北岛后期如何解读 / 145
张枣是这样解"谜"的 / 152
较之北岛后期的诗,我更喜欢他的散文 / 156
顾城后期,令人惋惜 / 164
朦胧派之"来龙" / 167
第八章　"朦胧派之后" / 173
鸟瞰 / 174
于坚 / 178
于坚的"拒绝隐喻"或"从隐喻后退" / 181
于坚诗歌 / 187
韩东的"诗到语言为止" / 194
臧棣及其他 / 199
打工诗人郑小琼 / 207
农民诗人余秀华 / 213
附录 / 219
记邵燕祥 / 219
耄耋诗选——献给所有我爱和爱我的人 / 227
一生学术小结——耄耋之年的自我批判 / 273
后记 /305

第一章　诗歌现状及发展方向问题

诗歌现状和“读不懂”这个老话题

燕祥,你好!

疫情还未过去。倾全国、全民之力,我们一定能打赢这场抗疫战争。我们这些耄耋之人,只能在家里为前方的抗疫战士加油、助威。

宅在家里,在网上瞎溜达,时常碰到些诗。目之所及,大体有几类:

一类是读得懂的,但缺乏诗味或很少诗味。

一类是读不懂的,自然感觉不到诗味(或者说即使有诗味也让人体味不出)。

一类是既读得懂又有诗味,这是真正的诗,甚至是好诗。最近在《诗刊》《诗探索》和其他许多文学刊物上看到不少这样的真诗,获得美的享受。譬如,近日在中国作家网上偶然看到有个叫赵华奎的诗人,使我眼前一亮。他的一些诗不一样,我觉得可读。而且我很愉快地说:读这些诗,透过气来了。我读到了既能读懂又有诗味的诗了。他的诗,也许你能挑出许多毛病,不能说是当前(更不能说是当代)最好的诗;但让我感到欣慰的是,它们不同于那些不知所云的诗,至少能读懂;也不同于那些虽能读懂但味同嚼蜡的诗,它们能够让人感到读诗的一些愉悦。他的某些诗句还很妙。例如《风过有痕》中的这几句:“风过有痕/擅用行草之笔粉饰江山,刷新人间/只有故乡守住底色/守住灰墙青瓦,/以及几句雀鸣,几缕炊烟。”还有这几句:“踏入田野,我只请风勾出行云鸟影/勾出丘壑、涓流和纵横阡陌/对着满目秋黄,说出/我比故乡,更想回归于一幅淡墨山水。”[①]另一首诗也很有味道——《古盐田,晾晒大海千年心事》:“还原于我。我本是一滴负命之水/来自最远最深的海,

① 赵华奎:《风自故乡来》(组诗),http://www.chinadfwx.com/view_21264.html,2020年5月5日访问。

取自最为澎湃的潮/当激情消退之后/安然驻入被日月打磨而出的盐槽//岸上的低树浅草，望海的石头/比我早到了几千年，各自在续来生之缘/我知道，泛白的时间表已排列不出归期/寂寥无际，对海的思念，正缓慢结晶//老盐工黑而干瘦/每日，都在用辽远的目光推开万亩烟波/只向大海要一份简约的馈赠/把等待，交给炙热的日光和漫长的岁月//阅过沧桑世相的波涛/这片盐田依旧闲适而清白/千年已过/它仍在低调地晾晒大海斑斓的心事/。”①燕祥，我给你发去在网上我能找到的赵华奎的几首诗，有空你瞄几眼，试试感觉如何。我相信还会有许多诗人的许多可读的诗，譬如江苏胡弦的一些诗，甘肃叶舟的一些诗，河南冯新伟的一些诗，海南小岛的一些诗，浙江沈苇的一些诗，四川曾蒙的一些诗，广西大雁的一些诗，宁夏高鹏程的一些诗，青岛高建刚的一些诗，大连丛棣的一些诗，上海西厍的一些诗，苗族诗人张远伦的一些诗，女诗人紫衣、赵四、杨晓芸、青鸟、娜夜等的一些诗……限于精力，没有办法广泛阅读，更不能一一列举。刚才仅随机性地举赵华奎一例，而且，请不要误会，我也并不认为赵华奎就是他们中间最好的。

但是，我时常看到的是前两类，因而有些沮丧，感到透不过气来，甚至为此很苦恼，对眼下的诗歌走向有些悲观。在与你电话交谈时，你谈到对文学现状的看法：“感觉现在写小说的人真多，一代一代的，有些写得还真不错，得到读者的认可。写诗的人，从名字看，可能更多，但好像千人一面，没有哪些有特别突出的个人特色，让人一看就印象很深。”又说：“现在很多诗用不着品味，看一遍都多余。”②你与我对诗歌现状的观察基本一致，像俗话说的“英雄所见略同”(一笑)。

关于诗之“读懂读不懂”的问题，是个老话题，不值得大惊小怪，也不必看得过分严重。本可以不必再花费时间、花费力气去炒陈饭。

① 赵华奎：《儋州记》（组诗），https://www.sohu.com/a/240609849_809370，2020年5月5日访问。

② 后来这些观点出现在邵燕祥与伊子依的一次对话中，发表在2020年3月1日《中华读书报》上。

按照正常情况，一般来说，诗歌阅读中遇到“难懂”或一时“不懂”等，是常有的现象。为什么诗歌阅读中会“难懂”甚或“读不懂”？其中原因相当复杂，牵涉到好多因素和方面。譬如：①历史和时代因素——当代人读古诗，特别是当代中国人读古代中国人用古体和文言写的诗，就要克服时代差异和语言（古文和白话）差异；②地域和民族因素——不同地域和民族的人们阅读对方的诗歌，需要克服它们（如中方和西方）之间的差异所造成的障碍；③社会文化的因素——古今文化的不同、中外文化的不同，会造成阅读障碍；④特别是其中审美文化（审美习惯、审美趣味、审美修养等）的差异，会造成阅读上的各种障碍……可能还有其他许多因素。

上面所有这些因素，都会集中表现在读者和作者两个方面：读者和作者的社会文化差异、历史传统差异、学养学识差异，特别是审美修养、审美习惯、审美方式、审美趣味的差异等等，会造成阅读上或大或小的障碍。作者和读者，写诗和读诗，这是永远纠缠在一起，根本无法分开的一对难兄难弟。克服这种障碍，需要作者和读者两方面共同作出努力，互相接近、互相弥合，以便在二者之间能够铺设心灵交流大道，达到互相理解、互相沟通。

作者和读者，有一个历史地互相创造的过程。广义地说，作者通过他的诗，创造出懂得诗的读者；同时读者也通过他的阅读创造出适应他阅读的作者。狭义地说，甚至每个时代或每个时期的作者，通过他们的诗，创造出该时代、该时期的特定读者；反之，亦如是。譬如白话新诗诞生，与“旧时代读者”的阅读发生剧烈冲突，遭到林琴南、辜鸿铭为代表的一批“旧时代读者”的谩骂和攻击；而白话新诗也创造出自己的“新时代读者”——虽然在开始的时候，有的人也觉得新诗“晦涩”难懂，但逐渐地，他们习惯了新诗，喜欢上了新诗。再譬如，20世纪50年代“共和国诗派”（贺敬之、郭小川、公刘、闻捷、邵燕祥等）创造出共和国时期的读者，他们习惯并且喜欢上了“共和国诗派”的作品；但是20世纪60年代末以至70年代朦胧派的诞生对“共和国诗派”进行了革命性冲击，而“共和国诗派”的“老”读者，面对“朦胧诗”却常常说“读不懂”。然而随着历史的发展和审美实践的前进，渐渐地，朦胧派创造出自己的读者群，他们不但读懂了“朦胧诗”，而且喜欢上了“朦胧诗”——到现在，大多数人都可读懂“朦胧诗”，很少再说“朦胧诗”读不懂了。某个著名诗人甚至可以通过他的诗创造出自己的读者，如郭沫若，如闻一多，如徐志摩，如艾青……通过他的诗歌创作，创造出一批自己的读者，用今天流行的话来说——粉丝。反之，这些读者也影响着作者的创作。

总之，作者和读者，写诗和读诗，互相创造，互相沟通。即使开始时“不通”，随着实践的发展，渐渐地也通了。因为，那时一般认为开始时的“不通”“不懂”，也是暂时性的，诗人们总是希望自己的诗能够被人读懂，也乐于让人读懂。据我所知，极少有人，或者干脆说没有人（无论作者还是读者）提倡诗歌可以“读不懂”，甚至应该“读不懂”。

但是，近几年，“读懂读不懂”这个老话题遇到了新情况。过去有人抱怨一些诗读不懂，却几乎没有人认为诗就应该读不懂，也不会对这种应该读不懂的理论加以宣扬、倡导。但是，现在不同了，情况发生了很大变化：有人认为诗歌可以且应该“读不懂”，并三番五次宣扬和倡导这种理论主张。

此人就是我一向十分喜爱、非常尊重的诗人欧阳江河。

前些日子我在凤凰网上看到欧阳江河的一次谈话[①]，他明确主张诗歌可以“读不懂”，有的诗歌就应该“读不懂”。而且他以自己的诗为例，为自己的诗设门槛，不希望有很多人读懂他的诗，且为此沾沾自喜，他以许多人读不懂他的诗为荣。他还在多个场合倡导这种“读不懂”的理论，并且赞扬这种“读不懂”的诗歌。我不知道欧阳江河的这种观点是否代表了当今诗坛的某种趋向——因为

① 见凤凰网《舍得智慧讲堂》“中国境界”第三十六期《欧阳江河：诗坛博音》（2018年3月）。因为这是一个视频，我只能引述其中大意。拜请大家找来看看。

欧阳江河是一个很有影响力的可以引领风气的诗人。[①]倘如是，我恍然：怪不得现在诗坛有那么多让人读不懂的诗，因为它既有理论——有人提倡“读不懂”，要求给诗以“读不懂”的“特权”（对此，后面我可能还要详谈）；而且也有实践——少数诗人（或个别诗人）写诗就是故意写得让人读不懂，自诩“这才是真诗”（我尊重一个诗人按自己的理念写他的“不好懂”甚至“读不懂”的诗歌，但不能认为唯此才是“真诗”）。一些初学写诗的青年人，以此为榜样，以致此风在一定程度上有泛滥之势。

因此，今天有必要专门讨论一下这种趋向，这关系到现代汉语新诗如何发展的大问题。

面对欧阳江河，我的感情百味杂陈，矛盾而复杂。

一方面，我喜欢欧阳江河的才气和博雅。面对欧阳江河的丰富（他诗、乐、书、画，似无所不晓，西川说，欧阳江河一个人就是一群人），面对他的博雅（博得太杂、雅而带谑），面对他对现实和历史的深刻思考（他前期严肃，如《悬棺》探索生命的真谛，后期掺入许多戏谑的成分，如《“中国造”英语》满篇嬉笑、反讽）……你情不自禁地赞美、佩服，为他叫好。但，另一方面，他的一些走极端的理论主张却令人“匪夷所思”“令人痛苦”——你叫好声刚落，你怀着赞美、佩服的余绪读他另外一些作品（特别是后期的一些诗），发现他

① 诸位读者，今天我在修订本书时忽然从网上发现，在欧阳江河之外还有一位作家说过类似诗歌可以“不必读懂”的话，即“凤凰网读书”2022年4月21日发布的著名作家张炜的一篇文章：《不必读懂李商隐，也不必读懂现代诗》（张炜此文选自他2022年1月由人民文学出版社出版的《唐代五诗人》一书）。拜读之后，颇有些感想。除了佩服我这位山东老乡的许多精彩见解之外，我觉得关于“不必读懂”的含义，需要精确界定。我体会他所谓“不必读懂”，主要是指“诗无达诂”“诗无定解”“诗有多解”，因而不必追求那样精确无误的解释，如谈到《锦瑟》，他说：“总而言之，各种各样的想象与评说都有，难成共识。这恰是此诗意象奇妙、幽境迷离的魅力，甚至是其价值之所在。”倘如此，那么他的这个说法当然是对的，我完全同意。但，张炜的“不必读懂”，与我在本书中所说欧阳江河提倡的“读不懂”，恐怕是两个意思。另外，张炜关于“纯诗”，关于“隔”与“不隔”，关于“朦胧”与“晦涩”等概念的一些说法，也需要精细说明——他的说法有点儿含糊。——2022年4月22日补注

在制造一个个难解的诗词“智力魔方”，建筑许多或大或小的诗歌迷宫……有时你能解开这“魔方”，你能找到迷宫出口，你欣喜；若你费尽九牛二虎之力仍然处于浓雾包围的迷狂之中，你一时手足无措，无可奈何，上天无路，入地无门……你“恨”得咬牙。欧阳江河，就是这样一个常常让你哭笑不得，爱也不是、恨也不是，机灵智慧的诗歌怪才。

欧阳江河的主张，是一种走了极端的精英化乃至贵族化的诗歌倾向和诗歌理论——这种走极端，是不可取的。我还要说明：欧阳江河在这次谈话中也说出了一些很好的思想，对诗歌也有比较深刻的理解，有许多说法我是赞成的；而且他的许多诗也堪称优秀之作。但是对他的某种精英化、贵族化创作倾向和理论主张，特别是他“精英诗论”中走极端的部分，我持保留态度甚至反对态度。

燕祥，这个问题需要花费相当多笔墨和口舌，下面的一些信，再详谈吧。

2020年2月22日于安华桥蜗居

我并不认为一下子读懂就是好诗

燕祥你好!

上封信谈到,欧阳江河认为有些诗就是很难懂乃至根本读不懂,而且应该如此。我不赞成他的这个观点和主张。但是,请不要误解,以为我主张所有好诗都一定好懂。

我并不认为能一下子"读懂"就是好诗。好诗的标准并不是通常所谓"能读懂"——如读散文那样"能读懂"或读理论文章那样"能读懂"。我认为,诗歌之"能读懂"是特殊形态的"能读懂"。譬如,卞之琳就认为纯粹的诗不同于散文,它只可意会不可言传。他在1936年写的《关于圆宝盒》一文中是这样说的:"我以为纯粹的诗只许'意会',可以'言传'则近于散文了。"[①]卞之琳的观点绝对是有道理的。"只可意会不可言传"(当然不可绝对化)是诗歌的重要特点之一;而"只可意会不可言传"并不是"读不懂",而是符合诗歌本质特点的"能读懂",是区别于散文和理论文章的"能读懂"——对于好的诗歌来说,其中的"意味"能够被"意会"了,就是能够被"读懂"了,它的"意味"不必非要能够明明白白"言传"不可。

欧阳江河的某些诗歌主张是我主要批评的对象。但是,为了全面阐述我的观点,让人们全面了解我的主张,在这里我要对我所批评的对象——欧阳江河的作品,特别是欧阳江河的许多一时没有读懂而经过再读、三读最终读懂(能够"意会")的诗,给予积极评价——它们其中有许多是些耐人寻味的好诗。

如欧阳江河的《傍晚穿过广场》。它很深沉,甚至深奥,可能你一下子不会或不能完全读懂或完全领悟。但是,你再读、三读,你会领悟它所具有的历史的厚度和哲理的深度。还有他的《玻璃工厂》《春之声》《手枪》《汉英之间》《肖斯塔科维奇:等待枪杀》《我们》《一

① 卞之琳:《关于圆宝盒》,《十年诗草1939—1939》,明日社1942年版,第216页。

夜肖邦》……都是难得的好诗。还有长诗《泰姬陵之泪》，是可以令人落泪的好诗。还有《凤凰》，虽然需要费些工夫琢磨，甚至有时要借助注释，才能更深地领悟其中内涵，但它也是耐人寻味，并最终能够让人读得懂的好诗。《凤凰》具有独特风味。如果说《泰姬陵之泪》还在“理”中明显包含着炙热的“情”（用欧阳江河“油炸冰棍”式的悖论修辞即“情热成冰”），那么《凤凰》完全是用理智之砖建造的，他运用了传统诗歌的一切手段，但，就是不能明显看到什么“情”——看到对世界的理性解剖。作者非常冷静，用理智的眼睛观察世界；也像一个技术高超的外科医生用解剖刀解剖他看到的一切；又像孙悟空那样灵巧地穿越时空，从一二百年前的“大清”“鸦片”到当今“偷工减料的工地”，从巴黎到北京的中南海，从实到虚又从虚到实……欧阳江河还像一个魔术师，用他特有的诗歌“语词”做智力游戏，他饶有趣味地自己玩这种智力游戏，也引导读者同他一起玩这种智力游戏。不过，可能读者总是跟不上他的思维脚步。即使如此，你也不能不承认欧阳江河上面的那些诗是好诗——而且欧阳江河的《如此博学的饥饿——欧阳江河集1983—2012》（作家出版社2013年版）中绝大部分诗，还有他的《长诗集》（江苏凤凰文艺出版社2017年版）的绝大部分诗，都是经过努力可以读懂的诗，其中有许多好诗，有许多有诗味、思想深刻的诗。

当然，要读懂欧阳江河的某些诗，也要做一点儿功课，譬如，读《肖斯塔科维奇：等待枪杀》《一夜肖邦》，还有《秋天：听已故女大提琴家DU PRÉ[①]演奏》等等，你得像解读某些充满典故的中国古典诗歌那样，先要弄明白典故的含义。读欧阳江河的上述一些诗，你要先弄清肖斯塔科维奇、肖邦、杰奎琳·杜普蕾等人的身份、经历；读《汉英之间》《凤凰》之类的诗，最好要弄清它们的写作年代和时代背景，这样就找到了读懂它们的钥匙；读《泰姬陵之泪》，更要弄清有关泰姬陵的故事传说。

欧阳江河的许多诗，是艺术，是哲学，是历史，也是政治——有人说他的许多诗是政治抒情诗，但我看“抒情”二字并不确切，他常常并不“抒情”（相反他要把“情”“过滤掉”），而是用冷静的智慧解剖刀解剖政治。欧阳江河与任洪渊都是中国当代杰出的哲理诗

① DU PRÉ，英国著名女大提琴家杰奎琳·杜普蕾。

人——当然二人的艺术个性完全不同，而且二人的诗歌理念也有根本差异。欧阳江河用历史的沉思积淀出他诗歌的哲理深度和宽度，他的一些诗是用智力语言铸成的思想“魔方”。

而且我要特别强调，欧阳江河的许多诗可以说具有鲜明的“现代性特点”。

所谓具有“现代性特点”，单从语言（“词语”）看，参照某位诗论家的观点①，是说相对于适应古代农耕文明经验的中国古典诗歌语言（“词语”）更多“直寻性”（“直感性”“直接性”“肉体性”），欧阳江河的一些优秀诗歌语言（“词语”）更趋近和适应现代文明经验的特点，即突出了现代诗歌语言（“词语”）的“分析性”。所谓“现代文明”，用我的话说就是人工智能时代、第四次工业革命时代、电子媒介时代、互联网时代、消费社会时代的人类文明。我认为，欧阳江河诗歌词语中的反词②的运用，水火不容的矛盾事物的拼接，大胆而奇异的想象，令人不可思议的联想，读者“拐个弯”才能领悟的独特构思等手法，凡是运用得好的、成功的（也有不成功的，后面再说），都能够表现和伸展现代文明经验中意义的多变和复杂。

上面所谓“反词的运用、水火不容的矛盾事物的拼接”（悖论和矛盾修辞），类似我们开玩笑说的“油炸冰棍”，这是欧阳江河诗中最常出现的修辞。不过，倘若欧阳江河老是“油炸冰棍”，迷恋它，乃至成为一种套路，是否会形成审美疲劳呢？我有些疑虑。

大家看到，上面说的似乎只是诗歌语言（“词语”）。其实，依鄙见，这不只是单纯的诗歌语言（“词语”）问题，应更深层次地看到语言背后之诗歌“思维”的特点。在一定意义上说语言即思维（抽象思维和形象思维，如诗人对人生经验、生命本质的把握和感悟方式，诗人情感、体悟的独特表达方式等等）。欧阳江河等一批先锋诗人的诗，它们的语言和思维，的确更能适应现代文明经验的特

① 参见敬文东：《词语：百年新诗的基本问题——以欧阳江河为中心》，中国诗歌网，2018年2月22日。

② 欧阳江河说：“反词：写者知道它不是什么，但并不确切知道它是什么。”又说：“来自反词的高智力，就是那种把自己的高品位和绝顶聪明用在对生活冷感，冷嘲热讽，用在恶评上的东西。”（欧阳江河：《火星人手记：关于长诗手卷》，《长诗集》，江苏凤凰文艺出版社2017年版，第395—396页）

点，更能把握现代文明经验的复杂状况。

若说得更深入一步，实际上诗歌语言（“词语”）与诗歌“思维”，它们是根本不可分的，二者一体两面，可谓二而一也。

面对这样的诗歌，可能一般人一时不一定读懂或完全读懂；因为它多半不是如古典诗歌语言（“词语”）和思维（领会、感悟）那样具有强烈的直寻性、直接性、感性、肉体性，而是更适应现代经验的复杂性、迅速变化，以及更强的理性、理智、哲思，需要增加“分析”的因素，然后才能体会、领悟。这的确增加了诗歌的难度，即增加了有些人，特别是普通百姓的阅读困难。欧阳江河自己说，这种阅读困难，是当今时代造成的“大众媒体和电子手段‘闯入文明’，产生新的用语、修辞、新的传播和消费手段，使得诗退缩到更为费解、更为隐秘、冒犯、过分、晦涩的语言构造。在心智层面上，晦涩作为反词，构成我们时代的诗的特征”[①]。

然而，问题来了：是否像欧阳江河那样，借口诗歌的现代性特征，认为“晦涩作为反词，构成我们时代的诗的特征”，即由“晦涩作为反词”扩展开去，发展出“我们时代的诗的特征”，以至于认为诗歌就应该“难懂”，再进一步，“读不懂”——认为“晦涩”“读不懂”才是诗歌的本性，并以此要求给予诗歌“听不懂”“看不懂”“读不懂”的“特权”呢？

我斩钉截铁地说：不能！

必须说明：欧阳江河的“读不懂”，并不是卞之琳说的“只可意会不可言传”，而是像“听不懂鸟的歌唱，看不懂鱼的游泳”那样完全没有“意会”“领悟”的可能（详后）。怎么能够给予这种“读不懂”以特权呢？

这里的关键问题在于：能否最终使人“意会”“领悟”。如果最终人们“意会”不了、“领悟”不了，那就是真“读不懂”；对于这种不能“意会”、不能“领悟”的“读不懂”，我想人们是不会给它以特权的。诗人要求给予这样的“读不懂”以特权，是荒谬的。

燕祥，就这个问题，下封信再详说。

2020年2月23日于安华桥蜗居

---

① 欧阳江河：《火星人手记：关于长诗手卷》，《长诗集》，第399页。

诗没有让人读不懂的“特权”

燕祥你好！

为了让大家更清晰地把握欧阳江河关于诗歌“读懂读不懂”问题的观点，请允许我引述欧阳江河的两段话——为了保持被引者意思的完整性，引文可能长一点，请原谅。

一段是2015年7月欧阳江河接受《深圳晚报》记者陈黎采访时，有这样的对话：

深圳晚报：您将阅读放到了和写作对等重要的地位，那么如果遇到读者听不懂您的诗，怎么办？

欧阳江河：要允许读者不喜欢、听不懂。中国是一个诗歌大国，要允许多元写作，允许诗歌有不同的方向，比如允许为大众写作、为粉丝阅读写作的人，也要允许有我这样的诗人，我从来都不追求我的诗大家喜不喜欢，感不感动。

诗歌最深奥的内核，是“不为交流”，这不是诗人的傲慢，而是因为诗歌本来就不是交流的产物。就好像在物理学领域，物理教师的职责是交流，让学生们从不懂变成懂，但这不是物理学家的职责。因为物理学家没办法让你懂，他在对人类而言尚且未知而神秘的领域独行，与上帝对话，在这个过程中，他自己都有很多的不懂，所以你得允许他弄些让你不懂的东西，但是他最终还是推动了人类的文明。

中国是个诗歌古国，有特别高的诗歌水平，屈原、李贺、李商隐的诗，我们都能读懂吗？不能因为不懂就认为他们不重要，就取消他们的诗人资格。恰恰是他们诗歌中让人们不懂的部分，构成了中国诗歌最迷人和伟大的部分。如果他们都为让人懂而写作，那他们就都成了白居易、杨万里。白居易也很伟大，但是中国诗人也不能个个都是白居易。[1]

另一段，据2013年3月26日《羊城晚报》上发表的傅小平《欧阳江河：在消费时代保留不被消费的写作》一文，关于诗歌读懂读不懂的问题，欧阳江河与傅小平有这样一段对话：

傅小平：现在很多读者反映读不懂诗歌。

欧阳江河：诗歌是你一定要读懂的吗？好的诗歌，它不是一个可以用最简单的方法归纳量化的东西，它不给你一个答案，也不通向这个答案。它还包含了对可读性的挑战。有时候，它只给你一种语言的感受。这就好比音乐，如某个音乐家的四重奏，你听不懂有什么关系，它就是打动你。再比如，鸟儿在歌唱，你能听懂它在唱什么吗？你能做的只有联想。然而，从人化的角度去理解鸟语，实际上是没有意义的，这有什么关系呢？它打动你，让你沉浸在莫名的感动里了。又比如，鱼在水中游，你能懂这有什么意思吗？而它让我深深感动了。很多时候，最美的最神秘的事物，它就是一个发生，无需你去弄明白它确切表达了什么。我们不会因为听不懂鸟的歌唱，看不懂鱼的游泳，就不去听鸟语，就不去看鱼游了。可我们何曾给予过诗歌以鸟和鱼一样的特权？[2]

在第一段引文中，欧阳江河强调"诗歌最深奥的内核，是'不为交流'，这不是诗人的傲慢，而是因为诗歌本来就不是交流的产物"；"恰恰是他们诗歌中让人们不懂的部分，构成了中国诗歌最迷人和伟大的部分"。

我对欧阳江河所谓诗歌"不为交流""诗歌本来就不是交流的产物"深表怀疑。我的意见恰恰相反：艺术（包括诗歌）本来就是为交流而生的，是人类交流的产物。在艺术走向成熟的阶段，写诗、作画，更是从心理上企望人们"共享"（也就是交流）。这是人性的

① 陈黎：《欧阳江河：诗歌宁愿是一种错误　也不要假励志》，深圳新闻网—深圳晚报，2015年7月3日。

② 傅小平：《欧阳江河：在消费时代保留不被消费的写作》，《羊城晚报》2013年3月26日。

本能需求和基本愿望。[1]“共享”,就必须交流。

在第二段引文中,欧阳江河宣称好的诗歌“还包含了对可读性的挑战”。“有时候,它只给你一种语言的感受。”特别是,他要求给诗歌“以鸟和鱼一样的特权”。什么特权?“听不懂”“看不懂”的特权。

这更加集中地、露骨地反映了欧阳江河关于诗歌读懂读不懂问题的观点。

当然,我绝不反对欧阳江河所说“中国是一个诗歌大国,要允许多元写作”。诗歌创作的多元化、多样化是天经地义的事情,“大众”诗也好,“精英”诗也好,都应该允许和提倡,这是百花齐放。但,我认为,前提是,都应该让人读懂,让人能够理解。欧阳江河等人的“精英”诗,就应该让人读不懂吗?我不赞成。

欧阳江河要求给予诗“读不懂”的特权,以自己的诗集流量高、读者多为耻,不需要那么多人读懂自己的诗,岂非太孤高了一点儿,过分“精英化”(乃至“贵族化”)了一点儿?

我对欧阳江河的一些走极端的话很难理解。他说,“比如,鸟儿在歌唱,你能听懂它在唱什么吗?你能做的只有联想。然而,从人化的角度去理解鸟语,实际上是没有意义的,这有什么关系呢?它打动你,让你沉浸在莫名的感动里了。又比如,鱼在水中游,你能懂这有什么意思吗?而它让我深深感动了”。可是,欧阳江河先生,“感动”什么呢?一不是为鸟和鱼本身而感动、为它们之乐而乐,因为,如庄子所言“子非鱼,安知鱼之乐”,非我族类,人傻乐个什么劲儿?二不是联想到人的某种状态,不能“从人化的角度去理解鸟语”获得感动和愉悦,因为这“实际上是没有意义的”。最终,

---

① 关于“共享”,邵燕祥先生去世一年多之后,我看到木心在他的《文学回忆录》中说:“我们有共享的心理诉求。你画完一张得意的画,第一个念头就是给谁看。人一定是这样的。权势、财富,只有炫耀,不能共享,一共享,就对立了,一半财富权力给了你了。情欲呢,是两个人的事,不能有第三者。比下来,艺术是可以共享的。”此处引文见“凤凰网读书”2021年12月21日发布的《木心:一个人到世界上来,要爱最可爱的、最好看的、最好吃的》。——2021年12月22日修订本书时补注

按欧阳江河的说法，只能是“莫名的感动”。

我说，这不是“莫名的感动”，而是名副其实的莫名其妙、莫名其糊涂。倘若读诗的结果总是让读者莫名其妙、莫名其糊涂，那么，诗歌的路子就越走越窄，最后是山穷水尽前无路。那将是诗歌的末路。

读诗，按其本来，终究不是听鸟鸣叫、看鱼游泳，而是吃精神食粮，是审美欣赏、审美享受、精神愉悦，应该让人懂。真正的好诗，有的虽然可能一时难懂，但最终是会被读懂的，最终是会被理解、被喜爱的，甚至是会被许多许多人理解和喜爱的。越是能被更多的人读懂和感悟的，越是有资格被称为好诗。这才是诗的本性。诗，还是要让人能读懂，而且读者懂得越多越好。

诗，没有让人读不懂的“特权”。

诗为什么没有让人读不懂的特权？我们还可以从根儿上梳理一下。

往远处说，诗歌的起源和发生，根于人类本性中沟通、交流的需要，特别是人类本性中思想情感沟通、交流的需要。人类本性中之需要沟通和交流，首先就促使了语言的起源和发生，其次就促使了诗歌（广义的文学艺术）的起源和发生。其实，语言的发生和诗歌的发生，是同根、同源并且几乎是同时的。最初的语言就是最初的人类之诗——关于这个观点，拙著《文学是什么——文学原理简易读本》（中国社会科学出版社2018年版）第二章“文学是如何发生的”有专门论述。简单说，诗的原本特点是感性、感悟，最初的语言就是感性、感悟的，而最初的“思维”，如维柯所说，也是感性、感悟的，因而最初的精神文化（包括诗）也是感性、感悟的，也即“诗性”的。如果语言不被理解、不能交流，就不成其为语言；如果诗完全不能被读懂、不能被感悟，也不成其为诗。因此，古代是人人皆为诗人的时代。

社会无论怎样发展变化，其语言永远不可能失去其感性、“肉体性”的一面；诗歌无论如何发展变化、无论如何“现代化”，我相信也永远不会完全脱离语言（“词语”）以及诗歌“思维”的感性、“肉体性”的一面——不然，可能就不是诗了。既如此，那么诗歌能被人读懂，那就是天经地义的事情。

我还要特别强调：不能把现代诗歌语言（“词语”）以及诗歌“思维”方式具有更多更显著的“分析性”特性，与中国古典诗歌语言（“词语”）和诗歌“思维”具有更多更显著的直寻性、直感性、直接性、感性、“肉体性”特征，绝对对立起来，似乎它们水火不容、势不两立（其实古代诗歌也并不是完全没有分析性、哲理性，只是没有现代诗歌那么突出罢了，读读宋诗就深有体会）。古典诗与现代诗，它们之所以都叫作“诗”，必有其共同性；我们在看到它们差别的同时，也须看到这种共同性。正是因此，我坚信，现代诗歌语言（“词语”）以及诗歌“思维”方式的更多“分析性”、哲思性特征，与传统的古典诗歌语言（“词语”）和思维的更多直寻性、直感性、直接性、感性、“肉体性”特征，是可以结合起来，甚至是可以融为一体的。就是说，那“分析性”、哲思性，不是以赤裸裸的抽象本身出现，而是需要与感性、“肉体性”、直寻性、直感性、直接性结合（甚或寓于其中），让读者能够感悟到、体会到。不然，突出了“分析性”、哲思性，而削弱甚至失去了感性、“肉体性”、直寻性、直感性、直接性，那么诗歌就会变得越来越抽象、越来越“理性”，越来越走向“纯粹”的“哲思”（即抽干了任何“感性”“肉体性”水分的抽象“哲思”），从而越来越成为哲学的一部分或哲学的附庸，渐渐失去了自身。这是我不愿意看到的。

燕祥，后面的几封信我将申说缘由，尽量作些理论阐发。

你且稍等。

2020年2月24日于安华桥蜗居

欧阳江河在进行一场诗歌“革命”？

燕祥，你好！

欧阳江河的诗歌语言（“词语”）的确增加或增强了“分析性”，他的诗歌“思维”的确增加或增强了理性和哲思。他是有意识地这样做的。

增加或增强了理性和哲思，无可厚非。但特别值得注意的是：他要“过滤掉”感情，以理性、以哲思取代感情。在与傅小平对话时，他说：“我要做到的恰恰是不要去轻易地打动人。我的另外一个想法还在于，我要对置身其中的这个时代做更复杂的观照。这样，人的情感就会被很多东西过滤掉，它会慢慢浓缩，浓缩成我们这个时代里的背景。”又说：“我甚至把理性与非理性都调动起来，把它们综合造成一种诗意。当然，不是那种优美和打动人心的诗意。”显然，假如情感被“过滤掉”，他所剩下的，就是哲思、理性；并且，欧阳江河强调“把理性与非理性都调动起来，把它们综合造成一种诗意”——但，这是“过滤掉”情感而突出了（也可以说是只剩下了）哲思和理性的欧阳江河式的“诗意”。

欧阳江河主张诗歌要“过滤掉”感情的表述，透露出他的诗歌一个根本特征：诗可以不需要感情。他所追求的是“理性”的诗，是“过滤掉”感情的诗。从这个意义上讲，欧阳江河把几千年来关于诗歌的传统概念，颠覆掉了。

必须注意：这是诗歌创作和诗歌理论上的一件大事——这是欧阳江河掀起的一次诗歌“革命”？中国和外国传统观念认为，诗离不开“情”，犹如哲学离不开“理”；而欧阳江河（特别是他后期）则主张诗可以排除“情”，可以无“情”。他是这样主张的，也是这样实践的。他的许多诗都是“过滤掉”感情的“有智力却无情感的诗”。这种“无情之诗”，完全是另一种“诗”——至于这样的“诗”还叫不叫“诗”，需要人们严肃地进行评估。

或许可以称之为“智力诗”“智力游戏诗”？这种诗，有诗的意象，有想象、联想、隐喻、象征、具象（形象）、陌生化等传统诗歌的各种手段，但是，“过滤掉”感情而突出理性、突出智力思维——由这一切形成他的“诗意”。我读欧阳江河后期的诗，特别是他的许多长诗，感到他的许多诗就是“智力诗”“智力游戏诗”，也可以说是通过他特有的诗歌语言所制作的“语词智力魔方”。古人偶尔也写“智力诗”，如苏东坡《琴诗》：“若言琴上有琴声，放在匣中何不鸣？若言声在指头上，何不于君指上听？”还有《题西林壁》：“横看成岭侧成峰，远近高低各不同。不识庐山真面目，只缘身在此山中。”但那不是中国古典诗歌的主体和常态。欧阳江河不同，他后期的诗，特别是长诗，几乎都是“智力诗”、“智力游戏诗”、语言的“智力魔方”。这是他的常态，是他诗歌的主体。

若“过滤掉”情感，窃以为，诗可能就不一定是诗而成哲学（其实哲学也是有情的）或科学了。假如再增加玄思，诗进入所谓“玄之又玄，众妙之门”的境界，那么，难懂或读不懂倒在其次，或许真的变成“听鸟鸣叫”“看鱼游泳”了。那确实就不是一般意义上的诗了。

如此，欧阳江河的诗真的会消失于他所喜爱的玄思、哲思之中了；或者说，通过“过滤掉”感情，欧阳江河的诗，就把自己让渡、出卖给哲学或玄学了。

当然，即使欧阳江河想把自己的诗让渡、出卖给哲学，还不一定能卖得出去呢。我们按照维柯的思路推想，人类从童年走向中年、老年，会是从感性走向理智、理性，从“诗性”走向“哲理”——或许依此思路，最终，诗歌衰落而哲学旺盛，诗歌会走向哲学。黑格尔也曾依据自己的哲学体系，认为诗（艺术）会扬弃于哲学之中，走向“终结”。他说：“到了诗，艺术本身就开始解体。”为什么“到了诗，艺术本身就开始解体”呢？因为浪漫艺术发展到最后，到了诗，就“拆散了精神内容和现实客观存在的统一，以至于开始违反艺术的本来原则，走到了脱离感性事物的领域，而完全迷失在精神领域的这种危险境地”[1]。然而遗憾得很，对黑格尔来说非常不幸，他的精致的逻辑构想落空了。历史实践的结果是：一二百年过去了，至今，诗（艺术）并没有被“终结”，它以现代形态顽强地存在着，甚至茁壮地生长着。黑格尔醉心的只是他的“逻辑”，而“历史”否决了他的“逻辑”。诗（艺术）并没有如黑格尔预想的那样完全“走到了脱离感性事物的领域”，即没有抛弃感性感悟（包括感情）而变成纯哲思纯理性的东西。

另外，按照许多现代人的看法，从逻辑上说，哲学主理而诗歌主情，这是有道理的。但是，情与理并非截然对立，也不能互相取代。情和理在人类精神文化中总是携手发挥作用。

这里插几句话。欧阳江河关于“过滤掉”感情的思想是否受到20世纪西方大诗人艾略特的影响？欧阳江河在接受“搜狐文化”记者采访时说：“美国诗人艾略特，有一段时间对我的影响也非常大，他那种神话的风格，那种复杂的反诗歌的、非诗歌的东西。”[2]艾略特主张：诗歌不是感情的放纵，而是感情的脱离；诗歌不是个性的表现，而是个性的脱离。其实，艾略特理论上虽这么说，但在其创作实践中并未这么做——当他进入创作实践的时候，“过滤掉”感情或“脱离”感情的事，他做不到。他不由自主。艾略特最主要的作品《荒原》，表现的是第一次世界大战之后诗人所感受的精神“荒原”，透露着绝望情绪。该诗对当时伦敦的现实生活的描写，不由自主地流露出（或者说隐含着）浓浓的感情。在诗歌创作中，感情，并不是主观上想“过滤掉”就能“过滤”得了的。

艾略特自己的诗歌创作都不能“过滤掉”感情或“脱离”感情，那么，欧阳江河也应该按艾略特的路子走吧？就目前诗歌状况来看，要“过滤掉”感情或“脱离”感情，就像鲁迅所说揪着自己头发离开地球，难矣——除非有一天诗歌完全泯灭于哲学之中，那时，另说。

总之，无论从历史的角度还是从逻辑的角度，在我们所生活的

① [德]黑格尔：《美学》第3卷，朱光潜译，商务印书馆1979年版，第12—13页。

② 欧阳江河：《欧阳江河：年轻人的诗有教养缺少对痛感的表达》，搜狐文化，2016年5月18日。

时代，诗歌与哲学，都可以并行不悖。二者互有交集，但并没有互相取代；在可以预期的未来历史中，诗依然是诗，哲学依然是哲学。哲学并没有吞没诗歌。

燕祥吾兄，你写了一辈子诗。幸亏诗没被哲学吞没；倘若诗真的被哲学取代或吞没，你作何感想？

2020年2月27日于安华桥蜗居

诗之“真假”及其他

燕祥，你好！

在凤凰网上欧阳江河与胡玲对话时关于诗歌的一通高论中，给我印象比较深的，还有他的如下观点：诗无“好坏”，只分“真假”；而汪国真的诗是“假诗”，且此等“假诗”却“流量”高，成为所谓“流量诗人”，因此十分讨厌。

在另一个地方，欧阳江河说得更直接：

汪国真的诗，全都是“假诗”。仅就诗歌而言，汪国真的写作，对中国当代诗歌唯一的作用就是阻碍。我认为最不是诗歌的东西，而他在写，这完全是对诗歌的一种毒害。如果因为汪国真的诗歌曾经拥有很多读者，就以此来定义我们对诗歌的品位的话，这简直就是对整个诗歌智识层面的一种羞辱。我和汪国真对诗歌的判断是彻底不同的，他认为是诗歌的那些东西中体现的所谓时代精神、那些表演性成分和精神励志等，我认为是拼凑出来的“假诗”。而我们的教材居然要把它收入，塑造那种四不像的东西，这是对学生的一种毒害，从小学时起就会有树立起一种“恶趣味”的危险。现在大家一提诗人，就回到过去，可是“过去”又不够远，没有回到李白甚至屈原的时代，而是回到了汪国真甚至是徐志摩的时代，以此来塑造我们的诗歌趣味、价值观乃至生命质量，所以我们的诗歌不能和汉语的当下性同步。我羞于被称为和汪国真是同一个时代、使用同一种语言的诗人。①

他所说的事实以及对事实的判定需要仔细甄别，而他的这些观点也都是值得解剖、值得评估、值得讨论的。

欧阳江河这番诗无好坏、只分真假，汪国真为“假诗”的言论，

① 吴亚顺、柏琳：《欧阳江河：汪国真的诗，全都是“假诗”》，《新京报》2015年4月28日。

我总感觉不妥。他甚至也把徐志摩带上（“现在大家一提诗人，就回到过去，可是‘过去’又不够远，没有回到李白甚至屈原的时代，而是回到了汪国真甚至是徐志摩的时代”），这使我感到不安：连徐志摩的诗人身份也值得怀疑吗？

当然，汪国真有他的弱点，他的许多诗没有深度，他的许多诗句缺乏“质感”，他有相当多的诗，的确诗味“浅”了一点儿，其诗意之蕴藏量不足，总体说艺术水平并不高。但是，我依然认为欧阳江河对汪国真的如是批评，有欠公允，不够客观，不够厚道。汪国真有许多诗，明快易懂，也还是有诗味的；尤其是他适合了他写诗的那个时段（20世纪90年代）相当一部分人（特别是青少年）的心理需要和审美需要，故能深入人心，普及面很广，深受青少年喜爱和欢迎。例如，他的“没有比脚更长的路，没有比人更高的山”（《山高路远》），以及他诗集中其他许多有诗味的诗句，还是能打动人的，怎么能统统打成“假诗”呢？

老实说，从艺术的角度，汪国真并不是我所喜爱的诗人，也不是我学习写诗的榜样——写诗，要向普希金、马雅可夫斯基等人学，向拜伦、雪莱、惠特曼等人学，向李白、杜甫、白居易等人学，向郭沫若（早期）、徐志摩、闻一多、艾青、臧克家、何其芳等人学，向中国现当代和西方现当代许多优秀诗人（包括艾略特、庞德，俄罗斯“白银时代”和“解冻之后”的优秀诗人以及拉美的优秀诗人）学。但是，欧阳江河用一句“假诗”囊括汪国真，一棍子打死，太武断、太残忍。“假诗”，这话说得不是过于苛刻，过于刻薄吗？

鄙人以为，一般而言，诗当然有真假，但并非如欧阳江河所说只有真假而无好坏，而是既有真假，也有好坏。而且，事情可能还更复杂，可以再进一步说：诗还有高低、文野、精粗、雅俗等各种分别（姑妄作如此不科学、不准确的区分）。但是，请注意：所有这些区分都是相对的。仅就真假好坏来说，也只是相对而言才有道理，其间并无绝对界限。你能在诗与非诗（或者如欧阳江河所谓“假诗”）之间，划出一个泾渭分明的绝对区隔来吗？譬如最近电视台一个访谈节目，一位大夫谈新型冠状病毒肆虐期间的“隔离”，说：距离远了，爱却近了。又说：人可以隔离，爱不能隔离。他只是寻常说话，不是在作诗；但他所说的话，有诗意，你仔细咂摸咂摸，诗味儿还不淡。从某种意义上说，这不就是诗吗？还有，我在网上看到一篇文章《29岁医生感染肺炎去世：亲爱的，欠你的婚礼，来生再还你……》，题目本身就是诗。文中记述了武汉医生彭银华，原本打算正月初八结婚，拍好了婚纱照，喜帖放在办公室的抽屉里；面对疫情，毅然推迟婚期，上一线抗击疫情，年三十那天，同事让他回家陪陪妻子，但他却让更多有家人的同事多休息，“我年轻，我先上”。可是，这个永远先想着别人的医生，不幸感染病毒，于2月20日21时50分牺牲……我流着眼泪阅读此文——这不就是诗吗？人本身是诗，他的事是诗，他的话也是诗。近日看到《文艺报》(2020年2月26日)头版《同舟共济　众志成城》，发表了许多诗人、作家、评论家抗击疫情、向白衣战士致敬的短文、留言，三言两语，你读一读吧，会体味出字里行间饱含的诗意。他们也不是故意作诗，却写出了诗一样的语言，你能把它们与诗歌截然分开吗？同一天《文艺报》的第2版，上半版刘醒龙的《问世间情为何物》，是一篇散文，作者娓娓道来，感动得我热泪盈眶。那用日常语言写的一组组真实的人物和故事，看似平平淡淡，仔细体味，这寻常的文字却像一首首非常朴素的诗歌——那人物，那举动，都是诗的符号、歌的音符。诗歌，不经意间就跑到了你我身边。下半版发表了陈崎嵘等人抗击疫情的诗。我读了，觉得感人。不说艺术技巧，单说它们扑面而来的真情，打动了我。陈崎嵘等同志，平常不见写诗，也不是人们熟悉的诗人，但他们此处所写，却是真诗。全国抗灾、全民抗疫，是诗生长的温床，最适宜于诗的萌生，也最易于诗的流传，就像抗日战争时期田间频频敲出诗的鼓点儿，而且写在街头，流传很广，“流量”很大。前天看北京电视台“音乐大师课”节目，是著名音乐家和歌手教孩子们唱歌的，孩子们纷纷送给老师礼物，例如自己画的画什么的。有一个五六岁的男孩儿，跑到谭维维面前，别人问他：“你拿什么礼物送给老师？”他的回答令全场一片欢笑和掌声：“我想把自己送给老师……”这就是诗啊！再说得远一点儿：唐代张打油《咏雪》“江上一笼统，井上黑窟窿。黄狗身上白，白狗身上肿”，你说它是不是诗？它的确是游戏之作，但其中仍有某种诗味儿。所以很难下个判断，说它绝对无诗意，绝对不是诗（非诗或所谓“假诗”）。千百年来也有不少人从某个方面肯定它，说它有诗的情趣和氛围。诗人多多曾说：“更广义上讲，有些人可能没有用笔去书写形式上的诗歌，但它是诗。我凭什么说他是诗人？因为他有那颗心，还有他有自己的话语。实际上，向道的境界，是语言无法呈现的。诗人的作用是什么？他就是要通过语言，通过建立语言的存在，接近这个境界，难处就在这里。”①

欧阳江河在回答胡玲的问话时曾说：“AI写作不会取代诗人，诗歌中有人类的未知。”这话说得好，至少从某个角度说出了诗的真意。北岛也说：“在我看来，诗人优秀与否首先取决于原创性，也就是看他是否会为世界的精神财富增添一点东西，而不是成为这个喧嚣的时代的回声或噪音。”②诗，的确要探索“未知”。诗人不但要“说”出“未知”（事物的“未知”，生命的“未知”，人生经验的“未知”）；而且诗人还须以人们“未知”的独特方式（词语、思维）“说”出“未知”。为什么人们管写诗叫“创作”？“创”者，“第一次”之谓也。以“未知”的方式“说”出“未知”，这就是“创”，这就是“第一次”。古人常说要“去陈言”，要“尖新”，艾青《诗论》特别强调“创造”，都是说的这个意思。真诗，必须是“第一次”，是“创”，至少包含“第一次”的、“创”的因素。

上面我所举的那些例子，说它们有诗意，就是因为它们包含着创造（创作）这种因素。古人、今人的许多真诗、好诗，也都包含这种因素。远的不说，眼前的，被人们认为带有更多“精英”味道的欧阳江河、西川，典型的教授诗人臧棣（我流着泪读他的《写给儿子的哀歌》）和王家新，还有风格十分不同，带有更多泥土生活气息和“民间”“俗”味儿的于坚，以及女诗人翟永明（她写出令人战栗的女人独特的人生体验）等等，他们创作的那些真诗、好诗，都是以“未

---

①《诗人多多专访：我们这一代人都没有好腰》，《南方周末》2010年11月26日。

② 北岛：《野兽怎么活，诗人就该怎么活》，《古老的敌意》，生活·读书·新知三联书店2015年版，第28页。原为《南方周末》记者王寅对北岛的访谈录，发表于《南方周末》2011年10月13日。

知”的方式对“未知”的探索，是对“未知”的人类经验、生命体验、人生体验的新发现，是对人的生命力和创造力的新开掘。

以上所述，牵涉到对诗之真假好坏如何认定、谁来认定、依什么标准认定等非常复杂、非常麻缠的问题，甚至再深一步，牵涉到如何定义诗、如何定义文学等全世界的学者、文学家、诗人争论不休的问题。然而不能不承认，如何定义文学，如何定义诗，如何划定诗与非诗的界限，确实是个非常复杂、非常困难的问题，这需要以后另文专门研究和专门论述，并非一句两句能够说清。此刻我只能说，如果我们不是冬烘先生般地坐而论道，不是完全从纯理论的角度论说真假、好坏的抽象标准；那么，古今读者千百年来的审美实践（阅读、吟诵），包括你我几十年来的诗歌阅读经验，对什么是真诗、什么是假诗、什么是好诗、什么是坏诗，心中自有一杆秤。

2020年2月28日于安华桥蜗居

第二章　不要将诗神秘化

我不赞成将诗神秘化

燕祥,你好!

接着上几封信所谈诗之真假、贵族化,还有一个问题,即诗之神秘化。

在胡玲对欧阳江河的那次访谈中,我从欧阳江河谈所谓"真诗"的口气里,不但嗅出某种贵族化的倾向(上封信已略谈及),还嗅出某种将诗神秘化的气息。我感觉通过欧阳江河的渲染,诗太"高",高不可攀,诗似乎不是地上的东西而是天上的东西,一般老百姓够不着;诗太"雅"——在欧阳江河那里它超出了这个字的正常含义,"雅"得有点儿神秘,"雅"得普通人摸不着头脑;诗太"玄"——虽然有的诗论家赞扬欧阳江河"长有一颗强劲有力的玄学脑袋",有的诗论家赞扬欧阳江河"为当代诗歌史献上了不可复制的玄学叙事范本"[均见《钟山》杂志组织"三十年(1979—2009)十大诗人的评选"评委对欧阳江河的评语],但我总觉得欧阳江河"玄"得普通人昏头转向。

欧阳江河自己在访谈中说:"我要增加诗的难度,增加诗的复杂度,增加诗的高度,增加诗的精确度,从而把诗引向成熟,引向复杂,引向深刻。"但是,我认为欧阳江河"深刻""复杂"得有点儿神秘化了,普通人不可解。

有的诗非常深刻,也非常成熟,且有很高的精确度,但是一点儿也不神秘,譬如诗人韩瀚1979年8月创作、发表于《清明》1979年第2期的《重量》:

她把带血的头颅,
放在生命的天平上,
让所有苟活者,
都失去了
——重量。

凡是了解张志新烈士事迹的中国人,都能理解。

欧阳江河紧跟着他上面的话,说:"读我的诗需要有一个转换,转个弯儿才能懂。也因此,诗就会很难懂。"问题是:假如把诗变成了听鸟歌唱、看鱼游泳,当然难懂;而且如果"转弯"把人弄得晕头转向,晕得不知是诗还是鸟歌唱、鱼游泳,那就不只是难懂,而是神秘化了。

欧阳江河不但把自己与普通百姓、普通读者区分开来甚至隔离开来,而且也把自己与一般诗人(特别是那些与自己诗歌观念相左的诗人诗作)分隔开来——一般诗人为广大普通百姓写诗,而欧阳江河则是写给少数人的,写给精英的,甚至写给自己的。这双重隔离,使得欧阳江河既不像普通诗人那样写诗,也不给普通百姓写诗。他的某些诗(特别是近年的某些诗),成为离开普通百姓的土地而祭在空中的圣物。对欧阳江河来说,他那些所谓真正的诗,即使走到你面前,作为芸芸众生的普通百姓,也未必认得它,未必看得见它,未必抓得着它。欧阳江河的"诗"为何物?对普通百姓来说,它太神秘了。

把诗写得太神秘了,就割断了与广大读者联系的纽带,说句不太中听的话:这无异于"自绝"于广大读者。

我的观点是:一个诗人万万不能隔断与广大读者和人民群众的联系。

燕祥,2017年你曾经说过"不管是写诗还是写杂文,都是我向公众的发言"[①]。读你的诗和杂文,我深知你始终与大众站在一起,你的心始终与大众联系在一起。你为同行做出了榜样。

谢冕在一次访谈中也说:"(20世纪)80年代,诗歌跟大家是联系在一起的,是关注人民的喜怒哀乐的。但是现在的诗歌封闭在一个小圈子里,喃喃自语,自怨自艾,不关怀广大的民生,当然就没有人去关注它们。诗歌的高贵是应该的,应该始终保持,但同时也应该关注人民。它们是可以统一的。"[②]这是谢冕在2013年说的话。

---

① 舒晋瑜:《邵燕祥:我的淬过了火的乐观主义》,《中华读书报》2017年7月3日。

② 王绍培:《好诗主义者谢冕:海子之后再没有诗歌让人动心》,深圳新闻网—深圳特区报,2013年12月5日。

他的话与你上面的话是一致的。

但是，有的诗人，如欧阳江河，却欣赏自己的“小众化”“贵族化”和“神秘化”，甘愿将自己的诗与大众“隔离”。他在2013年与傅小平的对话中说：

在我的理解里，最好的诗歌总是包含了人类心智最成熟的部分；而诗歌的奇异之处，还在于它给心智之成熟添加了一点不可知的、不可说以及一点迷惑。①

诗无达诂，说诗有“不可说”的因素，在理；但说诗包含“不可知”的部分，就神秘化了。

我认为，诗应该写出“未知”，但写出之前是“未知”，经诗人一写，就把“未知”揭示给人们看，就成为人们可知和可领略的东西了；或者说，就将从“未知”转化成“已知”(“已感”或“可感”)了。不然，诗就永远处于“不可知”的神秘状态。

如此，则欧阳江河这所谓“真诗”，将与芸芸众生无缘，它是贵族化的存在物，它是普通百姓读不懂的神秘之物，而且还要在自己的诗里加“一点不可知的、不可说以及一点迷惑”——这就更远离了普通百姓。欧阳江河欣赏这种远离。他自己常常沉溺于少数精英的咖啡馆里，消失于匪夷所思的“倾听和交谈”中，陶醉在文字魔方的难解氛围之中。而普通百姓，“可望而不可即”；即使所谓“可望”，也并不清晰，而是云里雾里，模模糊糊，丈二和尚摸不着头脑。

燕祥吾兄，在前面给你的几封信里，我曾肯定欧阳江河等人的许多优秀诗歌语言(“词语”)更趋近和适应现代文明经验(第四次工业革命时代、互联网时代、消费社会时代)的特点，即突出了现代诗歌语言和诗歌“思维”的分析性特点。这更加有效地应对现代文明经验的精神复杂性、多元性、多样性、不稳定性以及它发展变化的不可预期性和迅猛性。这是有益的探索，这是时代的进步。但是，增加诗的语言(“词语”)和思维(感悟、领略)的分析性以适应现代文明经验的复杂状况，也要合乎诗歌创作的规律和逻辑。譬如

① 傅小平：《欧阳江河：在消费时代保留不被消费的写作》，《羊城晚报》2013年3月26日。

欧阳江河说，他的诗要“转个弯”甚或转几个弯才能明白。我猜想所谓“转弯”，用我的话来说，即让他诗歌“词语”和“思维”的“分析性”因素发挥作用，即不是如大多古典诗歌语言那样“直寻”“直感”，而是要经过“分析”，转个弯。“转个弯”对于现代新诗表现现代生活和现代人的思想情感，本是合理的；但是，转弯也应该有个限度，不能让人们转入没有出口的迷宫，任你转多少个弯也转不出来。若真这样，那就不能说是有益的探索。或者换一个说法：如果诗人的“思维”超过了人们正常的合理的“思维逻辑”，过分玄学化，而且意象之间跳动得没有限度，读者找不到诗歌意象之间的关联，或者过度碎片化，像麻将中的十三不靠，让读者找不着北①……那么这样写出来的诗只能是老百姓够不着的“天上之物”、一般人领悟不了的“神秘之物”。而这样的诗人，也只能是孤高自赏的孤家寡人，或者借用青年诗论家李壮的话，顶多是“自说自话的小众”（当然，李壮并非专指某人，尤其并非指欧阳江河）。

我很迷惑：诗，真的离普通百姓这样远吗？诗，真的高得普通百姓跷脚也够不着吗？诗，真的雅到普通百姓读不懂吗？诗，真的这样神秘吗？我所知道的从古到今的许多真诗好诗不是这样。

有的诗淳朴得如同地里的豆苗、路边的小草，普通百姓一读就懂，而且能被感动。吾兄，你我都很喜爱陶渊明，读他的《归园田居》（其三），有一种陶醉感：

种豆南山下，草盛豆苗稀。
晨兴理荒秽，带月荷锄归。

① 近读穆木天《谭诗——寄沫若的一封信》，其中有一段话：“中国现在的新诗，真是东鳞西爪；好像中国人，不知道诗文有统一性之必要，而无 unité 为诗之大忌。第一诗段的思想是第一段诗的思想，第二诗段是第二诗段的思想。甚至一句一个思想，一字一个思想，思想真可称未尝不多……在我想，作诗应如证几何一样。如几何有一个有统一性的题，有一个有统一性的证法，诗亦应有一个有统一性的题，而有一个有统一性的作法。”（蔡清富、穆立立编：《穆木天诗文集》，时代文艺出版社1985年版，第259—260页）这是穆木天1926年说的话，我看对纠正今天某些诗歌的过度碎片化，以及缺乏诗歌意象之间的关联，显得东一榔头西一棒槌等毛病，是有借鉴意义的。

道狭草木长，夕露沾我衣。
衣沾不足惜，但使愿无违。

这位不为五斗米折腰的五柳先生，不但能与一千七八百年前的老百姓打成一片，今天普通人读来，也觉得如叙家常，亲切自然。

杜甫晚年在《旅夜书怀》中的自我写照：

细草微风岸，危樯独夜舟。
星垂平野阔，月涌大江流。
名岂文章著，官应老病休。
飘飘何所似，天地一沙鸥。

谁人读不懂？

你再看看苏轼的悼亡词《江城子》：

十年生死两茫茫。不思量，自难忘。千里孤坟，无处话凄凉。纵使相逢应不识，尘满面，鬓如霜。

夜来幽梦忽还乡。小轩窗，正梳妆。相顾无言，惟有泪千行。料得年年肠断处，明月夜，短松冈。

台湾诗人蒋勋在《蒋勋说宋词》（中信出版社2012年版）第五讲“苏轼”中谈到这首词时说：“苏轼最大的特色是他的作品根本不需要注解，这样的东西你要怎么去注解？它都是生命经验，如果要注解它，恐怕是要用生命经验来做注解。”

有的诗人将自己痛不欲生的人生体验，写成诗，催人泪下，没有人读不懂，一点儿不神秘。例如叶嘉莹先生2003年在南京大学演讲时，谈到宋代戴复古妻的一首词——《祝英台近》：

惜多才，怜薄命，无计可留汝。揉碎花笺，忍写断肠句。道傍杨柳依依，千丝万缕，抵不住、一分愁绪。

如何诉？便教缘尽今生，此身已轻许。捉月盟言，不是梦中语。后回君若重来，不相忘处，把杯酒、浇奴坟土。

戴复古是宋代有名的诗人，他本来在家里已经结过婚，后来在外面一个有钱的人家欣赏他的才华，要把女儿嫁给他。当时他隐瞒了自己结过婚这件事，就跟第二个妻子结了婚。可他毕竟是有了家室的人，他也很怀念他的家人，结果被他第二个妻子发现了，也被他的岳丈发现了。他的岳丈很生气，就要责备他，可是他第二个妻子对他很好，很同情他，知道他以前有妻子，便不再留他，于是就写了这首词，把戴复古送走了。这个女子后来就投水自尽了。①

你对臧克家很熟悉；他是我的山东老乡，还是我老师辈的老学长——20世纪30年代山东大学的毕业生，我喜爱他的诗。咱们再一起读读他的《老马》吧："总得叫大车装个够，/它横竖不说一句话，/背上的压力往肉里扣，/它把头沉重地垂下！//这刻不知道下刻的命，/它有泪只往心里咽，/眼里飘来一道鞭影，/它抬起头望望前面。"②这是读后让人心里滴血的诗。离你我很近，离普通百姓很近。

你崇敬艾青，让我们再诵读一下他的《我爱这土地》吧："假如我是一只鸟，/我也应该用嘶哑的喉咙歌唱：/这被暴风雨所打击着的土地，/这永远汹涌着我们的悲愤的河流，/这无止息地吹刮着的激怒的风，/和那来自林间的无比温柔的黎明……/——然后我死了，/连羽毛也腐烂在土地里面。//为什么我的眼里常含泪水？因为我对这土地爱得深沉……"这是泣血之作。我在《经典咏流传》节目中听台湾地区著名音乐人陈彼得朗诵这首诗，这位白发苍苍的老歌手朗诵到最后，弯下腰来蹲在舞台上竟然泣不成声。全场一片唏嘘。这首80多年前的诗，至今仍然感动着海峡两岸的中华儿女。艾青是为中华民族写的。顺便说一句，诗不是靠"神秘"、靠给读者制造"迷宫"取胜，而是靠真情、靠挖掘真切的人生体验打动人。这样写出来的诗句，读一遍，终生难忘，譬如我60年前读艾青，有的句子——"在北方，乞丐伸着永不缩回的手"；"为什么我的眼里常含泪水？因为我对这土地爱得深沉"，至今记得真真切切。因

① 参见叶嘉莹：《从幼卿到秋瑾，女词人不止李清照》（据2003年南京大学演讲整理而成，整理者白静），凤凰网读书，2022年3月29日。——2022年3月30日补注

② 读臧克家《老马》，使我想起杜甫的《病马》："乘尔亦已久，天寒关塞深。尘中老尽力，岁晚病伤心。毛骨岂殊众，驯良犹至今。物微意不浅，感动一沉吟。"两首诗，都使人无限感慨。

为它们一下子钻到我心里去了。

这些都是给老百姓写的诗，普通百姓一看就能明白，就能体味，而且朗朗上口，便于传诵。它们是诗的精品，却一点儿也不神秘。它们具有诗的高品位，饱含浓浓的诗情，却并非高不可攀，而是离普通百姓很近，就在普通百姓心里。

燕祥吾兄，我不会写诗，有时哪根神经被触动了，也偶尔写点儿“打油”水平的分行文字，那天我把自己的打油诗《我只是一个老鸡公》发给你看：“……而我/顶多是个飞不动/更飞不起来的老鸡公//有时打鸣/站在墙头上/跷脚嘶喊几声/而那/破锣般的声音/也不好听//因为我/不像鸡婆那样/具有生蛋的功能/也许有一天/我被牺牲/成为饭桌上的宫保鸡丁/人世难料啊/沧桑变幻/谁能说得定//倘能幸免/我将恪守本分/度过余生/当黑夜/即将逝去/我仍会按时报告天明//但我/无资格以此居功/也不值得别人称颂/因为/那并非我觉悟高/而只是我的本能。”（该诗全文见《耄耋诗选》）你看后立即回信说：咏物明喻，写出大家心理。这就是诗啊！

老兄，这真是诗吗？我不过是寻常说话啊。倘确实如此，那么诗并不如欧阳江河说的那样小众化、贵族化，那么高不可攀，那么神秘。

而且，连欧阳江河自己以及西川、于坚、王家新、臧棣、翟永明等当代诗人的具有革新性的优秀诗歌，其实也并不神秘，它们不但能让人读懂，而且也会走入人们的心里。

燕祥吾兄，我虽然不是诗人，但我对诗的热爱和关心，自认为丝毫不亚于你们诗人。我在一首打油诗中说：“即使我化为灰烬、化为烟霞，/也要伴着我那亭亭玉立的灿烂光华/向着诗国不懈地追求、不懈地攀爬/我要将双手死死抓住诗魂的尾巴/假如诗魂是一团火/我宁愿做一只扑火的灯蛾。”

你是位老诗人，写了那么多脍炙人口的诗，有的诗还曾被选入20世纪50年代的中学课本，有丰富的诗歌创作经验，对诗有深刻而独特的理解。我希望你去听听2018年5月《舍得智慧讲堂》第36期节目中欧阳江河的讲话，看看《羊城晚报》（2013年3月26日）欧阳江河要求给诗看不懂、听不懂之“特权”的宣示，以及他对“最美的最神秘的事物”之钟爱，再对照我的批评和我的忧虑，你说有没有道理？我等着听你的高见。

今天对这个问题不再细说了，就此打住。

2020年3月3日于安华桥蜗居

心灵交通之路

燕祥，你好！

宅在家里，也不能老躺着、坐着，得伸伸胳膊动动腿，想方设法活动活动。这次疫情，武汉是重灾区，我忽然想起与武汉有关的一个古代人物——晋代武昌太守陶侃（陶渊明的曾祖）的故事：他闲居在家时，以搬砖锻炼身体："侃在州无事，辄朝运百甓于斋外，暮运于斋内。人问其故，答曰：吾方致力中原，过尔优逸，恐不堪事。"[①]学学陶侃吧，不然等疫情过去，我们这些八十几岁、往九十岁上奔的老头子，老胳膊老腿会"锈"得不会动了，老脑筋老口舌连谈诗也谈不成了。

我坚信全民众志成城，不久即把疫魔扑灭。

不过，今天咱们还是说诗。就说说诗之"流量"问题吧。

"流量"这个词，我是借用。它是欧阳江河的说法，意思应该是诗之流通程度，包括诗被读者阅读量之大小，诗集的发行量之高低等。

诗，的确有一个"流量"大小高低的问题。但是，"流量"只是从现象上看问题，它可以在一定意义上显示出诗被接受（属于"接受美学"的范畴）的情况。我们不能鄙视"流量"或完全忽视"流量"，但也不能太看重"流量"。诗的接受问题是一个大项目、大学问。若做深入的实质的考察，则要从主体、客体等方面研究诗被接受的广度、深度、速度、长久度等及其个中缘由；还要考察不同时代、不同阶层、不同族群、不同年龄段对诗的接受特点；并且，还要注意，时代变化了，诗被接受的情况也会有相应的变化。人们完全可以写一部"诗歌接受美学"。此处只能从所谓"流量"问题说开去，谈谈感想。

---

①《晋书·陶侃传》，《二十五史》第2册，上海古籍出版社1986年版，第206页。

“流量”大小高低并不是诗歌真假好坏的标准。像欧阳江河的某些诗，窃以为是真诗甚至是好诗，而一般的读者一时难以读懂(不是不能读懂)，可能“流量”不会太高——欧阳江河自己也不希望“流量”高，以“高”为耻。但是，我认为如欧阳江河者，只能作为个例来看。难道真如欧阳江河所说真诗(因为欧阳江河认为诗无好坏只有真假，所以我此处依其思路暂时略去好诗坏诗这一维)“流量”低，而那些并非真诗者，反而“流量”高吗？根据我的考察，通常情况可能恰恰相反。毋宁说，从现象上看，那些实实在在的真诗、好诗(回到我自己的叙述，按照我的观点加上好诗坏诗这一维)，一般说(不是必定)总是“流量”高或较高；而那些实实在在的假诗、不太好的诗、艺术水平低的诗(姑妄言之)……最终总是会被冷落、被淘汰、被唾弃。

我不敢苟同欧阳江河在同《深圳晚报》陈黎谈话时所说的“诗歌最深奥的内核，是‘不为交流’，这不是诗人的傲慢，而是因为诗歌本来就不是交流的产物”[①]。诗歌的本性就是为“交流”、为“心灵沟通”而生、而存活的。从世上有诗歌那天起就是如此。

燕祥，你曾经说过：“不管是写诗还是写杂文，都是我向公众的发言。在这样一种理念之下，很长一段时间内我的诗多半取材于公共空间，包括抒情，或者政治抒情，都是人人理解的公共生活当中的所谓荦荦大者。”[②]既然是“向公众的发言”，就要打通通往公众的心灵之路。优秀作家、诗人、艺术家总是希望并且善于打造出一条与广大读者息息相通之路，而读者也乐于踏上这条路——这是作者和读者之间心灵交通之路。倘这条路平坦畅通，将成为诗之增加“流量”的重要原因。作者和读者两颗心在这条路上相向而行，若能撞个满怀，两情相悦，两心契合，心心相印，则创作和阅读，功德圆满，作者和读者都得到精神上的满足。如此，“流量”怎么会不高呢？

① 陈黎：《欧阳江河：诗歌宁愿是一种错误　也不要假励志》，深圳新闻网—深圳晚报，2015年7月3日。

② 唐晓渡：《天地有多广阔，诗的天地就有多广阔——与邵燕祥先生一席谈》，《江南》2014年第4期。

古今皆然。

在唐代,薛用弱《集异记》"王之涣"条记载了一个"旗亭画壁"的故事,流传甚广。说的是:唐开元中,诗人王昌龄、高适、王之涣在旗亭(酒馆)聚会,偶遇一群梨园伶官登楼会宴,其中四个最漂亮的女孩奏乐歌诗。三位诗人躲在一旁,拥炉火以观,并私下相约:"我辈各擅诗名,每不自定其甲乙。今者可以密观诸伶所讴,若诗入歌词之多者,则为优矣。"他们自恃诗名,料定歌伎必会唱自己的诗,而且被唱得多。果然,不久听到唱了王昌龄的《芙蓉楼送辛渐》"寒雨连江夜入吴,平明送客楚山孤。洛阳亲友如相问,一片冰心在玉壶",接着是高适的《哭单父梁九少府》"开箧泪沾臆,见君前日书。夜台何寂寞,犹是子云居",之后又是王昌龄的《长信秋词》"奉帚平明金殿开,强将团扇共徘徊。玉颜不及寒鸦色,犹带昭阳日影来"。王昌龄和高适二人听到唱的是他们的诗而无王之涣的,洋洋得意、喜形于色。一旁的王之涣却沉得住气,劝他们不要高兴得太早,说:"此辈皆潦倒乐官,所唱皆巴人下里之词耳!岂阳春白雪之曲,俗物敢近哉?"因指诸伎之中最佳者曰:"待此子所唱,如非我诗,吾即终身不敢与子争衡矣!脱是吾诗,子等当须列拜床下,奉吾为师!"须臾,真的听到这位美女唱了王之涣的《凉州词》"黄河远上白云间,一片孤城万仞山。羌笛何须怨杨柳,春风不度玉门关"……[①]

这简直是一场小型赛诗会,都要争着被传唱,争着当第一。

恐怕古今中外没有诗人不愿意自己的诗被广为传诵。

这是唐人记载当时(至少时隔不远)的事,可信度高。唐代的"旗亭"(酒馆)是百姓聚集的地方。三位著名诗人的诗得以通过梨园伶官(歌伎)在众人聚集的"旗亭"传唱,这说明优秀诗歌是会在百姓中广为流传、被广为接受的。以此可证明,这些优秀诗人的真诗好诗,"流量"不可谓不高,接受度不可谓不广,打动人心的程度不可谓不深。这些诗人争强好胜,以自己的诗被传唱为荣,以"流量"高而骄傲。自古以来,优秀诗人的优秀诗歌,巴不得受到众人

① 参见(唐)薛用弱:《集异记》卷二"王之涣"(该书把"王之涣"写为"王涣之"),中华书局1980年版,第11页。

喜爱,极少如某人所说以“流量”高为“耻”的。

唐代另一位大诗人白居易,无论当时还是后来(至今一千三四百年)广受欢迎和喜爱,上至高官,下至百姓,妇孺皆知,家喻户晓,恐怕古今中外没有一个诗人比得上他。白居易自己在《与元九书》中说:“日者闻亲友间说,礼、吏部举选人,多以仆私试赋判为准的。其余诗句,亦往往在人口中。仆恧然自愧,不之信也。及再来长安,又闻有军使高霞寓者,欲聘倡妓,妓大夸曰:‘我诵得白学士《长恨歌》,岂同他哉?’由是增价。又足下书云:到通州日,见江馆柱间有题仆诗者,何人哉?又昨过汉南日,适遇主人集众娱乐他宾,诸妓见仆来,指而相顾曰:此是《秦中吟》《长恨歌》主耳。自长安抵江西三四千里,凡乡校、佛寺、逆旅、行舟之中,往往有题仆诗者;士庶、僧徒、孀妇、处女之口,每有咏仆诗者。”[①]他的好友元稹为其诗集作序时也说,白居易的诗“二十年间,禁省、观寺、邮候墙壁之上无不书,王公、妾妇、牛童、马走之口无不道;至于缮写模勒,炫卖于市井,或持之以交酒茗者,处处皆是”[②]。传诵面之广,打入人心之深,世所罕见,或许绝无仅有。直至21世纪的今天,世人凡粗通文墨者,谁人不知白居易?连我的外孙、外孙女,两个不大会说汉语的美国孩子,也能背诵“离离原上草……”。白诗以及许许多多优秀的诗歌,就是这样既广且深又长久地走入人们的心里。

诗歌之广为流传,也并非轻易得来,而是作者和读者双方共同努力的结果。作者热情地向读者“打招呼”,读者也要主动“迎上去”,积极沟通,互相体察,一起建造一个理想的审美共同体。

首先,作者总是要想方设法创造作品被接受的条件——苦心经营,竭力为读者铺设心灵相通之路。白居易即善于此道。宋人多部笔记小说和诗话(如孔平仲《孔氏谈苑》、彭乘《墨客挥犀》、惠洪《冷斋夜话》、胡仔《苕溪渔隐丛话前集》、魏庆之《诗人玉屑》等)中记载:“白乐天每作诗,令一老妪解之,问曰解否?妪曰解,则录

① (唐)白居易:《白氏长庆集》卷四十五,文学古籍刊行社1955年版。

② (唐)元稹:《白氏长庆集·序》,载《白氏长庆集》卷首,文学古籍刊行社1955年版。

之；不解则易之。”

其次，读者（譬如文中说的老妪）也积极配合，双方互动互渗，有效完成了一次审美活动。对白居易与老妪的这种互动，特别是白居易主动改诗之举，也有不同看法，胡仔说：“诗至于老妪解，乌得成诗也哉。”无论如何，白居易为了把诗写得通俗易懂而煞费苦心，想方设法铺好与读者之间心灵相通之路，是大家都认可的事实。

从千百年来白诗被广为接受的实践来看，白居易的努力没有白费。今天的诗人和艺术家也应该学学白居易，努力打造与读者（观众）心灵相通的渠道。而且也的确有许多人继承白居易。星期六看中央电视台第4频道《向经典致敬——春节联欢晚会》，把当年的导演、演员请上台，现身说法，提供了范例。1984年春节联欢晚会朱明瑛创作和演唱《回娘家》，就是努力铺设作者（演员）与读者（观众）之间心灵通道的一次实践。朱明瑛为了打造通往观众（读者）的心灵之路，颇下了一番功夫。在演唱风格（民族、美声、通俗合璧）、舞蹈动作（首次创造了春节晚会上载歌载舞的演唱形式）、服装造型（包括她的发型）等方面，都根据当时改革开放新形势下群众（特别是青年）的审美趋向的变化，进行了精心设计和努力实践，既保持了地方特色，又顾及全国各地人们的欣赏口味，成功塑造出一个特定时代（改革开放初期）农村新媳妇的生动形象，大受欢迎，连朱明瑛的发型也成为时尚。据王府井四联理发店（当时北京最著名的理发店）师傅说，晚会之后的第二天，许多女孩子到他们那里，要求做与朱明瑛一样的发型。朱明瑛到外地，到处听到传唱《回娘家》。

还有一个例子是1999年春节联欢晚会上蔡国庆、陈红演唱的《常回家看看》。蔡国庆说，他刚拿到歌词时，还犹豫不决，觉得“刷刷筷子洗洗碗”这样的歌词也能上春晚？但导演说，就是这样的歌词好，不能改。蔡国庆以忐忑的心态回家唱给爸爸听，得到的强烈反应是“歌词真好！”，而他妈妈听到“刷刷筷子洗洗碗”时，眼泪唰地流下来了。于是蔡国庆沉下心来，与陈红精心唱好了这首歌，结果一夜爆红,风靡全国。

这两个成功的例子说明,晚会上演唱的两首歌(它的歌词就是真诗而且是好诗),接通了与观众(读者)的心灵之路。

诗,以及所有艺术,都要努力与读者、观众心灵相通。

2020年3月5日于安华桥蜗居

第三章　回顾百年新诗

接地气儿，接人气儿

燕祥吾兄，你好！

今年新型冠状病毒肆虐之后，我宅在家里重新翻阅中国百年新诗。从1917年2月胡适在《新青年》杂志二卷六号刊出8首白话诗起，到2020年2月我宅居读诗，中国现代新诗整整走过了103个不平凡的年头。回顾这段历史，真是感慨万千。

为什么在这个时候我选择重读百年新诗？我没有什么宏大目标和高尚的事业心，就我个人来说，动机有点儿自私：为自己解困也，即纾解我对新诗现状的疑惑和苦恼。回顾一下中国现代新诗的历程，尽个人能力考察一下它的起步、它的发展、它的辉煌，考察它走过的沟沟坎坎，也许能够平复一下我个人在读某些新诗时产生的焦虑；客观上，也许能够从中找到一些解决当下新诗问题的办法，汲取一点儿力量。

我曾经怀疑，对目前新诗现状的忧虑，是否纯属我个人的感觉？是否我有偏见？询问我周围的许多朋友、同事，有相当多的人与我有同感。同朋友们谈新诗，他们说得比较多的话就是：现在的许多诗，读不下去。有的认为某些诗人在弄文字游戏，不痛不痒，像嚼口香糖，嚼几下，吐掉完事；有的认为某些诗人孤高自赏，写些普通人理解不了的分行文字，还自鸣得意；有的认为某些诗人在玩味一些莫名其妙的不知来自何处（也许只有诗人自己知道）的小欢乐、小悲哀，同广大人民群众心灵隔膜……

有相当多的朋友，根本对新诗无感，说不想读新诗，还不如读点儿散文、小说有意思、有乐趣、有心得。

近日又得一位同调。读老诗人高平（他是我的山东老乡）《好诗的标准：揪心情　惊人语》一文，他说："现在大量的诗之所以不感人、不动人，不能使人产生共鸣，甚至遭人唾弃，避之唯恐不及，我以为主要原因就是诗人不但缺少揪心之情，而且害了三种病症。

第一种是寡情症，只顾自赏、自恋、自吹自擂，对身外的一切漠不关心，甚至不闻不问，对他人的命运麻木不仁，甚至故作不食人间烟火状，以示其不凡与清高。第二种是假情症，明明没有真情、没有感性的东西作基础，仅仅是为了表达某种理性认识，抄录、模仿、堆砌一些前人的陈词滥调，滥竽充数。第三种叫躁情症（恕我杜撰），时时处处不甘寂寞，急于作各种积极表态，忙于留名、获奖、露脸、争位，各种会议不缺席、所有活动凑热闹，处心积虑于扬名当代，甚至企图能万古流芳，为此终日狂躁不已。寡情、假情、躁情的病菌，多年来蔓延不绝，大有霸占诗坛之势，好诗之光再亮，也难透过这些乌云的遮掩。”[①]

还有一位著名诗人的观点对我也有启示——前些天偶然看到北岛在获得第二届“中坤国际诗歌奖”（2010）时与记者的谈话，以及他获奖词（由夫人代念）的某些内容，觉得他对新诗历史和现状的观察值得思考和重视[②]。在北岛看来，“四十年前”（指20世纪60年代末70年代初）的中国地下诗歌是“对中华古老文明的源头的回归，那就是诗歌的中国”；“四十年后的今天，汉语诗歌再度危机四伏……词与物，和当年的困境刚好相反，出现严重的脱节——词若游魂，无物可指可托，聚散离合，成为自生自灭的泡沫和无土繁殖的花草。诗歌与世界无关，与人类的苦难经验无关，因而失去命名的功能及精神向度。这甚至比四十年前的危机更可怕。”又说：“如果把1969年作为中国诗歌的新的开端的话，那么这场诗歌‘革命’一直到今天，而且会继续下去。当然和头二十年的辉煌相比的话，近二十年可谓危机四伏。”请注意：北岛批评“诗歌与世界无关，与人类的苦难经验无关，因而失去命名的功能及精神向度”，我认为点到了近些年“汉语诗歌再度危机四伏”的穴位。当然，我说的对新诗现状的疑虑与北岛说的“危机”，某些内容还有所不同，后面再说。

① 高平：《好诗的标准：揪心情　惊人语》，《文艺报》2020年4月27日。

② 北岛在获第二届“中坤国际诗歌奖”（2010）时与记者的谈话，以及他的“获奖词”，见北岛：《古老的敌意》，生活·读书·新知三联书店2015年版，第182页。

总之，就我个人以及许多朋友的感受，还有刚刚得知的诗人北岛的体察，现在(或者说这几十年)新诗遇到了一些“麻烦”，遇到了一个“坎儿”——也许北岛的“危机四伏”，话说得重了一点儿；当代汉语新诗还是有许多好作品，取得了许多成绩，所以我用“坎儿”一词形容当前遇到的问题。起初我对新诗的未来很悲观，但读读百年新诗的历史，同朋友们交换意见，尽量往好处想，“达观”了许多。按照谢冕的说法，“新诗是当代的骄傲”——既是“当代的骄傲”，哪能如此容易衰败下去？北岛也很看得开，顺从规律，处之泰然，他说：“与民族命运一起，汉语诗歌走在现代转型的路上，没有退路，只能往前走，尽管向前的路不一定是向上的路——这是悲哀的宿命，也是再生的机缘。”又说：“不管时代怎么转型，诗歌都应该幸存下去，也必须幸存下去，因为它本身就是一个民族文化的灵魂。”[①]

我此刻想：今天新诗的问题或许可谓“成长的烦恼”？

但不管怎么说，“坎儿”也罢，“危机”也罢，“烦恼”也罢，新诗遇到了发展中的“麻烦”。

那么，问题的症结在哪儿？上面说的这些现象，包括以前几封信中谈到的小众化、精英化、贵族化、神秘化倾向，以及北岛说的“诗歌与世界无关，与人类的苦难经验无关，因而失去命名的功能及精神向度”，问题的关键点究竟是什么？我思考良久，认为症结之一，就在于某些诗人存在着相当严重的既不接地气儿又不接人气儿，“龟缩于个人”的倾向。

不接“地气儿”，主要是说与活生生的生活、与活生生的历史时代和社会现实隔断了联系(“诗歌与世界无关，与人类的苦难经验无关”)，这就使许多诗人那里出现了某种“去历史”“去现实”“去大众”的倾向。

必须声明，我绝非要求诗人像以前某个时候那样要“配合中心任务”“为政治服务”，甚至“为政策服务”，也不是要求人人都去写“大历史”，都去“宏伟叙事”，甚至搞“伪崇高”，也不是要诗人完全泯灭个性，以虚假之“大我”名义去做马克思当年批评的“时代传声筒”；而是提倡诗人不要远离社会生活而成为不食人间烟火的孤家

---

① 北岛：《古老的敌意》，生活·读书·新知三联书店2015年版，第182页。

寡人，不要割断自己与活生生历史相联系的脐带，特别是不要割断自己与广大民众生命活动相联系的脐带。

燕祥，借用你的话："说到这，有些抱残守缺的导师们可能又要搬出老词儿，提出来要'深入生活'了；其实，到处有生活，关键是——用胡风的话来说——要用自己的血肉拥抱生活。对一个诗人来说，所谓阅历不是说你都去过哪儿，干过什么，而是说生活对你的触动，是说从中发现那些足以刻骨铭心的东西，别人心中有却没有说出来过，甚至别人没有意识到的东西。"①

这话深得我心。

不接人气儿，主要是说与广大群众、普通百姓隔断了联系，不说"人"语，不通"人"情，与老百姓的"人心"隔断了通道；这就是许多诗人那里出现了某种"去大众"、龟缩于"个人"的倾向。我不赞成诗人"去大众"、龟缩于"个人"，绝不是反对诗歌创作的"个性化""个人化"，绝不是"泯灭小我""只要大我"。诗歌重视"个性化"，个性越独特越好。诗歌总是诗人个人创作的，不可能不"个人化"。我只是提倡通过诗人"个性化""个人化"的创作，写出与广大民众心灵相通的作品。具体说，就是主张诗人要写出那些"人人心中所有而人人笔下所无"的东西。这里说的"人人"，就是广大读者，就是广大民众。所谓"人人心中所有"，就是与广大民众心灵相通。所谓"人人笔下所无"，就是只有诗人个人才能写出的具有独特性的诗歌。显然，"人人心中所有"并不是仅仅指那些所谓"重大历史事件"，所谓"宏伟叙事"，所谓"崇高"的人、"崇高"的事。绝不是。凡是广大民众的生命体验，别人没有发现，你发现了，而且用独特的笔墨写出来了，就是"与广大民众心灵相通"，就是"接人气"；或者别人没有那样的独特真切的生命体验，你体验了，而且用独特的方式和语言写出来了，就是"与广大民众心灵相通"，就是"接人气"。因为你的独特的生命体验虽是个体的，但它可以作为生命体验的种子撒向"人人"的生命空间，它可以作为生命体验的酵母，在"人人"心灵中间发酵，因而可以与"人人"相通。总之，你能唤起

① 唐晓渡：《天地有多广阔，诗的天地就有多广阔——与邵燕祥先生一席谈》，《江南》2014年第4期。

“人人”的类似的生命体验。

譬如，臧棣写丧子之痛的诗《比深心再进一步入门》(三首之一)：

最好的慰藉就是
我能确定自己在你生前，
并不总是低估你的年龄。
宇宙中不存在别的底牌，
也没有任何一种时间
仅仅凭借它自身的流逝
就能弥合这突然绷断的
生命之弦。除了你的影子，
我再无其他的人生底片；
但我猜，假如我试图
借着时间的力量来减轻
这悲痛中的哀痛，我就有负于
你曾对我有过的，任性到
纯洁的依赖。在你我之间，
还会有什么样的信任
能胜过比神秘还平静：
窗外，我们一起种下的柿子树
依然油绿得像一座伞状纪念碑。
我并不吃惊，我的目光中
突然会加入你的目光：
这无边的悲痛其实也是
一种人生的果实，和此刻
铁青在枝条上的果实的差别
并未大到我无法判断——
雷雨的间歇，尖锐的蝉鸣
既是生活的伤口，也是记忆的粗盐。

这首诗里没有所谓“重大历史事件”，没有“宏伟叙事”，也没有所谓"崇高"的人、"崇高"的事;而是纯"个人性"的抒发,是所谓纯个人的"赋、比、兴"——纯个人的抒情、叙事,但,这却是接人气儿的诗。

再如,路也前些年恋爱时写的那些以《江心洲》为代表的情诗亦如是:"给出十年时间/我们到江心洲上去安家/一个像首饰盒那样小巧精致的家//江心洲是一条大江的合页/江水在它的北边离别又在南端重逢/我们初来乍到,手拉着手/绕岛一周//在这里我称油菜花为姐姐芦蒿为妹妹/向猫和狗学习自由和单纯/一只蚕伏在桑叶上,那是它的祖国/在江南潮润的天空下/我还来得及生育/来得及像种植一畦豌豆那样/把儿女养大//把床安放在窗前/做爱时可以越过屋外的芦苇塘和水杉树/看见长江/远方来的货轮用笛声使我们的身体/摆脱地心引力……"这里也没有所谓"重大历史事件",没有"宏伟叙事",却很接人气儿——它把人的生命活动的本性描述给你看,把藏在青年人心灵中蹦蹦跳跳的爱展示给你看,纯真而优美。

燕祥,这里我不能不再说到你。你在回答《中华读书报》"您怎么看当代的新诗"的问题时说了一段很长的话:

现在很多人唱衰新诗。也有人说成是网络传播或市场经济的罪过。诗歌好像放开了,放开了主要是在形式和风格上实现多元化。现在民间的诗歌刊物大量存在,也没有人挑剔。基本上,我们诗人在追求诗性、追求纯诗的前提下,逐渐淡化了政治,远离了现实,更多地进入所谓内心生活。内心生活是不应该排斥的,对于外宇宙的激情反映本来就是应该通过内宇宙,不应是截然分开的。但是过去不谈内宇宙,现在只提内宇宙的,两眼不看外宇宙了,好像都已经仙风道骨。我觉得这使得我们有些作者、有些年轻的诗人多少浪费了自己的诗情,也浪费了自己的才华。

当然,我觉得诗歌本身,是一种无用之用。你不能靠它去反腐,也不能用它促进生产,甚至也不能用它改善服务态度,这些我们都努力过,都失败了。

诗歌是我们生活中的乌托邦,政治上要废除乌托邦,要脚踏实地走改革开放的新路,但要允许诗歌的乌托邦存在,不要让它受到社会力量的挤对。不同的诗人中有不同的乌托邦。

诗的乌托邦是什么?一句老话,诗人还是应该有真善美的追求。在这样的前提下,能够抒发自己真正的内心感受,对读者有一些潜移默化的影响,或者让读者在审美的愉悦当中,在诗歌所表现的内容中有所感触有所认知,这就足够了。读者对诗的接受,最表层的是感受,也会进入认知的层次。我认为诗歌的乌托邦,也要注意两个极端化的表现,让我们成为真正的作者和读者,在心灵上能融洽的乌托邦和精神家园。①

这段话,你以一个老诗人的创作经验清楚地阐述了为什么诗歌不能不"接地气儿"、不能不"接人气儿"、不能"龟缩于个人"的道理。我信服你。

你在与唐晓渡对话中谈到诗与文的区别时也强调:"诗歌则更多处理我个人的情感,当然也不是自言自语。"这"也不是自言自语",很重要。不"自言自语",就是与广大读者心灵相通,就是"接人气儿",总之,"个性化""个人化"的独特抒情,与"人人"心灵相通,与广大读者心心相印。你在与唐晓渡谈《五十弦》的写作时还说过一段很有意思的话:"《五十弦》从个人情感上切入,但并不是写卿卿我我;有些人认为我借此题材还是写政治,这个说得过了一些。的确,任何个人感情也好,命运也好,都不能脱离他所属的环境,烘托出时代气氛也是不奇怪的。从这个意义上,可以说1949年以后,一个刚刚冒头的抒情诗人,通过写宣传诗慢慢夭折了,到《五十弦》又复活了;也可以说,《五十弦》集中体现了我自八十年代,特别是中后期以来所信守的'不再配合任何时事,而只写真情,写自己'这样一个思路,虽说之后再也没有这么集中地写过类似的作品。"②

① 舒晋瑜:《邵燕祥:我的淬过了火的乐观主义》,《中华读书报》2017年7月3日。

② 唐晓渡:《天地有多广阔,诗的天地就有多广阔——与邵燕祥先生一席谈》,《江南》2014年第4期。

你看，个人抒情，同样是要接地气儿和接人气儿的啊。

一般说，地气儿和人气儿又是紧密相关的。不接地气儿也常常不接人气儿，不接人气儿也总不接地气儿，常常是二而一也。说到这里，我想起了德国哲学家海德格尔的几句话：“作诗并不飞越和超出大地，以便离弃大地，悬浮于大地之上。毋宁说，作诗首先把人带向大地，使人归属于大地，从而使人进入栖居之中。”[①]海德格尔虽然与我们的哲学理念不同，但我们完全可以借用和化用他的话，解读我们当前诗歌创作中“去历史”“去现实”“去大众”的问题实质，并探索解决的办法。今天的新诗不能“离弃大地”，而是应该“首先把人带向大地，使人归属于大地”；用我们的观念来表述就是：首先必须努力接地气儿、接人气儿。这是新诗迈过今天这个坎儿的第一要务。可能听起来这话不新鲜，或谓“老生常谈”，令一些人生厌，认为我是一个讨嫌的俗不可耐的“冬烘先生”；但今天我还是不能不“常谈”。今天一些人可能听不进去，过些年，等新诗走过了一段路程回头再看，也许我的“冬烘”之语并非完全是废话。

回顾我们的百年新诗，对迈过今天的“坎儿”，或许可以得到一些解困解危的启示。

前几天我与谢冕通过电话作了一次交谈，同时把我谈诗的文稿发给他。他说了很好的意见，有许多观点与我相同或相近。我又从网上看到他在2017年底在首届南方诗歌节上与记者关于百年新诗问题的一次谈话。他充分肯定中国新诗百年的巨大成就，说它的自由、白话体，实际上是100年重大的诗学变革，文化上的创举。他强调：“新诗适应了新的社会发展，适应100年中国实际，开拓思维空间。”他指出：“从‘五四’走到现在，诗人众多，大体上有三四十个人可以说是很优秀的诗人，这就很了不起了。郭沫若以后，徐志摩、戴望舒、艾青，再到朦胧诗，海子的‘面朝大海，春暖花开’，新诗是当代的骄傲。”谢冕还说：“新诗开放民智，改造我们的灵魂，

① [德]海德格尔：《人诗意地栖居》，《讲演与论文集》，孙周兴译，上海译文出版社2005年版，第201页。

适应时代，这是非常大的特点。”[①]谈到近几十年，谢冕认为：改革开放以后朦胧诗的出现，是诗歌复兴的迹象。舒婷的诗《致橡树》等都是很好的诗。

谢冕上面所谓“新诗适应了新的社会发展，适应100年中国实际，开拓思维空间”，所谓“新诗开放民智，改造我们的灵魂，适应时代”，与我所说诗歌创作要接地气儿、接人气儿，是一致的。

谢冕也谈到了当下诗歌的问题。他说：“但是海子以后到现在，没有多少诗作给人们留下深刻的印象。而网络时代，新诗的写作更加自由、自我，以充分表达内心世界的丰富性，出现了‘众声喧哗’的多元现状，这也是当前的问题。可能写作太容易、发表太容易了，不需要编辑修改，也不需要刊物发表。现在一些人写诗甚至比日常说话还要琐碎。那么诗还是诗吗？”[②]

2020年4月2日于北京安华桥蜗居

① 王绍培：《好诗主义者谢冕：海子之后再没有诗歌让人动心》，深圳新闻网—深圳特区报，2013年12月5日。

② 王绍培：《好诗主义者谢冕：海子之后再没有诗歌让人动心》，深圳新闻网—深圳特区报，2013年12月5日。

新诗如何是“当代的骄傲”

燕祥吾兄,你好!

关于百年新诗,前述谢冕2017年12月在肇庆举行的“首届南方诗歌节”上曾说“新诗是当代的骄傲”,那么“骄傲”在哪里呢?获得这“骄傲”的原因在哪儿?如果关于语言(白话)的革新和形式的创造等体裁方面暂且不论,我认为从题材、内容和思维方式等方面看,最根本的,百年新诗的优秀传统是既接地气儿又接人气儿,许多优秀诗人通过“个性化”“个人化”的抒情,主动热情地“融入历史”“融入时代”“融入现实”“融入大众”,成为社会历史的积极参与者。诗人们愿意如艾青那样吹响带血丝的时代号角,如田间那样敲响抗日的鼓点;同时也愿意如袁水拍那样唱响“马凡陀山歌”,充当现实啄木鸟,对丑恶势力进行批判,拒绝当歌功颂德的工具。

让我们重新读读郭沫若的《女神》《凤凰涅槃》吧,我相信你我都会觉得一团烈火扑面而来。谢冕在“首届南方诗歌节”上还曾说,郭沫若“非常好地传达了‘五四’的狂飙突进,以新的诗歌方式体现新的时代,是诗的解放、人的解放”[①]。在郭沫若那里,“地火”在燃烧,“人火”也在燃烧。“地气儿”“人气儿”十足。

让我们再读一读闻一多的《红烛》《死水》吧。闻一多,看起来冷静了许多。他的一些诗,“地火”“人火”不像郭沫若火光冲天般燃烧在地面的明处,让你伸手就感到很烫很烫;闻一多是燃烧在地面之下,把土地烧热了,然后烘暖了你的全身。但是,闻一多的一些诗,也把“火”烧在明面上。请看他的《发现》:“我来了,我喊一声,迸着血泪,/‘这不是我的中华,不对!不对!’/我来了,因为我听见你叫我;/鞭着时间的罡风,擎一把火。/我来了,不知道是一

① 王绍培:《好诗主义者谢冕:海子之后再没有诗歌让人动心》,深圳新闻网—深圳特区报,2013年12月5日。

场空喜。/我会见的是噩梦，哪里是你？/那是恐怖，是噩梦挂着悬崖，/那不是你，那不是我的心爱！/我追问青天，逼迫八面的风，/我问，拳头擂着大地的赤胸，/总问不出消息；我哭着叫你，/呕出一颗心来，——在我心里！”还有他的《一句话》：“有一句话说出就是祸，/有一句话能点得着火。/别看五千年没有说破，/你猜得透火山的缄默？/说不定是突然着了魔，/突然青天里一个霹雳，爆一声：/‘咱们的中国！’//这话叫我今天怎么说？/你不信铁树开花也可，/那么有一句话你听着：/等火山忍不住了缄默，/不要发抖，伸舌头，顿脚，/等到青天里一个霹雳，爆一声：/‘咱们的中国！’”闻一多在《红烛·序诗》中说，他要用“红烛”的火“点着灵魂”，“烧破世人的梦，烧沸他们的血——也救出他们的灵魂，也烧破他们的监狱”。

读艾青、读田间……也常常感觉被火烧着了一样。

顺便说说：我在闻一多先生20世纪40年代编选的《现代诗抄》[①]中，惊喜地发现了我们文学研究所的同事夏蕾写于1940年的两首诗《山》和《二月》(后来刘福春又找到她当时写的另外两首)。燕祥，也许你不认识夏蕾。她是一位被遗忘的女诗人，她长期默默无闻，少有人知，但她的诗却如此有激情，如此感人，所以我借此机会多说几句。20世纪60年代初我第一次见到她的时候，她戴一副深度近视眼镜，是我们文学研究所当代组(后为当代研究室)的一员，黑黑瘦瘦的一位半大老太太(当时还不能算老)，朴素得像个家庭妇女；20世纪70年代初她同我们一起到河南五七干校，领着患精神病的女儿艰难度日，沉默寡言，我没有听她说过一句话。没有想到抗日战争时期，如此默默无闻、听不到一点儿声音的她，当年在延安居然写出那么火辣辣的诗篇。其《山》有几段是这样写抗日的延安的：

虽说是荒瘠的秃顶的山
像守财奴的扑满，
不轻易给人以一草一木，
当我们有锄头在手，

① 见《闻一多全集》第1册，湖北人民出版社1993年版。

它也大量地
献出了黄金一样的小米的颗粒。
虽说是低矮的丑陋的山
靠几千年前的洪水
冲积了瘦嶙嶙的石骨，
当我们有长枪在握，
它也英勇地
担负了保卫子民的屏障。
如果说我是热爱着
这北国的山的波涛，
那是因为我投入了人的波涛！

《二月》写“雪”的“融化”，“毛孔里腾着热气”……恰是象征着她到延安时感到“解放”了的心情：

而太阳，
那火热的火球，
在淡蓝而闪光的太空，
驱逐着灰色的云块，
而且像呼嚷着什么，
像致一篇欢迎词，
……

那挂在嶙峋的石崖上的
锥形的冰柱，
我们的山的白髯，
今天哪里去了？
代替它的是微温的水滴，
是欢喜的泪珠，
流在古老的山的
多皱的脸上，
低声的诉说

又一代的年轻。

而风，
挟着醉人的呼吸，
吹着复生的大地，
吹过教堂的塔尖；
在无声的钟楼下，
在被缀上了红星的
圣母龛前，
就爆发了歌声：
是迎接世纪的春天的
中国的战歌；
是迎接世纪的春天的
无产者的进行曲。

“地火”“人火”同样在这位不怎么有名的女诗人的诗里燃烧。

另外，不要忘了：从1945年起，袁水拍用“马凡陀”的笔名写的政治讽刺诗《马凡陀的山歌》，也是“地火”“人火”的一部分啊。

燕祥，远的不说了，再说说近在眼前的你吧。从20世纪40年代末至今，70多年，你是中国现代新诗的亲历者、实践者（虽然你的遭遇很坎坷，令我唏嘘），新诗的历史上面留下了你深深的脚印，你也曾点了一把热火：“我将在河西走廊送走除夕，/我将在戈壁荒滩迎来新年，/不管什么时候，只要想起你，/就更要把艰巨的任务担在双肩……”这首充满激情的《到远方去》，是你在1952年的真情抒发，是那个时代的产物。我给你们那批诗人起了一个名字——“共和国诗派”。20世纪50年代，你不但出版了几本颇有影响的诗集如《歌唱北京城》《到远方去》等，成为当红的青年诗人，尤其是还有一段令当年许多人羡慕的诗歌经历。你曾回忆说：“1954年1月下旬，一条二十二万伏超高压送电线开始送电。就在抚顺举行仪式，我是驻抚顺记者，当晚在灯下匆匆写了以此为题的一首诗《我们架设了这条超高压送电线》，连诗题都不避冗长拗口，因为我觉得这件‘名物’本身就有工业化时代独具的诗意。连夜抄出，寄给了爱诗也爱朗诵的朋友——中央台老播音员齐越，总编辑梅益看到了，决定由他朗诵录音，在黄金时间联播节目里播出了。几天后的2月6日《人民日报》转载了这首诗，使之得到较广泛的流传。我见作家协会诗歌组寄来的简报，说他们开过一个谈创作的会，不少诗人提到这首诗；当时任北京图书馆副馆长，又是俄语翻译家的铁弦，竟说什么我们不必光是羡慕苏联有马雅可夫斯基那样的好诗了，这话令我受宠若惊。”[①]很快，这首诗就印在了中学语文课本上：“大踏步地跨过高山，/跨过河底、洼地和平原，/跨过农业合作社的田野，/跨过重工业城市的身边；/跨过阴雨连绵的秋季，/跨过风刮雪卷的冬天，/跨过高空，跨过地面，/大踏步地跨过时间……”

20世纪50年代，谁人不识邵燕祥？

燕祥，谈到20世纪50年代，你曾说，那时读到别林斯基在19世纪关于文学的一段名言：“任何一个诗人也不能由于他自己和靠描写自己而显得伟大，不论是描写他本身的痛苦或是描写他本身的幸福；任何伟大诗人之所以伟大，是因为他的痛苦和幸福的根子深深地伸进了社会和历史的土壤里，因为它是社会、时代、人类的器官和代表。只有渺小的诗人才会由于自己和靠描写自己显得幸福或不幸，但是只有他们自己才倾听他们那小鸟似的歌唱，而社会和人类是不愿意理会这些的。”那时你满腔“革命豪情”，把别林斯基的话奉为圭臬。你认为自己当然不甘于做一个只靠描写自己的幸福或不幸的渺小的诗人，仅仅发出只有自己倾听的“小鸟的歌唱”，而要做一个革命的歌手。但外在的要求化为内在的自律，总觉得这也不好写，那也不好写，于是陷入创作的苦闷。这种苦闷，不是没有什么可写的枯竭，而是胸中涌动的无以名状的青春诗情，渴望找一个突破口，以诗的形式表现出来。

“但是不久，我很快找到了新的诗情，既符合内心要求，又符合大的文学潮流。国家第一个五年计划发布，我感觉到国土上涌动着即将开始社会主义建设的政治气氛和激情。工业建设的先行，

① 舒晋瑜：《邵燕祥：我的淬过了火的乐观主义》，《中华读书报》2017年7月3日。

一是地质，一是交通，1954年我作为中央台的工业记者下到东北工业厂矿基地，大半年的时间在鞍山、抚顺、长春汽车厂工地跑来跑去，写了一组以社会主义建设为题材的诗歌。这些诗不是叮叮当当的生产过程的简单重现，而是融入了自己的感情。我的主人公都是年轻的同龄的建设者……"[①]

燕祥，我想，这大概就是你20世纪50年代创作《歌唱北京城》《到远方去》《我们架设了这条超高压送电线》等作品时的心境和状态——你是"共和国诗派"重要一员啊。林贤治在《中国新诗五十年》(漓江出版社2011年版)中谈到20世纪50年代你的诗，说："他把歌唱党和社会主义当成自己的日常工作，写下大量诗篇，其中包括在政治运动中的作品。题材比较多样，主题却是单一的：虽然他也算讲究构思，遣词造句方面尽可能避免公式化概念化，但是，才华在这里只能作为意识形态的点缀。"然而，当时的你，满腔热情地歌唱，绝对是真诚的。真诚出真诗。至于意识形态、社会历史的种种状况，是需要另外进行历史主义分析的问题，其中各种关系和因素很复杂，不可简单化。人总是有局限的，处于当时的潮流之下，大概很难超越历史。不然，历史的步伐就太轻松了，百年人生就只有欢笑没有血泪了。但是，我要说，你当时的诗是为人民抒写，为中华民族抒写。

燕祥，不管怎么说，你对新诗的发展历程是有发言权的，你有这个资格，这是你艺术生命非常重要的一部分啊。你手中握着燃着"地火""人火"的新诗火把呀！

还有众多优秀诗人，像公刘、贺敬之、郭小川、流沙河、闻捷……都是我称为"共和国诗派"的代表人物，都是百年新诗历史上的点"火"者、煽"火"者、传"火"者；还有谢冕所谓"改革开放以后朦胧诗的出现"，即"诗歌复兴"的那批诗人，也都是百年新诗历史上的点"火"者、煽"火"者、传"火"者。

我还要特别提一提20世纪60年代末至70年代的早期"朦胧派诗"，代表性诗人有北岛、顾城、多多、芒克、根子、舒婷、杨炼、江河、

① 舒晋瑜：《邵燕祥：我的淬过了火的乐观主义》，《中华读书报》2017年7月3日。

食指、方含、梁小斌等等。他们以特殊的方式、用特殊的语言(反传统的方式和语言)接续现代新诗前辈们创造的优秀传统。他们借鉴20世纪60年代苏联解冻时期的诗歌理念,以及当时所能接触到的"红色现代主义"聂鲁达、阿拉贡、洛尔迦,还有1957年《译文》专号译介的法国象征主义第一人波德莱尔等的诗歌理念,从而在新诗写作的题材、内容、形式、手法等方面进行拓展;朦胧派不同于当时主流诗歌标语口号式的程式化写法,重新燃起了一把刺破夜空的革命烈火,正如许多诗论家所公认:它唤醒了一种现代意识,一种新诗现代化的意识;它开启了诗歌的多个方向,启迪了当代汉语诗歌的多种可能性。可以说"朦胧诗"是新诗的中兴,是新诗的再革命,功莫大焉。现在,朦胧派也成为百年新诗优秀传统的一部分。

总之,熊熊"地火""人火",是中国现代新诗的重要传统,为什么不继承这个传统,不发扬这个传统呢?这是医治当下诗歌某种病症的一剂良药啊!

当然,历史发展了,时代不同了,尤其是市场经济时代到来了,需要新的诗歌思维、新的诗歌抒写方式、新的诗歌语言。20世纪60年代末至70年代朦胧诗的崛起,是诗歌的一场"革命";90年代至本世纪,又进行了"革命"之"革命"。这是符合历史发展规律的。燕祥,你也随时代发展,总结以往的经验教训,进行了自我革命,你所谓"不再配合任何时事,而只写真情,写自己",正是你革命的宣示。但是历史再发展,时代再不同,新的人民大众还在,你能够离开人民母亲而存在吗?你这些年写的诗(包括那些打油诗),仍然紧紧地贴近时代、贴近人民;你是人民的诗人。一个诗人,做时代的夜莺也行,做时代的啄木鸟也行,无论如何你不能与时代、与历史、与广大民众脱离了联系啊。

2020年4月23日于北京安华桥蜗居

不要忽视了“胡适、徐志摩们”

燕祥，你好！

前一封信谈了郭沫若、闻一多等经常被人们称道的“一干人马”。这种称道，往往充溢着强烈的意识形态色彩，满怀所谓“革命”情怀，或“爱国”情怀。

由于意识形态的原因，过去常常低看了甚至忽略了百年新诗中徐志摩们的意义和贡献；再往前推，包括胡适及其他新诗开创时期“新文化革命”派所作出的贡献，我们的评论家也常常对之评价不足。这是今天应该反思的。其实，“胡适、徐志摩们”同样对新诗作出了革命性的贡献，应该作出历史主义的高度评价。他们开创新诗、建设新诗的探索性的实践，是一场革命。如果我们回顾一下当时胡适们最早和最初阶段的白话新诗的遭遇，会看到他们是冒着林琴南、辜鸿铭、黄侃、刘师培们的“枪林弹雨”而前行的。新旧文化（包括新旧文学、诗歌）的斗争，杀得刀刀见骨。

今天再读一读胡适们的白话新诗，可能感到当年诗人诗作太“幼稚”，像个刚刚学走路的孩子；但是，你也同样应该感觉到他们是冒着顽固派的冷枪热剑前行的，他们的诗里燃烧着白话运动和文学革命的“地火”“人火”，充满着那个时代浓浓的时代气息和人情味儿——也是地气儿、人气儿十足的。

不妨从根儿上说起，说得具体一些。

胡适《尝试集》印行的白话新诗《蝴蝶》（两个黄蝴蝶，双双飞上天。不知为什么，一个忽飞还。剩下那一个，孤单怪可怜。也无心上天，天上太孤单）、《鸽子》（云淡天高，好一片晚秋天气！/有一群鸽子，在空中游戏。/看他们三三两两，/回环来往，/夷犹如意，——/忽地里，翻身映日，/白羽衬青天，十分鲜丽！）、《一颗遭劫的星》（热极了！/更没有一点风！/那又轻又细的马缨花须/动也不动一动！//好容易一颗大星出来；/我们知道夜凉将到了：——/仍旧是热，仍旧没有风，/只是我们心里不烦躁了。//忽然一大块黑云/把那颗清凉光明的星围住；/那块云越积越大，/那颗星再也冲不出去！//乌云越积越大，/遮尽了一天的明霞；/一阵风来，/拳头大的雨点淋漓打下！//大雨过后，/满天的星都放光了。/那颗大星欢迎着他们，/大家齐说"世界更清凉了！"），以及《湖上》《梦与诗》等，被林琴南为代表的桐城派以及留着长辫子的辜鸿铭等骂为"黄口小儿"，嗤之以鼻。这是中国百年文化史、百年文学史、百年诗史上的重大事件。面对这些新诗，今天读来的确有点儿像看刚学走路的孩子，天真得可爱又可笑。有人戏称胡适为"黄蝴蝶教授"。这一称呼，在旧学人看来，是对胡适那"黄口小儿"的揶揄、讽刺、嘲笑；在新学人看来，何尝不可以看作对"孩童"的爱称呢？无论如何，胡适的首创之功不能抹杀。胡适发表的译诗《关不住了》（原诗作者是美国女诗人蒂斯代尔），有意无意地（也许他当时并没有自觉的意识）为中国现代新诗刻出一个更好看的模子，被人们称道和认可。

汉语新诗开创时代，胡适的《尝试集》，不论人们怎么看不上眼，但是，就像原始人制作第一件石器，你不能不看重。跟随胡适写新诗的还有一大批拥护新文化运动的干将和文化名人：沈尹默、刘大白、刘半农、朱自清……连我们文学研究所以研究《红楼梦》著称的老前辈俞平伯，那时20岁左右，也都写新诗——好像那时凡是"新文化运动"阵营里的人，都想在白话新诗上试试身手。这无疑壮大了新诗阵营的革命声势。那是在中华民族"三千年未有之大变局"之形势下，当时文化界先驱者的伟大革命举动，是思想现代化、文化现代化、文学现代化的一部分。

历史潮流不可阻挡，现代化脚步无孔不入，连那时的皇宫里也渗透进现代化的"魔鬼"——溥仪请了苏格兰文学硕士庄士敦做他的老师，还吃上了西餐，骑上了自行车，用上了电话——1922年5月逊帝溥仪还用电话约胡适博士进宫晤谈。不过在当时，这件事遭到新旧两派痛骂。

白话新诗是历史的必然产物。胡适们为现代新诗走出了第一步和最初几步，是新诗开创之元勋。胡适之外，沈尹默的《三弦》(1918)、俞平伯的《冬夜之公园》(1918)、刘大白的《卖布谣》(1920)以及随后的《邮吻》《秋晚的江上》，刘半农《教我如何不想她》(1920)，朱自清《煤》(1920)……都是最早的白话新诗。俞平伯的白话诗集《冬夜》虽出版于1922年(这是继1920年胡适《尝试集》、1921年郭沫若《女神》之后出版的第三部白话诗集)，但其中有的诗如《冬夜之公园》写于1918年。这些白话新诗元勋们的诗，可以说都是对“人的解放”“情的解放”的讴歌，是新诗革命实践。这在当时守旧势力仍然非常强大的情势下，是需要胆量的。而且，总的来说，他们的白话新诗是接地气儿、接人气儿的。这是中国百年白话新诗优秀传统之始。

1922年3月，几个青年诗人应修人、汪静之、潘漠华、冯雪峰在杭州西湖结成诗社，出版《湖畔》诗歌合集，成为著名的湖畔诗派。特别是汪静之的《蕙的风》，影响很大。他们的诗被人称赞为没有沾染旧文章习气的老老实实的少年白话新诗。

徐志摩作为新月派的盟主、中国20世纪20—30年代现代新诗最重要的代表性诗人，写下了大量脍炙人口的诗篇。有人评价他的诗：字句清新，韵律谐和，比喻新奇，想象丰富，意境优美，神思飘逸，富于变化，并追求艺术形式的整饬、华美，具有鲜明的艺术个性。这是符合实际的。我读郭沫若的诗，遇到的是一团烈火；而读徐志摩的诗，则是如沐春风。读徐志摩的《再别康桥》《沙扬娜拉》《雪花的快乐》《偶然》《我不知道风是在哪一个方向吹》等，就像春日走在北海公园岸边，翠绿的垂柳轻轻拂面，水里的倒影微微摇动，向你招手，向你微笑。这里虽无所谓“革命豪情”，但仍有普通人浓浓的情韵。这里有真情、有人情，温暖而实在。他的诗并非“去历史”“去现实”，而是那个时代、那个历史、那个现实的另一种反射，也充满人气儿；并不是只有“革命豪情”的诗才有人气儿。[①]归根到底，徐志摩等人的优秀诗歌，也是充满人气儿的，是那个历史时代和社会现实的产物。

徐志摩是一位所谓超阶级的“不含党派色彩的诗人”。我们应该以更加包容的态度对待他。我们不必要求他写出郭沫若、艾青、田间那样的诗。但他的诗同样是真诗、好诗。今天仍然可以从他那里汲取营养。

与徐志摩相当亲密的其他那些新月派诗人亦如是，譬如林徽因。我感觉她与徐志摩，在诗歌上，可以“兄妹”称之；只是林徽因更多一些女性的柔美和温存。

这里还要特别说一说新月派名下的闻一多。他是一位伟大的爱国者、一位杰出的诗人、一位著名古典文学研究家，同时是一位出色的画家（20世纪20年代他到美国留学，学的是美术，他留下来的多幅素描，被美术界公认为一流作品）。闻一多对中国新文化作出了多方面的贡献。他的新诗集《红烛》《死水》，是汉语新诗史上的精品；特别是他对新格律诗的建树，对汉语新诗的发展发挥了独特的作用，至今人们依然念念不忘。我打算等以后谈新诗声律时，重点加以介绍和评述。

其他“新月人”不细论。但总的来说，他们也都是接人气儿的。

还有一些诗人，如“雨巷诗人”戴望舒，用象征手法（他也被视为象征派诗人之一）抒发柔柔的、暖暖的情思。他在1927年创作了《雨巷》，咏唱诗人“撑着油纸伞”，独自彷徨在悠长而又寂寥的雨巷，希望逢着“一个丁香一样地结着愁怨的姑娘”，这个姑娘有着丁

---

① 写了这封信之后11天，我又读到龙之朱的一篇纪念汪曾祺的文章《汪曾祺百年祭：文学就该回到人》（该文见凤凰网国学，2020年5月1日），其中说：“金刚怒目、长歌当哭、浩荡长风、雍雍穆穆……这些当然是能够裹挟着伟力的时代洪流，但洪流之下，也不妨给山里的清泉、林间的小鸟、路边的草花留一些空间。生命从来都是全方位、多层次、活色生香的体验，更多回归到人本，更多呈现质感的生活，更多镌刻一些时代的细节，本身就是文学和文学家的使命。”对徐志摩们，我们何不看作是洪流之下“山里的清泉、林间的小鸟、路边的草花”呢？那也是“人本”的一部分啊。

香一样的颜色与芬芳，而她的内心却结着忧愁、哀怨……你会感受到一位多情的青年如此美丽的哀婉情怀。此诗读起来旋律回荡、节奏流畅，富有韵律美。戴望舒在20世纪30年代成为现代派领袖，诗风也有所变化；1941年他在香港因抗日而被捕入狱，写下《狱中题壁》和《我用残损的手掌》等作品，表现出崇高的民族气节，令人尊敬。而他的爱情故事可入小说，非常有趣。他是一位值得纪念的有人气儿的诗人。

还有众多值得记住的诗人，像冯至和他的十四行诗，像何其芳和他的《预言》《夜歌和白天的歌》，像卞之琳和他的《断章》（你站在桥上看风景，看风景人在楼上看你；明月装饰了你的窗子，你装饰了别人的梦）等。

还有被称为中国象征派诗歌之祖的李金发，他最早带来法国象征派诗人波德莱尔、魏尔伦、马拉美等人的诗风；在艺术上，象征派诗人拓展和丰富了中国新诗的表现能力和表现手法，丰满了新诗的形态，是有功劳的。近日我重读李金发的诗，他的有些诗的确过于朦胧，晦涩难懂；但有些诗也并不难懂，而其中奇特的审美想象和敏锐细腻的艺术感觉，乃天才之笔，妙极，令人陶醉。例如《一无所有》中写落日和晚霞："落日为了晚霞而嫉妒，/还想有半秒的回顾，/奈毛发愈散愈赤/颊儿亦涨红了，/只得羞赧地掩面而去。"《春思》中写月亮与雾气："月儿乘了雾气之车来了，/是夜的开始么？"又，写思念："那边的记忆从这边思念着，/正同你说话的颠倒。/留心么？听，游行的风/正磨砺松梢的针尖，/怕要刺到汝心里流血。"还有好多非常美的诗句，使我爱不释手。李金发在抗日战争时期表现出可贵的民族气节。

还有创造社发起人之一穆木天，他也是象征派的一员。1925年他所创作的《落花》是一首爱情诗，象征主义色彩很显著，虽有些朦胧，却情真意浓。后来他转向现实主义。另一位创造社成员又是象征派诗人的王独清，在诗歌创作上也有独到的成绩，他的许多诗，内容上属象征派，形式上却讲究格律，如《我从Café中出来……》《月光》《吊罗马》《但丁墓前》等，这些诗其实并不朦胧，无晦涩难懂的毛病，而读起来朗朗上口，富有音乐美。他的贡献也应予以重视。

中国百年新诗史上还有一个曾经辉煌后来受过诸多磨难的诗派，这就是现实主义的七月派。他们众多诗人的名字曾经十分光彩，如胡风、艾青、阿垅、邹荻帆、鲁藜、孙钿、彭燕郊、方然、冀汸、钟瑄、郑思、曾卓、杜谷、绿原、胡征、芦甸、徐放、牛汉、鲁煤、化铁、朱健、朱谷怀、罗洛等，其中有的名字我们前面曾经提到过。我之所以不厌其烦地列出这么多名字，是因为他们绝大多数人由于众所周知的原因而遭受磨难，理应为他们多写几笔。他们把诗作为战斗的武器，追求诗歌与时代的密切结合，与人民融为一体，歌颂民族的生命力，抒发主观战斗激情。他们是最接地气儿、最接人气儿的诗人。我们应该向他们致敬，向他们学习，不要浪费了他们给百年新诗留下的宝贵财富。

还有九叶诗派也不能忘记。它是20世纪30年代末到40年代(1938—1948)形成的一个具有现代主义倾向的诗歌流派。辛笛、陈敬容、唐祈、唐湜、穆旦、郑敏、杜运燮、袁可嘉、杭约赫九人曾结集出版诗集《九叶集》，故称九叶诗派。这个诗派主张“人的文学”“人民的文学”和“生命的文学”，既反对唯艺术论，也反对唯功利论，企图在现实和艺术之间求得恰当的平衡，具有强烈的历史时代感和现实精神。在艺术上，主张使新诗成为现实、象征和玄学的融汇，注重在诗歌里营造新颖奇特的意象和境界。应该从他们那里汲取营养。

还有20世纪50年代由贺敬之、李季、郭小川、公刘、邵燕祥、李瑛、闻捷等组成的“共和国诗派”。他们是共和国的热情歌颂者，他们的真挚和纯情的爱不容怀疑，也不能轻率地进行调侃甚至亵渎。他们的优秀诗歌是百年新诗的重要组成部分，是值得尊敬的。20世纪50年代以至60年代读中学读大学的文学人，是喝着“共和国诗派”的乳汁长大的。对“共和国诗派”的功过是非，需要沉下心来认真思考、总结。

我们也应该以同样的态度对待宝岛台湾的许多诗人，如纪弦、痖弦、郑愁予、周梦蝶、洛夫、余光中、杨牧、席慕蓉等。他们有自己的理念和追求，但他们同样写出了许多人情味儿十足的好诗。仅举周梦蝶的一首诗,《孤独国》:“昨夜,我又梦见我/赤裸裸地趺坐在负雪的山峰上。//这里的气候黏在冬天与春天的接口处/(这里的雪是温柔如天鹅绒的)/这里没有嬲骚的市声/只有时间嚼着时间的反刍的微响/这里没有眼镜蛇、猫头鹰与人面兽/只有曼陀罗花、橄榄树和玉蝴蝶/这里没有文字、经纬、千手千眼佛/触处是一团浑浑莽莽沉默的吞吐的力//这里白昼幽阒窈窕如夜/夜比白昼更绮丽、丰实、光灿/而这里的寒冷如酒,封藏着诗和美/甚至虚空也懂手谈,邀来满天忘言的繁星……//过去伫足不去,未来不来/我是‘现在’的臣仆,也是帝皇。”周梦蝶钻到了人的心灵深处,触摸人的心灵之震动,体味人生之过去、现在、未来……写得多有味道!

台湾诗人的优秀诗歌,也是中国现代新诗的一部分,他们的许多诗歌也是我们应该尊敬的。

我们为解新诗当前之厄之困,迈过今天的坎儿,能不能重温中国百年新诗的历史呢?

2020年5月1日于北京安华桥蜗居

诗的创作与心智自由

燕祥,你好!

我看到你在2013年5月6日接受《南方人物周刊》记者采访时有这样一段对话:

人物周刊:您曾在您的诗歌研讨会上,提倡“言为心声”,现在读诗是否真能教化人心?

邵燕祥:在后现代诗之前,包括一些现代主义的作品在内,诗歌主要的作用在于审美。诗能丰富人的精神世界,提示人在生活当中以不同视角,看待生活、自然、社会。好的、有创造性的诗,特别是富有想象力的诗,能让人更加细致地体验世界,包括客观世界,也包括内心世界。

你居然看到我在研讨会上的简短发言,你可能记得,我在那里说,诗的核心价值是自由。离开心智的自由,离开对自由的追求,就没有真正的诗。[①]

这话说得很好。特别是“离开心智的自由,离开对自由的追求,就没有真正的诗”,说到要害处了。

这是诗歌创作的铁则,是真理。凡是真正懂诗的人,都信奉这条写诗的真理,都不约而同地强调这条铁则。例如北岛2010年在香港接受《东方早报》记者石剑锋采访时说了这样一段话:

在我看来,革命与宗教有某种共性,那是一种“想象的共同体”,并依赖组织甚至武装力量来完成改造人类的目的——“存天理,灭人欲”。而诗歌不同,它纯属个人的想象,自我认知自我解

① 彭苏:《邵燕祥——我的人生是失败的人生》,《南方人物周刊》2013年第13期。

放，无组织无纪律，不存在任何外在的强制性与侵略性。[①]

北岛是在香港那个环境下说这些话的，所以他的表述与内地不大一样。但他强调“诗歌不同，它纯属个人的想象，自我认知自我解放，无组织无纪律，不存在任何外在的强制性与侵略性”，与你说的“诗的核心价值是自由。离开心智的自由，离开对自由的追求，就没有真正的诗”，意思是相通的；或曰：是另一种表述法。

凡是真正的诗，好诗，都是在“心智的自由”“自由的追求”之下，或者在“自我认知自我解放，无组织无纪律，不存在任何外在的强制性与侵略性”之下写出来的。只要有“心智的自由”“自由的追求”，有“自我认知自我解放”，即使在监狱里也能写出好诗。文天祥的《正气歌》（“天地有正气，杂然赋流形。下则为河岳，上则为日星……”）和叶挺的《囚歌》（“为人进出的门紧锁着，/为狗爬走的洞敞开着，/一个声音高叫着：/爬出来吧，给你自由！/我渴望着自由，/但也深知道——/人的躯体哪能由狗的洞子爬出！/我只能期待着，/那一天——/地下的火冲腾，/把这活棺材和我一齐烧掉，/我应该在烈火和热血中得到永生。”）都是在狱中写的，都是千古绝唱。

关于上述写诗的铁则和真理，中国百年新诗的历史，可以提供正、反两个方面的经验，充分吸取这些经验教训，也可以帮助今天新诗摆脱困境，度过危机，迈过这道“坎儿”。

关于百年新诗的正面经验，以往我们说得已经够多了。谢冕所谓新诗是当代的骄傲，郭沫若那种“无法无天”的自由狂放，徐志摩那种恬淡自在、自我圆满，即是正面的心境自由的表现，一看便知，不再赘言。关于反面经验，近些年才有人讨论。

燕祥，你在接受采访时曾说：“鲁迅曾讲什么是‘诗歌之敌’，如果按照他的思路，我觉得我们现在的诗歌之敌和文学之敌，一是官场化，另一个是过度市场化。这两者从根本上妨碍了我们许许多多有才华的作家自由创作的精神，它们都是枷锁。”

我赞同你的话。

---

① 北岛的话最初见于2010年1月17日《东方早报·上海访谈》，原题为《当代诗歌的困境》；收入北岛《古老的敌意》时改题为《另一种声音》，第36页。

百年间，妨害“心智自由”的因素，主要就是这两个方面。

先说“官场化”。在极左思潮盛行的时代，特别是“四人帮”肆虐的那些年，诗和所有文学的功能，都局限于直接的政治意义，“革命功利主义”使那时最流行的诗都变成了政治口号、政治鼓动；而诗人写诗，动辄莫名其妙地“被”认为政治倾向有问题、思想感情不健康，给扣上各种各样的帽子予以讨伐。著名演员赵丹临终前就表达了他反对艺术“官场化”的意见，乔木对赵丹所说意见的态度是：“很难得，赵丹在重病期间还思考问题，不简单。宗英整理出文字吧。”（这些话记述在赵丹妻子黄宗英发表在《时代报告·中国报告文学》2014年第1期的《命运断想》一文中）

1956—1957年，在“双百”方针的鼓舞下，诗坛涌现出了一批敢于触及时弊、勇于表现生活矛盾的诗人。燕祥，你自己就是一个例子啊。此时你已不满足于描写建设题材的“政治诗”：“我以为只有面对生活中的消极面，与之斗争，缩小以至消除它，才能扩大光明面，这是‘为政治服务’的辩证法，是更深刻又更直接地为‘为政治服务’。我实际上从歌颂建设转向对生活中一些消极现象的批评与讽刺。”但你的《忆西湖》发表不久，就被上海姚文元归入当前诗歌创作中的不良倾向，被认为诗中的思想情感不健康，有封建士大夫的味道。你的《贾桂香》（“告诉我，回答我，是怎样的，/怎样的手，扼杀了贾桂香？”）为遭遇官僚主义与主观主义围剿而含冤自杀的女工鸣不平；你发表点名实指的讽刺诗，“对墨守成规不思进取的干部做了尖刻的嘲讽”“对无所作为又架子十足的新官僚表示极大的失望”。讽刺，本来就是文学和诗的一种重要功能。北岛接受采访时说：“中国传统文化的精髓主要是审美，而审美如果没有足够的批判与反省意识伴随的话，就很容易变质，变得矫饰、滥情甚至腐朽。自19世纪下半叶以来，现代诗歌正是在与工业化引导的现代化进程的对抗中应运而生的。遗憾的是，如今很多人都忘记了这一基本前提，甚至提倡复古走唯美的老路，那是根本行不通的。”这话是有道理的。流沙河写了《草木篇》，歌颂“白杨”：“她，一柄绿光闪闪的长剑，孤伶伶地立在平原，高指蓝天。也许，一场暴风会把她连根拔去。但，纵然死了吧，她的腰也不肯向谁弯一弯！”

讽刺"藤",为了达到向上爬的目的,不惜采取损人利己的手段,甚至将别人置于死地。骂"毒菌"口蜜腹剑搞两面派的伪君子。1959年郭小川写了一首《望星空》,自由地表达了自己的某种思考,抒发了个体生命与巨大的历史洪流之间矛盾的敏锐感受。历史证明,它们都是好诗。

燕祥,你在与唐晓渡的对话中还谈道:"(20世纪)50年代初期,我一下子适应不了新的文学宣传的要求,比如,不是民歌体,写自由诗就算小资产阶级情调,根本发表不出来。"①

当时看了你的话我很吃惊:"写自由诗就算小资产阶级情调?"倘如此,那么艾青自由体的《大堰河,我的保姆》《我爱这土地》,田间抗战时期那些如战鼓般的自由体的街头诗,也都是"小资产阶级情调"?再扩大一点儿,自由体的白话新诗,都一股脑儿打成"小资产阶级情调"?连贺敬之的《回延安》《放声歌唱》,郭小川的《致青年公民》《向困难进军》《将军三部曲》,都是"小资产阶级情调"?把"写自由诗"算作"小资产阶级情调",这也是"官场化"的一种表现——"官场"干预得莫名其妙。而且,这也是把一切都意识形态化的表现。我的同事和朋友钱中文同志提出"文学是审美意识形态",我基本是赞成的,但有保留。艺术中许多方面是审美意识形态,但有的因素不是,例如诗的某些形式问题。诗歌的民歌体或自由体,并不是意识形态。绘画中,齐白石画大虾,也很难与意识形态相联系。

毛泽东说,哪里有压迫哪里就有反抗。这话是真理。党的十一届三中全会前,一批青年人(就是前面提到的早期朦胧诗派)进行了"地下"诗歌运动,并出版民间刊物《今天》,以诗歌的形式对极左思潮特别是"四人帮"的恶行进行反抗、反叛。那是在地下状态下,突破极左的"四人帮"的政治压迫和束缚,进行自由写作。北岛写了《回答》:"卑鄙是卑鄙者的通行证,/高尚是高尚者的墓志铭,/看吧,在那镀金的天空中,/飘满了死者弯曲的倒影。/冰川纪过去了,/为什么到处都是冰凌?/好望角发现了,/为什么死海里千帆

① 唐晓渡:《天地有多广阔,诗的天地就有多广阔——与邵燕祥先生一席谈》,《江南》2014年第4期。

相竞？/我来到这个世界上，/只带着纸、绳索和身影，/为了在审判之前，宣读那些被判决的声音。/告诉你吧，世界/我——不——相——信！/纵使你脚下有一千名挑战者，/那就把我算作第一千零一名。/我不相信天是蓝的，/我不相信雷的回声，/我不相信梦是假的，/我不相信死无报应……”他还写了献给遇罗克的两首诗《宣告——献给遇罗克》和《结局或开始——献给遇罗克》。《宣告》是这样写的：“也许最后的时刻到了/我没有留下遗嘱/只留下笔，给我的母亲/我并不是英雄/在没有英雄的年代里，我只想做一个人。/宁静的地平线/分开了生者和死者的行列/我只能选择天空/决不跪在地上/以显出刽子手们的高大/好阻挡自由的风/从星星的弹孔里将流出血红的黎明。”不管后来北岛自己对这些诗如何评价，但我认为它们是好诗！如果不是“自我认知自我解放，无组织无纪律，不存在任何外在的强制性与侵略性”的自由心境和自由状态，能写出这样的诗来吗？后来，北岛总是念念不忘当时的“诗歌革命”，他在2010年1月17日《东方早报·上海访谈》中说：“如果把1969年作为中国诗歌的新的开端的话，那么这场‘诗歌革命’一直持续到今天，而且会继续下去。”[①]

到“四人帮”被粉碎，进入改革开放、思想解放的新时代，情况有了大幅度改变。但是，并不是没有阻力，今后仍如北岛所说，“这场‘诗歌革命’一直持续到今天，而且会继续下去”。

燕祥，另一妨碍自由的因素，即你所说的“过度市场化”，是近些年才充分显现出来的。北岛在香港接受采访时引用帕斯在《另一种声音》中的话：“今天，艺术和文学面临一种不同的危险：不是一种学说或一个无所不知的政党在威胁它们，而是一种没有面孔、没有灵魂、没有方向的经济进程在威胁它们。市场是圆的，无人称的，不偏不倚而又不可通融的。有的人会说，照他看来，是公道的。或许如此。不过它是瞎子和聋子，既不爱文学也不爱冒险，不知也不会选择。它的审查不是思想性的，它没有思想。它只知价格，而不知价值。”这是指的“市场化”问题。燕祥，用你的话，是“过度市

① 北岛的话最初见于2010年1月17日《东方早报·上海访谈》，原题为《当代诗歌的困境》；收入北岛《古老的敌意》时改题为《另一种声音》，第36页。

场化”。北岛在上述《东方早报·上海访谈》中说:“由于商业化与意识形态的博弈与合谋,造成词与物的严重脱节,如今的写作,如同自生自灭的泡沫和无土繁殖的花草。”又说:“物欲横流,众声喧哗,让本来就很有限的精神资源变得更加贫乏。在这样的大背景下,中国诗人面临着更大的挑战。”在我看来,这正是造成了前面我所说的许多诗人“去历史”“去现实”“去大众”“龟缩于个人”倾向的重要原因之一。

诗人如何摆脱“市场”压迫,摆脱金钱的诱惑,而真正进入自由的写作状态,这是今天遇到的一个重大挑战和考验。我想,优秀诗人会迈过这个坎儿。

2020年5月4日于北京安华桥蜗居

小冰写诗为我们提出的问题

燕祥，你好！

今天谈一个新问题，即小冰（智能机器人）写诗可能造成的困惑——也许这可以算作当下新诗遇到的困惑之一。

据《环球网科技》记者樊俊卿报道（环球网，2018年8月15日）：“作为微软麾下领先的跨平台人工智能机器人，小冰能做的可能比你想象的还要多。她能陪你聊天，为你唱歌，还能在电视上直播天气预报，甚至还能为你写诗。”2018年5月23日，微软官方宣布：“诗歌创作模型少女诗人小冰开放升级至2.0公测版。在新版本下，少女诗人小冰将采用更加通俗易懂的诗歌DNN模型，辅佐更为丰富的激发方式，一次性完成多种篇幅诗歌的初稿创作工作。”此外，微软声明小冰放弃她创作的诗歌版权，所以你可以对她创作的诗歌“为所欲为”，甚至可以不必提及她参与了你的创作过程。

而激发小冰进行诗歌创作功能的操作非常简单，在和小冰聊天的界面输入指令“一起写诗吧”，小冰便进入联合创作模式。你可以通过上传一张照片或输入一段文字，来激发小冰的创作灵感，小冰经过简单的思考，很快便会完成初稿的创作，而且是一次三篇初稿的创作。

下面是发表在2017年12月16日《华西都市报·浣花溪》上的微软小冰诗歌原作：“人们在广场上游戏/太阳不嫌疲倦/我再三踟蹰/想象却皱起了眉//她飞进天空的树影/便迷路在人群里了/那是梦的翅膀/正如旧时的安适//而人生是萍水相逢/在不提防的时候降临/你和我一同住在我的梦中/偶然的梦//这样的肆意并不常见/用一天经历一世的欢喜。”公开资料显示，为了验证作品的艺术性，小冰还以真人的身份投稿，从2017年2月开始在天涯、豆瓣、贴吧和简书上用27个化名发表作品，不少人以为这是一个真的诗歌爱好者。小冰还向杂志和报社投稿,也收到刊发的邀请。现在,小冰甚至还出了一本诗集,名叫《阳光失了玻璃窗》,北京联合出版公司2017年5月印行,出版方更是噱头十足地在诗集封面上写道:“这是人类历史上第一部机器人写的诗集。”

燕祥,你看了上面小冰的诗和报道,作何感想?

能写出好诗,按常识,要有几个条件:

一是如你所说“诗的核心价值是自由。离开心智的自由,离开对自由的追求,就没有真正的诗”。

二是要有真情,诗最不能造假。

三是诗最讲究独创性,好诗必须是“第一次”,是探索“未知”,坚决反对重复和模仿。北岛在2010年回答记者提问时曾说:“写诗难呀——可以这么说吧,你每天都得从零开始,不像别的手艺,熟能生巧。”①

四是好诗必须具有个性,李白、杜甫、白居易……郭沫若、徐志摩、艾青……绝对富有“个人性”,个性鲜明。谢冕曾说:“新诗的特质必须有自己的语言、独特的意向。要写诗,记住,我的诗要跟别人不一样。”②

这四条(别人或许能够提出更多),小冰一条也做不到。

第一,小冰写诗,看起来是“自由”的,其实它的“自由”是掌握在设计者手里。就如飘在天上的风筝,那线在别人手里牵着。另外,它还要随时听从主人(使用者)指挥。记者在报道中说:“你可以通过上传一张照片或输入一段文字,来激发小冰的创作灵感。”这“上传一张照片或输入一段文字”就是主人的指令——小冰只有执行指令的“自由”。

第二,小冰诗中的情感(如果有的话),是“造”出来的——按照主人的指令的规定性而“造”情,因此是“仿情”或“假情”,或者是别的诗人的情感的综合和移植。

第三,说到独创性,“第一次”,探索“未知”,小冰更是没有资

① 石剑峰:《北岛:写诗难呀》,中青在线,2010年1月22日。

②《诗人谢冕谈中国新诗百年:新诗是当代的骄傲》,中国新闻网,2017年12月20日。

格。微软(亚洲)互联网工程院副院长、微软小冰负责人李笛说,为了掌握写诗技能,小冰“学习”了20世纪20年代以来519位诗人的现代诗,被训练了超过10000次。一开始的小冰写出的诗句毫不通顺,现在已经形成了“独特的风格、偏好和行文技巧”。这里透露一个关键信息:不论小冰写得多么像“诗”,实际上它不是“原创”的,而是“习得”的,从根儿上说,是一种模仿,是一种模仿的综合,只不过是一种更高级更复杂的模仿罢了。

第四,小冰写诗,不具有“个人性”。因为它是从“20世纪20年代以来519位诗人的现代诗,被训练了超过10000次”而写出来的。它写的诗或许像是“个人”的,实际上是“众人”的。其“语言”和“意象”,都是学习、综合了众人的。

学界对小冰评价不高。诗人于坚在公开场合表示:机器人小冰写的这些诗,令人想起以前玩过的一种语言游戏。参与者随意想出名词、动词、形容词等,再将这些词打乱后随意组合起来,在这过程中偶尔也会出现一些惊人之语。于坚说:小冰的诗都是不好的诗,是一些碎片的无机组合。设计者利用了汉语本身的诗性,汉语修辞确实会产生一些陌生化的效果。但设计者对诗的理解是业余诗歌朗诵会的水平。

诗评人秦晓宇认为:小冰的诗“是比较文学爱好者的写法”,水平不高。他甚至有些怀疑其学习的诗歌文本本身都过于良莠不齐,“应该把新诗史上有名气、好的诗歌文本作为重点学习对象”。

李开复在《人工智能》一书中明确指出:人工智能时代,程式化的、重复性的、仅依靠记忆与练习就可以掌握的技能将是最没有价值的,几乎一定可以由机器完成。最体现人的综合素质的技能,比如人对于复杂系统的综合分析、决策能力,对于艺术和文化的审美和创作性思维,基于爱、恨等情感与他人互动的能力,则在人工智能时代最有价值,也是最不容易被替代的。[①]人工智能微软小冰的逐步成长,也引发了“未来哪些领域才不会被人工智能替代”的担忧。有专家认为:当未来绝大多数人类的工作都被人工智能替代

① 以上所引资料,均参见《环球网科技》记者樊俊卿报道,环球网,2018年8月15日。

后，人类的末日可能也即将来临了。连《时间简史》的作者、著名科学家斯蒂芬·威廉·霍金都有类似担忧。

就中国目前新诗创作来说，倒是应该有另一种担忧——这就是青年评论家杨庆祥提出来的担忧。

进入4月份，我读到青年评论家杨庆祥发表在《文艺报》上的《重新建立诗与人的联系》①，提出"小冰写作"（AI写作）造成诗歌写作的"秩序化"问题。"秩序化"问题，就是"程式化""模式化""机械化"的问题。这是诗歌创作的大忌。由此还引出了写诗的"自动化"问题。如果写诗"自动化"了，还要人干什么？

这是人工智能时代出现的新问题。现在，或者未来，假如诗歌写作加入了人工智能的因素，是否排斥了人，即缺少或者断绝了"人气儿"，是不是另一个更大的危机呢？我拿不准，提出来讨论。

杨庆祥认为：我们今天重新面临"五四"的命题，也就是经过近百年的发展演变，我们的新诗传统实际上已经变成了一种高度秩序化的存在。他说："关键问题是，为什么我们会觉得小冰模仿得这么'像'？这么'真'？这么'富有诗意'？从接受美学的角度看，如果我们觉得小冰的诗歌有某种徐志摩、戴望舒、顾城、海子的'味道'，那恰好意味着，徐志摩、戴望舒、顾城、海子等诗人所塑造的诗歌美学，已经成为一种常识性的审美，并构成了一个普遍的标准。更进一步说，如果说真正的诗人的写作是一种'源代码'的话，那么，经过近100年的习得和训练，这一'源代码'已经变成了一种程序化的语言。既然我们可以通过'学习'相关诗人的作品获得创作的训练，那么小冰不过是以更快、更强的'学习'能力获得了更多甚至更好的训练，那为什么我们依然很难承认小冰写的是'诗歌'？如果我们不承认小冰写的是诗歌，那是否意味着，我们也可以承认我们经过'学习'和'训练'后写下的'诗歌'不是诗歌？在这个意义上，我们又怎么来理解100年以来的新诗传统，以及它在当下的自我复制、自动化和程序化，以及导致的严重的诗歌泡沫？我想强调的是，我个人的智慧并不能对AI的写作进行一种'真假'的判断。但在此时此刻，我们要讨论一个更具体的当下问题：我们时代的诗

① 杨庆祥：《重新建立诗与人的联系》，《文艺报》2020年4月24日。

歌写作是不是已经变得越来越程序化，越来越具有所谓的‘诗意’，从而在整体上呈现出一种‘习得’‘训练’的气质？我们是不是遗忘了诗歌写作作为‘人之心声’的最初的起源？”

杨庆祥最后很严肃地提出了一个非常严重的问题：“我们今天重新面临‘五四’的命题，也就是经过近百年的发展演变，我们的新诗传统实际上已经变成了一种高度秩序化的存在。小冰的写作就类似于古典时代的填词游戏，但它是一种缺乏‘对位’的游戏，是当代写作的一个极端化并提前来到的镜像。在这个意义上，当下写作正是一种‘小冰式’的写作。如果我们对这种自动的语言和诗意丧失警惕，并对小冰的‘习得’能力表示不屑，有一天我们也许就会发现，小冰的写作比我们的写作更‘真’，更富有内在的冲动。AI的写作是一面镜子，可以让人类更清晰地看到自己的写作已经穷途末路……在这样的文化结构和诗学观念中，写作成为一种‘新技术’，可以有标准、批量生产、获得传播，并能够在不同的语种中进行交流。与此同时，写作的秘密性、神圣感和仪式氛围被完全剥夺了。写作成为一种可以进行商业表演和彩票竞猜的技术工种。因此应该逆流而上，重新在诗歌和‘人’之间建立有机的联系。一首诗歌呈现的是一个人的形象，而这个人，只能是唯一的‘这一个’，五四新文化全部的命题其实只有一个：立人。而在100年后我们回溯这个传统，发现这依然是一个根本的、核心的命题。”

我之所以引述杨庆祥这么长一段话，是因为我觉得他提出的问题太重要了、太严重了。如果不小心，我们的诗歌创作会失去“人”，成为无“人”诗歌。多么可怕！

由小冰的“习得性”“程式化”的“无人”写作，我还想到目前诗歌创作中的“整体性”的风格或某种形式甚或语言的雷同性。在我对当前的诗歌阅读中，常常发现：许多署名不同的诗歌，怎么风格或某些语言或某种形式……那么相像？就像一只无形的手，操纵着一些不同的人，写同一风格的诗。譬如，许多诗歌很像北岛后期的作品，或者像其他某位知名诗人的作品，但又确实不是北岛所作或其他某位知名诗人所作。这种现象很可怕。这种可怕的风格

"相似性"或某些语言或某种形式的相似性，是否与"程序化"的写作有关？是否"整体上呈现出一种'习得''训练'的气质"？

燕祥，你对这个问题怎么看？

2020年5月6日于北京安华桥蜗居

第四章　关于诗歌特征问题

“无知者”的“无畏”之见

燕祥，你好！

在我写给你的最初几封信中，数次谈到欧阳江河关于诗之真假问题的观点，与此相关的是诗之好坏问题。当时我简略谈了一些看法，但是不能说真正解决了问题。要真正解决这个问题，有一个绕不过去的前提条件：诗是什么？诗的特征是什么？不以此为前提——不知道诗是什么、诗歌特征是什么，诗之真假好坏，从何谈起？

诗是什么？诗歌的特征是什么？这个问题，就像问美是什么、美的特征是什么一样，许多大家都困惑不堪。柏拉图曾在“美是什么”的问题面前，无奈地说“美是难的”；类此，文学是什么、文学的特征是什么，以及诗是什么、诗歌特征是什么，也是很难回答也很难说清的问题。很多诗人、诗论家、文艺理论家以及哲学家都曾试图回答这个问题，但答案似乎都不大理想。我在《文学是什么》一书中曾以较大篇幅谈到这个问题，特别说到前些年美国学者乔纳森·卡勒在《文学理论》(1998)中所谓要回答“文学是什么”就像回答“杂草是什么”一样困难，最后他的结论是：你认为它是什么就是什么(原话是“文学就是一个特定的社会认为它是文学的任何作品”①)。作为文学之一的诗，当然也一样。许多人干脆回避这个问题，顾左右而言他；或者耍滑头，绕着圈子说些似是而非、不痛不痒的废话。我对此予以同情地理解。

其实，对于诗是什么，诗歌特征怎样，许多诗人心里肯定有一杆秤，特别是具有丰富写诗经验的优秀诗人，脑子里储存着许许多多好诗的影像和意念，不管是否能够从理论上清晰地说出个一二三，但是真诗假诗好诗坏诗摆在面前，他明镜儿似的，一眼就看得出来。

---

① [美]乔纳森·卡勒：《文学理论》，李平译，辽宁教育出版社、牛津大学出版社1998年版，第21页。

燕祥，你写了一辈子诗，肯定有深切体认。你曾说，你当《诗刊》编辑的时候，面对许许多多诗歌来稿，一读，凭你的诗歌"感觉（第一感觉）"就会决定去留。

老实说，面对这个问题，我心里发怵。相对于诗人，我缺乏写诗的实践经验；相对于那些有成就的哲学家和诗论家，我缺乏理论素养和见识。但是，我认为面对问题不应该回避，也不应该耍滑头。当然，诗是什么、诗歌特征是什么，会随历史时代变化而变化；不可能存在一个永恒的亘古不变的绝对真理。但是，每个历史时代的人应该根据他所在的历史时代和社会现实提供的条件和要求，作出自己的回答；虽然这回答不可能是超历史、超时代的绝对真理，但可以是当时社会历史的回声，具有那个时代、那个社会的现实意义。今天我想依据我们这个历史时代的社会现实和文学现实（诗歌现实），鼓起勇气谈谈自己对这个问题的"感觉"——所谓"感觉"者，是说我没有把握认定自己已经达到理性层面的认识，可能只是作些感性描述；所以，我不能不只说些感性层面的"感觉"。或许，部分"感觉"没有什么价值，属于"胡说八道"之类；或许，部分"感觉"自以为新鲜，其实人云亦云，"地球人"都知道；或许，部分"感觉"具有某种理论因素，还有点儿参考价值？我不知道。

而且，我今天所谈，可能应了那句话：无知者无畏。因为无知，才大着胆子说说"感觉"。本着我一直倡导的"说自己的话"的宗旨，说说我"感觉"里的诗歌特征有哪些，也许无害有益——说不定我的"感觉"可能在有意无意间对人们有着某种正面或反面的启示呢。反正，学术问题，说得不对也不至于怎么样，试错而已。因为毕竟已经到了21世纪的20年代，不同于40年前，更不同于100年前。燕祥，你说我的想法对吗？

谈诗歌的特征，得有个参照物。与什么相比谈它的特征？与科学？与宗教？与哲学？与伦理道德？它们之间，差别太明显；即使你不与它们相比较，人们也很容易看出差别和不同点来。所以，用它们作为参照物，意义不大。

与其他艺术种类相比？例如与绘画？与雕刻？与舞蹈？与音乐？与建筑？与戏剧？与电影？与电视？诗与它们虽同属艺术这

一大类，但其间的差异也比较明显，若以上述艺术为参照物，也不是最佳选择。

我认为，与诗歌比较接近的是散文。诗歌与散文，同属于艺术这一大类之下的文学，这就缩小了范围。当然，广义的散文，包括艺术散文（即美文）、小说、剧本文学、电影文学、小品、政论，等等；而其中最接近诗歌的是艺术散文。所以我认为应该拿诗歌与散文，特别是其中的艺术散文相比。只要把这些最相近的东西之间的区别弄清楚，诗歌的特征自然凸显出来。

我还要说明一点：事物之间——艺术范围中各门类之间，文学范围中各分支之间，并无绝对界限。特别是诗歌与散文之间，更是如此，不是还有诗歌与散文（美文）的杂交品种“散文诗”吗？所以任何将问题绝对化的看法和做法，都是不可取的。所谓差别，只是相对而言。

赶紧说正题：我这里就开始把散文（特别是艺术散文）作为参照物来谈诗歌特征。我认为，与散文（以后的论述中，许多地方我将其简称为“文”）相比，诗歌是“另类”文体。相比于散文，依我的“感觉”，并且吸收历代许多有识者的见解，诗歌的特征或许可以概括为以下几点：

1. 诗与文比，单位体积密度大。假如诗与文能够称重，你把它们各自拿在手里掂一掂，诗明显要重一些。或者说，诗比文含金量高，如果说散文是金沙，那么，诗就是里面提纯了的金子。可以总括为一句话：诗是“文精”。

2. 诗无达诂、诗尚多解——这是诗歌的固有特质之一。

3.“象征”与“朦胧”，也是诗歌的重要品性之一。

4. 诗歌须特别讲究节奏和韵律。所谓“特别”者，是说，一般而言，散文，特别是美文，也要讲究节奏和韵律（文之抑扬顿挫、快慢缓急、跌宕起伏）；但是，二者相比，诗歌为甚。这是诗歌自产生起一直传下来的本根性特质之一。

5. 诗即意味着创造，尤其是，诗尚独创。其他活动可以集体创造，诗则特别强调独创。诗忌讳模仿，更鄙视抄袭。当然，初学写诗者免不了模仿，但能够摆脱模仿，这是他成为真正诗人的标志。

至于抄袭,那是道德问题,此处不论。

因为“诗尚独创”,所以写诗特别讲究“个人性”——这是“我”创作的,那是“他”创作的;不存在这是“我们”创作的,那是“他们”创作的。真正的诗,其作者总是单数,而不是复数。即使那些所谓“集体创作”的史诗,只是在长期流传中模糊了作者的真实姓名,而不是不存在个人作者。流传时的修改者,也留下了他的个人性,只是没有细细考察或留意而已。

6.诗要探索未知(欧阳江河在一次访谈中就特别强调这一点,我很赞同)。诗是人类未知领域的探索形式之一,特别是精神世界的未知领域,如感觉上的未知领域、情感上的未知领域、理智上的未知领域乃至认识上和知识上的未知领域等。诗是以自己的方式对人类精神潜能的拓展,包括感觉的、情感的、理智的、思想的潜能的拓展。

…………

以上,恐怕古今中外皆然。

我再强调一句:以上各条,并不都是我个人的看法,更不全是我个人的发明,里面吸收了许多有识者的意见。

燕祥,不知我所说的上述几条是否合适?

我知道你曾说过这样的话:“诗和文还是有区别的。清代有论者说,文是饭,诗是酒。我把公共题材更多地交给杂文来处理,诗歌则更多处理我个人的情感,当然也不是自言自语。”[①]这段话已经透露出你关于诗文区别问题的一些见解,例如“文是饭,诗是酒”,例如诗与文在体裁上的差异,以及“公共语境和个人语境”的不同,等等。而以你的丰富经验和学识,可能会举出更多条款。很想听到你单独就这个问题更多地谈谈你的高见。

就我个人而言,只能先说出这些。

当然,我说的上面几条,还是显得太笼统、太抽象。下面几封信,我将分别进行比较详细、比较具体的叙述。

2020年5月22日于安华桥蜗居

① 唐晓渡:《天地有多广阔,诗的天地就有多广阔——与邵燕祥先生一席谈》,《江南》2014年第4期。

诗是“文精”

燕祥你好!

谈诗歌特征,你作为有成就的诗人,一定比我更有体会。我想到的第一点就是:诗是“文精”(这也就是你引清人所谓“文是饭,诗是酒”的意思)。

诗是“文精”,大概这是历代中外有识者的一种共识,我越不过去,只是继承前贤的这种看法加以发扬。这里,我还是从“感觉”上谈谈我的体会。所谓诗是“文精”,此处之“精”,其意与“味精”“鸡精”之“精”,用法相近。它是事物中提炼出来的精华。一吨金矿石,好的至多可以提炼5克黄金,差的只有1克或2克。诗,就是类似于从金矿石中提炼出来的金子。或者,是类似于从相应的植物或动物中提炼出来的“味精”“鸡精”。

诗,也可以说是诗人从生活中提炼出来的人生之“精”、生命之“精”。你在1987年写了一首很短的诗《断句》:“走在/秋天的田野上/我问老托尔斯泰://一切/成熟了的/都必须低垂着头么?”读了它,我掩卷沉思良久。它浓缩了多少人生体验啊!而且其中又特别有着你自己坎坷的人生经验,恐怕别人写不出“一切/成熟了的/都必须低垂着头么?”这样的句子。若把这样的体验写成散文,不知要花去多少笔墨。这还不是“文精”吗?

再看看曾卓那首《悬崖边的树》:“不知道是什么奇异的风/将一棵树吹到了那边——/平原尽头/临近深谷的悬崖上//它倾听远处森林的喧哗/和深谷中小溪的歌唱/它孤独地站在那里/显得寂寞而又倔强//它的弯曲的身体/留下了风的形状/它似乎即将倾跌进深谷里/却又像是要展翅飞翔……”这是曾卓1970年创作的一首诗,那时他仍然处于人生逆境之中。我第一次听到这首诗,是在1984年春天成渝铁路的火车上。那次我们北京的几位同行与曾卓的女儿萌萌(她叫鲁萌,但经常用“萌萌”这个名字发表文章,人们也这么叫她)一起到昆明开诗歌研讨会,回程同乘火车。她记忆力那么好,一首接一首地为我们背诵她爸爸的诗。火车似乎随着诗的节奏在隧道中穿行。当她背诵这首诗的时候,我突然感到像被蜇了一下,心灵受到强烈震撼。我请求她:你再背诵一遍。我仍然非常激动。这首诗让我们看到了一个被压榨中仍然顽强不屈地与命运抗争,在非人状态下仍然不放弃对美好理想的追求,即使折断翅膀也要飞翔的人格精神……这是人生经验的浓缩,尤其是曾卓生命的浓缩。这里面包含着多么丰富的人生体验啊！要用散文,得写多少文字啊。而它,却凝聚在短短的一首诗中。这还不是"文精"吗?

我再一次说说诗人韩瀚的《重量》:"她把带血的头颅,/放在生命的天平上,/让所有苟活者,/都失去了/——重量。"诗人韩瀚为悼念张志新烈士而作的这首短诗,浓缩了多少深刻的历史内涵和人生价值啊！它是精华中的精华,其味无穷。

张志新是中共辽宁省委宣传部的一名干部。面对"四人帮"的暴行,她坚持真理,惨遭杀害。她说:"强迫自己把真理说成错误是不行的,让我投降办不到。人活着,就要光明正大,理直气壮,不能奴颜婢膝,低三下四。我不想奴役别人,也不许别人奴役自己……"

韩瀚的《重量》这首诗一问世,就不胫而走,被广为传抄。我读到这首诗的时候,全国全民正在热议张志新,悲伤,愤怒,唏嘘不已。我当时已经读了不少篇有关张志新的文章,也亲耳听到辽宁一位诗人朋友(他是我的宁津同乡)讲述张志新的详细遭遇,不时拍案。

当我读到韩瀚这首诗时,受到前所未有的强烈刺激,好几天都不能平静。短短一首诗,不过五行,27个字,字字千斤又字字千金。它蕴含着特定时代一个殉道者的伟大人生价值,它有着一部伟大悲剧的分量和力量。

凡是真正的诗篇,优秀的诗篇,都应该如此,可能程度不同。譬如我在最初给你写的信中所提到的臧克家的《老马》(不再重复引述该诗文本了),它浓缩了一代农民的人生命运。还有英国诗人雪莱的《西风颂》（“西风啊，冬天来了，春天还会远吗？”），它唤起你无穷遐思，你可以联想到诗语后面生活的、哲学的丰富内涵。若用散文阐释它，要有多少文字啊！

还可以举我们唐代的伟大诗人杜甫的“朱门酒肉臭，路有冻死骨”，它浓缩了一个时代的典型景象。这是他的长诗《自京赴奉先县咏怀五百字》中的两句，就这两句，杜甫可以不朽矣。还可以举元代散曲家张养浩的千古名句“兴，百姓苦；亡，百姓苦”，也是时代缩影。张养浩是我的山东老乡，他是曲家，也是当时的好官员。他60岁的时候，受命到陕西赈灾，一路所见，写下了《山坡羊·潼关怀古》：“峰峦如聚，波涛如怒，山河表里潼关路。望西都，意踌躇。伤心秦汉经行处，宫阙万间都做了土。兴，百姓苦；亡，百姓苦！”最后张养浩累死于赈灾任所。有“兴，百姓苦；亡，百姓苦”八个字，张养浩也可以不朽矣。

著名学者和作家、我们中国社会科学院的研究员杨绛先生，在她百岁寿辰时接受采访，曾说：“我喜欢和人民大众一气的作家，如杜甫，不喜欢超出人民大众的李白。李白才华出众，不由人不佩服，但是比较起来，杜甫是我最喜爱的诗人。”杜甫和张养浩之所以不朽，也是因为他们是“和人民大众一气的作家”，正因为如此，他们才能够提炼出人民的生命之“精”——不过，这是另一层面的问题，以后有机会再说。

诗是“文精”，这句话还包含这样的意思：好的文章，尤其是美文（艺术散文），也包括小说、戏剧、电影，其中必有诗味在焉，常常以“史诗”称之；即使历史著作如《史记》，也被鲁迅称为“无韵之离骚”。总之诗是文的精华。

当然，“文精”的意思并不是说写诗的时候，先写一篇散文，然后提取其精华而成为诗。不是的。诗人不会这么愚，凡是有点常识者也不会持如此可笑的见识。

我所要强调的是：与散文相比，诗歌究竟是“另类”文体。

诗作为“另类”文体，若进一步申述它不同于文的比较显眼儿的特性，就是：诗的字词语句（或整首诗），明显比文的字词语句（或整篇文），含量大，分量重。如果拿数字1做底数，那么，诗的字词语句（或整首诗）的含量，不只是1，而是10，是100，是1000。欧阳江河曾经批评汪国真诗歌语言没有质感，他说我们诗歌的语言，若以数字比，要从1到100，或从1到1000，语言幅度很大；而汪国真诗的语言居然只到1或2，或者从1000到1001或1002，幅度很小。欧阳江河对汪国真的批评可能不完全准确，而且这里也不只是“幅度”问题（平面的“量”的问题），而是“密度”问题（立体的“质”的问题），是整个的蕴藏量问题。但欧阳江河的意思是可取的，也能给人以启发，即诗不仅单位面积包含的东西多，而且单位体积密度大。若文的字词语句（或整篇文）密度是1，是2，是3，那么诗则是10，是100，是1000。总之，一般说，以单位计，诗的蕴藏量比文的蕴藏量大得多。拿硬木（红木）与普通木头做比方，一般而言，诗犹如硬木（紫檀、酸枝木、鸡翅木），单位体积密度大，分量重，放在水里马上下沉。文犹如普通木头，相对而言单位体积密度较小，分量较轻，放在水里可能沉不下去而是浮在水面上。

还是那句话：

诗是“文精”啊！

2020年5月23日于安华桥蜗居

诗无达诂

燕祥你好！

前面说过：诗无达诂、诗尚多解。我认为这是诗歌的固有特征，你作为有经验有成就的诗人，一定深有体会。

对于我来说，诗无达诂是我自打少年接触诗歌起，就隐隐约约接受的一个观念，是感性的"熏陶"。20世纪50年代初我读到何其芳写的第一首诗《我们最伟大的节日》（写于1949年10月初），诗的第一节是："中华人民共和国/在隆隆的雷声里诞生。/是如此巨大的国家的诞生，/是经过了如此长期的苦痛/而又如此欢乐的诞生，/就不能不像暴风雨一样打击着敌人，/像雷一样发出震动世界的声音……"当时我还不怎么懂诗，但按何其芳自己在《〈我们最伟大的节日〉小序》的说明[1]，老师说，这"雷声""暴风雨"既是自然界的——天上打雷，暴风雨，又是社会的——人间政治风雷。它们可以是实指，又可以是比喻、象征。同样一个词语，竟有如此不同含义。诗就是这个样子的，诗里的"雷声"可以多解，"诗无达诂"嘛。

上大学念中文系，学中国文学史，读古代诗歌，更多地接触诗无达诂、诗尚多解的问题。老师在讲台上讲《诗经》、楚辞，特别是讲唐诗、宋词，常常摇头晃脑、抑扬顿挫地念一首首诗词。每读到得意处，便微微闭着眼，嘴中重复地说："好！好！好……"正在学习中国古典诗词的大学生，只听"好"字连连，没有下文，摸不着头脑，不知"好"在哪里，急切地等着老师讲解，而我们这位老师总是一两分钟之后（也许没有那么长，但当时感觉相当长）才从陶醉中醒来，细说为什么好。

---

① 何其芳发表于《人民文学》1949年创刊号上的《〈我们最伟大的节日〉小序》中有一段说明："1949年9月21日，中国人民政治协商会议第一届全体会议在北京开幕。毛泽东主席在开幕词中说：'我们团结起来，以人民解放战争和人民大革命打倒了内外压迫者，宣布中华人民共和国的成立了。'他讲话以后，一阵短促的暴风雨突然来临，我们坐在会场里也听到了由远而近的雷声。"

他说出一条、两条、三条……然后总是说：同学们自己下去慢慢体会吧，可能还会有更多的意思。譬如，学习《诗经·蒹葭》："蒹葭苍苍，白露为霜。所谓伊人，在水一方。溯洄从之，道阻且长。溯游从之，宛在水中央……"看老师的样子，仿佛他也站在水边，望着水中央的"伊人"。他连说："那景象，那情愫，你体会不尽的，体会不尽的。"学习《离骚》，读到"长太息以掩涕兮，哀民生之多艰。余虽好修姱以鞿羁兮，謇朝谇而夕替。既替余以蕙纕兮，又申之以揽茝。亦余心之所善兮，虽九死其犹未悔"时，老师似乎与屈原一样地为民悲苦，他说，同学们读这些诗句，你可以想象比字面意思更多，屈原还有许多没有说出来的意思蕴藏在字里行间。他补充了一句：你们要特别想象那还没有说出来的意思。特别是学习杜甫《登高》，在解释"无边落木萧萧下，不尽长江滚滚来"的时候，老师说，除了语句的对称之美，你看诗人在这两句诗中装进了多少内容，有着多么丰富的蕴藏和意味：仰看萧萧落木，俯视滚滚长江，那场面何等辽远宏阔，然气氛又何等肃杀萧瑟。这是景物。那么诗人主观上又表达了怎样的情怀呢——是岁暮伤感？是韶光易逝？是壮志难酬？是人生易老而天地永恒？可以有多种解说。总之，仅这两句诗，就会激起你无穷想象。真乃千古绝唱！读李清照《武陵春·春晚》（"风住尘香花已尽，日晚倦梳头。物是人非事事休。欲语泪先流。闻说双溪春尚好，也拟泛轻舟。只恐双溪舴艋舟。载不动、许多愁"），老师很悲苦的样子，说李清照是咱们山东老乡，她词里面有无限愁，无限愁，无限……

老师再三强调：诗无达诂，诗无定解，诗尚多解，而且有时候在可解不可解之间。他还引谢榛《四溟诗话》（卷一）的话："诗有可解、不可解、不必解，若水月镜花，勿泥其迹可也。"这样，诗无达诂的观念就印在我脑子里。

"诗无达诂"这句话，本是汉代董仲舒在《春秋繁露·精华》里说的。他说的诗，专指《诗经》，因为春秋战国时代，人们赋诗，常常断章取义，《左传·襄公二十八年》就有所谓"赋《诗》断章，余取所求焉"。后来汉代齐、鲁、韩、毛四家，各家解《诗》，亦往往如是。因此，对于《诗经》中的话，根据自己的需要和理解来解释，仁者见仁，智者见智，同一首诗，或诗里的同一句话，能解出不同意思来。所以董仲舒才说“诗无达诂”，即人们对《诗经》中的诗会有不同的理解，难以作出准确而统一的解释；几百年后，到南北朝时刘勰《文心雕龙·知音》发挥“诗无达诂”的意思，说“音实难知，知实难逢”，认为这几乎成为解诗的通例：“夫篇章杂沓，质文交加，知多偏好，人莫圆该。慷慨者逆声而击节，蕴藉者见密而高蹈，浮慧者观绮而跃心，爱奇者闻诡而惊听。会己则嗟讽，异我则沮弃，各执一隅之解，欲拟万端之变，所谓‘东向而望，不见西墙’也。”再后来，“诗无达诂”的诗不再专指《诗经》，而是泛指一切诗、或词、或曲。例如对杜甫的诗，注家各异。关于杜诗的注解，宋末刘辰翁在他的《须溪集》卷六《题刘玉田题杜诗》中就说：“观诗各随所得，或与此语本无交涉。”清代王夫之《姜斋诗话》卷一《诗绎》谈到对诗的不同解说时，感慨：“作者用一致之思，读者各以其情而自得。……人情之游也无涯，而各以其情遇，斯所贵于有诗。”

对杜诗，就颇多歧见。许多学者都熟悉对杜甫《羌村三首》之二开头四句“晚岁迫偷生，还家少欢趣。娇儿不离膝，畏我复却去”的不同解说，乃至争论千年，迄无定论。“畏我复却去”，明人王嗣奭《杜臆》卷之二对《羌村三首》的解说：“娇儿却去，正为少欢趣，不暇拊摩致之。”清人仇兆鳌《杜诗详注》卷之五对《羌村三首》其二的解说：“不离膝，乍见而喜；复却去，久视而畏。此写幼子情状最肖。”清人金圣叹《唱经堂第四才子书杜诗解》卷一对《羌村三首》其二的解说：“娇儿心孔千灵，眼光百利，早见此归不是本意，于是绕膝慰留，畏爷复去。”

再举现代的例子。萧涤非与傅庚生两位教授，都是研究杜诗的名家，但有时解诗却各有不同。《北征》写杜甫徒步回家，与家人相见时：“平生所娇儿，颜色白胜雪。见爷背面啼，垢腻脚不袜。”对“颜色白胜雪”，就发生歧见。傅庚生先生在《杜诗散绎》一书中将此句释为：“一向娇生惯养的小儿，面色雪一般地苍白。”[①]而萧涤非先生在为我们上“杜甫研究”课时，他对“颜色白胜雪”的解释却是：“白胜雪，指皮肤白嫩。”后来萧先生在人民文学出版社出版的《杜甫诗选注》中，也如是说。[②]看，一说“苍白”，一说“白嫩”，差异实在

① 傅庚生：《杜诗散绎》，陕西人民出版社1979年版，第146页。

② 萧涤非：《杜甫诗选注》，人民文学出版社1979年版，第89页。

不小。诗尚多解也。孰是孰非，很难说，也不必多去计较。

学者们对其他诗人的解说，也是歧义多端，如李商隐。他的《锦瑟》历来众说纷纭，百人百见。有的认为该诗是悼亡，有的认为是伤世，等等。具体到“沧海月明珠有泪，蓝田日暖玉生烟”这两句：认为悼亡的，说“沧海月明珠有泪”意为欢乐时光短暂、光华如同珍珠，而瞬间即逝；“蓝田日暖玉生烟”是说倘能再见到妻子，她可能像紫玉那样，一触而烟消云散。认为伤世的，说“沧海月明珠有泪”写明珠没于沧海，愿景破灭；“蓝田日暖玉生烟”谓宝玉藏于深山，喻才华被埋没。

孰是孰非，也不必过于较真——诗本来就可以多解。

但是与诗相比，文的语句和意思一般皆有定解，词义不能总是游弋徜徉，令人捉摸不定。

为什么会出现诗无达诂、诗尚多解的现象？可以从两个方面来探索。

一是从作者和诗歌本身说，诗人创作诗歌时，就创造出多重意味，给读者创造出多重想象的空间，类似画之留白；因此诗的文本自身就有丰富矿藏、多重内涵。如前一封信中谈“诗是‘文精’”时所说，与文相比，诗是红木，比重大，密度大；以数字作比喻，文的语句若是1、2、3，那么诗的语句就是10、100、1000。

二是从读者解读方面说，读者与作者所处时代、社会不同，即使处于同一时代，如果思想立场不同，世界观、审美观不同，读诗时的心境不同、视角不同，等等，对同一首诗、同一句诗也会作出不同的解读，甚至相反的解读。

以往学界注意的，大多是后一种情况，即多从读者解读着眼。董仲舒最初提“诗无达诂”就是着重读者方面的解读。前面我举的例子，也多是如此。西方的接受美学和读者反应批评，也总是从读者方面着眼，即对同一首诗（或作品），全赖读者的解读，不同读者，解读的结果会差异很大——对于现在我们所说的“诗无达诂”问题来说，他们的视角是有偏颇的（当然，这里不是对接受美学和读者反应批评功过是非的全面评价）。我认为，谈诗歌的本质特征，虽要联系读者“反应”，但不要只顾读者或主要顾及读者，而是应更多从诗歌文本自身着眼，看看诗歌的作者和他创作的文本为什么会造成诗无达诂、诗尚多解。

有人着重从诗人和诗歌作品方面考察诗无达诂，提出四个方面的原因：其一，诗歌意象的跳跃性引发不同的理解；其二，诗歌语言结构的开放性促使误读的形成；其三，诗歌语句的浓缩性造成解读的分歧；其四，言词的多义性导致理解的多样化。

有一定道理。但，这四点多是着眼于手法和语言，视界是否窄了些并且表面化了些？我认为还是应该更多地从诗歌本性特征这个根本方面思考。

对此，古人多有探讨。谢榛说“诗有可解、不可解、不必解”，根本原因何在？薛雪《一瓢诗话》认为根本原因在于诗歌本身内涵丰富，如杜诗“解之者不下数百余家，总无全璧”，就是说，根本原因在于杜诗本身内涵太丰富了，给读者提供了多角度、多方位的解读，从不同视角、不同层面可以看出不同的意义，“兵家读之为兵，道家读之为道，治天下国家者读之为政，无往不可”。沈德潜《唐诗别裁·凡例》也说，“古人之言包含无尽，后人读之，随其性情浅深高下，各有会心”。他们所强调的，是诗人和他所创作的作品，因其内容丰富、“包含无尽”，作品本身就具有多方面解读的可能性。李渔在《笠翁文集·答同席诸子》谈作诗为文时说：“大约即不若离，近不若远，和盘托出，不若使人想象于无穷。”这就是从作者方面着眼，要求诗人为读者提供尽量多的想象空间。当然，这也提供了发生歧义的更多可能性。

总之，诗的本性和特征，譬如上面我们说过的诗是“文精”，密度大，含金量高，蕴藏极为丰富，而且具有立体性、多面性，等等，提供了诗无达诂、诗尚多解、可解不可解的条件。这是诗无达诂、诗尚多解的根本原因。

此外，诗与文有着明显不同的表现手段：诗多用比兴、象征，因而富有朦胧美，如谢榛所谓“若水月镜花”，这也是造成诗无达诂、诗尚多解的重要原因。

2020年5月25日于安华桥蜗居

第五章　节奏和韵律

节奏和韵律是诗的本根性特征之一

燕祥你好！

读你的大部分诗，我总觉得有一种节奏和韵律在焉，它自自然然贯穿在字里行间，读起来觉得舒服。你是否刻意为之？

随便举一首，你在1984年写的《致空气》：“星光因你而闪烁/波光因你而摇曳/我的质朴到透明的朋友/你无所不在/又难寻踪迹//光明离我而去时/我沉在黑暗里/人们离我而去时/我沉在孤独里/失眠时，我从鼾息听到了你……”全诗六节，每节五行，一韵到底。如果要朗诵，会朗朗上口。我想象你写这首诗时，或者写完后自己朗读时，可能随着诗的节奏和韵律而摇头晃脑——因为我在朗读这首诗时就是这个样子的。

你这首《致空气》，与何其芳在延安时写的《河》，就题材、内容以及节奏和韵律而言，有异曲同工之妙。何其芳的《河》很短：“我散步时的侣伴，我的河，/你在歌唱着什么？我这是多么无意识的话呵。/但是我知道没有水的地方就是沙漠。//你从我们居住的小市镇流过。/我们在你的水里洗衣服洗脚。/我们在沉默的群山中间听着你/像听着大地的脉搏。//我爱人的歌，也爱自然的歌，/我知道没有声音的地方就是寂寞。”整首诗押一个韵，顺畅舒坦；如果你读出来，会感觉诗的节奏像脉搏一样，跳动得好温馨；全诗色调淡淡的，却有味道，同读你的《致空气》相似，感觉挺美好。

这两首诗，都不是什么“宏伟抒情”，也没有所谓“革命豪气”，但它们充满生活情趣，富有情感温度；仔细体味，又有某种哲理蕴于其间。而它们的节奏和韵律，给人以美感，增加了读者的兴味；有了这种阅读兴味，随着节奏和韵律，顿挫抑扬，很自然地导入人们对诗中人情和哲理的领悟，产生某种陶醉感。所以，诗的节奏和韵律，起到了不可忽视的作用。

今天，专门谈谈节奏和韵律。

节奏和韵律，可分为内在的思想情感和情绪的节奏韵律及外在的诗歌语言的节奏韵律。二者因内而符外，是紧密联系在一起的。

诗歌的节奏和韵律，从创作的角度说，是由作者内在的思想情感和情绪的节奏韵律，外化为诗歌语言的节奏韵律；从欣赏（接受）的角度说，是读者先接触诗歌语言的节奏韵律，再内化为思想情感和情绪的节奏韵律。

前面我说诗歌须特别讲究节奏和韵律，即比散文（主要是美文），更要讲究节奏和韵律。

现在我要特别强调：节奏和韵律，是诗歌的本根性特征之一。

何为本根性？与生俱来之谓也。

诗歌是人类最早产生的一种精神形式和文学样式，它几乎同语言一起诞生。有一首记载在《吴越春秋》中的古歌，名曰《弹歌》："断竹，续竹，飞土，逐宍。"《文心雕龙·章句》称之为"《竹弹》之谣"。许多学者认为它是上古歌谣。上古者，是说它可能比《诗经》里的诗还要早，或许是产生于原始社会的民间歌谣，是《诗经》以前人们的口头创作。产生这首古谣时，说不定文字还没有产生呢。这是有道理的。《弹歌》两个字一句，虽然它只有四句八个字，却句短调促，节奏明快有力，读来饶有情趣。不信，你朗读一下，会体味到节奏和韵律存于其间，似乎能够感觉到节奏和韵律的脉动。

诗歌打一诞生起，就与乐、与舞处于共生状态，几乎不可分离。可以说，诗乐舞是孪生姐妹，甚至是合体姐妹。乐与舞，必须有节奏、有韵律，人们很容易理解；与它们合体的诗，自然也要讲究节奏和韵律——这就是诗的本根性特征。

诗、乐、舞的产生，应该是三五千年以前的事情了，对于中华民族而言，是它最早的文化形态之一。《吕氏春秋·古乐》说："昔葛天氏之乐，三人操牛尾，投足以歌八阕：一曰载民，二曰玄鸟，三曰遂草木，四曰奋五谷，五曰敬天常，六曰建帝功，七曰依地德，八曰总禽兽之极。"这"葛天氏"之古乐，有歌有乐有舞，它们和谐有致。歌有歌词，就是诗。内容是歌咏祖先，歌咏"玄鸟"传说，歌咏草木、五谷……包括那时人们的礼仪、宗教信仰等。总之，反映当时老百姓的生产劳动和生活。"乐"即古乐，"八阕"即古乐之八段乐曲。但乐曲旋律已不得而知。“舞”的样子是“三人操牛尾”，至于是怎样的舞法，也不得而知。诗、乐、舞合为一体，肯定有鲜明的节奏、曲调和韵律；不然，舞，踏不到一个点儿上；歌，合不到一个调儿上；乐，奏不到一个韵上。

《吕氏春秋》由秦国丞相吕不韦主持编撰，其成书的时间大约在秦嬴政统一中国前夕，即公元前220年之前。其中所说“昔葛天氏之乐”，“昔”到哪年哪月，不知道。是否与《诗三百》（《诗经》）所记载的那些诗歌年代相当？或更早？或更晚？不得而知。《诗三百》是三千多年以前以至孔夫子那个时代（公元前11世纪至公元前6世纪）的各诸侯国的民歌民乐（所谓“风”）、宗周地区的正乐和诗歌（所谓“雅”）、宗庙祭祀之乐和诗歌（所谓“颂”），据说经孔夫子删定，成305篇；之外还有6篇笙诗，即只有标题，没有内容，没有计入《诗三百》之内。

今天我们看到的《诗三百》，风、雅、颂，呈现于我们眼前的只剩文字。但明眼人一看便知，它们曾经是可以歌唱的，而且史籍证明是配以舞的，即诗、乐、舞合体的。所以必有节奏、有韵律。你读一读《关雎》等民歌：“关关雎鸠，在河之洲。窈窕淑女，君子好逑。参差荇菜，左右流之。窈窕淑女，寤寐求之。求之不得，寤寐思服。悠哉悠哉，辗转反侧。参差荇菜，左右采之。窈窕淑女，琴瑟友之。参差荇菜，左右芼之。窈窕淑女，钟鼓乐之。”抑扬顿挫，节奏明快，韵律优美，似乎看到一群少女在翩翩起舞。再读《小雅·采薇》“昔我往矣，杨柳依依。今我来思，雨雪霏霏。行道迟迟，载渴载饥。我心伤悲，莫知我哀”，同样体悟到诗人歌唱时一张一弛的鲜明节奏和铿锵顿挫的优美韵律。“颂”诗更是有严肃且严格的音律和节奏的规定，在当时的天子和诸侯面前演唱，是一点也不能含糊的。

关于孔子删诗以至《诗三百》“风、雅、颂”定型问题，再补充几句。说《诗三百》是孔子删定，大体有谱，但也不是完全没有争议。其实，风、雅、颂的分类，在孔子之前已经存在。《左传·襄公二十九年》记载，吴公子季札来鲁国访问，请求观赏周朝的音乐舞蹈。鲁君让乐工为他演唱《周南》《召南》等民歌，演唱“小雅”，演唱“颂”，他都一一作了评论和赞叹。以上这些，肯定又歌又舞，用今天的话说就是配乐配舞的诗朗诵，或者在演唱时有乐谱在。在观赏风、雅、颂之后，鲁君还请季札专门看舞："见舞《象箾》《南籥》者，曰：美哉，犹有憾。见舞大武者，曰：美哉，周之盛也，其若此乎？见舞《韶濩》者，曰：圣人之弘也，而犹有惭德，圣人之难也！见舞《大夏》者，曰：美哉！勤而不德。非禹其谁能修之！见舞《韶箾》者，曰：德至矣哉！大矣！如天之无不帱也，如地之无不载也！虽甚盛德，其蔑以加于此矣。观止矣！若有他乐，吾不敢请已！"后面这段虽主要是看舞，但也有乐配合，可能还有诗。

请注意时间：季札听诗、观乐、看舞是在鲁襄公二十九年，即公元前544年，孔子生于公元前551年，那时才八九岁，一个八九岁的孩子不可能删定《诗三百》。可见风、雅、颂，是孔子之前就有的。这说明，上述诗、乐、舞的产生和存在，是很古老的。这些古老的诗，包括乐、舞，从本根说，就是有节奏、有韵律甚至有旋律的，可以说，与可能产生于更古的原始社会的《弹歌》一样，其节奏、韵律是与生俱来的，是本根性的。

到汉代，乐府民歌如《陌上桑》《孔雀东南飞》等，从《诗三百》的四言为主发展到五言，节奏和韵律，诗的这种本根性特征被继承下来，而且更加鲜明、更为成熟。

而汉代最发达的文体汉赋，虽然是文，但就其节奏和韵律而言，完全可以当作诗歌来读。如贾谊（《吊屈原赋》《鵩鸟赋》）、枚乘（《七发》《柳赋》《梁王菟园赋》）、司马相如（《子虚赋》《上林赋》《大人赋》《长门赋》）、扬雄（《甘泉赋》《河东赋》《羽猎赋》《长杨赋》《蜀都赋》）、冯衍（《显志赋》）、班固（《两都赋》《幽通赋》）、张衡（《二京赋》《思玄赋》《归田赋》）、左思（《三都赋》）……你读一读它们，其中既有韵律，又讲究节奏，急徐有致，音韵溜亮。它们是文，却继承了诗歌的本根性——中国不愧是诗的国度，连文（汉赋）也染上诗的色彩：节奏、韵律，向诗看齐。这说明诗歌的节奏和韵律之本根性特征，是何等顽强，何等有韧性，其"遗传基因"和影响力何等之大！

这种本根性特征，一直延续到后来的唐诗、宋词、元曲，并且发展出各种"花样"……数千年而不衰。

2020年6月1日于安华桥蜗居

“四声”的发现及诗歌形式建构

燕祥你好!

谈节奏和韵律,不能不说一说“四声”的发现以及由此掀起的魏晋时期诗歌中的形式建构。

在《从诗文评到文艺学》(中国社会科学出版社2013年版)一书中,我曾以较大篇幅论述魏晋时期诗歌上乃至整个文学艺术上的“形式运动”,且在“形式运动”这个用语之前加上了“伟大的”三个字。而这场伟大的形式运动的基本内容和中心指向,是关于诗歌的音韵、声律(当然也必定涉及节奏)的,即四声的发现和它在诗文创作中的应用,以及由此所激起的形式建构。我认为,虽然它看起来主要是关于形式问题,而其对诗的影响,不亚于唐代古文运动之于后世的文,甚至有过之。它是被以往历史所忽略了的一场运动,是至今尚未被完全认识,更没有被充分评价的一场运动,是受到不公平待遇的一场运动;然而这却是一场名副其实的伟大运动,是中国审美文化史和诗歌发展史上的一次“哥白尼式”的革命,它影响了中国审美文化、诗歌创作近两千年来的历史。

发现“四声”,并且真正有意识地将“四声”运用于诗歌创作,从而形成相当规模的形式运动,是在南齐永明时期。永明(483—493)是南朝齐武帝萧赜的年号,共10年余。南齐在萧赜统治期间出现的治世时期被称为“永明之治”。这个期间,形式运动有声有色地进行,并获得成果。

有史为证。如《梁书·庾肩吾传》所谓“齐永明中,文士王融、谢朓、沈约文章始用四声,以为新变,至是转拘声韵,弥尚丽靡,复逾于往时”;《南史·陆厥传》所谓“时盛为文章,吴兴沈约,陈郡谢朓,琅琊王融,以气类相推毂。汝南周颙善识声韵,约等文皆用宫商,将平上去入四声,以此制韵,有平头、上尾、蜂腰、鹤膝。五字之中,音韵悉异,两句之内,角徵不同,不可增减。世呼为‘永明体’”;等等。这些都是史籍上明确记载的证据。

我之称其为“形式运动”，是因为在我看来，那个时期将四声运用于诗歌创作，已经形成了具有明确的理论指导、众多诗论家和诗人参与且持续时间相当长、具有相当大的声势且获得相当显著的成绩、具有相当规模且引起当时文坛诗坛重视的实践活动——可谓有纲领、有理论、有队伍、有实践。以沈约为代表的一批永明诗人和诗论家，运用四声，讲究声律、音韵和节奏，认认真真、辛辛苦苦、兢兢业业地进行诗歌形式建构，由晋宋以来之艰涩转向清畅，开一代诗风。虽说不上轰轰烈烈，但也算得上有声有色，称之为“运动”，当之无愧。这场形式运动在当时对创作与理论都产生重大影响，“永明体”的形成即是最直接的成果；此外，“文”与“笔”的热烈讨论，也与此密切相关。

我所谓诗歌形式的建构，主要是说永明诗人严格依四声之说进行诗歌写作，即所谓“将平上去入四声，以此制韵，有平头、上尾、蜂腰、鹤膝。五字之中，音韵悉异，两句之内，角徵不同，不可增减”，这种诗歌形式的建构，在中国诗歌史上具有开创意义；而且，讲究诗歌语言的声韵、音律、节奏，细致到如此程度，恐怕超过世界上任何一个民族。

再进一步看，它不但在当时即形成一定气候和风尚，若从更长时段来看，在之后中华民族一两千年来的诗歌创作和整个文学艺术的创作中（涉及其他各种文体，包括韵文、对子、曲子词、杂剧、散曲、传奇等乃至今天的新格律诗），在整个文学史乃至审美文化史上，都产生重大和深远影响。例如唐代，杜甫追求“语不惊人死不休”，而且到老愈甚，“老来渐于声律细”“新诗改罢自长吟”；杜甫的讲究声律，在中国文学史上是出了名的，这成为其诗美的重要因素。比杜甫晚一些的诗人元稹谈到诗歌时，也强调“因声以度词，审调以节唱，句度长短之数，声韵平上之差，莫不由之准度”（见《碧鸡漫志》卷一《元微之分诗与乐府作两科》）。中国诗词之美、戏曲之美、辞赋之美乃至散文之美，都与音韵、声律、节奏有关。中国人阅读文学作品，讲究“诵读”，一旦“诵读”，韵味就出来了；而所谓“诵读”，就是充分展现它的音韵之美、声律之美、节奏之美。

为了音韵、声律和节奏之美，出现了许多可能在西方人看来不可思议的苦吟故事：贾岛《题诗后》“二句三年得，一吟双泪流”；李频《句》“只将五字句，用破一生心”；杜荀鹤《苦吟》“生应无辍日，死是不吟时”，《秋日闲居寄先达》“乍可百年无称意，难教一日不吟诗”；僧归仁《自遣》“日日为诗苦，谁论春与秋。一联如得意，万事总忘忧”；卢延让《苦吟》“吟安一个字，捻断数茎须”……至今被人们津津乐道。他们不只是为“炼意”而“苦”，也是(甚至主要是)为“炼句”“炼字”而“苦”，他们反复斟酌音韵、声律、韵脚、平仄、节奏等问题。当然，任何事情都有个“度”，“苦”得过了“度”，也会出现另外的弊病。

我还要特别讲讲魏晋的这场形式运动对后来中国律诗的建立起了直接的决定性作用。

隋代即不断有人沿着沈约路线前行；到唐代初期，诗人和诗论家更是沿此路线大幅度向前发展，进一步提出“对偶”说。“对偶”，包括“声对”(平仄互对)和“义对”(字义相对)，当时的人们作了艰苦的实践探索和详细的理论阐发，把魏晋南北朝时期的诗歌形式建构推进到了一个更高层次。可以说，对偶理论的提出，再加上平仄，律诗绝句得以完全形成——这是一大贡献。

罗根泽《中国文学批评史》(二)指出：“初盛唐是讲对偶的时代，中唐是讲诗的社会使命的时代，晚唐五代以至宋初是讲诗格的时代。”[①]王昌龄(约690—约756)《诗格》说：“凡文章不得不对。上句若安重字、双声、叠韵，下句亦然。若上句偏安，下句不安，即名为离支；若上句用事，下句不用事，名为缺偶。故梁朝湘东王《诗评》云：‘作诗不对，本是吼文，不名为诗。’”[②]稍后于王昌龄的入唐日僧遍照金刚(日本平安朝前期的僧人佐伯空海，804年来唐求法)在《文镜秘府论》的“论文意”中提及“夫作诗用字之法，各有数般：一敌体用字，二同体用字，三释训用字，四直用字。但解作诗，一切文章，皆如此法”。并在“论对”中详细论说了唐人之对偶说。

① 罗根泽：《中国文学批评史》(二)，古典文学出版社1957年版，第5页。

② 张伯伟：《全唐五代诗格汇考》王昌龄《诗格》卷上，江苏古籍出版社2002年版，第171页。

对偶说的历史，源于唐初，而成于元兢、崔融。元崔以前，普通的对偶，陆陆续续已完成大半，到元兢、崔融又创立许多较新奇的对偶，至此，对偶说达到登峰造极的地步。以此，同时而稍后的沈佺期、宋之问，便能完成“研练精切，稳顺声势”的律诗。罗根泽正是以此为中心，在《中国文学批评史》(二)中用了三万多字的篇幅，详细考证和论述了唐人所论对偶和诗格的具体内容。[①]

唐人的讲究对偶、平仄以及在此基础上形成的律诗，在诗的节奏、音韵、声律方面，几乎发展到极致；当然，过于极端也会出现另外的弊病。但是，从根儿上说，它们并非以死框框限制甚至扼杀诗人的才情，而是依照汉语声调和语义的规律，使诗歌诵读起来更动听、更优美。

宋词和元散曲，较之律诗，好像看起来形式上“解放”了一些、“自由”了一些。其实，在诗的音韵、声律、节奏等方面，并没有“放松”，而是变换了形态。宋词的行家，像周邦彦、李清照、姜夔等，都深通音律和声韵；有的，本身就是音乐家。宋人魏庆之《诗人玉屑》中之“李易安评”条记载了李清照的一段话。易安居士在这里以行家的眼光，用具体实例，深谈词之音韵、声律，提出词“别是一家”：

> ……逮至本朝，礼乐文武大备。又涵养百余年，始有柳屯田永者，变旧声作新声，出《乐章集》，大得声称于世；虽协音律，而辞语尘下。又有张子野、宋子京兄弟，沈唐、元绛、晁次膺辈继出，虽时时有妙语，而破碎何足名家！至晏元献、欧阳永叔、苏子瞻，学际天人，作为小歌词，直如酌蠡水于大海，然皆句读不葺之诗尔。又往往不协音律者，何邪？盖诗文分平侧，而歌词分五音，又分五声，又分六律，又分清浊轻重。且如近世所谓《声声慢》、《雨中花》、《喜迁莺》，既押平声韵，又押入声韵；《玉楼春》本押平声韵，又押上去声，又押入声。本押仄声韵，如押上声则协；如押入声，则不可歌矣。王介甫、曾子固，文章似西汉，若作一小歌词，则人必绝倒，不可读也。乃知

---

① 参见罗根泽：《中国文学批评史》(二)，古典文学出版社1957年版，第3—47页。

别是一家,知之者少。后晏叔原、贺方回、秦少游、黄鲁直出,始能知之。又晏苦无铺叙,贺苦少典重,秦即专主情致,而少故实,譬如贫家美女,非不妍丽,而终乏富贵态。黄即尚故实而多疵病,譬如良玉有瑕,价自减半矣。”

李清照论词,从填词须合音律的角度,把音律上不太“正宗”的词(即她所谓“皆句读不葺之诗尔”)和音律上比较纯正的词相比较,以见出词不同于诗的特点——这是她花费较多口舌强调的重点,不惜罗列众多具体事例予以深中肯綮、详细的论述。她特别强调“盖诗文分平侧,而歌词分五音,又分五声,又分六律,又分清浊轻重”;还具体说到怎样用韵:“《声声慢》、《雨中花》、《喜迁莺》,既押平声韵,又押入声韵;《玉楼春》本押平声韵,又押上去声,又押入声。本押仄声韵,如押上声则协;如押入声,则不可歌矣。”这种讲究,不亚于律诗。严则严矣,却创造了词之音律、声韵、节奏的美。读她的《声声慢·寻寻觅觅》:“寻寻觅觅,冷冷清清,凄凄惨惨戚戚。乍暖还寒时候,最难将息。三杯两盏淡酒,怎敌他、晚来风急?雁过也,正伤心,却是旧时相识。满地黄花堆积。憔悴损,如今有谁堪摘?守着窗儿,独自怎生得黑?梧桐更兼细雨,到黄昏、点点滴滴。这次第,怎一个愁字了得!”你不仅为其内容陶醉,也为其音韵、声律、节奏之美而陶醉。真是千古绝唱!

元散曲也有自己音律、声韵、节奏的要求。虽然较之诗词,它从整体上说,俗是主调,但在形式上也很美。

2020年6月3日于安华桥蜗居

“不可歌之诗”的节奏与韵律

燕祥你好！

今天还要同你探讨一个问题：“可歌之诗”与“不可歌之诗”是否同样讲究诗歌的节奏与韵律。

所谓“可歌之诗”是说，中国古典诗词，一般来说，自古都是与乐联系在一起，可以歌唱的。“可歌之诗”自然讲究节奏和韵律。而“不可歌之诗”，我认为同样讲究节奏和韵律。待我慢慢讲来。

单就词而言。我在《李笠翁词话》（中国社会科学出版社2020年版）前言中曾经说过，词孕生于隋唐（更有人认为词滥觞于“六代”），成熟于五代，盛于两宋，衰于元明，复兴于清。不管主张词起于何时，有一点是共同的：最初的词都是歌唱的，即“词”与“乐”紧密结合在一起。清代王弈清《历代词话》卷一引南宋朱弁《曲洧旧闻》谈词的起源时说：“词起于唐人，而六代已滥觞矣。梁武帝有江南弄，陈后主有玉树后庭花，隋炀帝有夜饮朝眠曲。”[①]如果说这是初期的词，那么它们都是用来歌唱的。清代朱彝尊、汪森《词综·序》云“当开元盛日，王之涣、高适、王昌龄诗句流播旗亭，而李白《菩萨蛮》等词亦被之歌曲”[②]，认为唐时的“长短句”也是“诗”“乐”一体的。况周颐《蕙风词话》卷一“词非诗之剩义”条云：“唐人朝成一诗，夕付管弦，往往声希节促，则加入和声。凡和声皆以实字填之，遂成为词。”[③]陈洵《海绡翁说词稿·通论》“本诗”条也说：“唐之诗人，变五七言为长短句，制新律而繫之词，盖将合徒诗、乐府而为

---

① （清）王弈清等：《历代词话》卷一“六代已有词”，唐圭璋编：《词话丛编》，中华书局1986年版，第1082页。

② （清）朱彝尊、汪森编：《词综》，上海古籍出版社1978年版，“序”，第1页。

③ （清）况周颐：《蕙风词话》卷一“词非诗之剩义”，唐圭璋编《词话丛编》，中华书局1986年版，第4406页。

之，以上窥国子弦歌之教。”[1]它们都从词的具体诞生机制上揭示出词与乐的关系。到词最成熟、最兴盛的五代和宋朝，许多人都认为“本色”的词与音乐是须臾不能分离的。李清照提出词“别是一家”，主要从词与音乐的关系着眼。词“别是一家”，与谁相“别”？“诗”也。在李清照看来，诗主要是被吟诵或诵读的，而词则要歌唱，故“诗文分平侧，而歌词分五音，又分五声，又分六律，又分清浊轻重”，总之词特别讲究节奏和韵律。她点名批评“晏元献、欧阳永叔、苏子瞻”这些填词名家的某些词“不协音律”“皆句读不葺之诗耳”；又批评“王介甫、曾子固，文章似西汉，若作一小歌词，则人必绝倒，不可读也。乃知别是一家，知之者少”。稍早于李清照的陈师道在《后山诗话》中也批评“子瞻以诗为词，如教坊雷大使之舞，虽极天下之工，要非本色”。宋代词人谁最懂音律？从填词实践上说是周美成、姜白石，而从理论阐发上说，张炎《词源》讲词之音律问题最详。他们是大词人，同时是大音乐家。

有人说，宋元之后，特别是近代，诗与乐明显有分徒之势，出现所谓“可歌之诗”与“不可歌之诗”。其实在很早就已出现苗头。有的诗主要被歌唱（当然也不是完全不可以诵读），如乐府和一些民歌等，《碧鸡漫志》卷第一“歌曲所起”条说“古诗或名曰乐府，谓诗之可歌也，故乐府中有歌有谣，有吟有引，有行有曲[2]”；有的诗主要被诵读（当然也不是完全不可以歌唱），这就是后人所谓“徒诗”，如古诗十九首、汉赋、三曹和七子的诗以及唐诗等。有些诗歌，原来主要是唱的（如《诗三百》），后世（直到今天）则主要是诵读或吟唱；原来歌唱的汉魏乐府诗歌，后来也主要是诵读或吟唱。清末学者陈洵《海绡翁说词稿·通论》“本诗”条说：“诗三百篇，皆入乐者也。汉魏以来，有徒诗，有乐府，而诗与乐分矣。”[3]

① (清)陈洵：《海绡翁说词稿·通论》“本诗”条，唐圭璋编：《词话丛编》，中华书局1986年版，第4837页。

② (宋)王灼：《碧鸡漫志》“歌曲所起”，唐圭璋编：《词话丛编》，中华书局2005年版，第73页。

③ (清)陈洵：《海绡翁说词稿·通论》“本诗”条，唐圭璋编：《词话丛编》，中华书局1986年版，第4837页。

“诗与乐分矣”这个说法，虽不能那么绝对，但大体符合事实。而且有的诗歌，开始时主要被歌唱，到后来则逐渐发展为主要被吟诵或诵读，如“诗三百”和乐府诗即如此，词亦如是——从词的孕生、成熟、发展的过程可以得到印证。

就是说，在诗歌发展过程的某一阶段，“诗”与“乐”分离开来，诗自诗矣，而“乐”则另有所属。

大约从元代或宋元之间开始，词逐渐有了与“乐”分离的倾向①，而“乐”逐渐属之“曲”。以此，词逐渐过渡到曲。宋末沈义父《乐府指迷》中说：“前辈好词甚多，往往不协律腔，所以无人唱。”②所谓“无人唱”，即有的词离乐越来越远矣，这里透露出词与乐分离的某种信息。清代宋翔凤《乐府余论》云：“宋元之间，词与曲一也。以文写之则为词，以声度之则为曲。”③从这里更显著地表示出：“宋元之间”起，词就逐渐与“文”相联系，而曲则与“声”靠近；就是说词从歌唱逐渐变为吟诵或诵读，而歌唱的任务则转移到曲身上了。至明，这种变化更为明显。清沈雄《古今词话·词品下卷》云：“徐渭曰：读词如冷水浇背，陡然一惊，便是兴观群怨，应是为傭言借貌一流人说法。”④从徐渭“读词”之用语，可见明代已经开始在“读”词

① 其实，苏轼“以诗为词”(陈师道《后村诗话》对苏轼的批评，认为苏词“不谐音律”“不入腔”)，就露出了词与乐分离的苗头，即在苏轼那里，词逐渐脱离乐曲束缚成为纯文学，成为诗的一种新的形式。“苏门四学士”之一晁补之说：“东坡词，人谓多不谐音律，然居士词横放杰出，自是曲中缚不住者。”(语见《苕溪渔隐丛话》后集卷三三)。南宋词人陆游说：“公非不能歌，但豪放，不喜剪裁以就声律耳。”(语见《历代诗余》卷一一五，该书一名《钦定历代诗余》，乃康熙四十六年(1707)侍读学士沈辰垣等奉命编定，近有上海书店影印本)就是说，苏轼的豪放性格，促使其词不顾音律束缚，而走向纯文学。

② (宋)沈义父：《乐府指迷》“坊间歌词之病”，唐圭璋编：《词话丛编》，中华书局1986年版，第281页。

③ (清)宋翔凤：《乐府余论》“词曲一事”，唐圭璋编：《词话丛编》，中华书局1986年版，第2498页。

④ (清)沈雄：《古今词话·词品下卷》“读词”，唐圭璋编：《词话丛编》，中华书局1986年版，第879页。

了。[①]李渔在《词韵例言》中也说到词与曲的差别，即曲体“原使人歌，非使人读”，“夫一词既有一词之名，如《小桃红》《千秋岁》《好事近》《风入松》之类，明明是一曲体，作之原使人歌，非使人读也”[②]。

清初文坛领袖王士祯《花草蒙拾》云：“宋诸名家，要皆妙解丝肉，精于抑扬抗坠之间，故能意在笔先，声协字表。今人不解音律，勿论不能创调，即按谱征词，亦格格有心手不相赴之病，欲与古人较工拙于毫厘，难矣。”[③]由此可见清初文人不像宋人那么着意于词之音律（说“今人不解音律”也许太绝对了）。清江顺诒《词学集成》卷一，也说“今人（清代）之词”，不可“入乐”。[④]词在明清之际，特别

---

① 我的上述意见得到我年轻的同事和朋友刘方喜研究员的赞同，他看后写了一封电子信给我：“您的《窥词管见》评点我匆匆看了一遍，感觉很好，但没有细读，最后一条评点涉及诗歌与音乐的关系，因为在这方面我曾搜集过不少材料，提一下供您参考：(1)墨子‘诵诗三百，弦诗三百，歌诗三百，舞诗三百’云云，您的理解是非常准确的，这表明诗、乐、舞三者有分有合，从合的方面来看，我曾经有个主观臆测性的说法：‘诗三百’既是文学作品集（诵诗），也是乐谱集（弦诗、歌诗）、舞谱集（舞诗），而不是讲有四种类型的诗（若如此就该有1200首诗了），我这个说法更强调‘合’的一面。与此相关，(2)我觉得诗歌与音乐分家的一个转折点是沈约定四声，我觉得您在描述中可以把这个点一下。(3)诗乐交融的艺术形式，一般认为‘宋词’是接着‘汉乐府’的，任半塘提出‘唐声诗’的概念，我觉得大致是可以成立的，您可以考虑在历史描述中将这个概念添加进去。此外，不光宋‘词’今天只能‘读’了，元代之‘曲’今天也只能‘读’了，这也可以点一下。我在做博士论文的时候这方面还是写了不少内容的，现在出的这本书《声情说》许多内容都没收进去，跟黑熊掰棒子似的，捡一点丢一点，只好以后慢慢再做了，一笑。《声情说》还是收录了一些材料，第六章诗经学‘永言’与‘言之不足’疏的‘四、因诗为乐疏’（该书页156－164）部分有所涉及，您有空可以翻看一下。这话题非常繁难，您在评点中当然也没有必要太纠缠。其余部分我会再认真阅读，有想法再和您交流。”

② (明)李渔：《词韵例言》，《李渔全集》第十八卷，第361页。

③ (清)王士祯：《花草蒙拾》“今人不能创调”，唐圭璋编：《词话丛编》，中华书局1986年版，第684页。

④ (清)江顺诒：《词学集成》卷一“今词不可入乐”，唐圭璋编：《词话丛编》，中华书局1986年版，第3217页。

是在清代，逐渐变为以吟诵和诵读为主，大概是不争的事实。所以李渔《窥词管见》第二十二则才说："曲宜耐唱，词宜耐读，耐唱与耐读有相同处，有绝不相同处。盖同一字也，读是此音，而唱入曲中，全与此音不合者，故不得不为歌儿体贴，宁使读时碍口，以图歌时利吻。词则全为吟诵而设，止求便读而已。"至晚清，清况周颐《蕙风词话》卷一亦云："学填词，先学读词。抑扬顿挫，心领神会。日久，胸次郁勃，信手拈来，自然丰神谐鬯矣。"[1]"读词"几成常态。

到今天，词几乎与乐曲脱离，已经完全成了一种文学体裁；填词像写诗一样，几乎完全成了一种文学创作。

但是这里我所要强调的是：即使诗与乐分徒，那诵读的诗词同样讲究节奏和韵律。"可以歌唱"的诗词，自然非常讲究节奏与韵律；"不可以歌唱"的诗词，也要讲究节奏与韵律。二者节奏与韵律，有联系又有不同。譬如，清代以至后来对诗词的诵读、吟唱，就有节奏、音韵问题，李渔还撰写了《笠翁词韵》和《笠翁诗韵》。清丁绍仪《听秋声馆词话》说"填词最宜讲究格调"："否则去上不分，平仄任意，可以娱俗目，不能欺识者。"[2]但，诵读、吟唱诗词，并无曲谱。我上大学时，曾听殷孟伦教授吟唱古典诗词，那吟唱虽有章法，但无曲谱。这种无谱之吟唱，更接近现代诗歌的朗诵，究竟与唐宋以歌唱为主且有曲谱的词之音律，并不完全相同。

中国自古就有吟诗或歌诗的传统。《礼记·乐记》曰："故歌者，上如抗，下如队，曲如折，止如槁木，倨中矩，句中钩，累累乎端如贯珠。故歌之为言也，长言之也。说之，故言之。言之不足，故长言之；长言之不足，故嗟叹之；嗟叹之不足，故不知手之舞之，足之蹈

① (清)况周颐：《蕙风词话》卷一"学词须先读词"，唐圭璋编：《词话丛编》，中华书局1986年版，第4415页。

② (清)丁绍仪：《听秋声馆词话》卷一开头就说"填词最宜讲究格调"："自来诗家，或主性灵，或矜才学，或讲格调，往往是丹非素。词则三者缺一不可。盖不曰赋、曰吟，而曰填，则格调最宜讲究。否则去上不分，平仄任意，可以娱俗目，不能欺识者。"(唐圭璋编：《词话丛编》，中华书局1986年版，第2575页)

之也。”[①]这里说的“长言”是相对于一般的“言说”而言，因“言之不足，故长言之”：“长”是拉长了普通“言说”的声音，成为吟唱。这段话中的“上如抗，下如队，曲如折，止如槁木，倨中矩，句中钩，累累乎端如贯珠”，是描述了七种吟唱的形态，即“上”“下”“曲”“止”“倨”“句(勾)”“累累”。宋代卫湜《礼记集说》引严陵方氏曰：“抗言声之发扬，队言声之重浊，曲言其回转而齐也，止言其阕后而定也。倨则不动，不动者方之体，故中矩，言其声之常如此。句则不直，不直者，曲之体，故中钩，言其声之变如此。累累乎，言其声相系属，端如贯珠，言其终始两端相贯而各有成也。”[②]方氏这段话，对上述《礼记·乐记》中所说吟唱的七种形态作了具体解说。

我认为，这七种形态，既可以视为对有曲谱之歌诗的描述，更可以视为对无曲谱之吟唱(诵读)的描述。诵读(吟唱)诗词，其声音的清浊、轻重、长短、高低、抑扬、抗坠、停顿、转折、连贯……随诗词内容和吟唱(诵读)者的声音气息而自然形成，这就是中国传统吟唱(诵读)的情形[③]，它同样讲究节奏、韵律，如李清照所谓“盖诗文分平侧，而歌词分五音，又分五声，又分六律，又分清浊轻重”然，节奏韵律之妙，尽在其中。

2020年6月4日于安华桥蜗居

---

① 《礼记·乐记》，《十三经注疏》，中华书局1980年影印本，第1545页。我的年轻同事胡琦博士对相关问题进行了考证和研究，后来，其部分成果发表在《文艺研究》2021年第7期上，题为《知识与技艺：明儒歌法考》，读者诸君可以参照。——2021年12月7日补注

② (宋)卫湜：《礼记集说》卷一百，北京图书馆出版社2003年版。

③ 2021年11月5日中央台《鲁健访谈：对话叶嘉莹》中，叶先生当场吟诵了《诗经·秦风·蒹葭》的“蒹葭苍苍，白露为霜。所谓伊人，在水一方”句，抑扬顿挫，韵味十足，从中可见中国传统吟唱与一般。叶先生说：“(为孩子们吟诵)就像唱歌一样，有一种声调的美感，比死记硬背好。他的声音，他的文字，他的感情，都伴随着声音可以引发出来。”如果读者有兴趣可找来一看。——2022年6月3日补注

关于新格律诗

燕祥你好！

你虽偶尔写点儿旧体诗，但主要是写新诗的。你深谙中国诗词中讲究节奏、声律这一本根性特征，并且以你的诗歌创作实践表明，音韵、声律，其实也贯穿于新诗之中。

但新诗百年历史，在音韵、声律、节奏的运用上，尤其在所谓“格律”的建构上，有个曲折过程。

单以形式而言，旧诗词，唐诗、宋词、元散曲（包括元曲的唱词部分），以及明清传奇的唱词部分，甚至戏曲中的念白，都有严格的平仄、音韵、声律规定。大家应该熟悉麒麟童即周信芳《宋士杰》中那大段念白，抑扬顿挫，高低急缓，铿锵跌宕，简直美不胜收，正如俗话所谓“说的比唱的还好听”。如果违反这些平仄、音韵、声律的规定，用错了平仄，压错了韵，不好唱、不好念，而且唱出来、念出来也不好听，行家会嗤之以鼻。明代沈璟和汤显祖打笔墨官司，就是在音韵、声律问题上。汤显祖主张“宁词工而声不协”，不怕“拗折天下人嗓子”；沈璟则主张“宁协律而不工，读之不成句，而讴之始叶，是曲中之工巧”——词工与否，他不在意，而在音韵、声律方面不能有丝毫含糊。这是传统曲家所固守的规则，被视为“正道”。

近代以来，特别是鸦片战争以来，中国社会面临从古代到现代的转型。这是中国三千年未有之大变局。经济、政治、思想、文化都在变，随之，语言以至文字也在变——从文言到白话。自然，诗歌也从旧诗变为白话新诗。在一定意义上说，白话新诗一产生，不论内容还是形式，都是对旧诗词的反叛。

说白话新诗是反叛，不但说内容，更明显的（看得见的）是表现在形式上。白话新诗要打破旧诗的条条框框，要自由。胡适最初提倡新诗的口号就是“诗体大解放”“不拘格律”。随后，新诗的主将郭沫若追求诗的“内在律”，“诗的文字是情绪自身的表现”，这就意味着冲破一切“外在”形式。所以，白话新诗一开始，主要是自由诗——俞平伯的新诗，虽然有人说他隐约拖着旧诗的影子，但他的几部新诗集《冬夜》(1922年)以及此后《古槐书屋间》《西还》《忆》，我看都是新自由诗。

胡适等人的诗，还顺从自然而押韵；但是郭沫若《女神》，则只顾抒发内在的情感，天马行空，不顾一切。其《凤凰涅槃》将“个人的郁积，民族的郁积”喷泻于诗篇之中，“一切的一，一的一切”，如长江、黄河，汹涌澎湃，一泻千里。不管韵脚，不管音律，只管倾泻，只管喷发。旧诗的音韵，旧诗的声律，旧诗的所有规则，都在郭沫若的白话新诗洪流中冲得个稀里哗啦。郭沫若手里举着白话新诗的自由大旗，似乎在对着旧诗高喊：自由就是一切！自由就是规则！

自由新诗对旧诗而言，是造反者。从内容看，反了！从形式上看，也反了！郭沫若的这一批新诗，创作于1920年，五四运动的火还在燃烧，特别是在青年人心中烧得正旺。他们所创作的新诗自由诗，从内容到形式，是五四运动的革命精神、造反精神、自由精神，在诗歌上的大发扬。

但是，中国是诗的国度。中国有五千年的文明史，中国诗歌的历史几乎与中国文明史一样长。中国诗歌，仅说形式的音韵、声律、节奏这本根性特征，也有差不多四五千年的积淀。根扎得那么深、那么长，说铲除就铲除得了吗？说不要就不要得了吗？没那么简单。

当人们特别是青年的头脑热度略微降低些以后，开始反省：新诗还要不要格律？在许多新诗人继续创作自由诗的同时，有的诗人在摸索新诗的格律问题。

最早提出建立白话新诗的格律的，大概是闻一多；差不多与此同时，还有写象征诗的王独清。

先说闻一多。他在1916年本是写旧诗的；1919年五四运动爆发，他开始创作新诗。1920年发表的第一首新诗《西岸》是自由诗，后收入1923年出版的诗集《红烛》。1923年以前写的这个集子里的诗，大多是自由诗；但是与此同时，他开始思考新诗格律问题。1921年12月，他在清华文学社做“诗歌节奏的研究”的学术演讲，全文已不存,但其详细提纲保存了下来。从提纲看,他已经在思考新诗的格律问题。其中谈到"节奏的两个含义:1.拍子,2.韵律";谈到"节奏的组成因素,1.时间,2.重音";谈到"诗歌节奏的分类,内部的——韵律,外部的——韵脚、诗节";谈到"诗歌节奏的特性:1.三种成分——音量、重音、字或音节,2.与音乐节奏的比较,3.与散文节奏的比较";等等。几乎涉及诗歌节奏、音韵、声律的各个方面。1922年春,他又在长篇论文《律诗底研究》(生前未发表)中,对中国古代律诗(五律、七律、排律、绝句)的来源、发展过程、特点等,进行比较详细阐发。譬如指出律诗的"特质"为"均齐""浑括""蕴藉""圆满"。那么闻一多研究律诗的特质,目的何在?为白话新诗的建设也。他不满当时新诗过于欧化。他在《女神之地方色彩》中说:"现在的新诗中有的是'德谟克拉西',有的是泰戈尔、亚坡罗,有的是'心弦''洗礼'等洋名词。但是,我们的中国在哪里,我们四千年的华胄在哪里?哪里是我们的大江、黄河、昆仑、泰山、洞庭、西子?又哪里是我们的《三百篇》、楚骚,李、杜、苏、陆?"这篇《律诗底研究》明确说:"夫文学诚当因时代以变体;且处此二十世纪,文学尤当含有世界底气味;故今之参西法以改革诗体者,吾不得不许为卓见。但改来改去,你总是改革,不是摿弃中诗而代之以西诗。所以当改者则改之,其当存之中国艺术之特质则不可没,今之新诗体格气质日西,如《女神》之艺术吾诚当见之五体投地;然谓为输入西方艺术以为创倡中国新诗之资料则不可,认为正式的新体中国诗,则未敢附和。"到1926年,他发表《诗的格律》,明确提出建立新诗格律的主张。他说:"诗一向就没有脱离过格律或节奏。"他认为,"格律"在一定意义上说就是"镣铐",写诗就是要"戴着镣铐跳舞"."只有不会跳舞的才怪脚镣碍事,只有不会作诗的才感觉得格律的束缚。对于不会作诗的,格律是表现的障碍物;对于一个作家,格律便成了表现的利器。""在限制中才能显身手,只有法则能给我们自由"。[①]

---

① 以上闻一多《诗歌节奏的研究》《律诗底研究》《女神之地方色彩》《诗的格律》,均见《闻一多全集》(湖北人民出版社1993年版,第十卷)。其中《律诗底研究》生前未发表,根据作者手稿照相制版。

同时，闻一多提出新诗要具有“音乐的美、绘画的美、建筑的美”，音乐的美即诗歌从听觉方面来说表现的美，包括节奏、平仄、重音、押韵、停顿等各方面。绘画美是指诗歌的词汇应该尽力去表现颜色，表现一幅幅色彩浓郁的画面。建筑美是指诗歌每节之间应该匀称，各行诗句应该一样长——这所谓一样长不是指字数完全相等，而是指音尺数应一样多，外形的匀称均齐。

其实，闻一多也并非涉及这个问题的第一人。1920年宗白华就在《少年中国》上撰文说：“诗的形式的凭借是文字，而文字能具有两种作用：(1)音乐的作用，文字中可以听出音乐式的节奏与协和；(2)绘画的作用，文字中可以表写出空间的形相与彩色。所以优美的诗中都含有音乐，含有图画。”[①]不过闻一多以自己的诗提供了较多实例。闻一多的诗集《死水》，其中大部分诗就是他新诗格律诗主张的实践和标本。如《死水》：“这是一沟绝望的死水，/清风吹不起半点漪沦。/不如多扔些破铜烂铁，/爽性泼你的剩菜残羹。/也许铜的要绿成翡翠，/铁罐上锈出几瓣桃花；/再让油腻织一层罗绮，/霉菌给他蒸出些云霞。/让死水酵成一沟绿酒，/漂满了珍珠似的白沫；/小珠们笑声变成大珠，/又被偷酒的花蚊咬破。/那么一沟绝望的死水，/也就夸得上几分鲜明。/如果青蛙耐不住寂寞，/又算死水叫出了歌声。/这是一沟绝望的死水，/这里断不是美的所在，/不如让给丑恶来开垦，/看他造出个什么世界。”

《静夜》也如此，不多引。

差不多与闻一多写《诗的格律》的同时，写象征派诗歌的王独清也有类似的主张。他在写于1926年3月的《谭诗》中，提出新诗要“有韵，分行，限制字数/不限制字数”，实际就是新诗格律诗，并且通过自己的创作实践，为中国格律诗做着试验。他1926年由光华书局出版的诗集《圣母像前》，许多诗就是“有韵、分行、限制字数/不限制字数”的格律诗，如《我从Café中出来……》(Café指咖啡馆)：

① 宗白华：《新诗略谈》，《宗白华散文》，人民文学出版社2022年版，第245页。

我从Café中出来，
身上添了
中酒的
疲乏，
我不知道
向那一处走去，才是我底
暂时的住家……
啊，冷静的街衢
黄昏，细雨！

我从Café中出来，
在带着醉
无言地
独走，
我底心内
感着一种，要失了故国的
浪人底哀愁……
啊，冷静的街衢，
黄昏，细雨！①

猛一看，此诗好像不“格律”，细看，则格律于其内也。你对照两段诗，格式大体相似，有一种韵律存于其间。全诗分两节，每节的句数、字数和结构都相同，韵律也相同，所以，尽管诗句长短不一，但从整体结构来看，非常漂亮。

王独清于1928年由创造出版部出版了诗集《威尼市》，而其中许多诗写于1925年左右，也是格律诗的实验，而且他对自己在格律方面的成就颇为得意。他在诗集《威尼市》“代序”中说：“我把这几首短歌重新读了一遍，我自己也不觉吃了一惊。我从前对情绪的艺术的倾心，真要算达到发狂的状态了。你只把这几首短歌中的任何一首挑出来细细地读一下罢，你看我对于音节的制造，对于韵

① 王独清：《谭诗》，《独清文艺论集》，光华书局1932年版，第6—7页。

脚的选择，对于字数的限制，更特别是对于情调的追求，都是做到了相当可以满足的地步。”[①]他的160余行的抒情长诗《威尼市》，也是新格律诗的实验，有学者称其“是融化了法国重音乐美的象征派和中国古代词曲格律创造出的一种新的格律”[②]。

王独清与另一位也是写象征派诗的创造社同僚穆木天，效仿法国象征派提出“纯诗”的主张，强调诗的“情＋力”，特别是“音＋色”[③]。与闻一多提倡的“三美”，异曲同工。穆木天和王独清，都写出了许多富于“格律”的新诗。

紧跟闻一多、王独清之后，是何其芳的提倡“新格律诗”。何其芳于1944年写的《谈写诗》说：“中国的新诗我觉得还有一个形式问题尚未解决，从前，我是主张自由诗的。因为那可以最自由地表达我自己所要表达的东西。但是现在，我动摇了。因为我感到今日中国的广大群众还不习惯于这种形式，不大容易接受这种形式。而且自由诗的形式本身也有其弱点，最易流于散文化。恐怕新诗的民族形式还需要建立。这个问题只有大家从研究与实践中来解决。”[④]1950年写的《话说新诗》从新旧语言特征入手，细致地探讨新诗的格律形式。他认为今天的新诗语言基本上是以两个字以上的词为单位的白话口语，新诗应该既适应现代的语言结构与特点，又具有比较整齐、比较鲜明的节奏和韵脚。他强调两点：一是比较整齐、比较鲜明的节奏，二是韵脚。到1954年写的《关于现代格律诗》，明确提出现代格律诗要按照现代的口语写的每行的顿数有规律，每顿所占时间大致相等；有规律地押韵。他认为，诗的格律不能废除，中外诗歌，大都是讲格律的。从诗歌的文体本质要求来看：“诗的内容既然总是饱和着强烈的或者深厚的感情，这就要求

① 王独清：《〈威尼市〉代序》，见1928年创造出版部出版的王独清诗集《威尼市》书首。

② 陆耀东：《王独清：欲推倒诗画、音乐墙的诗人》，《文艺研究》2005年第11期。

③ 王独清：《谭诗》，《独清文艺论集》，光华书局1932年版，第5页。

④ 何其芳：《谈写诗》，《何其芳文集》第四卷，人民文学出版社1983年版，第62页。

着它的形式便利于表现出一种反复回旋,一唱三叹的抒情气氛。有一定的格律是有助于造成这种气氛的。”[①]他认为一定的社会生活内容与自由体或格律体存在相对应的表达与被表达关系,二者都存在一定的表达盲区。但是,若没有适合现代语言规律的格律诗,是不健全的偏枯现象。

总之,从诗歌的本根性特征即要求韵律和节奏来看,新诗可以是自由体,也可以是格律体。闻一多《死水》《静夜》那样的格律诗很好,而艾青《大堰河——我的保姆》《我爱这土地》也令人喜欢。虽然可以是两者并存、共同发展,但两者还是都应该讲究韵律和节奏。

而就我个人来说,我希望有一种“自由格律体”。它是适应诗歌创作和诗歌欣赏(接受)的规律而建立起来的,即由内在的思想情感和情绪的节奏韵律,自然而然外化为诗歌语言的节奏韵律,从而形成“自由格律体”:适当的自由,适当的格律。不要以死板的格律害了内容的自由表达,也不要自由得无边无沿,完全冲垮了合理格律的堤坝。既不要整齐划一得像呆板的豆腐块,也不要像飘忽不定的浮云。应该是,宽松的韵,大体相同的顿,根据内容需要而灵活划分的段落。写出来的诗,最好能够朗读,读起来朗朗上口,铿锵悦耳;还要适当照顾到视觉的美感,色彩丰富。这就需要诗人有良好的汉语语言锤炼功夫,下笔或出口时自然顺从四声、平仄、清浊以及韵脚的规律而合理运用。

但是,这需要实践。

2020年6月5日于安华桥蜗居

① 何其芳:《关于现代格律诗》,《何其芳文集》第五卷,人民文学出版社1983年版,第4页。

第六章　象征和象征派

象征

燕祥你好！

近百年来，自李金发等人引入法国象征派以来，有的人好像以为象征是舶来品，其实差矣。这是误解。象征，中国自古有之，朦胧亦如影随形，侍之左右(当然朦胧并非只因象征)。在文学艺术中，诗与文两相对照，象征是诗歌最常见的表现手段，是许多诗人惯用的一种手法；进一步说，象征也成为诗歌的重要品格之一。古今中外皆然。如果说，象征乃诗中之常客，那么对于散文来说，象征手段虽可用，但与诗歌相比，则“相形见绌”矣。

象征不但不是象征主义或象征派所专有，而且也不是文学特别是诗歌创作中所独擅。它也存在于宗教和日常生活中，而且是相当普遍的现象。例如佛教中莲花是一种具有丰富象征意象的符号，它是净土世界的信使，象征佛的神圣、净洁、灵妙；基督教中十字架是一种象征符号，象征着爱与救赎。一般人对此都极为熟悉，不用多说。

在日常生活中，象征也司空见惯。拿颜色来说，人们常常认为白色象征纯洁、神圣，红色象征喜悦、热烈，黄色象征光明、希望，粉色象征甜美、可爱，等等。古代孝子常常在北堂种萱草，因为萱草是忘忧草，又是母亲的象征。唐代孟郊《游子》(《全唐诗》卷三七四)曰：“萱草生堂阶，游子行天涯。慈亲倚堂门，不见萱草花。”元代王冕《竹斋集》卷三《墨萱图》其一：“灿灿萱草花，罗生北堂下。南风吹其心，摇摇为谁吐？慈母倚门情，游子行路苦。甘旨日以疏，音问日以阻。举头望云林，愧听慧鸟语。”

古时候，母亲居屋门前往往种有萱草，人们雅称母亲所居为萱堂，于是萱堂也代称母亲。

我们最熟悉的还是诗歌中的象征。燕祥，这是你的本行，应当最有发言权。我想，如果象征有灵，它最喜欢选择诗歌作为自己的活动场地。古今中外,各个民族、各个国家,皆然。

单说中华民族。中国是诗的国度。从古至今,象征就如南方漫山遍野开放的映山红,随处可见。中国诗歌最讲究比兴,特别是兴,常常就是象征。现代许多著名学者如周作人、朱光潜、宗白华、梁宗岱等,早就把兴与象征联系在一起,有的人干脆认为兴就是象征(周作人)。兴,通常称为起兴,即中国古代诗论中常说的赋比兴中的兴。许多诗人,无论古代的,还是现代的,都自觉不自觉地运用起兴手法。假如你从《诗经》读起,中国诗歌里,象征(兴)不胜枚举。譬如《诗经·周南·葛覃》:“葛之覃兮,施于中谷,维叶萋萋。黄鸟于飞,集于灌木,其鸣喈喈。葛之覃兮,施于中谷,维叶莫莫。是刈是濩,为絺为绤,服之无斁。言告师氏,言告言归。薄污我私,薄浣我衣。害浣害否,归宁父母。”此诗乃写一个出嫁的女子准备回娘家探望父母的情景。全诗三章,第一章都是起兴。清代陈奂《毛诗传疏》曰:“按葛覃,一兴也。黄鸟,又一兴也。”清碧的葛藤,美丽的黄雀,象征着喜悦的女主人公那种期盼回娘家探望的缠绵而欢愉的心情。

汉代的《孔雀东南飞·古诗为焦仲卿妻作》首句“孔雀东南飞,五里一徘徊”,即是起兴,以引起全诗所表现的美丽悲凉、缠绵悱恻的故事。《木兰诗》“唧唧复唧唧,木兰当户织,不闻机杼声,唯闻女叹息”,首句“唧唧”有人认为是写织机声,但我认为也可释为虫鸣,用秋虫之鸣叫,引起木兰无奈之下代父从征的故事,所以,首句即可视为起兴。唐代王维的《相思》“红豆生南国,春来发几枝。愿君多采撷,此物最相思”,借咏物而寄相思,起句因物起兴。

直到现代,信天游民歌中亦常见起兴,如《羊肚子手巾三道道蓝》:“羊肚子手巾三道道蓝,咱们见个面容易拉话话难,一个在那山上哟一个在沟,咱们拉不上话话招一招手……”首句即起兴;《山丹丹开花红艳艳》中“一道道的那个山来哟一道道水,咱们中央红军到陕北”“千里的那个雷声哟万里的闪,咱们革命的力量大发展”都用了起兴。

当然,中国诗歌里的象征,也不是处处明显地见到起兴。杜甫《旅夜书怀》:“细草微风岸,危樯独夜舟。星垂平野阔,月涌大江流。

名岂文章著，官应老病休。飘飘何所似，天地一沙鸥！”最后两句虽不是起兴，而是比喻，但也是象征——沙鸥象征飘零、伤感。刘禹锡《竹枝词二首·其一》：“杨柳青青江水平，闻郎江上唱歌声。东边日出西边雨，道是无晴却有晴。”双关语，也可视为象征。古诗中，以比喻为象征，例子很多。譬如，在生活中，比翼鸟、连理枝，比喻夫妻恩爱；许多诗词，也以此为夫妻恩爱的象征。最著名的是白居易《长恨歌》“在天愿作比翼鸟，在地愿为连理枝”。古代诗词中还有许多单以比翼鸟或单以连理枝来象征夫妻恩爱的。以比翼鸟为象征的，如萧统《昭明文选》第二十卷所载南北朝诗“山川阻且远，别促会日长。愿为比翼鸟，施翮起高翔”，又如《全唐诗》第八六七卷所载唐代《新林驿女吟示欧阳训(生飞虫)》“月明阶悄悄，影只腰身小。谁是骞翔人，愿为比翼鸟”。单以连理枝为象征的，也很多，如《全唐诗》第五五七卷所载唐代郑畋《麦穗两岐》“史册书堪重，丹青画更宜。愿依连理树，俱作万年枝”，《全唐诗》第二三卷《琴曲歌辞·蔡氏五弄》所载鲍溶《秋思二首》“燕歌易水怨，剑舞蛟龙腥。风折连枝树，水翻无蒂萍”，等等，都是用连理枝(连理木)象征夫妻永不分离的爱情。

同一个喻体，在不同的情景下可以象征不同的意思，譬如燕子，在刘禹锡《乌衣巷》“旧时王谢堂前燕，飞入寻常百姓家”象征时事变迁，而在晏几道《临江仙》“落花人独立，微雨燕双飞”那里象征爱情。再如，杜鹃鸟(子规)，在李白《闻王昌龄左迁龙标遥有此寄》“杨花落尽子规啼，闻道龙标过五溪。我寄愁心与明月，随风直到夜郎西”中，象征凄凉、哀伤，而在文天祥《金陵驿》“从今别却江南路，化作啼鹃带血归”那里，表达忠贞不屈的民族气节。

以比喻为象征，现当代诗歌中也很多。燕祥，你一定随手可举。你的《杜鹃花》(“雀斑有什么不好呢/每一朵杜鹃花都是生着雀斑的//你是不是也常常想起杜鹃花呢/或者偶然也想起我的笑语？……”)不就是以比喻为象征吗？

在这里，我还要特别介绍公刘的《骆驼》：“我又看见你了，如同站在镜子跟前一样，/骆驼！我的被打落篷帆的生命之船！/属于我自己的孤苦的形象！//因为忍辱负重，因为瀚海远航，/你才天生两座高峰和四条瘦腿的吧？/当然，还有一双眯缝的眼，睫毛既湿且长。//如今是到了剪绒的季节了,/难怪你浑身赤裸,粉红的皮肉炙着骄阳,/一堆温软的纤维,当早已供应市场。//你有什么希求?你有什么祈望?/日复一日,默默地下一道沙梁又上一道沙梁,/嚼着骆驼刺,干涩,粗砺,摩擦着肚肠……//骆驼!你究竟为什么来到世上?/服满无穷无尽的苦役?实践可笑可怜的主张?/悲哀,善良,永不挣扎,从不张扬……//'它可是一道好菜哩,瞧那肥厚的驼掌!'/话说得如此悠然,悠然得叫我惊惶;/我终于恢复人的感觉了,而且准备反抗!"这里,《骆驼》全诗,都是以比喻为象征,它象征的是诗人"自己的孤苦的形象","日复一日,默默地下一道沙梁又上一道沙梁,/嚼着骆驼刺,干涩,粗砺,摩擦着肚肠""服满无穷无尽的苦役""悲哀,善良,永不挣扎,从不张扬……"如果联系公刘一生的遭遇,你更能感同身受,领悟这个象征的意义。我之所以特别介绍公刘,是因为我与他曾经有过一次特殊的接触。20世纪80年代初,我与他在南方的一次诗歌研讨会上相识,晚上他把自己的经历像老友那样同我叙说,我感叹不已。会议结束后我们一起参加少数民族的"三月三"节。那天特别热,他就在我身旁突发脑血栓,半边身体活动不便,在仫佬族诗人包玉堂的家乡罗城住院治疗。此时他自己病得说话已不利落,但他特别嘱咐我们旁边的人,不仅不要通知与他相依为命的女儿来看护,也不要把他的病况告诉女儿,因为她面临高考,正值关键时刻,不要耽误了复习功课。于此可见公刘为人一斑。

起兴、比喻作为象征手段,在中国古代不仅有丰富的实践,而且有长久的理论传统。中国古代自先秦起就以"赋比兴"论诗。最早见于《周礼·春官·大师》"教六诗,曰风,曰赋,曰比,曰兴,曰雅,曰颂",但没有具体论述。汉代通常认为"兴者,托事于物","兴者,起也"。魏晋南北朝时期,《艺文类聚》卷五十六记载挚虞的话:"赋者,敷陈之称也;比者,喻类之言也;兴者,有感之辞也。"刘勰《文心雕龙·比兴》认为:"比者,附也;兴者,起也。附理者切类以指事,起情者依微以拟议。起情故兴体以立,附理故比例以生。"钟嵘《诗品序》对"赋、比、兴"的论述,有了更多的新内容:"文已尽而意有余,兴也;因物喻志,比也;直书其事,寓言写物,赋也。"唐代评论家对

"比兴"也有新的发明，进一步把"比兴"称为"兴寄"，陈子昂、白居易、元稹都标举"兴寄"或"比兴"。宋代学者对"赋、比、兴"的研究更加深入，特别值得注意的是李仲蒙和朱熹。李仲蒙认为："叙物以言情谓之赋，情物尽者也；索物以托情谓之比，情附物者也；触物以起情谓之兴，物动情者也。"

朱熹的说法一直被视为权威。我们打开朱熹的二十卷本《诗集传》（此书现代权威版本为中华书局1958年影印宋刊本），其卷一即可见到朱熹如下说法："赋者，敷陈其事而直言之者。""比者，以彼物比此物也。""兴者，先言他物以引起所咏之词也。"在《诗集传》中，可以看到他对《诗经》中每一首诗的解读，在诗句后面几乎都有：此"赋"也，此"比"也，此"兴"也。我们单说"兴"。譬如，在《关雎》篇"关关雎鸠，在河之洲。窈窕淑女，君子好逑"后面，朱熹释曰："关关，雌雄相应之和声也。……生有定偶而不相乱，偶常并游而不相狎，故毛传以为挚而有别，列女传以为人未尝见其乘居而匹处者，盖其性然也。"在给出了"兴者，先言他物以引起所咏之词也"的定义之后，又说："言彼关关然之雎鸠，则相与和鸣于河洲之上矣。此窈窕之淑女，则岂非君子之善匹乎？言其相与和乐而恭敬，亦若雎鸠之情挚而有别也。后凡言兴者，其文意皆放此云。"后面的解说中，类此所谓"兴"者，比比皆是，兹不多举。

晚唐司空图所谓"不着一字，尽得风流"，宋代严羽《沧浪诗话·诗辨》所谓"盛唐诸人惟在兴趣，羚羊挂角，无迹可求。故其妙处，透彻玲珑，不可凑泊，如空中之音，相中之色，水中之月，镜中之象，言有尽而意无穷"……都与象征（比兴）有关——常常是通过象征而造成的效果。

比兴作为象征手段，在诗歌中可以说起到了创作支柱的作用。试想，假如诗歌没有了比喻和起兴，就像春天的大地缺少了鲜花，缺少了色彩，将是怎样的死气沉沉的景象？惨不忍睹啊。

2020年6月8日于北京安华桥蜗居

象征派

燕祥,你好!

前封信中,几次提到象征派。谈百年新诗不可避免地碰到它,而且,不管人们对它怎么评价,喜不喜欢,都绕不过它。它是客观存在的。而且,我认为它对百年新诗的积极贡献大于某些人所说的"消极"影响。今天咱们就专门谈谈"象征派"问题。

前面说过,象征不等同于象征派或象征主义——"象征"古已有之,而"象征派"则是19世纪40—50年代在法国产生和形成、到19世纪80年代才得以命名的一个诗歌流派。在这之前,法国诗歌中则是浪漫主义的天下。学界公认,波德莱尔从19世纪40年代开始创作、到1857年结集出版的诗集《恶之花》,是象征派文学的先驱,或谓奠基之作。波德莱尔被称为象征派的鼻祖。但在波德莱尔生前,只有象征派诗歌之实而尚无其名——波德莱尔虽然写了许多后来被认定是所谓象征派的诗,但当时他可并不知道自己是所谓"象征派",他还自以为是浪漫主义呢。波德莱尔开始写诗的时候,浪漫主义已经在走下坡路,所谓"夕阳无限好,只是近黄昏"。波德莱尔写过一首诗,叫作《浪漫派的夕照》(见他的诗集《恶之花》),他认为自己正是处在这种"夕照"中。在他身后,"象征主义""象征派"的名称才被定型。1886年让·莫雷亚斯在巴黎《费加罗报》上发表《象征主义宣言》,第一次提出"象征主义"的名称。

波德莱尔诗集《恶之花》刚问世时,一度被认为是淫秽的读物,当政者禁了其中的6首诗,并进行了罚款。但是,学界有识者还是认为波德莱尔是一位有独特贡献的诗人。当时的法国文坛泰斗、浪漫主义文学大师雨果为波德莱尔的宏伟的才华而喝彩。波德莱尔的追随者魏尔伦赞扬波德莱尔的作品具有深刻的独创性,称《恶之花》是"本世纪(即19世纪)的精华,本世纪一切的集中反映",艾略特说波德莱尔是“现代所有国家中诗人的最高楷模”[①]。

在中国，虽然某个时候，某些人也对波德莱尔给予负面评价，认为他表现了所谓资产阶级的“颓废”；但总体而言，多数学者给予了正面评价。中国几代学者对波德莱尔做了大量研究，尤其是近年来我的一位朋友、中国社会科学院外国文学研究所研究员郭宏安，他不仅又一次完整翻译了《恶之花》，而且写了长篇论文《论〈恶之花〉》，并且翻译出版了《波德莱尔美学论文选》(人民文学出版社1987年版)，对波德莱尔进行了比较全面而深入的论述，我从中获益匪浅——我对波德莱尔和法国象征派的认识，得益于它们。我建议你有时间读一读郭宏安的这些文章，我也希望广大读者读一读这些文章。下面，我就参照以往众多学者(特别是我的朋友郭宏安)对波德莱尔的研究成果，梳理一下我对这位法国大诗人以及象征派的思考。

许多学者认为，波德莱尔的《恶之花》中的否定性人生体验，是用忧郁、无聊、悔恨、烦恼、痛苦堆积成的现实，是众生溃疡的心灵。精神上的压抑、惶惑与不安，生活上的焦虑、孤独、空虚与无聊，肉体上的欲望沉沦，即所谓“世纪病”——它成为当时西方世界的普遍精神状态。波德莱尔心灵观照下出现的“人群”意象，使诗人的个人性体验上升为群体的生命体验。他通过差异性个体所体验到的众人生活的、恶浊的平庸现实，揭示世人包括自己心灵的阴暗与病态。波德莱尔的确描写了丑恶事物，甚至不厌其烦地描写腐尸的恶臭触鼻，在《恶之花》之《腐尸》中写道：“那时，我的美人，请告诉它们，/那些吻吃你的蛆子，/旧爱虽已分解，可是，我已保存/爱的形姿和爱的神髓！”他把一些流露出冷酷的绝望气息的阴暗狠毒的诗，留给了法国，留给了世界；但是，假如你真对波德莱尔有所了解，你就会知道，波德莱尔虽然生活在恶之中，爱的却是善。他说：“丑恶经过艺术的表现化而为美，带有韵律和节奏的痛苦使精神充

① 参见郭宏安：《论〈恶之花〉》，该文载广西师范大学出版社2002年版郭宏安译《恶之花》卷首。

满了一种平静的快乐。”[①]人们阅读这些诗，在他生前称他作疯子，在他死后称他为诗人。

波德莱尔的诗歌创作，总的发展趋向是从描写转向暗示，从比喻转向象征，从浪漫主义走向象征主义（也许当时他自己并不自觉）。许多研究者特别强调波德莱尔的以下一些艺术特征：

波德莱尔重应和（《恶之花》中有一首诗《应和》）。他认为，世界万物存在着一种应和关系，人与自然的应和、人的各种感觉之间的应和、人与上帝的应和、人间与天堂的应和，一般人看不到这种应和关系，只有诗人能够向人们揭示它，这是诗人的职责。他说："正是这种对于美的令人赞叹的、永生不死的本能使我们把人间及人间诸事看作是上天的一览，看作是上天的应和。人生所揭示出来的对于彼岸的一切永不满足的渴望最生动地证明了我们的不朽。正是由于诗，同时也通过诗，由于音乐，同时也通过音乐，灵魂窥见了坟墓后面的光辉；一首美妙的诗使人热泪盈眶，这眼泪并非一种极度快乐的证据，而是表明了一种发怒的忧郁，一种精神的请求，一种在不完美之中流徙的天性，它想立即在地上获得被揭示出来的天堂。”[②]

波德莱尔重象征。他认为要揭示这些应和关系，就要运用艺术包含的一切手段，特别是象征手法，以具体意象去表现抽象观念。在他那里，运用象征手法表现时间、美、死亡、偶然、羞耻、愤怒、仇恨……将它们拟人化。

波德莱尔重想象。他认为想象力是“各种能力的王后”“想象力是真实的王后”“是想象力告诉人颜色、轮廓、声音、香味所具有的精神上的含义。它在世界之初创造了比喻和隐喻，它分解了这种创造，然后用积累和整理的材料，按照人只有在自己灵魂深处才能找到的规律，创造一个新世界，产生出对于新鲜事物的感觉”[③]，

① 波德莱尔：《波德莱尔美学论文选》，郭宏安译，人民文学出版社1987年版，第85页。

② 波德莱尔：《波德莱尔美学论文选》，第75页。

③ 波德莱尔：《波德莱尔美学论文选》，第404—405页。

“由于想象力创造了世界，所以它统治这个世界”[①]。

波德莱尔重通感。《恶之花》中有一首十四行诗，题目即是《通感》，诗中指出“香味、颜色和声音在交相呼应”——他认为一切感觉是相通的。他还认为通感是一种联想的魔法，属于创作的隐蔽法则，艺术家由此能够深入艺术的更高级的殿堂。

此外，波德莱尔特别重视诗歌的音律、节奏、形式和语言。郭宏安在《论〈恶之花〉》中说，《恶之花》的诗句抑扬顿挫，极富音乐感。波德莱尔在法国诗人中是最富音乐感者之一，因为他对诗与音乐的关系有深刻的理解。他引述过德国作曲家理查德·瓦格纳的一段话：“对于诗人来说，节奏的安排和韵律的装饰（几乎是音乐性的）是确保诗句具有一种迷人的、随意支配感情的力量的手段。这种倾向对于诗人来说是根本的，一直把他引导到他的艺术的极限，音乐立刻接触到的极限，因此，诗人最完整的作品应该是那种作品，它在其最终的完成中将是一种完美的音乐。”[②]

波德莱尔的美学原则直接影响了19世纪法国最有声望的象征主义诗人魏尔伦、马拉美、兰波。郭宏安在《论〈恶之花〉》中评述道：魏尔伦的诗歌强调音乐性——“万般事物中，首要的是音乐”，主张诗歌的朦胧性——“最可贵的是令人半醉的诗歌，模糊和明晰在诗中互相结合”；马拉美热衷于病态感觉，一味歌咏空虚、死亡和荒诞；兰波则是实践“声、色、味”交感理论的典范。总之，波德莱尔开拓了诗歌新领域，探索了诗歌表现的新方法。雨果称赞波德莱尔创造了新的战栗。这是美学上的革新。[③]

关于波德莱尔的美学思想，读者可以在郭宏安翻译、人民文学出版社1987年印行的《波德莱尔美学论文选》中找到它们的论述。

《恶之花》在20世纪初即被介绍到中国，周作人、周无、田汉、徐志摩、戴望舒、施蛰存、沈宝基、梁宗岱、卞之琳、王了一（王力）……都评介过波德莱尔或翻译过波德莱尔的作品。一些诗人和作家很快接受波德莱尔和法国象征派的影响。周作人在1919年2月《新

---

① 波德莱尔：《波德莱尔美学论文选》，第407页。

② 郭宏安：《论〈恶之花〉》，《恶之花》卷首。

③ 参见郭宏安：《论〈恶之花〉》，《恶之花》卷首。

青年》第6卷第2号发表了为自己新诗《小河》所作序言，其中提到《小河》诗体与“法国波德莱尔提倡起来的散文诗，略略相像”。1919年5月《新潮》第1卷第5期罗家伦在《驳胡先骕君的中国文学改良论》中说到沈尹默的《月夜》被认为“颇是代表象征主义”的作品。周无不但在1920年10月15日《少年中国》第2卷第4号写过《法兰西近世文学的趋势》一文，评介法国象征派，称其是法国文学上的“真正的解放”，而且他自己效仿象征派诗歌，写了《一件事》《黄蜂儿》等诗，以象征的形象隐喻诗情，注意音乐性，当时即被认为是象征主义的作品。1921年《少年中国》第3卷第5期发表了田汉《恶魔诗人波陀雷尔的百年祭》，它是中国第一篇全面评介波德莱尔的文章，认为“这个恶魔倒可爱，岂止可爱，我们还不能不知道，他拿起那恶魔之剑斩了人类肤浅的心魂……欲为大乘的艺术家，诚不可不借波陀雷尔的恶魔之剑，一斩心中执着”。1922年3月10日《小说月报》第13卷第3期发表了周作人翻译的波德莱尔的《窗》，这是波德莱尔在中国面世的第一首诗；三个月后《小说月报》又发表了周作人翻译的《游子》。徐志摩在1924年12月《雨丝》第3期上翻译了波德莱尔的《死尸》，对其音律、节奏倍加称赞，说诗的真妙处不在字义里而在不可捉摸的音节里。1925年2月《雨丝》第15期推出波德莱尔的五首诗——《镜子》《哪一个是真的》《窗子》《月儿的恩惠》《狗和罐子》(译者是张定璜)。以上这些，是波德莱尔最早一批引进中国的作品，因此可以说“五四”新文学伊始，他就被介绍进中国文坛。1930年，中华书局出版了邢鹏举编选的《波德莱尔散文诗》，这是波德莱尔作品第一次在中国结集成书。

后来，对波德莱尔的译介，渐成规模，译者和研究论著层出不穷。例如，20世纪40年代，戴望舒翻译了多首波德莱尔的诗，集录成《恶之花掇英》，1947年上海怀正文化社初版，后来收入戴望舒的译文集；1957年《译文》发表陈敬容翻译的波德莱尔的9首诗，加上后来翻译的，大约40首，收录在和里尔克的合集《图像与花朵》(湖南人民出版社1984年版)中。翻译比较齐全并且以《恶之花》书名单独印行的，先后有王了一译本，1980年由外国文学出版社出版；钱春绮译本，1986年由人民文学出版社出版；郭宏安译本(附有长篇论文《论〈恶之花〉》),先是1992年由漓江出版社出版,2002年又由广西师范大学出版社出版,2005年再由北京燕山出版社出版。

法国象征派的代表人物还有兰波、魏尔伦、马拉美等人。19世纪末20世纪初,象征主义从法国扩及英、美、德、意、俄等国家,被称为后期象征主义,最著名的代表人物有法国的瓦雷里、奥地利的里尔克、爱尔兰的叶芝及英国诗人艾略特等。

象征派对中国新诗乃至中国现代文学产生过深刻的、细致入微的、潜移默化的影响,你从许多诗人身上,都可发现蛛丝马迹。

可以毫不夸张地说,中国新诗的几代诗人,都曾喝过波德莱尔和法国象征派其他诗人的乳汁。例如周作人,除了我前面说过的,他在1919年发表新诗《小河》时就说此诗与“法国波德莱尔提倡起来的散文诗,略略相像”。两年后即1921年11月14日的《晨报附镌·特载专件》上,周作人发表了《三个文学家的纪念》,称赞波德莱尔的病态美是贝类中的珍珠,并为他的“颓废”感到亲切。这是在中国新诗在襁褓中吃奶以至刚刚牙牙学语和趔趄起步的时候啊!

前面我还提到,连不是新诗圈里的田汉(他是戏剧家),1921年也发表专文《恶魔诗人波陀雷尔的百年祭》,对这个“可爱”的“恶魔诗人”倍加称赞,号召借鉴他的“恶魔之剑”斩了人类肤浅的心魂,成为“大乘的艺术家”。

波德莱尔和法国象征派是中国新诗的奶娘之一。虽然不是唯一的一个,但是,可以说是最重要和影响最大的一个。

燕祥,你很清楚,象征派流传到中国并产生最显著的影响,集中表现在20世纪20年代以李金发为代表的诗歌流派诸诗人身上。后面将就此作专门讨论。后会有期。

2020年6月11日于北京安华桥蜗居

中国象征派

燕祥，你好！

中国象征派诗歌开始于20世纪20年代。早期象征派代表诗人有李金发、王独清、穆木天、冯乃超，以及胡也频、石民、篷子等。他们都是喝着波德莱尔和法国象征派诗人的奶水长大的。其中挂头牌的李金发，尤其如此。

李金发(1900—1976)，原名李淑良，广东梅县人。1919年赴法勤工俭学。他学的不是文学而是雕刻，1921年就读于第戎美术专门学校和巴黎帝国美术学校，成为一个著名雕刻家。在法国求学的时候他的两件雕塑作品就被选入巴黎春季美术大型展览会展出，成为入选巴黎美展的第一个中国人；他的代表性雕塑作品有伍廷芳像、邓仲元铜像以及广州中山纪念堂门前的孙中山塑像等，都是杰作。但现在我要说的，是比他的雕刻更著名的——他的诗。留学法国，他种“瓜”的同时醉心于种“豆”——把浓烈的兴趣转向波德莱尔和法国象征派诗人，以他们为师，成为中国第一位写象征诗的人，并且创建了中国象征派，成为其盟主，于是他得“瓜”又得“豆”。蔡元培称他“文学纵横乃如此，金石雕刻诚能为”[①]。在法国，他作为中国留学生，节俭清苦，孤独寂寞，没有中外诸色人等的交际，没有物质的享受，所以他感到受歧视，心情压抑；所见所闻，诸多丑恶现象，处处受刺激，因愤世嫉俗而喜欢上了颓废派，特别是波德莱尔的《恶之花》。在发表于《文艺画报》1935年第2期的与杜格灵的《诗答问》中，他说自己是受波德莱尔和魏尔伦的影响而作诗——作象征派的诗。在饱尝了白眼之辱的环境里，李金发课余就在书籍里寻找安慰，波德莱尔使他爱不释手，学着波德莱尔，

① 李金发曾于1926年春末夏初在上海见到蔡元培，蔡先生欣然为李金发的两本书《意大利及其艺术概要》和《雕刻家米西盎则罗》题写书名，并赠对联一副：“文学纵横乃如此，金石刻画诚能为。”

面对“恶”,面对“丑”,他用诗讴歌孤苦的人生。在《希望与怜悯》这首诗中,他写道:“我抚慰我的心灵安坐在油腻的草地上,/静听黑夜之哀吟,与战栗之微星,/张其淡白之倦眼,/细数人类之疲乏,与牢之不可破之傲气。”他用新奇晦涩的意象和格调表现对人生命运的感叹,追求虚幻美,被人称为“诗怪”。

李金发效仿波德莱尔和象征派诗人,主张运用象征的方法描写主观世界,追求“朦胧之美”。他认为,诗需要形象和象征,犹人之需要血液;现实中没有什么了不起的美,美蕴藏在想象中、象征中。“夜间的无尽之美,是在其能将万物仅显露一半,贝多芬及全德国人所歌咏之月夜,是在万物都变了原形,即最平淡之曲径,亦充满着诗意,所有看不清的万物之轮廓,恰造成一种柔弱的美,因为暗影是万物的装服,月亮的光辉,好像特用来把万物摇荡于透明的轻云中,这个轻云,就是诗人眼中所常有,他并从此云去观察大自然,解散之,你便使其好梦逃遁,任之,则完成其神怪之梦及美也。”①

就在20世纪20年代留学期间,他创作了大量象征派的诗,可谓成绩斐然。1923年2月,他编写了第一本诗集《微雨》,包括99首诗作和一些译作。过了两个月,他又写成一本《食客与凶年》。再过六个月,他写成《为幸福而歌》。1923年春,李金发把诗稿《微雨》和《食客与凶年》寄给名教授、名作家周作人,没有想到真的得到了周作人的赏识。周作人说这种诗,国内所无,别开生面。于是,将这两本诗集编入“新潮社文艺丛书”,推荐给北新书局。等1925年李金发回国时,诗集《微雨》已经在北新书局出版。

从1925年2月起,李金发的诗开始在《语丝》《小说月报》《文学周刊》《黎明周刊》上陆续发表,产生广泛影响。著名学者朱自清在《中国新文学大系·诗集》之“导言”中称赞他是将“法国象征诗人的手法”介绍到中国来的“第一个人”。②

---

① 李金发:《艺术的本原及其命运》,《美育杂志》1929年第3期。

②《中国新文学大系》,赵家璧主编,1935—1936年由上海良友图书印刷公司出版,共10卷。全书由蔡元培撰写总序,各卷编选者分别就所选内容写了长篇导言。第8卷《诗集》,朱自清编选,并撰写《导言》。

李金发的诗歌，从题材、内容到形式，可以说是波德莱尔和法国象征派的中国"孝子"（当然，李金发作为在中国文化传统根柢上生长起来的人，他的诗也不可能脱去中国因素——从他诗中夹杂大量文言可知）。在艺术上，重视直觉、"应和"、象征与暗示，表现自我的生命感受，诗风朦胧、晦涩。谨举几个例子。

譬如《弃妇》[1]，这是李金发的代表作，也是在国内最早发表的一首诗作。它集中表现了李金发象征诗的特征。全诗是这样的："长发披遍我两眼之前，/遂隔断了一切羞恶之疾视，/与鲜血之急流，枯骨之沉睡。/黑夜与蚊虫联步徐来，/越此短墙之角，/狂呼在我清白之耳后，/如荒野狂风怒号：/战栗了无数游牧。//靠一根草儿，与上帝之灵往返在空谷里。/我的哀戚惟游蜂之脑能深印着；/或与山泉长泻在悬崖，/然后随红叶而俱去。//弃妇之隐忧堆积在动作上，/夕阳之火不能把时间之烦闷/化成灰烬，从烟突里飞去，/长染在游鸦之羽，/将同栖止于海啸之石上，/静听舟子之歌。//衰老的裙裾发出哀吟，/徜徉在丘墓之侧，/永无热泪，/点滴在草地/为世界之装饰。"

有的论者指出，弃妇象征世俗社会的游离者或对立者，被放逐、遗弃如弃妇。这种解读是有道理的。苦难的弃妇在根本上是人生的象征，这种人生充满孤独、哀怨、丑恶、恐怖、绝望，死亡是它的归宿。我们从全诗的中心形象"弃妇"这一极富象征意味、包容着深广意象内涵的载体上面，从诗中大量的枯骨、鲜血、蚊虫、空谷、夕阳、灰烬、丘墓等物象上面，闻到波德莱尔《恶之花》的味道（波德莱尔惯用死亡、死尸、鲜血、恶臭等意象）。李金发用这些富有象征意味的形象，加强了"弃妇"的凄楚与隐忧。同时，李金发这样象征意味很浓的诗，也真实表现了他那一时代部分青年内心的苦涩。在艺术上，此诗运用象征、暗示、省略、跳跃、意象奇接、通感等手法，打破了直抒胸臆的传统表现方式，寻找思想与情绪的客观对应物，将知觉和感受具象化。

再看李金发另一首代表作《里昂车中》："细弱的灯光凄清地照

① 李金发的《弃妇》和后面所引的《里昂车中》《死》，均见1925年由北新书局出版的李金发第一部诗集《微雨》。

遍一切,/使其粉红的小臂,变成灰白。/软帽的影儿,遮住她们的脸孔,/如同月在云里消失!//朦胧的世界之影,/在不可勾留的片刻中,/远离了我们,/毫不思索……”这首诗记录了诗人坐在里昂火车中所看见的景象和产生的感想,他用象征性的形象和意境来表现自己复杂微妙的内心世界的感情,记录了对社会和自然现象敏锐的印象和感受。孙玉石说,这首《里昂车中》不失为显示李金发创作才华和诗歌特征的佳作。他用描写光、声、色等语言手段概括自己对生活中普通事物一瞬间的观察和感受,形成一种既鲜明又朦胧的抒情美的效果。

李金发的《有感》,其中有两句血淋淋的诗句:“如残叶溅/血在我们/脚上,//生命便是/死神唇边/的笑。”李金发不认为“死亡”是可怕的,正如他《死》中所写:“死！如同晴春般美丽,/季候之来般忠实,/若你设法逃脱,/呵,无须恐怖痛哭,/他终究温爱我们。”这也充满波德莱尔的气味儿。死,在李金发那里也是一种象征的形象。象征什么？由读者去体味。

李金发回国之后,周作人将其第二本诗集《食客与凶年》(1923)编入“新潮社文艺丛书”,1927年由北新书局出版,第三本诗集《为幸福而歌》(1924)于1926年11月由上海商务印书馆出版;李金发成为当时诗坛备受瞩目的人物。虽然他的诗也受到一些争议,直到20世纪40年代,林焕平与陈敬容还为李金发打过一场笔仗——林焕平对其是持否定态度的,他批评李金发“颓废”。但是我认为他的积极面大于消极面。

今天来看李金发,我更认为他是中国百年新诗发展中的功臣。诚然,不可否认,他的一些诗作,特别是留学期间的诗,笼罩着某种绝望、郁闷、悲哀的烟雾,色调暗淡,就题材和思想内容而言,消极因素多一些。尤其是与郭沫若、闻一多等人相比,更是如此。但他后来发生了许多变化。1929年之后,李金发诗文著作表现出热爱祖国、热爱故乡、深明民族大义的爱国主义思想。抗日战争期间写的《异国情调》,真实地体现了20世纪40年代梅县客家华侨生活,炽热而深沉,爱国主义感情和浓重的乡土气息流露于笔端:“我不能再回去看看中国，真是平生憾事，虽然我在那里度过了痛苦的岁月，但是中国太美丽了，他总有一天会达到更文明的日子……”[①]他的《岭东恋歌》和《飘零闲笔》，都抒发了他对祖国和故乡的深情眷念，并且深明民族大义。在《从周作人谈到文人无行》中，他痛斥汪精卫“认贼作父”，指责某些人的汉奸行为“贻羞吾国文化人”。[②]

我说李金发是中国百年新诗发展中的功臣，主要是指他给中国新诗带来一股新风和新的艺术手段与方法。白话新诗一开始，像胡适的《尝试集》，直白无味，清汤寡水，表现手法也十分贫乏。郭沫若当然为新诗立了大功，他的诗如火山喷发，具有极强的冲击力；但在艺术上一味地直抒胸臆，含蓄和蕴藉不够；而且显得单调些。李金发诗歌的应和、象征、暗示、通感、多样的色彩、丰富而富有蕴藉的形象……恰恰弥补了上述不足，使新诗活泛起来了。李金发的某些诗的确有些晦涩难解，过于朦胧(其实朦胧并不是什么缺点)。但是今天我读李金发的诗，除少数之外，大部分并不难懂，完全能够领悟和品味，觉得诗味甚浓。而且，有的诗不但不晦涩，反而觉得明快，譬如《雨》[③]：“轻盈而亲密的颤响，/是雨点打着死叶的事实；/你从天涯逃向此处，/做点音乐在我的耳鼓里。//……我在故乡的稻田认识你，/不过那时我年纪尚小，/你湿了我的木屐儿/不拉手便微笑着去了……”而且他的想象如此丰富、奇妙，他的感觉如此独特、细微，他的比喻、象征也十分精巧，不落俗套、出人意料……例如《韦廉故园之雨后》：“孱弱的野鸟，/在枝上喘着叫，/欲唤静寂醒来；/惟草茎/落点残泪，/说不愿意……”再如《风》：“尽在橡枝上嘶着，/欲用青白之手/收拾一切残叶，/以完成冷冬之工作……”我情不自禁在他的许多诗歌旁边批阅：好诗！好诗！

中国早期象征派的另两员大将是穆木天和王独清。他们不但有重要的象征派诗作，而且有重要的象征派理论。

① 李金发的《异国情调》1942年于重庆商务印书馆出版发行，次年再版。我所引述的话在《异国情调》一文的末尾，见华夏出版社2011年版，第275页。

② 李金发：《异国情调》，华夏出版社2011年版，第225页。

③ 李金发的《雨》和《风》，见1926年上海商务印书馆出版的《为幸福而歌》。

穆木天(1900—1971),原名穆敬熙,吉林伊通县靠山镇人。1923年,考入东京大学攻读法国文学,受法国象征派诗歌影响,写了不少象征派的诗。他注重声、色律动与内容、情调的统一,情调忧郁、感伤。同期还发表了许多理论文章,是中国象征派理论的建立者之一,集中表现在《谭诗——寄沫若的一封信》(收入1985年时代文艺出版社《穆木天诗文集》)中。穆木天也像法国象征派那样主张诗是内在生命的反射,是内在生活真实的象征,提倡创作“纯粹诗歌”。他说:“我们的要求是‘纯粹诗歌’。我们的要求是诗与散文的纯粹的分界,我们的要求是‘诗的世界’。”[①]他认为诗与散文有着完全不同的领域,把纯粹的表现的世界给了诗作领域,人间生活则让给散文担任。他说:“诗的世界是潜在意识的世界。诗是要有大的暗示能。诗的世界固在平常的生活中,但在平常生活的深处……诗是要暗示的,诗最忌说明的。说明是散文的世界里的东西。诗的背后要有大的哲学,但诗不能说明哲学。”[②]穆木天说:“胡适说:作诗须得如作文,那是他的大错。所以他的影响给中国造成一种像诗一样分行写的散文的东西。他给散文的思想穿上了韵文的衣裳结果产出了如‘红的花/黄的花/多么好看呀/怪可爱的’一类的不伦不类的东西。”[③]穆木天说:“先当散文去思想,然后译成韵文,我以为是诗道之大忌。”相反:“得先找一种诗人的思维术,一个诗的逻辑学……用诗的思考法去想。”[④]

穆氏所言,正是象征派极为重要的诗学策略。在他的《苍白的钟声》[⑤]一诗中,即以形式与意象上的暗示,借渺渺钟声,象征性的表现悠悠感伤。

穆木天受马拉美、魏尔伦、拉佛格等法国象征派诗人的启发,提倡诗歌要有音乐美,诗的律动的变化得与要表现的思想内容的变化相一致。穆木天有一首《雨丝》:“一缕一缕的心思/织进了纤

---

① 蔡清富、穆立立编:《穆木天诗文集》,第258页。

② 蔡清富、穆立立编:《穆木天诗文集》,第263页。

③ 蔡清富、穆立立编:《穆木天诗文集》,第263—264页。

④ 蔡清富、穆立立编:《穆木天诗文集》,第266页。

⑤ 蔡清富、穆立立编:《穆木天诗文集》,第57页。

纤的条条的雨丝/织进了淅淅的朦胧/织进了微动微动微动线线的烟丝//织进了远远的林梢/织进了漠漠冥冥点点零零参差的屋梢/织进了一条一条的电弦/织进了滤滤的吹来不知哪里渺渺的音乐//织进了烟雾笼着的池塘/织进了睡莲丝上一凝一凝的飘零的烟网/织进了无限的呆梦水里的空想/织进了先年故事不知哪里渺渺茫茫//织进了遥不见的山巅/织进了风声雨声打打在闻那里的林间/织进了永久的回旋寂动寂动远远的河湾/织进了不知是云是水是空是实永远的天边//织进了今日先年都市农村永远雾永远烟/织进了无限的朦胧朦胧——心弦——/无限的澹淡无限的黄昏永久的点点/永久的飘飘永远的影永远的实永远的虚线//无限的雨丝/无限的心丝/朦胧朦胧朦胧朦胧朦胧/纤纤的织进在无限朦胧之间//一缕一缕的心丝/纤纤的/织入/一条一条的/雨丝/之中间。”[①]这首诗使用了大量叠字,营造了音乐氛围。有人说,这几乎是一种高度抽象的无对象旋律,它源于诗人的内心。大量叠字,重要的不在于词语本身的意义,而在于它们发出的音响营造出细雨迷蒙、细雨如织的氛围,像雨丝奏响的天籁。

王独清(1898—1940),陕西长安人,1915年离家到上海,不久,东渡日本,开始接触外国文学,1920年赴法留学,接受法国象征派诗歌的影响。他最喜爱的四位法国象征派诗人是拉马丁、魏尔伦、兰波、拉佛格,他着力学习拉马丁的“情”、魏尔伦的“音”、兰波的“色”、拉佛格的“力”。在这些法国象征派诗人启发之下,他兢兢业业、一丝不苟地进行诗歌创作,他在《我曾经怎样创作诗歌》中说:“做好一首诗时,便翻出他们(法国象征派)的某几首和自己的意思相同的诗来比较,要是自己的简直差得太远,就狠命地撕掉,从新再做。”[②]这样,他创作了《圣母像前》《死前》《埃及人》《威尼市》《锻炼》《独清诗选》《我从Café中出来……》等多种象征派诗歌。他的诗,是中国象征派诗人中,除李金发之外,写得最好的。而且他特别注重形式,在写于1926年3月的《再谭诗》中,他主张创作“有韵、分行、限制字数”的格律诗,他的许多诗作如《我的苦心》《别罗马女

① 蔡清富、穆立立编:《穆木天诗文集》,第55—56页。

② 王独清:《我曾经怎样创作诗歌》,《如此》,新钟书局1936年版,第148页。

郎》以及他在文中作为典型代表的《我从Café中出来……》，都是这种主张的实践。

王独清还像穆木天一样，在法国象征派大师文学观念影响之下，提倡“纯诗”，讲究暗示，强调朦胧、新奇，还倡导诗中表达“感觉”，主张作者须要为感觉而作，读者须要为感觉而读。

除上述三人之外，戴望舒、冯乃超、胡也频、姚蓬子、石民、施蛰存、梁宗岱、冯至……以及20世纪30年代之后的侯汝华、林英强等，都可被归入象征派。从他们的诗作中皆可找到象征派的特点，甚至连艾青、何其芳等，以及之后兴起的朦胧诗派，也都受到象征主义的影响。至于象征派在百年新诗诸多诗人身上（直到现在）那些潜移默化、了无痕迹的作用，更是十分普遍。

非常特殊的例子应该是20世纪60年代末至70年代兴起的朦胧诗派，后面我们再专门讨论。

2020年6月14日于北京安华桥蜗居

第七章　朦胧派

朦胧派

燕祥，你好！

前封信我说过，有人也把朦胧视为诗歌的特性之一，当然是有道理的。真正的好诗，总具有某种朦胧性。你是作诗的行家里手，对此一定有深切体会。

但是，朦胧不同于更不等于朦胧派。朦胧派是在20世纪60年代末至70年代那个特殊环境中诞生和成长的一个诗歌流派。朦胧诗派的诞生和创作，是当时的一次诗歌革命，这是百年新诗的中兴。被称为“朦胧诗人”的那批作者做过自我评价，譬如北岛，他就很看重这次诗歌革命。

在艺术形式上，朦胧派接受当时所能接触到的“解冻”以来的苏联及西方诗人（包括波德莱尔、象征派）特别是“红色现代主义”聂鲁达、阿拉贡、洛尔迦等人的影响，对百年新诗特别是20世纪50年代的诗歌模式进行突破。北岛自己在不同场合数次把朦胧诗看作一次诗歌里的革命。朦胧派代表人物之一杨炼在接受采访时对这次“诗歌革命”的内容说得更具体：“我们最初被称为朦胧诗的时候，正是我们抛掉了那些宣传性的语汇以后，回返太阳、土地、黑夜、日子、风、水、生命琐事等等的时候，这回返，可以说是回返纯净的汉语，其实是回返古典语汇的现代诗，即如刚才我说的，让诗重新回返了它拥有多义、歧义这样一种特性。结果反而让那些习惯了宣传语言的人看不懂了。把我们叫作朦胧诗。其实前人早就说过诗无达诂，到现在人们仍然在争论李商隐有没有达诂。一眼就能看到底的诗，就根本不是诗。”[①]由此可见，从内容到形式，朦胧诗运动都具有革命性。

到1978年，这批“地下”诗人的诗，终于走到“地上”。燕祥，据

① 杨炼：《诗的核心是自我建立》，搜狐网，2017年9月10日。

北岛在那次访谈中的回忆，此事与你有关。北岛说：“我从1969年到1980年，做了十一年的建筑工人。第一期《今天》出版后，我送给邵燕祥一本。他很喜欢《回答》，还有舒婷的《致橡树》，问我能不能把它们发在《诗刊》上，我说当然可以，他就在1979年《诗刊》三月号发表了《回答》，四月号发表了《致橡树》。《诗刊》当时的发行量有上百万份，这两首诗借此广为流传，造成全国性影响。”①

朦胧派的代表性诗人，人们比较熟悉的，有北岛（赵振开）、顾城、舒婷（龚佩瑜）、芒克（姜世伟）、根子（岳重）、杨炼、江河（于友泽）、食指（郭路生）、方含、梁小斌等。此外，还有一位多多（粟世征），自己无论如何不承认是朦胧派。顾城也曾对自己朦胧派的属性有所怀疑；其实多多诗的精气神儿，比顾城更像朦胧派。北岛对“朦胧诗”这个称呼也很不满意。

今天人们所说朦胧派，其中最瞩目、谈论最多的是北岛、顾城、舒婷三人，被称为“朦胧诗三巨头”。我们不妨先谈谈这三个人。但是，这三个人，以及朦胧派的其他代表性诗人，每个人都可以写一部书，他们的故事，可以写成纪实文学或者小说。若要正儿八经地对他们进行全面论述，哪里是咱们一封短短的书信所能承担的？况且，学术界对他们已经谈得够多了，还有专题著作或论文，其中有些论著写得很不错，例如王光明的论文《论“朦胧诗”与北岛、多多等人的诗》（见首都师范大学编《文学前沿》，学苑出版社2006年

① 后来，诗论家耿占春对那段历史做了富有哲理深度的解析：“北岛、舒婷一代人的写作所产生的广泛社会影响，无疑已成为诗歌复兴时期的象征。如果要给出一种话语分析的话，北岛一代在诗中所呈现出来的是一种社会启蒙和历史反思话语，诗为之提供了先觉式的象征性语言。就语义参照框架而言，先于理论表述的诗歌话语与那一历史时期的主体性哲学、历史反思话语是一致的。可以说，直到80年代中期，诗歌语言及其语义参照系统与主体性哲学是合拍的。这意味着，社会历史及其语境是诗歌的语义资源，或者说，社会历史过程及其理念构成了诗歌话语的意义参照系统。社会的解冻感带来了一种有意义的社会过程，而且这种意义也能够普遍地为人们所感知，也只有在这样一个大复苏时期，诗歌才能将它所蕴含着的精神潜能释放到广阔的社会语境。”（耿占春：《求索秩序——新世纪二十年诗歌写作》，《南方文坛》2020年第6期）。——2021年11月29日修订时补注

版），刘春的专著《一个人的诗歌史》（人民文学出版社2017年版），等等，都是学术质量相当高的著作。我不想重复学界已有的论述。今天我所谈的，本着我近来一贯提倡的“说自己的话”之宗旨，只谈我个人阅读他们诗歌的观感和印象，目之所触，兴之所至，信口言之。一家言而已。既是一家言，就会带有我的个人性，并且受到个人学识、阅历的局限，可能带有偏见或不公允之处；既是观感和印象，就不具有系统的理论性、逻辑性，可能零零乱乱。

咱们朋友之间谈天说地而已，不要求别人一定同意和接受。

综观北岛、顾城、舒婷三人，总体感觉之一：北岛深沉，深不可测；顾城清浅，清澈见底；舒婷柔美，是爱的化身。

前几年初读北岛，给我的感觉是阅历深（其实他写那些震撼人心的诗歌时，不过是个青年人），有城府，有胆识，也有担当。读他的《回答》（据说写于1973年，因为大家对此诗很熟悉，不引述了；后面论述他的作品，亦作类似处理），感觉这位当时才24岁的青年，已经对“四人帮”肆虐时的荒谬现实看得清清楚楚，不由分说，彻底怀疑，势不两立。这是当时他所能达到的深度，并且变成了诗。他写遇罗克的几首诗《宣告——献给遇罗克》《结局或开始——献给遇罗克》等，感觉是一个有担当、有英雄气概的男人，手持长矛，直刺天空（那是当时“四人帮”所控制的天空啊）。北岛出国前的许多诗，例如《一切》《见证》《雪线》《彗星》《期待》《语言》《空间》《白日梦》《磨刀》《忧郁》《夜巡》《走向冬天》《履历》等，还有许多《无题》诗，富有哲思性，其中有许多诗，是政治抒情诗，也就是耿占春所谓“在诗中所呈现出来的是一种社会启蒙和历史反思话语，诗为之提供了先觉式的象征性语言”[①]。有的诗（如《磨刀》《八月的梦游者》等），带点儿荒谬味道。他是在那个荒谬现实中发荒谬之思啊！而且他的许多诗具有上面我所说真正意义上的朦胧——内涵丰富、多义而深沉。他运用暗示、象征、比喻（明喻或暗喻），让读者在“朦胧”中去领悟，甚至去猜测——但是，测不到底儿。这样就必然会产生各种歧义。也许，歧义正是诗人所要的效果——随你怎么想，

① 耿占春：《求索秩序——新世纪二十年诗歌写作》，《南方文坛》2020年第6期。

随你怎么解读吧，我反正把“这盘菜”端给你们了，至于什么味道，你们自己品尝，品到什么味就是什么味。如此，北岛的许多诗自然令人有深不可测之感。

北岛给人感觉虽然深沉，但是，太冷，或者叫作冷峻——除了写给他妹妹的几首诗和某些情诗之外。

疫情宅居，重读北岛，又有新的体会。北岛的许多诗，的确写得好，读到得意处，不禁拍案，令人产生敬意；作为一个读者，我不由自主地把他放在高处。

然而高则高矣，却高处不胜寒，读着读着，一阵阵冷峻的寒气袭人，脊背发凉。而且，以我个人的感觉，北岛常常令人敬而远之——不像读舒婷、顾城等人那样让人感到亲近、平易。

读北岛诗，我看不到笑容，看到的，总是板着面孔的冷峻——前期有愤怒、有横眉；后期增加了抹不掉的阴郁、痛苦的沉思、离乡的愁绪。但，不管前期后期，就是不笑。

与读北岛的感觉相反，我读顾城，相比之下，觉得他“清浅”——如果说“清”是优点，那么“浅”则是不足。顾城少年时的诗浅，青年时的诗也浅，到中年以后还是浅。顾城，这么有名气，好像不应该这么浅；但，事实是他的确浅了点儿。他没有城府（对友对敌，他都不会搞阴谋诡计——他还没有学会）。顾城虽浅，却非常清，清澈见底，让人看得透亮。的确，顾城是透明的，一湾清水，里面的石块、游鱼、水草，历历在目。他的诗（前期），太明亮、太舒朗了。你读他前期的诗，几乎不存在任何理解上的障碍。说他是“朦胧诗人”，有点名不副实。

顾城是有艺术才华的。他1956年9月出生，父亲顾工是一位诗人。1969年顾城十三岁时，随父母下放到山东，在昌邑县的东冢公社火道村生活了五年，同父亲一起在潍河边上喂猪放羊、割草拾柴，度过了他的童年和少年时代。顾城从小在诗人身边生活，虽不专门学习作诗，但潜移默化，有意无意受到熏陶。再加上他早慧早熟，很早就对诗歌有所领悟。淳朴而美丽的潍河草滩和渤海岸边的大自然风光给他以灵感，少年顾城在那里写下了《生命幻想曲》等120多首诗歌。

顾城是个天生的诗人。他随便说一句话，都带有诗人的才气。前面信中我曾引用他给朋友的一句题词“鱼在盘子里想家”，多么富有诗的味道！他随处都表现出诗人的敏锐而独特的感觉。他最为人们称道的“黑夜给了我黑色的眼睛，我却用它寻找光明”（《一代人》），“你，/一会看我，/一会看云。//我觉得，/你看我时很远，你看云时很近”（《远和近》），多么巧妙、新奇的诗思！他写《睡莲》“在绿影的摇荡中/你梦着/使最纯的云朵/也显得陈旧”，写《海湾》“艳红的太阳，/用晨雾的手帕，/擦去脸上的水滴。//起伏的大海，/像跳跃的火焰，/像熔化的黄金……”多么细腻、独特的感觉！顾城的许多诗，如此敏感、微妙、细致地捕捉他眼里春日的黄昏、雪后的森林、心上的蓝天、夕光溶解了的土地、带着短剑和投枪的仙人掌……在许多诗里，顾城用只有他才有的眼光看世界，用只有他才有的语言描述只有他才有的感觉。

舒婷说顾城是个童话诗人，诚然如此；很少有诗人像顾城那样如孩子般天真可爱，写的诗童趣盎然，他的许多诗之美之纯，得益于此。

燕祥，这里我不妨说得宽泛一点儿：艺术家，不论是诗人、小说家、画家，还是演员，都应该有这份童心。例如赵丹。张瑞芳曾说：“阿丹是一个大儿童。”诚然如此，所以他的表演才那么富有童趣，才像儿童那么纯真；但赵丹也是一位思想深刻的大艺术家，他的表演体察人生、入木三分，他所创造的林则徐、许云峰、武训等艺术形象，是有思想深度和历史深度的，所以赵丹不仅仅是个儿童，他长大了、成熟了，他是葆有童心的大人、大艺术家。

但是，对于顾城，很遗憾，我认为他应该长大却至死也没有长大！顾城写“童话诗”，的确像个儿童；而他写“大人诗”，也像个儿童啊——他是个长不大的“大”儿童甚至“老”儿童（虽然他死的时候才38岁）。他有时也喜欢在诗中玩“哲理”，但玩起来那么笨拙；他在许多诗中所说的哲理，是儿童水平的哲理，太浅近；有的还太俗套，几乎地球人都知道。在哲学上，他是浅薄的。比起北岛、舒婷、杨炼、多多、芒克、根子、江河、食指等人，他更像是个孩子。连他最后犯下的杀妻而后自杀的不可饶恕的错误，也是十分的幼稚。

相对于赵丹，顾城太渺小。赵丹患胰腺癌，临终前，他女儿赵青去看他，说到她新疆一个舞蹈家朋友在舞台上跳啊跳啊，突发心脏病去世。赵丹说："我多希望像他那样，演完最后一个镜头，倒在电影摄影机前。"相对于赵丹临终时说的话，顾城若有知，单以杀妻然后自杀这种残忍而愚蠢的行为而言，就应当羞愧得无地自容。就整个人格而言，亦如是。

顾城终其一生都是个长不大的孩子。

舒婷，她与北岛、顾城，都不一样。她是一个充满爱和美的、既当代又传统的20世纪80年代中国少有的优秀女诗人。

为什么说她既当代又传统？

她的诗当然有"当代"味儿，有20世纪70—80年代的味儿(区别于人们观念中所谓"现代")——就是说，她与百年新诗中的郭沫若、闻一多、徐志摩、林徽因、艾青、何其芳等人，甚至20世纪50年代的贺敬之、郭小川、闻捷、公刘等不一样，与你邵燕祥也不一样。她是在"文革"时开始写诗，在粉碎"四人帮"之后开始发表诗，经改革开放和思想解放运动熏陶而成长起来的诗人，因此她写的《祖国啊，我亲爱的祖国》与你1954年写的《我们架设了这条超高压送电线》，都是歌颂型的，都有浓厚的真挚的感情，然而又是多么不同啊。

她突破传统；但是，她与北岛等人的反传统又有明显差别。她明显带着传统的尾巴。你看，她不但接续和继承了20世纪20—40年代诗歌传统，而且明显接续和继承了20世纪50年代诗人的传统，你甚至可以从她的诗中闻到贺敬之、郭小川等人在20世纪50年代抒情诗的味道，特别是可以闻到她的诗歌领路人蔡其矫诗歌的味道(她由著名老诗人蔡其矫领上诗歌创作道路)。20世纪70年代末，由蔡其矫搭桥，舒婷与北岛的《今天》发生联系，她的《致橡树》得以在《今天》发表。后来，在你当《诗刊》编辑的时候，在你主持下，又被《诗刊》选用。一般人看来，她似乎是"今天"中人。其实，她的诗，从内容到形式，都与"今天派"即朦胧派，有着明显差异。她的诗歌思维和表现手法，相当传统。

燕祥，舒婷的《致橡树》是经你之手发表于《诗刊》的，所以你很熟悉。我们今天再来读《舒婷的诗》，读她的《致橡树》《祖国啊，我亲爱的祖国》，读《双桅船》等情诗，读她写给母亲和外婆等歌颂母爱的诗，会明显感觉传统味儿十足。如果说北岛明显反传统，那么舒婷则明显接续传统；如果说北岛有“体制外”倾向，那么舒婷则始终在“体制内”——不然，舒婷不会多少年来一直处于高位：任福建省文联、作协副主席，厦门市文联主席；中国作协第四届理事、第五届全委会委员，第六、七、八届主席团委员；全国人大第十二届代表，全国政协第十一届委员；福建省政协第六、七、八届委员，第九届常委；等等。

舒婷是“体制内”“体制外”“新派”“老派”各界人士、各色人等都能接受，甚至都被喜爱的诗人。

说实话，在所谓“朦胧派诗人”中，我还是非常喜欢舒婷的诗，她不像其他朦胧派诗人那么“各”(北京土语，意思里面包含“特别”“个性突出”甚至有点“刺儿头”的味道)。足见我还不够“革命”。

关于新诗，有一次叶廷芳给我发过一封邮件，其中涉及朦胧派的杨炼和舒婷：

关于中国当代诗歌，只有三位局中人的各一句话似可值得与你交流：

1.我不止一次听冯至说，“德国的现代诗我看不懂”。

2.上世纪90年代末，我在柏林与当时旅居那里的杨炼曾有一夕谈，其中我最难忘的是他这样一句话：“我出国来以后我才发现：我1987年以前写的诗都不算诗！”

3.谢冕一辈子研究诗。就在几个月前我听他说了这么一句话：“当代的中国诗，读来读去还是舒婷的诗最耐读！”

老叶所转述的这“三位局中人”的话，引起我的深思。

我对北岛、顾城、舒婷三人的诗，还有这样的总体感觉：作为诗人，如果他们的诗歌创作可以分前后期，我喜欢他们的前期，而不大喜欢他们后期的某些诗。

下封信详谈吧。

2020年6月17日于安华桥蜗居

对北岛后期如何解读

燕祥，你好！

我读北岛20世纪80年代中期以后，特别是1989年以后的诗，有两种感觉。

第一种感觉是，他的许多诗很有意味，耐读、耐琢磨，而且在琢磨中可能会不断发现新的味道，但是太隐晦，费思考。

正如我前面说的：我个人认为北岛是个新象征派。作为新象征派诗人，北岛后期的诗彻底去掉了所谓"说教"和"宣传"的痕迹，用"原诗写作因素"写的是所谓"纯粹诗歌"(象征派的术语)。他用新象征派手法所创造的独特意象，非常曲折地表达自己的复杂情思，有去国怀乡的忧苦，有被迫离国的怨气，有对以往政治的不满乃至谴责，有对异国他乡的陌生感，有生活的无奈和孤独……就是很少有快乐和幸福感。例如《重建星空》："一只鸟保持着/流线型的原始动力/在玻璃罩内/痛苦的是观赏者/在两扇开启着的门的/对立之中//风掀起夜的一角/老式台灯下/我想到重建星空的可能。"《纪念日》："于是我们迷上了深渊//一个纪念日/痛饮往昔的风暴/和我们一起下沉//风在钥匙孔里成了形/那是死者的记忆/夜的知识。"《乡音》："我对着镜子说中文/一个公园有自己的冬天/我放上音乐/冬天没有苍蝇/我悠闲地煮着咖啡/苍蝇不懂什么是祖国/我加了点儿糖/祖国是一种乡音/我在电话线的另一端/听见了我的恐惧。"《早晨的故事》："一个词消灭了另一个词/一本书下令/烧掉了另一本书/语言的暴力建立的早晨/改变了早晨/人们的咳嗽声……"《远景》："海鸥，尖叫的梦/抗拒着信仰的天空/当草变成牛奶/风失去细节//若风是乡愁/道路就是其言说//在道路尽头/一只历史的走狗/扮装成夜/正向我逼近//夜的背后/有无边的粮食/伤心的爱人。"还有《仅仅一瞬间》《悼亡》《东方旅行者》《忧郁》《毒药》《在天涯》等。其中许多诗，读来令人心酸。

北岛有的诗句很美，例如“风掀起夜的一角/老式台灯下/我想到重建星空的可能”(《重建星空》)，“小号如尖锐的犁/耕种夜：多久/阳光才会破土”(《无题》)。有的诗非常耐人寻味，如《早晨》：“那些鱼内脏如灯/又亮了一次//醒来，口中含盐/犹如初尝喜悦//我出去散步/房子学会倾听//一些树转身/某人成了英雄//必须用手势问候/鸟和打鸟的人”；但是领悟此诗需要费些工夫，需要知道作者写这首诗时的具体处境……

总之，北岛艺术感觉非常灵敏，是富有独特诗艺才华的优秀诗人！

然而，第二种感觉是，北岛后期，作为我所说的新象征派，他的诗在一般读者看来逐渐走上“扑朔迷离”的道路；他的许多诗，一般人会觉得太隐秘、太晦涩，如果根本没有接触过北岛诗的读者，或许会觉得“不知所云”，甚至百思不得其解——读之，如坠入五里雾而不辨东西——总之，“读不懂”北岛的诗。其实，不但一般读者“读不懂”，就连北岛的多年诗友、美国家喻户晓的著名诗人、“垮掉的一代”之父艾伦·金斯堡也“坦白承认自己看不懂北岛的诗”[①]；北岛的另一位诗友、丹麦著名诗人鲍尔·博鲁姆也说北岛的“很多诗都看不懂”[②]。

评论家说，20世纪90年代，北岛一代的社会历史反思或主体性话语，就像他们的命运轨迹一样“流散”了。这个观察是符合实际的。那么，北岛越过这个“流散”期以后，为自己的诗歌创作寻求了怎样的出路？找到了新的创作平台和创作思维了吗？这需要从两个方面来说。

首先，从诗人的价值观上说，北岛后期的寻求并不理想。北岛自己说他写诗是不断从“迷失”中寻找方向，而且不断“迷失”，不断“寻找”，不断“修正”——总之处于不断变化的“不定”之中。北岛与唐晓渡的对话中是这样说的：“自青少年时代起，我就生活在迷失中：信仰的迷失，个人感情的迷失，语言的迷失，等等。我是通过写作寻找方向，这可能正是我写作的动力之一。可我不相信一次

① 北岛：《蓝房子》，江苏文艺出版社2009年版，第18页。也许金斯堡此话含有某些玩笑成分；但我认为并非全是玩笑。北岛的许多诗的确难懂甚至读不懂。

② 北岛：《午夜之门》，江苏文艺出版社2009年版，第153页。

性的解决。"[1]应该说这种不断探索的精神是很可贵的。这种"寻求"首先应该表现在价值趋向上。但北岛后期在这方面的寻求,看起来并不令人满意。前面说过,北岛早期的诗"所呈现出来的是一种社会启蒙和历史反思话语"。那时候他很明确地知道自己讨厌什么、反对什么,他明白他所唾弃的"反面理念"是什么以及为什么一定要唾弃。他喊出"我不相信",震动人心,那时,他的诗是社会的良知和良心。一个优秀诗人应该对社会、对人民有担当,这是诗人的责任。但是,当北岛越过了那个"历史反思话语"阶段之后,从他的诗歌创作实践看,他似乎弱化了自己的作为社会良知和良心的责任担当。读者在他的诗里很难看到他的"正面理念"——至少,从我所读到的北岛后期诗歌中,很少看到他的"正面理念"。或者,北岛并不愿意告诉读者自己赞成什么、主张什么、喜欢什么、"相信"什么;或者他有,而有意将之隐藏,不愿意公开——我不知道。倘如此,就我看到的而言,我只能说他似乎有意把自己装扮成某种"信念无序"甚至"价值失序"的样子(但是我不相信后期的北岛是"信念无序"甚至"价值失序"的,只是不愿意在诗中表露而已)。北岛后期许多诗歌之所以那么晦涩、那么"扑朔迷离",甚至在一般人看来"不知所云",恐怕这是原因之一。

顺便说一说:也许"信念无序"甚至"价值失序"对其他某些朦胧派诗人(例如顾城),或者对于许多类似的其他诗人来说,倒是具有一定的真实性。他们知道自己要反对什么,却不大知道自己要赞成什么;或者说,该打倒的打倒了,而该赞成的还没有明确树立起来。因此,在把过去心目中的"神"请下"神坛"之后,有的人可能一时"六神无主""群神乱舞",会经历一个"信念无序"期甚至"价值失序"期;或者说,会经历一个各种观念与信条相互悖谬的时期;这是一个主体分化、语言解构和经验碎片化的时期。

其次,从如何写诗的"纯艺术的角度"来说,正如前面所说,北岛找到了自己的艺术平台,这就是新象征派的路子。但这个路子

① 这篇对话题为《我一直在写作中寻找方向》,原载《诗探索》2003年第3—4期,后收入《古老的敌意》,生活·读书·新知三联书店2015年版,引文见该书第110页。

却与广大读者拉开了距离，与一般读者的心灵沟通渠道越来越不顺畅。窃以为，北岛的后期，特别是1989年出国之后，诗太“隔”（王国维语），“隔”断了自己与读者大众（特别是国内广大读者）的沟通之路，沉醉于他纯粹的“隐秘自我”之中。

有人说，北岛后期太个人化或太“私密化”。我认为问题的实质不在此。在前面谈欧阳江河时，我说过差不多的意见：个人化本身没有问题，诗应该是个人化的、富有个性的；但“个人”（诗人自己）应该与“人人”（广大读者）的生命体验接通渠道，与大众的心灵接通渠道，即“心有灵犀一点通”，不然就成为纯粹的自言自语。如果一个诗人写的诗，不但不写诗的人领悟不了，即使诗歌圈里的其他人，也很难理解和把握，那就有点儿问题。譬如，读他的《挽歌》，挽什么？读者很难猜测，也许只有北岛自己知道。还有许多类似的诗，读者得猜，如猜谜。有的诗、字词，一般读者都认识，句子也不难懂，就是不懂诗人说的是些什么——光靠文本“细读”解决不了问题，恐怕得“知人论世”，得知道诗人当时写诗的具体情境；不然，就只能“猜测”“猜谜”。如果诗歌到了需要“猜测”“猜谜”的地步，或者连“猜测”“猜谜”也摸不到底，恐怕于诗未必是好事。我不列举了，读者读一读北岛的诗集《结局或开始》《北岛诗精编》和《北岛诗集》①，看看他后期所作，自会有所感受。我再一次说：诗当然

① 我所知道的北岛诗集有：《陌生的海滩》（“献给珊珊　献给你自由的灵魂”1978年油印本）、《北岛诗选》（1986年新世纪出版社）、《在天涯——北岛诗选》（1993年牛津大学出版社）、《午夜歌手：北岛诗选》（1995年台湾九歌出版社）、《零度以上的风景线》（1996年台湾九歌出版社）、《开锁》（1999年台湾九歌出版社）。中国大陆的出版社从上述诗集中精选后出版了北岛的三部诗集：《结局或开始》（长江文艺出版社2011年版）、《北岛诗精编》（长江文艺出版社2014年版）、《北岛诗集》（华文出版社2014年版）。这三部书所选诗歌篇目基本相同，只是编排略有差异。读者从这三部诗歌选集，大体可以看出北岛诗歌的基本面貌。我在本书中所引北岛诗歌作品，皆出于这三部书之中，恕不一一注出。但这三部书令人最不满意之处是：它不注每首诗的写作时间，也没有编者前言、后语等对北岛诗歌的一字半字的说明或介绍（仅华文出版社版《北岛诗集》扉页有几百字的北岛简介）。这对读者阅读和理解北岛诗歌十分不利，而北岛诗歌的研究者尤其感到不便。

可以是“自我”的，而且诗应该是“个人化”的，应该有诗人个人独特的方式、独特的情思、独特的语言、独特的风格——总之和别人不一样；但是，诗又应该是公众的——我指的是诗应该与大众沟通，应该让人懂、让人理解。不然，诗人只能是自说自话，成为绝对的孤独者，比生活在孤岛上的鲁滨逊还要孤独。有人提倡这种孤独，欣赏这种孤独；我则不以为然。构思和写作时，可以孤独，也应该孤独；但写出来的诗不应该孤独；如果诗也孤独，甚至孤独到不食人间烟火，不能与读者沟通，恐怕就成为一种病态。

刚才说到北岛总是不断从“迷失”中寻找方向，总是处于不断变化的“不定”之中。而对于读者来说，这种“不断”的“不定”，不断地处于“迷失”状态，是否可能造成阅读中的某种“迷失”呢？读者“把不定”诗人处于“游弋”中的意思，也就不好理解诗意。

由此进一步探索：这种变化中的“不定”和反复的“迷失”，表现在具体诗歌创作中，是否会影响到语言的“漂流”呢？假如诗的语言也“漂流”起来，那么读者阅读起来也可能会对“漂流”的语言更加“把不定”。

我这里的“漂流”，只是对北岛《二月》那首诗中“我在语言中漂流”的化用，而不是对它的解说。但是，对《二月》那首诗的词语和诗意，一般读者的确会有许多“把不定”的地方。我们不妨看看《二月》这首诗的全文：

夜正趋于完美
我在语言中漂流
死亡的乐器
充满了冰

谁在日子的裂缝上
歌唱，水变苦
火焰失血
山猫般奔向星星
必有一种形式

才能做梦

在早晨的寒冷中
一只觉醒的鸟
更接近真理
而我和我的诗
一起下沉

书中的二月
某些动作与阴影

老实说，初读这首诗，一般读者脑子里可能一头雾水。如果看看资深诗论家唐晓渡与北岛对话中对这首诗的解释，可能稍有理解，但要完全领悟，还得费些脑筋。

北岛解释这首诗的某些诗句，说："我曾在诗中写道：'我在语言中漂流/死亡的乐器/充满了冰'。我想在布罗茨基的三个比喻外，再加上'伤口'。这种'漂泊'中有一种宿命。我相信宿命，而不太相信必然性；宿命像诗歌本身，是一种天与人的互动与契合，必然性会让人想到所谓客观的历史。"但是，北岛的解释仍然解决不了一般读者对全诗的不解。

唐晓渡与北岛探讨这首诗的含义，二人有这样一段对话。唐晓渡说："你问道：'谁在日子的裂缝上/歌唱……'这里'日子的裂缝'是否与你所说的'伤口'对应？这首诗开头的一句是'夜正趋于完美'，后面你又说：'必有一种形式/才能做梦'能否将所有这些——包括你所征引的那两句诗，包括末节'在早晨的寒冷中/一只觉醒的鸟'的总结性意象，也包括标题《二月》——视为你所说的'宿命'，或者说觉悟到这种宿命的一个完整隐喻？换言之，诗对你从根本上说是一种'做梦'的形式、飞翔的形式；而你的诗之所以总给人以二月早晨寒冷（我更想说冷峻——当然不只是冷峻）的感觉，是因为它们来自'伤口'，来自'日子的裂缝'，来自——与其说是世界的，不如说是人性和语言内部的'正趋于完美的夜'？"北岛答道:“现代汉语既古老又年轻,是一种充满变数和潜能的发展中的语言。但近半个世纪来由于种种原因,它满是伤口。说到宿命,其实诗人和语言之间就有一种宿命关系:疼和伤口的关系,守夜人与夜的关系。如果说什么是这种宿命的整体隐喻的话,那不是觉悟,而是下沉,或沉沦。写作的形式,显然与这种沉沦相对应。《二月》这首短诗说的是,在一个‘正在趋于完美的夜’里沉沦的可能。再说到宿命与必然性,在我看来,其实有两种不同的色调,宿命是黯淡而扑朔迷离的,必然性是明亮而立场坚定的。”唐晓渡接着说:“每个诗人都有自己写作的‘发生史’,并在一定阶段上形成自己的‘个体诗学’和‘个人诗歌谱系’。但你在这方面对大多数读者来说似乎还是个谜。”①

唐晓渡最后“是个谜”几个字说得很委婉,但说出了一般读者的感觉,即北岛的“个体诗学”和“个人诗歌谱系”,“在这方面对大多数读者来说”的确“是个谜”。“黯淡而扑朔迷离”,难道不像个“谜”一样吗?

如何破解这个“谜”?

2020年6月19日于安华桥蜗居

① 唐晓渡与北岛的对话,题为《我一直在写作中寻找方向》,原载《诗探索》2003年第3—4期,后收入《古老的敌意》,第110—112页。

张枣是这样解“谜”的

燕祥，你好！

破解这个“谜”（即读懂北岛的诗），好像应事先进行专门训练，或举行一个读诗培训班。恰好，北岛的好友、著名诗人张枣在为北岛诗集《开锁》（台湾九歌出版社1999年版）所作的长篇序言中，给读者解读北岛诗歌指明了一条路，可以作为“北岛诗歌阅读培训班”的“指南”——虽然我对这种解“谜”方法充满迷惑乃至怀疑。我不认为这是正确的读诗方法。

张枣把北岛诗歌的“语素”和“词汇”，归纳为“三个语义类”，并建立了一个“小词库”：

抒情主题

我（我们），面具，饮茶人，童年，老年，孤独，证人（伪证人），伤口（肺伤），说书人，诗的主人，生活，青春，记忆，呼吸，手（手势），脸，心跳，喉咙，疼痛，醒来的人，心境，黑衣侦察兵，激情，感动，流浪者，骑手，作者，穿制服的牧师，祖国之子，街头音乐家，否认者，修理工，白发的证人，莫扎特船长，记忆的养蝎人，导演，云中伟大的死者，乡愁。

宇宙意象

风，岸，大海（冰海，水面），黎明，六月（十月），盐，时间，夏天，烟（青烟），沙，飞鸟，气候，天气，夜，黄昏，雨，四处，道路，小径，太阳，阴影，暴风雪，树，桦树林，苹果，柠檬，明天，此刻，月光，夜空，田野，早晨，三月雪，拐角，天边，河，蟋蟀，叶林，星期五，鲟鱼，泡沫，中秋节。

原诗语素

词，字，黑名单，奇数，怀念，低语，隐喻，晨歌，天文台，钟声，琴弦,弓,改变,写作,叹息,高度,数字,妄想,笔,透明度,低音喇叭,歌声,修辞,话语,对话,抒情,诠释,微缩,真理,语法,叫喊,无题,说话,答案,风格,根,内部,“不”,删节,文本,句法,迷宫,撒谎,含义(意义),照亮,生殖,遗忘,书页,诺言,零度,旁白,动词,部分,故事,舞蹈,琴声,日历,理解,手册,安魂曲,杂音,沉默,信,许愿,诗,源泉,疑问,回声,音叉,大鼓,表演,课本,现实,舞台,印刷术,岗位,质问,旅行,形象,赞美,呼喊,突围,致敬,练习,织,重合,书写,演奏,日记,话题,经验,嗅觉,罗盘,字典,钢琴,演讲,航海表,结论,旋律,书,表格,扩音器,声音,争论,剧场,语言,观众,句号,一段,工作,游戏,场景,开锁,开门,命名,小号,创作,无言歌,“给”,印记,历史,诗意,关键词义,密码,召唤,变形,对角线,发音,追问,指南针,空,酒。

我的老天爷!按张枣对北岛诗歌语素和词汇的分类和解读方法,的确可以建立专门的“北岛语素学”和“北岛解读学”。不过对普通读者来说,太“专门”了,需要培训相当长的时间。读者真需要将北岛诗歌的“语素”和“词汇”如此分类并按此分类去解读诗吗?这样做对阅读诗歌真的有意义吗?我表示怀疑。

张枣说:“如果读者将上列语汇再度还原进文本,一定会发现它们构成了诗内部相当大的语言物资体积,也建构了意义的核心,它们是北岛的‘关键词’(key-words/钥匙词)。我想,读者在其中辨认出那些我列为‘原诗语素’(metapoetical componengts)的语汇是解读他近年作品的关键之一。”张枣正是用他提供给读者的“钥匙”来开解北岛的《开锁》——为读者作示范。

《开锁》原文:

我梦见我在喝酒
杯子是空的

有人在公园读报
谁说服他到老到天边
吞下光芒?

灯笼在死者的夜校
变成清凉的茶

当记忆斜坡通向
夜空,人们泪水浑浊
说谎——在关键词义
滑向刽子手一边

滑向我:空房子

一扇窗户打开
像高音C穿透沉默
大地与罗盘转动
对着密码——
破晓!

张枣是怎么开解这首《开锁》的"锁"呢?为了完整地把张枣的示范呈现给大家,我还是引用张枣的原文(引文长了点,请读者原谅):

这首诗五节中共有三节(一、四、五节)都在表明说话者是设置在室内的。这个室内是写作的场地,同时也隐喻命名前的空白状态,因而它没被赋予物性而是"空的",这被第四节的"空房子"一词更清晰地指明。这个大空里还套着一个小空:空杯子。而我中也套着另一个我:被梦见的我。"我梦见我在……",主体的分裂不仅是现代人悲凉的日常感受,也是现代诗学的一个经典原理。单独"喝酒"是对忧郁的暗示,而忧郁也是诗歌之源。"诗"与"酒"本有意指的互涉。第一节写下这样一个内容:我在写。而我写的内容是什么?我在写空白。这一节引入全诗的原诗动机。

那么,什么是空白?空白是词,是空白之词,是废词、失效之词、被消费之词、暴力之词,是遮蔽真实的非命名之词。北岛在诗中将空白之词感受成两类:被消费之词(第三节)。"读报"是现代人典型的消费行为，消费的对象是词。报纸将现实（?）日复一日循回再造，用仅拷贝实事世界的词和声称客观的调试不与人的内心，灵魂的成长和生存之谜发生任何关系。这样的词能教导谁去亲近宇宙呢（……"到天边/吞下光芒"）？第二类是暴力之词（第四节）。在强权语境中，真理（"关键词义"）显得只是站在"刽子手"一边。弱者的言词无法再现现实（"撒谎"）。

既然写作时面临空白，那么写作的资源自何而来？同样也来自空白。空白之词是丰盈而真实的命名之词不可思议的而又唯一的源头，因为人类只有词而无词外之词。所以空白之词"滑向"刽子手的同时也滑向"我"，滑向写者。我，我们，暴力的受害者或潜在的受害者，用的词，用来克服暴力的词，也只能是施暴者的词，正如犹太人保罗·策兰也只能用谋杀者的语言（德语）来歌唱一样。这里指的不是以暴易暴的词的方式，而是词的同源。所以诗人的工作是在词中找到词，不是挑选，增添，消减或废弃任何词，而是清污，探源，排组，重建词中之词，以使其还原成重现真实和存在的命名之亮照。

诗的第五节展示进入命名状态的灿烂的幻境：正如地球在浩渺的密码般宇宙中的运行达到它命定的那一点而"破晓"一样，在漫漫长夜里苦思冥想的写者像一个锁匠那样也找到了词语意义的密码组合而突然打开了沉默和空白之锁。同时"空房子"也被打开，人的言说如咏叹调般破窗而出。开锁即命名，这个箴言既对言说者有效，又对每个言说者内心最隐秘而执着企盼的可能存在的倾听者有效。开锁既是针对写者而言，又是针对读者而言。既是打开语言之谜的锁，又是打开生存之谜的锁。开锁是一个幸福的奇迹。①

这样的解读方法和解读实践，燕祥，你满意吗？能够解决一般读者"读不懂"北岛诗的困难吗？更进一步，能作为一般的读诗方法推荐给读者吗？

我表示怀疑。

2020年6月21日于安华桥蜗居

① 本文所引张枣的话，均见台湾九歌出版社1999年版北岛诗集《开锁》卷首《序：当天上掉下来一个锁匠……》

较之北岛后期的诗，我更喜欢他的散文

燕祥你好！

今天专门谈谈北岛的散文。

我读北岛诗的时候，原以为北岛这个人不会笑；会的，只是横眉冷对，或者冷得发烫的解剖——这是前期；后期，则是一般人很难读懂的晦涩诗句和难解的意象。但是，后来读北岛的散文，发觉原来北岛并不晦涩难懂，而且对此人不会笑的印象更是错觉。

我买来了能够找到的北岛已出版的几乎所有散文集：《青灯》（江苏文艺出版社2008年版），《时间的玫瑰》（江苏文艺出版社2009年版），《午夜之门》（江苏文艺出版社2009年版），《蓝房子》（江苏文艺出版社2009年版），《城门开》（生活·读书·新知三联书店2010年版），《古老的敌意》（生活·读书·新知三联书店2015年版）。还有一本，《失败之书》，是2004年由汕头大学出版社出版的，它的所有篇章都在之后的几个散文集里重印了。从北岛的这些散文里，我看到此人不但会笑，而且有时如儿童般笑得很天真，更多的是睿智的笑——当然，有时是苦笑，有时是含泪的笑。看看他《城门开》里写《北京四中》、写《父亲》等的文字，读者可能会跟着他笑，但有时也会心酸而笑不出来。

北岛散文，有时俏皮，有时幽默，有时自嘲，有时戏谑……有的文章甚至把当年北京“大院里”和“胡同里”青少年的“油”味儿（有一句不太中听的话，叫作“京油子”）也掺杂其中，如果借用西方人的说法，有点儿“嬉皮士”。譬如《蓝房子》里《彭刚》那一篇。

彭刚这个1973年在北京街头与芒克花一毛钱分享了个冻柿子后宣布成立先锋派团体的天才画家，1978年考上北京大学化学系，而1982年到美国匹茨堡大学竟奇迹般地获得数学博士学位。“文化大革命”中彭刚与芒克扒火车到武汉，钱花光了，找个漂亮姑娘乞讨；他惯搞恶作剧，饭馆吃饭后顺手把盘子、茶壶塞进书包……

1974年夏天,彭刚、北岛等一行六七人,从北京逃票搭火车混到保定,出站时被抓住,他们声言在白洋淀插队,没钱,警察不信,挨个搜身,彭刚耍贫嘴,被搜得最彻底,连鞋都脱了;北岛显得最本分,警察草草了事,放人——而钱都藏在北岛身上。

有些文章,北岛于“嬉皮笑脸”之中,把人物写得活灵活现,把故事写得妙趣横生,而他自己,看得出来,情满意得。譬如《蓝房子》中的《搬家记》《开车记》《上学记》《赌博记》《朗诵记》里那些人物和故事,读来要让人笑掉大牙。《上学记》里写他刚到美国学英语,发音“舌头不到位,气流通过成了别的意思。如L,舌头尖非得够得着上颚。有一回去超级市场,两位穿制服的老太太从货架后面探出头来,问要不要帮忙。我说在找蜡烛(candle),L不到位,老太太听成避孕套(condom)。我急了,赶紧补充说是在黑暗里用的,老太太连连点头,是啊是啊,是在黑暗里用的呀……”

还有《青灯》里那篇《芥末》,从头到尾都叫人发笑。刚看题目,我原以为写的是中国人饭桌上常吃的食品;读了几行,谜底出来了:“郑某,大款也,外号‘芥末’。他进美国赌场登记,问他叫什么,他摇摇头——不懂,人家顺手给他取个英文名字吉姆(Jim),他再音译成一种颇有个性的佐料。‘这个名字不赖,’他跟我说,‘芥末。’”然后,北岛叙述了芥末的奇特而又滑稽的人生遭遇以及令人哭笑不得的赌博经历。芥末当过卡车司机,当过兵,当过警察(成为“跟踪和窃听专家”);来美国讨生活,进过赌场——一会儿赢五百,转眼输八百;中间一段时间,他自己回国在山东开赌场,叫警察连锅端;又回美国端盘子、当厨师,“洗碗、炸锅、红白案,有时还掌掌勺,每天干十二个钟头,能吃能喝,倒头就着”;三年工夫换了三十家餐馆,“他脾气不好,老板几乎又个个刁钻,他动辄拍案而起,算账走人”。后来向一个日本人学做寿司,自己开个日本餐馆……生活中连连碰壁又苦苦挣扎。芥末向北岛倾诉,“说到激动处,小眼睛眨巴眨巴的,饱含泪水”——读到这里,我笑不出来了,不禁心酸。

读着北岛的许多诙谐文字,觉得趣味盎然。

燕祥,北岛写散文,也不总是“嬉皮笑脸”,有时也一本正经。

譬如散文集《青灯》里的许多文章。下面挑其中几篇说一说。

《听风楼记》写冯亦代先生(燕祥,你跟他很熟)。北岛充满了对这位前辈翻译家的尊敬和景仰,不敢有半点儿嬉笑的成分,情真意切。他与冯先生可谓忘年交。1976年10月某个晚上,是北岛跑去把“四人帮”被抓的消息告诉了这位长辈。冯先生为北岛找工作,为他改译文,为他订正《今天》杂志的英文译名……亲切而又耐心。2001年,冯先生第八次中风,北岛正好回国探亲,去看望这位风烛残年的老人。冯先生躺在病床上,看见北岛,“先是一愣,我俯向床头,叫了声‘冯伯伯’。他突然像孩子一样大哭起来……”这段描写,十分动情,也十分感人。

《如果天空不死》写艺术家熊秉明先生的那篇,也都充满了虔诚和敬意,一改他《蓝房子》中许多文章里的“玩笑”风格。其中写熊先生“在法国住了五十多年,他并不觉得有融入法国社会的需要。熊先生的法文应已到了炉火纯青的地步,而他从不用法文写作。我想其实他骨子里有一种骄傲,中国文化的骄傲,这骄傲陪他远行,也伴他回归”……读之,我对熊先生充满敬意,也对漂泊中的北岛加深了理解。

《与死亡干杯》写他几十年的老朋友刘羽,“文化大革命”中坐过三年大牢,出来后成了先锋派的“联络副官”;改革开放后的20世纪80年代到欧洲打拼,在匈牙利、波兰熬成饭馆小老板,却遭红眼的波兰人算计,亏了血本,后来在一个大学里开个小饭馆维持生计。历经磨难。刘羽说,他想挣够10万美元就洗手歇业,写他的狱中故事,可是怎么也达不到这个可怜的目标。这卑微的理想达不到,却得了肺癌;切掉病肺,刚下手术台就产生幻觉,狂躁地大喊:“警察来了,不要抓我!”去重症病房,每天八千元费用,挣的钱血本无归……这里没有玩笑,只有悲悯和叹息。命运为何如此不公!

其他,像《话说周氏兄弟》中写两位才华横溢又慷慨大度的画家,《远行》写风流倜傥、敢闯敢做的诗人蔡其矫,等等,也都保持敬畏风格。对了,燕祥,《远行》那篇还写到你。2001年北岛回国探亲,“临走前,我借朋友的美意,在其属下一家名叫‘湘君府’的湖南餐厅,宴请牛汉、谢冕、邵燕祥、吴思敬和蔡其矫,由几位同辈人作陪”……你有印象吗？所说“同辈人作陪”，其中有我们文学研究所的刘福春：“在座的刘福春跟我抱怨说，他每次陪蔡老骑车，蔡老总是逆行……”

另外，像《空山》（写德国汉学家顾彬，见散文集《午夜之门》），娓娓道来，述说情谊，字里行间渗透着温度；像《悲情往事——悼张枣》（见散文集《古老的敌意》），更是以虔诚和友爱行文。

从北岛的绝大部分散文看，他是写散文的能手，写得兴味十足，让人读了还想读。之所以想读，是因为有趣。贾平凹在某个地方曾说，人不怕无知，就怕无趣。这话虽说片面，但从作家、艺术家的角度，有道理。对于学者来说，无知是致命伤，不能允许；而对作家、艺术家来说，无趣恐怕犹如学者无知。你读读北岛的《午夜之门》，其大部分篇目，总有一个“趣”字使你开心。譬如《巴黎故事》《鲍尔·博鲁姆》《布莱顿·布莱顿巴赫》《依萨卡庄园的主人》《马丁国王》《后院》《乡下老鼠》《饮酒记》《杜伦》《师傅》《怪人家楷》《刘伯伯》……不论人物还是故事，都像吸铁石之于铁，把住你的心。

北岛散文，看似写得很随意，其实绝大多数文章写得很认真。在谈《古老的敌意》一书写作体会时，他对记者说：“要说还是《父亲》（《古老的敌意》中的一篇）难度最大，我一直设法回避，拖到最后才不得不完成。……我为写《父亲》，不仅付出大量的时间和精力，更多的是感情的消耗。完稿后筋疲力尽，如释重负。”[1]

我看，其实北岛的每一篇散文，都是花了心思的。从人物形象、故事设计、谋篇布局、遣词造句……其留下的不易察觉的蛛丝马迹，看得出他的苦心。

北岛以诗人的眼睛看世界，常常能以诗人的敏感和锐利，挖掘出散文世界的诗意。譬如《夏天》（见散文集《蓝房子》）开头：“醒来，远处公路上的汽车像划不着的火柴，在夜的边缘不断擦过。鸟嘀咕，若有若无，破晓时变得响亮。白天，大概由于空旷，声音含混而盲目，如同阳光的浊流。邻居的风铃，时而响起。今年夏天，我独自留在家中，重新体验前些年漂泊的孤独。一个学习孤独的人

---

① 北岛：《我的记忆之城》，《古老的敌意》，生活·读书·新知三联书店2015年版，第74页。

先得有双敏锐的耳朵。”读者会从这诗意的描述中体悟到一个漂泊者的孤独和复杂心理。

北岛还总是能够抓住人物“痛得要命”和“笑得要死”的地方——前面所述写刘羽、芥末、彭刚……都是例证；而《单线联络》（见散文集《蓝房子》）中的那个于泳，因非法打工而在美国西雅图锒铛入狱，手里只剩下一个电话卡，举目无亲，哪里找来赎金？“我进大狱七天了，这里的日子太苦了”。求借无门，亏得偶尔获得一个八竿子打不着的北岛，却又凑不够赎金数目——难死了。还有《刘伯伯》（见散文集《午夜之门》）那“要死”“要命”的经历……

而且北岛总是能够用诗的语言描述对象。他的许多散文，随处可见精细而独特的诗句和情思，有些段落，像散文诗一样。《纽约一日》（见散文集《蓝房子》）写早晨：“一线阳光钻进楼缝，经落地窗折射，在三角钢琴上呈扇状，最后触到狗的眼睛，闪烁。”写笔会酒宴上的女诗人苏珊·桑塔格：“她一进门，立即成了中心，闪光灯追赶着黑发中的一绺绺白发。”《搬家记》（见散文集《蓝房子》）写刚到德国，“我带着个空箱子，一头钻进语法严密的德语丛林”；写刚到瑞典，“冬天的斯德哥尔摩让人沮丧，太阳刚才爬出来，没升多高，就被黑暗之鱼一口吞下去，吐出些泡沫般的灯光”……

北岛写散文，由于身处海外，对许多事情口无遮拦，无所顾忌，想说什么就说什么，想怎么写就怎么写，所以很真实；有的，真实得普通人难以出口；有的，真实得很残酷——他简直是把人的衣服全部扒光了给读者看。

北岛很重视细节，很会抓细节。他在谈《城门开》一书的写作时说：“细节，正是个人的可感性细节，如同砖瓦，让我在纸上重建一座城市。”又说：“我们生活在一个没有细节的时代。我在大学教散文写作，让学生写写他们的童年，发现几乎没人会写细节。这是非常可怕的；意识形态化、商业化和娱乐化正从人们的生活中删除细节，没有细节就没有记忆，而细节是非常个人化的，是与人的感官紧密相通的，正是属于个人的可感性细节，才会构成我们所说的历史的质感。”[1]因为他善于抓细节，因此他写得很生动——你读读他《古老的敌意》中的《硅谷的夏娃》，尤其是《城门开》中写故乡北京和儿时伙伴的所有篇什，读读《蓝房子》里写他的外国诗人朋友艾伦·金斯堡、盖瑞·施耐德、艾略特、迈克、克雷顿及妻子卡柔，特别是写诺贝尔文学奖获得者瑞典诗人托马斯·特朗斯特罗姆和墨西哥诗人奥克塔维奥·帕斯，以及写他的跨界朋友、对中国历史颇有研究的美国历史学家乔纳森·思班斯（或译乔纳森·斯宾塞，中文名字史景迁，他去世时中国媒体专门作了报道，说了许多赞扬的话），写南非诗会里个性鲜明却又眼花缭乱的诗人群像……精微而逼真，如闻其声，如见其形，你似乎能够触摸得到那各种各样的形象。

还有《午夜之门》中描写的那些所谓“流浪者”，可爱、可亲、可叹，有时又可笑，读来也令人久久难忘。

他的许多散文的确令人兴味盎然。

而且，北岛非常“敢”写，不顾朋友脸面，暴露人家的隐私，甚至揭人家的短。他写好几个西方诗人朋友（包括大名鼎鼎的美国诗人、“垮掉的一代”之父艾伦·金斯堡，西班牙著名诗人洛尔加等）是同性恋，不管人家“出柜”没“出柜”；写他的俄罗斯诗友艾基婚外生子“数不清”（北岛曾问艾基几个孩子，艾基的妻子戈林娜气哼哼地说：“婚生的就有六个，其他的根本数都数不清”）；写当年北京“星星画会”成员之一后来投身美国华尔街的G，“同时有两个老婆，不久生了俩闺女”；写他的美国房东狡黠、吝啬、小气……

这在中国，要遭朋友的骂。中国是一个爱面子的民族，常常要避讳——避这“讳”、避那“讳”，为长者、为尊者、为好友；即使对你不太喜欢的人，也避免触到人家的痛处，有一句俗语，叫作“打人不打脸、揭人不揭短”。我自己还曾因在文章中不小心暴露了别人的隐私（并不是所谓“揭短”）而遭埋怨甚至斥责。所以你读许多中国人的文章，心里要有数：其真实性是要打折扣的。

《时间的玫瑰》里的许多长文，是所谓“诗人传记”。自2004年

① 北岛：《我的记忆之城》，《古老的敌意》，第69页。

《收获》第一期开始，北岛将这些文字在这家杂志的《世纪金链》专栏连载。为什么开这样一个专栏？北岛对记者说："其实这和我在美国大学英文系教的创作课的内容有关。我发现我的美国学生视野很窄，对国际诗歌特别是20世纪的现代主义诗歌所知甚少。他们读的多是美国以叙事为主的当代诗歌，在我看来那都是些无聊之作，是诗的穷途末路。我直截了当地告诉他们，这样的'血缘交配'只会导致退化。于是我为他们选了20世纪十来个大诗人的作品，作为教材。后来朋友催促我用中文写一组文章，谈谈这些诗人的生平和作品。跟《收获》提起这一计划，一拍即合。"北岛所写的这些诗人：西班牙语的洛尔加，德语的特拉克尔·里尔克和保尔·策兰，俄语的曼德尔施塔姆、帕斯捷尔纳克和艾基，瑞典语的特朗斯特罗姆，英语的狄兰·托马斯等，都是对20世纪世界诗歌作出了自己独特贡献的人。中国诗人和诗论家读读，当有借鉴意义。

这些文章接近于理论文字，以散文笔调述之，也很生动。不过个别文字与其他集子里的文章有重合。

但是，北岛个别散文过于冗长散漫(有点儿文散神亦散)。如散文集《青灯》中的《智利笔记》和散文集《午夜之门》中的《他乡的天空》，虽然其中不乏感人的故事、生动有趣的描述和睿智的语句(《他乡的天空》第九节描写O的遭遇甚至催人泪下)，但总的来说，这些长文多中心、多头绪、多场景、多事件、多人物，甚至多"主题"(犹如中国画的散点透视，但中国画并不多主题)……常常使读者眼花缭乱，容易产生审美疲劳。有的文章篇幅并不太长(如散文集《午夜之门》中的《午餐》)，却也有上述毛病。不过北岛的长文中也有很精彩篇章，如《纽约变奏》(见散文集《午夜之门》)，虽长，但叙事、状物、刻画人物，十分生动有趣，其中写纽约人的"孤独"，写"W大姐"(第十四节)，写"老A"(第十五节)，写香港来的"M女士"，写"911"之后第二天的亲历亲闻(第十八节)……使尽浑身解数，狠狠抓住读者眼球，令人印象非常深刻。《巴黎故事》也很好，虽长，一段一个人物，读它，使我想起清初余怀(1616—1696，清初文学家，字澹心)《板桥杂记》，几笔，一个鲜活的艺术形象诞生了。还有，北岛《午夜之门》(北岛以它作为该散文集的名字)这篇长文，写访问巴勒斯坦，与阿拉法特会见，记述巴勒斯坦人民的苦难，发出正义的呼声——我看到了北岛早期诗歌里的社会担当——可惜，北岛后期诗歌里却少见。

北岛的个别文字，大概写得太匆忙，“萝卜快了不洗泥”，例如，我怀疑有的城市安错了州属，如《多情的仙人掌》（见散文集《青灯》），说“华盛顿州的波特兰（Portland）”，是否有误？据我所知，好像波特兰（Portland）在俄勒冈州，那地方我去过。是否华盛顿州还有一个同名城市叫波特兰（Portland）？如果我弄错了，就向北岛道歉。

另外，北岛散文中有一些地方显得过于刻意，露出刀痕斧迹；不过仍然动人。

2020年6月22日于安华桥蜗居

顾城后期,令人惋惜

燕祥你好!

读顾城20世纪80年代中期以后的诗,也不是滋味,总的感觉是惋惜甚至痛惜,说句冒犯的话,顾城后期,甚至有点儿“令人失望”。

我觉得顾城这么富有才华的诗人,后期的许多诗是在浪费甚至糟蹋自己的才华。他写的哪里是诗?要么是无意义的文字,要么是无趣的谜语,要么……什么都不是。在读这些诗时,我也随手作了批语。读《石舫》,我写道:“‘石’(实)在无趣。空洞得只剩下文字本身——请问:它给了读者比这些文字本身更多的东西吗?”读《工作》,我写道:“诗人好像说不出有意味的话,只想‘朦胧’一下;但你需要‘朦胧’出点儿意味呀!”读《在幽幽的水沟这边》,我写道:“诗人要表达什么?猜不出来。怪不得当年艾青对‘朦胧诗’不满,如果‘朦胧诗’都是这样的,我同意艾青的看法。”我在读《海的图案》《在白天熟睡》《有墙的梦寐和醒》《许许多多时刻》《从鸟瞰到水线》等的时候,老疑惑:这是写“黑夜给了我黑色的眼睛/我却用它寻找光明”的那个顾城写的吗?是不是有两个顾城?这些诗真有点儿“莫名其妙”。

我觉得顾城后期,比北岛后期走得更远,甚至离开了正道。他当年的“灵气”哪儿去了?是不是把自己“困”在新西兰的那块孤岛上,也把诗歌才华“困”死了?当然,我并不是如“老古董”那样,只要求诗人、作家去“反映”生活,而是说,要通过深入的丰富的生活,去深刻地洞察人生和人性,洞察生命的价值,发掘生命的意义,或者用比较时髦的话说,发掘“存在”的意义。伟大的诗人总是在生活中去感悟生命并揭示生命的秘密;并且如欧阳江河所说去发现生命存在中的“未知”,去进行创造。把自己封闭在新西兰某地的那个孤岛上,能够感悟生命的意义吗?在那里,他所“感悟”的结果，是杀妻和自杀。

顾城，这么好的诗人，这么有才气，怎么会落到这个地步？我很痛苦。

但是，我老怕自己于诗是外行，不懂诗，上述那些关于顾城(一定程度上也包括北岛)后期诗歌的看法有误，说出来，伤害了这些诗人，而且可能于百年新诗有害，所以一直不与外人道。宅在家里的这段时间，重读百年新诗，也重读朦胧派，并且找了一些论著学习。忽然在网上看到刘春《一个人的诗歌史》(人民文学出版社2017年版)中《顾城与北岛》一文中评顾城的一段话：

令人遗憾的是上世纪80年代中期顾城出国以后，其作品的"童话"虽然仍在，但已不再明媚，而是遍布梦呓般的"超现实"，远不如上世纪80年代初期受人瞩目了。看看下面这首《虎坊桥》："老虎在过道里走来走去/你看　事不太好/窗子下的猫　脸朝上/看向日葵/你一下拿出了那个钉钩/掉了的秤盘在麦穗上/麦穗掉了　麦秆站着/依莲娜是瑞典画家/他们一下砍掉了他的脑袋/三分之一你能和老鼠说些什么/他们拉他过去/又拿着毛乎乎的椰子回来/在路灯下一刀/你劝他　告诉他　这一回/要把腿掰了/小椰子里边也长头发/〈大地上有这么多金黄的日子〉/他们在后边走在后边/〈金黄的花在微风中摇曳〉/你靠前边一下子笑了"。

在《关于〈城〉的两封信》中，顾城专门提及《虎坊桥》中括号的用法，他认为，"大地上有这么多金黄的日子"和"金黄的花在微风中摇曳"两句中的括号之所以用单书名号"〈〉"，而不是圆括弧"()"，是因为"〈〉"有字幕、书名的暗示。可是，这丝毫无助于改变这首诗的实质。这些结构凌乱，思路拥堵，上句不搭下句，整个不知所云的诗句，很难相信是出于有"天才诗人"之誉的顾城之手。

类似的诗歌顾城写了不少，比如《琉璃厂》《鬼进城》《白塔寺》《建国门》《象来街》等。也许顾城这样写自有他的想法，但对于大部分读者而言，这不是诗歌，顶多是徒有诗歌的形式而已。如果这样的文字也能算是诗歌，如果诗歌真的如此容易完成，那么，也就怪不得上世纪90年代以后世人会发出"一块石头砸下来，砸到十个人中有九个是诗人”的感叹了。[1]

上述刘春对顾城的分析,是有一定道理的。

不独顾城,北岛在20世纪90年代以后的某些诗歌,也缺乏早期深入骨髓的批判性,精进的不过是写作的技艺,思想的光芒逐渐减退。

后期的北岛和顾城,为他们之后——20世纪80—90年代以后(或称“朦胧诗之后”)某些诗人那些晦涩难懂甚至不知所云的诗歌写作,开了一个不怎么好的头儿,做了一个不怎么好的榜样。

然而,即使如此,我仍然充分肯定北岛、顾城前期诗歌的成就和朦胧派的革命性功绩。

燕祥,回头再看看我对北岛、顾城后期诗歌的批评,是不是太重了一点儿?北岛,顾城(如果地下有知),失敬了,请原谅。但,我是爱之切呀!我是恨铁不成钢呀!至今我依然深爱他们,就像爱自己的兄弟那样。

*　　*　　*

舒婷的“后期”(如果可以说有“后期”的话)与北岛、顾城不一样,她后来着力写散文,好像很少写诗。

我与北岛、顾城没有见过面,而与舒婷,如同路人那样匆匆一面而过。大约20世纪80年代某一次厦门学术会议,休息时与孙绍振游鼓浪屿,忽然迎面一位戴眼镜的女士走来,与孙绍振热情寒暄。孙绍振介绍我:这是北京某某。啊,那时已经名气很大的舒婷,原来就是这个样子——看起来是一位十分普通、十分随和的女性。

后来在我们文学研究所理论室与王淑秧(张炯夫人,当代文学研究家)闲谈,王淑秧说她和张炯曾到舒婷家里拜访,问她最近有什么大作,她指着自己的孩子说“这就是我近一两年的作品。”我不知道他们这次会面具体什么时间,总之是舒婷生孩子不久。是否此后舒婷就很少写诗了呢?

我倒是盼望看到舒婷的诗。

2020年6月23日于安华桥蜗居

---

① 刘春:《顾城与北岛》,《一个人的诗歌史》,人民文学出版社2017年版,第64、65页。

朦胧派之“来龙”

燕祥，你好！

我觉得上封信所说探讨朦胧派的“来龙去脉”这件工作，是到了应该认真做、花些力气做的时候了；我虽力所不逮，也想尽点心。

今天咱们先探讨朦胧派之“来龙”。

“朦胧诗人”既是中国诗人，自然脱离不了中国的历史和现实，他们血液里本能地有着中华民族的传统基因，包括百年新诗的优秀因素。北岛、杨炼等人，在不同场合都谈到他们对中国古典诗歌的景仰，谈到中华民族传统的滋养。杨炼曾说：“今天回头来看，八十年代的大部分诗歌，语言意识简单、感情层次幼稚，很多经不起重读。我自己在经过多年的海外漂泊后，越来越觉得回归几千年来的中文传统，重建诗人独创性与传统之间联系的必要。”[①]

后来，杨炼还曾深情而具体地谈到杜甫的《登高》，谈到汉语的独特性，谈到汉语的平仄和音乐性，谈到汉语的魅力：

你比如古诗，唐朝的七律，杜甫的登高，首联便是“风急天高猿啸哀，渚清沙白鸟飞回”，中国人听起来，一听了然。但仔细一想，“风急”“天高”“猿啸哀”只是三个并列的意象，三个词实际上是单独存在的，它们之间并没有语法关联。而完全凭借平仄关系、音响效果把它们整合在一起，使它们听起来极其悦耳，以至于你忘记了它们根本没有语法关联。与此同时，下句“渚清沙白鸟飞回”又是一个与上句在音韵上错落对照的平仄整合关系，再加上两个句子上下之间工整对仗的视觉上的关联，可以说六个意象通过了视觉对仗的关联和音乐感——作曲家的音乐性联系在一起。所以我一直说写一首汉语诗相当于写三首诗：视觉的诗、作曲意义上的音乐

① 彭伦：《杨炼：从大海停止之处开始》，《文汇读书周报》2004年2月9日。

诗和意义上的诗。这也可以说,只有汉语才有这样的能力,或者说有这样的可能性。[①]

至于现代新诗的传统,舒婷曾说到老诗人蔡其矫对她的引领,食指则恭恭敬敬地去求教何其芳……这些,我看用不着多说。

我想着重说的是,20世纪60—70年代的这批年轻人走上所谓"朦胧诗"的写作道路,还有着特殊机缘,即得到外来优秀诗歌和艺术思想的直接哺乳。百年新诗之初,拓荒者们,从胡适、郭沫若到闻一多等,也有过类似的经历,许多人还曾亲自翻译洋诗。

为什么"洋奶"如此重要?为什么这些洋玩意儿在中国百年新诗的建立和发展中,尤其在面临转折和突破的坎儿上起了如此大的作用?值得深思。

在20世纪60—70年代,在那个文化禁锢以至偌大个中国几成文化荒漠的特殊环境中,这批一二十岁亟待哺育的年轻诗胚们非常幸运,他们不但接触到世界级的经典诗人普希金、莱蒙托夫、拜伦、雪莱、惠特曼、密茨凯维支、希克梅特等(这些伟大诗人,即使极"左"时期谁也不敢否定、无法否定他们的伟大,甚至把他们供为诗神,让他们在各色人等心中畅行),还有幸接触到当时因其"革命"和"进步"面目而被热情接纳的"红色现代主义"诗人、作家聂鲁达、阿拉贡、洛尔迦等人;尤其是,他们还鬼使神差般以"地下"方式接触到了20世纪60年代以"黄皮书"的形式翻译过来的苏联解冻时期的诗歌作品和诗歌理念,以及西方现代派、荒诞派、存在主义的诗歌作品。还有一个特例,即接触到1957年《译文》专号译介的法国象征主义第一人波德莱尔的诗歌作品和诗歌理念……

待我说得稍微具体一点。

朦胧派诗人是"上山下乡"的一代。许多人并非心甘情愿而是怀着一腔迷茫离开爹妈、离开城市的。然而,临走,他们背包里却背着普希金、雪莱等人的诗。舒婷在《生活、书籍与诗》中回忆说:

① 《赵丽宏、杨炼诗歌对谈:诗歌对于人生的意义》,《东方教育时报》2017年6月12日。

“1969年,我与我的同时代人一起,将英语课本(我的上大学的梦)和《普希金诗钞》打进我的背包,在撕裂人心的汽笛声中,走向异乡。”他们还深情回忆“红色现代主义”诗人带给他们的震撼。例如对聂鲁达、洛尔迦,顾城说:“他们的声音里有一种白金和乌木的气概,一种混血的热情,一种绝对精神。这声音震动了我。”

“四人帮”肆虐那几年,大家好像愿意把自己禁锢起来,在禁锢中“自得其乐”。譬如,20世纪60—70年代印“内部书”。“内部”者,不能公开出版,只可内部印行。通过这种方式,放一点儿外边的空气进来。书皮的颜色是灰的或黄的(要与革命的红色区别开来)。其中政治、哲学类为“灰皮书”,而文学艺术类为“黄皮书”。“黄皮书”中,有苏联解冻时期的许多作品,如特瓦尔多夫斯基的《山外青山天外天》《焦尔金游地府》,叶夫杜申科等人的《〈娘子谷〉及其他》,梅热拉伊梯斯的《人》,阿克肖诺夫《带星星的火车票》,还有爱伦堡的回忆录《人·岁月·生活》。还有西方现代派、荒诞派、存在主义、“垮掉的一代”的一些作品,如美国人塞林格《麦田里的守望者》、法国人尤奈斯库《椅子》、爱尔兰人贝克特《等待戈多》、法国人萨特《厌恶及其他》和加缪(一个出生于阿尔及利亚的法国哲人和作家)《局外人》等。那些有头有脸的有资格购买内部书的人(够一定级别的干部、有名望的学者、文学家、艺术家、编剧、导演等),他们把书买回来,于是他们的子女——正好是写“朦胧诗”那个年龄段的一批年轻后生,得到机会“非法”阅读“灰”“黄”两色书籍,并且“传染”给所能接触的同龄人。这样就使得那批写“朦胧诗”的年轻人有了难得的精神食粮。关于这些,北岛、芒克、多多以及其他人,在访谈节目或回忆文章中,都有所披露。例如北岛在前述接受《南方都市报》记者访问时说到接触当时所谓“黄皮书”的一些情况:“说到北京的地下沙龙,赵一凡是个重要人物。他父亲是文字改革文员会的头头之一。他从小瘫痪,才气过人,三岁读《红楼梦》,五岁读鲁迅,八岁就自己写书出版了。从他那里我们借到了很多‘黄皮书'。"[1]

诗霸根子的父亲是北京电影制片厂编剧,家中有四千册藏书。十五岁他即阅读《人·岁月·生活》《往上爬》等"黄皮书",又把一些书带到上山下乡的插队地白洋淀,芒克和多多以此受益。

波德莱尔的诗被翻译、被接纳,是个特例——因为他对资本主义社会进行了批判,而且受到大诗人雨果等人的称赞。所以1957年,当波德莱尔的《恶之花》出版百年之际,我们唯一的一本译介外国文学的刊物《译文》,出专刊发表波德莱尔的《恶之花》中的九首诗(著名女诗人陈敬容翻译),配以波德莱尔的画像和波德莱尔亲自校订的1857年《恶之花》初版封面,还有苏联学者《波德莱尔和他的"恶之花"》以及法国共产党人作家阿拉贡《比冰和铁更刺人心肠的快乐》的评论文章,以兹纪念。于是波德莱尔成为朦胧派的学习对象。多多曾说:"我在很早就标榜我是象征主义诗人,因为我读了波德莱尔,没有波德莱尔我不会写作,所以说波德莱尔影响极大。"[2]北岛也强调他读波德莱尔,深爱其诗,倾心借鉴他的艺术观念和手法。

所有这一切,使得这批年轻人在新诗写作的题材、内容、形式、手法等方面,几乎在诗歌创作整体理念上,进行了反传统的叛逆性的开拓。当然,今天检索和审视他们的诗作,再对照他们的外国老师的作品,处处看到模仿的痕迹。

最近读到发表在《中国现代文学研究》2020年第3期贾鑫鑫《翻译诗歌对早期"朦胧诗"的影响》一文,获益匪浅。此文详细记述了"朦胧诗人"如何受到上述那些外国诗人的启发和影响,直接或间接地写进自己的作品中去。贾鑫鑫不是笼统地论述,而是举出大量的"朦胧诗"作品,列出它们的具体诗句,再一一对照外国"老师"们的作品,指出受到怎样的具体影响,简直是"铁证如山"。

---

① 《"今天"的故事——北岛访谈录》,野兽爱智慧(北京),2008年7月10日。

② 凌越:《我的大学就是田野——多多访谈录》,《书城》2004年第4期。

当然,这“铁证”非“罪”证,而是“功”证。这些外国“老师”为中国培育了一大批优秀的朦胧派诗人。他们为中国的百年新诗的中兴,立下了汗马功劳。

我再次说:朦胧诗派不同于当时主流诗歌,重新燃起了一把刺破夜空的革命烈火,正如许多诗论家所说,它唤醒了一种现代意识,一种新诗现代化的意识;它开启了诗歌的多个方向,启迪了当代汉语诗歌的多种可能性。“朦胧诗”是新诗的中兴,是新诗的再革命,功莫大焉。现在,朦胧诗派也成为百年新诗优秀传统的一部分。

“朦胧诗人”本应在取得最初成绩的基础上(当然,那些最初的诗作模仿痕迹太明显),潜心开拓下去,创造出更加宏伟的新诗天地。可惜,他们后劲儿不足。当年的朦胧派轰轰烈烈,几乎不可一世。然而曾几何时,那时的风采安在哉?除了顾城以非正常手段结束艺术生命,朦胧派大部分人应该还健在,但是几乎作鸟兽散。即使仍然写诗,写出来的也不是原来那个味儿了。令人扼腕!为什么不继续那恢宏的事业呢?

改革开放,以经济建设为中心,开辟了一个新时代。历史发展了,时代不同了,尤其是市场经济时代到来了。但是历史再发展,时代再不同,新的社会现实还在,新的人民大众还在,你能够离开这个时代而存在吗?你能够离开人民母亲而存在吗?新时代的诗人应该以新的方式与新的时代融合,以新的形式与新的人民结合,应该成为新的历史的一分子,新的社会的一分子。

20世纪70年代末80年代初开启的这个新时代也需要新歌手啊!你做新时代的夜莺也行,你做新时代的啄木鸟也行,无论如何你不能与时代、与历史、与人民大众脱离了联系啊。

原来的朦胧派几乎在中国大陆不见踪影了(有些在海外的朦胧派诗人可能还在写诗)。朦胧派之后又怎样呢?这就是朦胧派的“去脉”,我给它一个也许不太准确的名字——“朦胧派之后”。

燕祥,“朦胧派之后”涉及从20世纪后期到21世纪头一二十年的众多诗人，咱们好像需要用比较大的篇幅来考察一番，这只能留待下面专门讲了；当然，如我这样的诗歌门外汉，也只是谈谈感觉和印象而已。

下封信再见。

2020年6月27日于安华桥蜗居

第八章　『朦胧派之后』

鸟瞰

燕祥,你好!

进入7月了,天热,你一定要保重身体。我们的战“疫”,已经取得决定性成果,但是仍然不能大意,还是继续“宅”在家里谈诗吧。

近来写的一批信发给你指正,没有收到你的回信,可能篇幅太长,你还未得空审阅。没有关系,以身体为重,精力好的时候,再看也不迟。你毕竟年长我五岁,年岁不饶人啊。我在进入80岁之后这几年,也觉得精力大不如前。我们都悠着点儿。明年就是你的米寿,到时候为你祝贺。

20世纪70—80年代中期,大概是朦胧派诗人最活跃最辉煌的时期;之后,朦胧派的光环渐渐暗淡下去。朦胧派诗人,在20世纪80年代中后期以至90年代和2000年之后,出现了各种情况。有的销声匿迹,不再写诗,如岳重(根子)一不小心成了男中音歌唱家。有的淡出诗界,不再写诗或写得很少,主攻其他文体或其他艺术形式,如芒克,好像对画画的兴趣超过了写诗;如舒婷,文多而诗少。有的仍然坚持写诗,而风格、价值取向、艺术方法等,有相当大的变化,如北岛。而且北岛在20世纪80年代末由于某种原因出国吃洋面包去了,2011年左右到香港某大学任职,始终没有脱离诗歌以及与诗歌有关的事业。还有的人也是出国去吃洋面包,如顾城、杨炼、多多、江河,他们仍然坚持写诗,诗风自然有所不同:顾城1993年杀妻后自杀,结束了诗歌生命——其实在这之前他的诗歌生命也奄奄一息;杨炼和多多,新世纪到来之后,先后回国,一直不断诗缘。并且,他们,再加上北岛等,获得国内外各种诗歌奖项。但是,他们(特别是后期)留给诗坛的影响,有些是应该被称赞的,而有些,就很难说——并非如20世纪70—80年代那样具有巨大的积极意义。

20世纪80年代中后期至90年代,再到21世纪,一批新的诗人渐起。

现在我们就试着讨论朦胧派退潮之后的情况，这段时间大约三四十年。

首先遇到的是名称问题：对这个时段的诗坛，应该如何称呼呢？

西方有现代派，也有后现代派。从名称上看，所谓后现代派好像是现代派的一部分，或一种；但事实大概并非如此。所以后现代派的称呼似乎不甚科学；后来有人不称“后现代派”而干脆称为“现代派之后”——这有一定道理，更能反映实际情况。类此，中国朦胧派之后的诗歌，有人称为“后朦胧派”，好像是朦胧派的一部分。但，朦胧派虽未完全“销声匿迹”却风光不再，而且变化很大；这许多年的诗歌，既与朦胧派有联系，却又不同。它们确实并不是一个“派”。所以，似乎不应称这些年的诗歌为“后朦胧派”，而以“朦胧派之后”表述之，庶几可以。燕祥，你说呢？

“朦胧派之后”是个庞杂的诗人群体。有的诗论家名之以“新生代诗人”“后朦胧诗”“第三代诗人”；有的诗论家称之为70后诗人、80后诗人、90后诗人、新世纪诗人等，用年代为标识加以划分（这些名称或许并不科学）；也有的诗论家按这些诗人自称名号（如自称“非非”、自称“莽汉”之类）来区隔——这样倒是省事。总之，“朦胧派之后”，太庞杂了，各色人等，派别林立。我所知道的，有：学院派（教授诗人）、知识分子写作、民间立场、他们诗派、大学生诗派、非非主义诗派、圆明园诗派、整体主义诗派、海上诗派、莽汉主义、“下半身写作”以及不入派别的诗人等。它们之间的主张也很不一样。总的说，一方面，如前所述他们继承了朦胧派的革命成果；而另一方面他们也越来越与“朦胧诗”不同。

但是，如果对“朦胧派之后”这个庞大诗群进行鸟瞰，似乎有两支队伍最为显眼，一支是以“知识分子写作”为标榜的诗人，一支是以“民间立场”为标榜的诗人。“知识分子写作”这个提法，发明权属于西川和欧阳江河。此派以西川、欧阳江河、王家新、臧棣、西渡等为代表。按理，关于欧阳江河的评论应该放在“知识分子写作”这一部分；但，欧阳江河太夺人眼球了，他成为当代新诗创作问题的漩涡,所以本书开头部分就着重议论了他。此处从略。

"民间立场"以于坚、伊沙、徐江、侯马等为代表。

"知识分子写作"和"民间立场",二者发生激烈争论,双方唇枪舌剑,争得天昏地暗,脸红脖子粗。争论什么?他们双方在如何建立诗歌秩序与写作规范、"欧化与本土化"、"圣化与俗化"等一系列问题上展开论战。以往的许多论著对这次论战的内容做了相当好的评述,我们不妨一瞥。

"知识分子写作"的代表人物之一西川在《答鲍夏兰、鲁索四问》中说:"从1986年下半年开始,我对用市井口语描写平民生活产生了深深的厌倦。……我提出了'诗歌精神'和'知识分子写作'等概念,并以自己的作品承认了形式的重要性。我的所作所为,一方面是希望对于当时业已泛滥成灾的平民诗歌的矫正,另一方面也是希望表明自己对与服务于意识形态的正统诗歌和以反抗的姿态依附于意识形态的诗歌的态度。"[①]

持"民间立场"的于坚等人则针锋相对,认为诗人要利用口语、粗俗语,甚至是无礼的措辞,也就是在大街上听到的而不是在作品中读到的语言来写诗。这种语言不是学院式的知识分子式的,而是"民间"的。诗歌不用"隐喻""暗示",而是用所谓"民间"的语言,直指事物本身,直抵生活真相。要立足于当下的日常生活,而不是"生活在别处",无须从西方获取资源,而是着眼于"本土";本土的口语化的语言就是诗歌的语言(顺便说一句:智利诗人尼卡诺尔·帕拉就是提倡以俗语口语入诗,避免隐喻象征)。于坚在1989年由云南人民出版社出版的《诗六十首》序言中说,这种语言是我于坚的语言,是我灌注于其中的有意味的形式。"民间立场"的诗人们希望在"传统"和"本土"上找到诗歌的发展脉络,并借此树立起"汉语诗歌"的典型,恢复汉语的尊严,提倡一种"原初""本真"的诗歌写作方式。同时根据常识、经验和生活的常态,利用身边的日常生活和日常语言等,建立起新诗的基础,从中发掘易被人们忽略的人生意蕴和文化意义。他们探索"口语化"写作,力图排斥知识、主义的

① 西川:《答鲍夏兰、鲁索四问》,《让蒙面人说话》,东方出版中心1997年版,第271页。

阐释，拒绝深度，拒绝崇高，拒绝唯美，要求回归到生活的原生态，表现出诗意的日常性美学特征。后来坚持“口语化”“粗俗语”的青年诗人还有不少。当然这不是争论的全部内容，但我上面所述却是争论的核心内容之一，具有一定的代表性。

在20世纪80—90年代，在越过了朦胧派以后，他们都要建立新的写作规范。建立自己的表现独特诗风的写作规范，是好事。我的主张是：双方可以和而不同，可以并存共处。不同诗歌观念，不同写作规范，并非有你无我、有我无你，并非势不两立。

其实，后面将会谈到，我从双方诗人按照自己的诗歌理念和写作规范所创作的诗歌中，都看到了我真心喜爱的好诗。我相信真正懂诗爱诗的读者，也会公正地评价双方作者的这些好诗，喜爱这些好诗（后面的信里，我将具体说说自己的阅读体会）。当然，双方的诗，也都有我不满意之处。不管是哪一方的诗，我感觉好，我就说好；我感觉不怎么样，我也毫不客气地说不喜欢。但，绝不以“派”划界。

燕祥，你是否赞成我的观点？

我将尝试挑选我所接触到的各个派别的诗歌作品及其代表人物，谈谈我的阅读经验和观感印象。是对是错，能否说到关键处，以及是不是符合实际？不知道。没有把握。我姑妄言之，你姑妄听之。

2020年7月4日于安华桥蜗居

于坚

燕祥，你好！

有人说，“朦胧派之后”诗坛有雅俗之分。所谓“知识分子写作”，无疑属“雅”之一流；与之显著不同的，是所谓“民间立场”，当属“俗”之一流。但是，依我看来，“雅”“俗”，涵盖不了他们的全部蕴涵，甚至不是他们的最主要的特征。

“民间立场”的代表人物，首推于坚。于坚之外，这个庞杂的大集团里还有其他一大批诗人，比较有名的，如与于坚一起创办《他们》杂志的盟友、提出“诗到语言为止”的韩东，如“下半身”写作的提倡者沈浩波，如莽汉主义的李亚伟，如制作“口语诗”宣言的“大学生诗派”重要诗人尚仲敏，等等。不过，同属所谓“民间立场”，他们之间的差异也很大，很难完全“通约”。

燕祥，这封信，咱们先从宏观上瞧瞧于坚是怎样的一位诗人、散文家和评论家。这之后，才能更顺畅地把握于坚那些特立独行的诗和文，以及他的那些让常人看了吃惊的理论言说。

于坚，祖籍四川资阳，1954年生于云南昆明。我无缘与于坚晤面，从未见过他的真身。他给我的直观印象是从他出版的诗集、文集和网上的几张照片上得到的，其标志性形象就是大光头——你从他各本书的封面或首页，几乎都能看到这一“光”辉形象。有一张大光头的半身像，穿浅色衬衣，面色红润而发光，充满生命活力，眼睛直视前方，一往直前、义无反顾的样子。光看照片，恍惚间还以为他是“引车卖浆者流”——如果在青岛海边儿，会说他像个渔民；如果夏天他站在北京街头，肩上再搭一条粗线手巾，可能会被误认为他是拉地排车的哥们儿(于坚你别生气，我只是同你开个玩笑，绝无恶意)。但是，一读他的作品、他的诗，特别是他的散文，印象完全两样：感受到的是大学问、大思想，或者说是一个有深厚学识、独特思想的文化人，一位有魅力的诗人、散文家，一位说了许多别人不敢说或许别人也说不出来那些话的颇为深沉的学者。

于坚少年时赶上“文化大革命”。通常对他的介绍是这样的：16岁后当过铆工、电焊工、搬运工、宣传干事、农场工人……1980年进入云南大学中文系学习，1984年毕业后，当过编辑、大学教师、研究人员等，经历十分丰富。当工人的时候就开始写作，1979年发表处女作《新唐吉诃德之歌》。1983年与同学发起银杏文学社，出版《银杏》。1985年与韩东等诗人合办《他们》杂志。著有诗集、文集数十种。1994年之后曾相继获得庄重文文学奖、《人民文学》诗歌奖、台湾《创世纪》杂志诗歌奖、台湾《联合报》文学奖、《十月》杂志散文奖、鲁迅文学奖等。2010年德语版诗选集《0档案》获德国亚非拉文学作品推广协会Litprom主办的“感受世界”亚非拉优秀文学作品评选第一名。2011年英语版诗集《便条集》入围美国BTBA最佳图书翻译奖。长诗《0档案》，曾被改编为诗剧在北京上演。

而我特别留意到他生平履历中一个细微的地方：他儿时吃药伤了听觉，当工人时又因强声而雪上加霜，造成重听，这就使他视觉强而听觉弱。上帝用视觉补偿了他的听觉，读他的作品（诗文）你会感觉到他虽重听而视觉却颇“发达”的痕迹：他在诗文中好多地方写到色彩，梦幻般的美妙；他也常常说到绘画和雕塑（主要是西方的），兴致勃勃，很细致，真实而生动，显得很内行。但他有时写到声音、说到音乐（譬如贝多芬），相对而言，模糊而抽象，看起来像是在“门外”。

燕祥，上面一段文字属“节外生枝”，是个小插曲。下面说主要的。

我对于坚最突出的感觉：“无法无天”。

是的，“无法无天”。于坚是一个“无法无天”的诗人、散文家和评论家。

我是借用了毛泽东当年对自己的说法。1970年12月18日在会见美国记者埃德加·斯诺时，毛泽东说：“我不怕说错话，我是无法无天，叫‘和尚打伞’，无发（法）无天，没有头发，没有天。”“无法无天”这个词用在于坚身上，你觉得刺耳吗？是否我说得过于“狠”？但是，这的确是我读了于坚的诗集、文集，看了他的各种言论之后，得到的一个抹不去的真切印象。

我说他“无法无天”，是说无论艺术创作（诗歌、散文等）还是理论主张(诗论、文论以及有关社会现象的言论和时评之类),他都要努力打破之前的各种条条框框,天马行空,目无“法规”——视成法成规、成言如粪土。或者说,他从不循规蹈矩,想怎么写就怎么写,想怎么说就怎么说,敢于说别人不敢说的话,敢于写别人不敢写的诗,敢于作别人不敢作的文(后面的信中我将对此进行具体解说)。前些年我在写《李渔传》阅读资料时,常常碰到一个词:“自我作古”。意思是说,历史要从我这里开始;或者,我要当祖师爷。这是李渔说到自己时常用的一个词。他就是要在各个方面标新立异,作诗为文、言谈举止,都要“自我作古”,说前人没有说过的话,做前人没有做过的事,写前人没有写过的文。于坚的所作所为,就有“自我作古”的味道——一切从我开始。他要成为某种“诗”、某种“文”、某种“说”的立法者。他还有这样一个雄心:“写出不朽的作品,是在我这一代人中成为经典作品封面上的名字。”[①]所以,读他的诗和文,看他的理论言说,常常感到震撼。虽然你不一定对他全都赞赏或认同,但你不能不佩服他的独特,不能不惊异他的大胆,不能不感叹他的与众不同。

当然,话说回来,任何事都不能绝对化。燕祥,我说于坚“无法无天”,也许是我过于夸张的形容。我是想让你对于坚的特点留下深刻印象。事实上,一个人也不可能什么都“无法无天”,譬如对他的老婆、对他的父母、对他的孩子,还有对他从事的事业的所有方面和场合……但此刻说到于坚,我姑且还是用“无法无天”形容他,容易让人一目了然,抓住特点。

就“无法无天”的于坚而言,我并无贬意,反倒是非常欣赏。

我认为于坚是个真正的“爷们儿”;如果文艺界多几个于坚,绝不会沉闷。我甚至想这样说:多几个于坚,文艺界就会多些发展的活力和动力。

燕祥,关于于坚的所谓“无法无天”的种种表现,下面的信,我试细说。

2020年7月11日于安华桥蜗居

---

① 于坚:《关于我自己的一些事情(自白)》,《棕皮手记》,东方出版社中心1997年版,“自序”,第11页。

于坚的“拒绝隐喻”或“从隐喻后退”

燕祥,你好!

前面的信里我曾经谈到过于坚关于“民间立场”的创作理论,不再重复。现在着重谈谈他的诗歌美学的核心观念:“拒绝隐喻”——后来他又略加修正,称为“从隐喻后退”。他的这种修正,正是我前面所谓“任何事都不能绝对化”的表现。

隐喻,在某些诗人那里,几乎是“天”理、“铁”则,不可违反;“拒绝隐喻”或“从隐喻后退”,对一个诗人来说,超级大胆而越过“天”理,可谓“无法无天”。

“拒绝隐喻”或“从隐喻后退”是什么意思呢?他为什么这样说呢?于坚在许多文章中对此多有阐发,而且一再申述。

诗歌中运用隐喻,古今中外皆然。而19世纪法国象征派又特别将“隐喻”突出出来,配上“暗示”,加以标榜和宣扬。于是,“隐喻”和“暗示”(或者再加上“通感”),成为象征派的标志性理念。这在全世界都产生很强大、很深刻的影响。中国20世纪20年代的李金发,20世纪60—70年代的朦胧派,都是法国象征派的忠实信徒,把隐喻、暗示、通感等,奉为圭臬,作为看家本领。

于坚却“不吃这一套”。他一反常理,大唱反调。你不是把隐喻当作圭臬吗?我偏要拿隐喻开刀:“拒绝隐喻”或“从隐喻后退”;即使全世界的诗人都把隐喻、暗示当作金科玉律,当作制胜法宝,我于坚也要“拒绝隐喻”或“从隐喻后退”。这是天下独一份的“于氏”宣言——你可曾听说古今中外有哪个诗人“拒绝隐喻”吗?

“拒绝隐喻”或“从隐喻后退”这些惊人之语,以写诗为己任的于坚并不是随意说说而已——有他的许多诗作证:他写了许多“直截了当的东西显得具有诗性”的诗。而且,于坚是讲理的,他给出了自己的理由。

其实，于坚并非绝然否定“隐喻”。他在《棕皮手记·1990—1991》中说：“隐喻从根本上说是诗性的。诗必然是隐喻的。”他在说“拒绝隐喻”之前抢先说“诗必然是隐喻的”，似乎肯定了隐喻之于诗这一常理，在自己脚下防御性地垫了一块砖。但话锋一转：“然而，在我国，隐喻的诗性功能早已退化。它令人厌恶地想到谋生技巧。隐喻在中国已离开诗性，成为一种最日常的东西。隐喻由于具有把不可说的经验转换成似乎能说出来意象的喻体，有时它也被人们用来说那些在日常世俗生活中不敢明说的部分。在一个专制历史相当漫长的社会，人们总是被迫用隐喻的方式来交流信息，在最不具诗性的地方也使用隐喻，在明说更明白的地方也用隐喻。隐喻扩大到生活的一切方面。隐喻事实上是人们害怕、压抑的一种表现。人们从童年时代就学会隐喻地思维、讲话，这样才不会招来大祸。由此隐喻的诗性沉沦了。在中国，有时候却恰恰是那些最明白清楚、直截了当的东西显得具有诗性，使人重新感受到隐喻的古老光辉。在一个普通有隐喻习惯的社会里，一种‘说法’越是没有隐喻，越是不隐含任何意味，听众越是喜欢‘隐喻式’地来理解它。”[①]

上面说的是于坚“拒绝隐喻”或“从隐喻后退”的一个理由，即在中国，隐喻的诗性沉沦了，隐喻的诗性功能已经退化了，隐喻已经离开诗性；而那些最明白清楚、直截了当的东西却更显得具有诗性。结论：写诗，“明白清楚”地讲、“直截了当”地说就是了，用不着隐喻，用不着暗示。所以：“拒绝隐喻”或“从隐喻后退”。

于坚还说了另一个理由：诗歌后来发展的结果，或者语言使用中发展的结果，隐喻成了一种遮蔽——是对“在”的遮蔽，是对生活真相的遮蔽。他认为，这与诗的本意是矛盾的。因此要“拒绝隐喻”或“从隐喻后退”。

在于坚看来，诗歌的重要特点是“去蔽”——生活真理的“去蔽”，事物真相的“去蔽”。诗歌的本意，是要让生活本然的样子显示出来，让事物本然的样子显示出来，让真理本身显示出来。于坚

---

① 于坚：《棕皮手记》，北京邮电大学出版社2014年版，第139—140页。

写了好多篇关于“词”、关于“词与物”的文章，其中或明显或曲折地表达出来的一个重要思想是说，许多“词”，几经转变演化，已经脱离了它的本来所指（原本的意思），而且离得越来越远——本来的那个所指，已经远远隐退到后面去了，跑得没影儿了。这样的“词”作为诗的语言，“仅仅是知识”；而它对事物的本然，具有遮蔽性，已经很难表现诗意。

其实，汉语在原初发生时，是直指事物的本然、直指生活的本然的；那时没有所谓隐喻、暗示，是草就说草，是树就说树，是红就说红，是黑就说黑。所以最早的汉语语言，就是诗。于坚对待隐喻、暗示的态度，使我想起了19世纪末20世纪初俄罗斯“白银时代”的阿克梅主义。阿克梅主义讨厌象征主义的隐喻、暗示。在象征主义那里，桌子不是桌子，蜡烛不是蜡烛，而要暗示背后的所谓本质——蜡烛，一经点燃，就可能暗示欲望、情欲之类，蓝天可能暗示理想。阿克梅主义则主张回归事物本身：玫瑰就是玫瑰，桌子就是桌子，蜡烛就是蜡烛。

不知道于坚是否受到过阿克梅主义的影响？

于坚认为，中国优秀的古典诗歌，之所以优秀，是因为都是直指生活本然、事物本然的，都是直面生活真理的。于坚在《诗人及其命运》一文中说：“诗歌是普遍的生活形式。诗歌歌咏的不是兰波们所谓的‘生活在别处’，而是大地上诗人们置身其中的生活世界。杜甫：‘熟知茅斋绝低小，江上燕子故来频。衔泥点污琴书内，更接飞虫打着人。’苏子瞻：‘夜饮东坡醒复醉，归来仿佛三更，家童鼻息已雷鸣，敲门都不应，倚杖听江声……’李清照：‘蹴罢秋千，起来慵整纤纤手，露浓花瘦，薄汗轻衣透。见有人来，袜刬金钗溜，和羞走。倚门回首，却把青梅嗅。’诗歌就是存在，存在就是诗歌，并无所谓诗与非诗的区别。能指和所指是一致的。所以张戒在《岁寒堂诗话》中说：‘世间一切皆诗也，在山林则山林，在廊庙则廊庙，遇巧则巧，遇拙则拙，遇奇则奇，遇俗则俗，或放或收，或新或旧，一切物，一切事，一切意，无非诗者。’在日常生活的诗性世界中，大批大批的诗人老掉、死掉，不足为奇，死掉几个诗人对人生无足轻重。

古代诗人是日常生活的住户、歌咏者。”①

但是，依于坚的考察，后来，特别是今日，发生了变化：诗不是直指诗人置身其中的生活世界，不是直指当下的日常生活，而是所谓“生活在别处”。“今日的诗人高蹈在形而上精神世界的高处，他们成了神的隐喻，而不是神自己。他们与日常生活是对立的，因为日常生活与他们的诗歌词典不同，诗歌词典被罩上了高雅的封面。诗人们把大地、日常生活和芸芸众生视为俗物，世界发生了分裂，不再是混沌一团，世界成为形而上和形而下的，并且分出是非。话，成了所谓‘词’。诗人们不再说话，而是构词，词也是分裂的，断裂为雅词和俗词。意与象、意与境发生了分裂。严羽感到担忧，所以指出‘盛唐诗人惟在兴趣，羚羊挂角，无迹可求。故其妙处透彻玲珑，不可凑泊，如空中之音，相中之色，水中之月，镜中之象，言有尽而意无穷。近代诸公乃做奇特解会，遂以文字为诗，以才学为诗，以议论为诗……且其作多务使事，不问兴致；用字必有来历，押韵必有出处……’以意为诗，唐人风气变矣。千年来，诗歌一味地向‘意’倾斜过去，道已不道，道成了意，意思，道理。无法再与‘境’‘象’混沌一体了。”②

《诗人及其命运》这篇文章对理解于坚“拒绝隐喻”或“从隐喻后退”的诗学思想很重要。我引述得已经够多了，后面还有一些重要的话，但为了不让过长的引文惹人烦，就此打住。

总之，在于坚看来，今日某些诗，它们的“词语”时时都在“隐喻”，越来越“形而上”，不是“去蔽”而是“遮蔽”，离身边具体的事物越来越远，离脚下活生生的生活越来越远，离诗要直面生活、直面生命、直面真理的本意越来越远。所以要“拒绝隐喻”或“从隐喻后退”。

于坚的“拒绝隐喻”或“从隐喻后退”，是与他的“民间立场”、“日常生活经验”、身边的世界、本土化、口语化等写作态度紧密相连的。

① 于坚：《棕皮手记》，第339页。

② 于坚：《棕皮手记》，第340－341页。

美国哈佛大学的一位学者说，于坚写作的原动力便是他窗外的世界，如果他的视野被词语所遮挡，于坚会想办法通过这个遮挡。他把描写生活经验当作他的主要客体，而这些经验正是来自我们生活的日常世界。作为一个诗人的于坚就是这样深深地把自己立足于实实在在的巨大的社会和世界之上。他努力去真实地看清他的世界的模式和每个细节，它们的美丽和衰败，并把它们用词语写下来，像它们的录音磁带和火光。于坚所说的"民间"并不简单地就是一个反制度的独立的存在。这个词语还包括日常生活和普通人的经验。于坚在他对历史的书写中，分别深入阐述了民间立场和精英立场两大派的问题，写作的天才就来自对"日常语言所承载生活经验的感受"。虽然他坚持诗作为"它自身存在"的独立价值，但他所提倡的并不是把诗从生活中分离出来，而只是把诗从抽象的哲学和意识形态中分离出来。以他的看法，诗"必须坚定地植根于当下生活的土壤"。这和西川的观点，即诗是一个深思冥想的空间，在那里生活只是跟第二位置形成鲜明的对照。于坚和其他的民间诗人经常被批评家和其他诗人(包括那些知识分子立场派的诗人)指责为"迎合大众口味，把庸俗带入诗"，他们认为，从某种意义上来说，于坚的作品可称为"非诗"。这些责难大部分来源于这样一个事实，即于坚和其他民间立场派的诗人过重地利用了口语，无礼的措辞，都是在大街上听到的而不是在作品中读到的语言。这种语言显然是那种普通人民的语言，而不是学院式的知识分子式的语言，因此是"民间"的。它一点都不罗曼蒂克，而是直来直去的。于坚捍卫着它的使用，他说他坚持使用这种语言，因为这种语言，据他在1989年《诗60首》序言中说："是我于坚的语言，是我的什么灌注于其中的有意味的形式。"对于这种属于他的民间语言的坚持代表了他与20世纪早期民间文学运动的明显区别。那时，大部分作家都在持续以一种"知识分子"式的努力去发现"民间"的声音，然后代他们而言之；而于坚坚持以自己的声音说话，也只为自己而不是为别人说话，于是于坚就是"民间"——他们的而非那些学究式的语言就是他的语言。[①]

把于坚的“拒绝隐喻”或“从隐喻后退”，与他的“民间立场”、日常生活经验等联系起来，能够更完整、更深入地认识于坚的诗学主张。

2020年7月12日于安华桥蜗居

① 以上这段话我参考了美国哈佛大学吉莉安·舒尔曼(Jillian Shulman)的《于坚:一个诗人的民间立场》，李梅(暨南大学中文系博士生)译，中文见《青年作家》2007年第8期。我觉得此文客观、中肯，对于坚的分析是很有道理的，而且少了国内某些文章的偏见。

于坚诗歌

燕祥，你好！

于坚的诗，人们看到最扎眼的，是那些用“口语”“俚语”“无礼的措辞”“在大街上听到的而不是在作品中读到的语言”写出来的，是直面脚下的生活的，不要隐喻、不要暗示的诗，譬如他的《尚义街六号》《女同学》等。这些诗，在传统的眼光看来，似乎不像诗，它们“不讲理”——不讲诗的常理。

于坚的这部分诗很“俗”，“俗”得让人起鸡皮疙瘩；这部分诗很“土”，“土”得掉渣儿，一刮风就满嘴牙碜……但是，它们却极具“杀伤力”，使人看了，心头为之一振，并且心头就像长了爬犁一样，用犁齿一下子把诗句挂住了。其中写得好的，仔细体味，会觉得它们非常接地气，充满生气、活力；有的，还真散发着生活本身的“形而下”的能够闻得到的气味呢——不管是田野里的芳香，还是“隔壁大厕所”的骚臭。

人们讨论最多的是《尚义街六号》，这是于坚的代表作：“尚义街六号/法国式的黄房子/老吴的裤子晾在二楼/喊一声　胯下就钻出戴眼镜的脑袋/隔壁的大厕所/天天清早排着长队/我们往往在黄昏光临/打开烟盒　打开嘴巴/打开灯/墙上钉着于坚的画/许多人不以为然/他们只认识梵高/老卡的衬衣　揉成一团抹布/我们用它拭手上的果汁/他在翻一本黄书/后来他恋爱了/常常双双来临/在这里吵架　在这里调情/有一天他们宣告分手/朋友们一阵轻松　很高兴/次日他又送来结婚的请柬/大家也衣冠楚楚　前去赴宴/桌上总是摊开朱小羊的手稿/那些字乱七八糟/这个杂种警察一样盯牢我们/面对那双红丝丝的眼睛/我们只好说得朦胧/像一首时髦的诗/李勃的拖鞋压着费嘉的皮鞋/他已经成名了　有一本蓝皮会员证/他常常躺在上边/告诉我们应当怎样穿鞋子/怎样小便　怎样洗短裤/怎样炒白菜　怎样睡觉　等等/八二年他从北京回来/外衣比过去深沉/他讲文坛内幕/口气像作协主席/茶水是老吴的　电表是老吴的/地板是老吴的　邻居是老吴的/媳妇是老吴的　胃舒平是老吴的/口痰烟头空气朋友　是老吴的/老吴的笔躲在抽桌里/很少露面/没有妓女的城市/童男子们老练地谈着女人/偶尔有裙子们进来/大家就扣好纽子/那年纪我们都渴望钻进一条裙子/又不肯弯下腰去/于坚还没有成名/每回都被教训/在一张旧报纸上//他写下许多意味深长的笔名/有一人大家都很怕他/他在某某处工作/'他来是有用心的,/我们什么也不要讲!'/有些日子天气不好/生活中经常倒霉/我们就攻击费嘉的近作/称朱小羊为大师/后来这只手摸摸钱包/支支吾吾　闪烁其辞/八张嘴马上笑嘻嘻地站起/那是智慧的年代/许多谈话如果录音/可以出一本名著/那是热闹的年代/许多脸都在这里出现/今天你去城里问问/他们都大名鼎鼎/外面下着小雨/我们来到街上/空荡荡的大厕所/他第一回独自使用/一些人结婚了/一些人成名了/一些人要到西部/老吴也要去西部/大家骂他硬充汉子/心中惶惶不安/吴文光　你走了/今晚我去哪里混饭/恩恩怨怨　吵吵嚷嚷/大家终于走散/剩下一片空地板/像一张空唱片　再也不响/在别的地方/我们常常提到尚义街六号/说是很多年后的一天/孩子们要来参观"。

这里没有以往诗里看到的那些文绉绉的雅词雅语,没有那些冒着香气的美词美语;毋宁说,它们散发着脚臭味、汗臭味,甚至屁臭味。但它们不由分说,直指生活本身。于坚的这些诗,不是如以往的某些诗人那样,高高在上,从"上面"往下看;不,于坚在这里是从"下面"往上看,或在"下面"往周围看——于坚自己就在"下面",就在"底层",就在"民间",他与生活本身贴得很近、很紧,他一伸手,就能够直接抓住生活的头、身子和尾巴,然后直接用于坚式的"民间"话语写出来,没有隐喻,没有暗示。

之前有过这样的诗吗?

我不必再花费太多文字进行评说,读者一看这些诗,会抿着嘴笑,自有话说。

于坚作品里,这种诗风的诗还有很多,除了上面提到的《尚义街六号》《女同学》之外,还有《罗家生》《舅舅》《三个房间》……一大批。我不再多引，读者翻一翻于坚的诗集，它们会一首首自己蹦出来。

于坚“不讲理”的其他的诗，还有很多，譬如他的“事件”系列：《事件：风》(1988)、《事件：心灵的寓所》(1988)、《事件：寻找荒原》(1989)、《事件：铺路》(1990)、《事件：停电》(1991)、《事件：谈话》(1992)、《事件：诞生》(1992)、《事件：写作》(1994)、《事件：装修》(1995)、《事件：棕榈之死》(1995)、《事件：挖掘》(1996)、《事件：围墙附近的三只网球》(1996)、《事件：结婚》(1997)、《事件：翘起的地板》(1999)……

还有，他的“便条”诗。

写“事件”，写“便条”，记述某事本末……本非诗之正业，那是散文、小说、戏剧、电影等的活儿。这是常理。但于坚偏不信邪，他就是要用诗写“事件”、写“便条”，而且要写出诗味儿来。有人说，于坚的这些诗，写出花样来了：正话正说、反话正说、正话反说、反话反说……总之，将一本正经与插科打诨杂糅。

更有甚者，是于坚的长诗《0档案》和《飞行》。

特别是《0档案》。这首诗是对“档案”这一公文文体的戏拟，全诗的开头是《档案室》：

建筑物的五楼　锁和锁后面　密室里　他的那一份
装在文件袋里　它作为一个人的证据　隔着他本人两层楼
他在二楼上班　那一袋　距离他50米过道　30级台阶
与众不同的房间　6面钢筋水泥灌注3道门　没有窗子
1盏日光灯　4个红色消防瓶　200平方米　一千多把锁
明锁　暗锁　抽屉锁　最大的一把是“永固牌”　挂在外面
上楼　往左　上楼　往右　再往左　再往右　开锁　开锁
……

下面是《卷一出生史》《卷二成长史》《卷三恋爱史(青春期)(恋爱期)》《卷四日常生活》《卷五表格》《卷末(此页无正文)》，一直写到《档案制作与存放》：

书写　誊抄　打印　编撰　一律使用钢笔　不褪色墨水

字迹清楚　涂改无效　严禁伪造　不得转让　由专人填写
每页300字　简体　阿拉伯数字大写　分类　鉴别　归档
类目和条目编上号　按时间顺序排列　按性质内容分为
A类B类C类　编好页码　最后装订之前　取下订书钉
曲别针　大头针等金属　用线装订　注意不要钉压卷内文字
卷页要裁齐　压平　钉紧　最后移交档案室　清点校对无误
由移交人和接收人签名　按编号找到他的那一间　那一排
那一类　那一层　那一行　那一格　那一空　放进去　锁好
关上柜子　钥匙　旋转360度　熄灯　关上第一道门
钥匙　旋转360度 关上第二道门　钥匙
旋转360度　关上第三道门　钥匙　旋转360度
关上钢铁防盗门　钥匙　旋转360度
拔出
……

这样的诗亘古未有。反了,反了！只有"无法无天"的"不讲理"的于坚,敢于这样下笔,敢于写出这样"无法无天"的"不讲理"的诗。

它完全是公文用语,硬邦邦、冷冰冰,像一个人事科长汇报某人生平。然而,要知道,体制内的每个人,包括你我,锁在柜子里的档案就是这个样子的。《0档案》不动声色却戏谑地揭示出了政治一体化年代里鲜活的个人生命如何被一纸档案所掌控、指挥和压制。它硬邦邦地揭露出一个铁的生活事实,直面事物本身,没有"隐喻",没有"暗示",没有"通感"……

常人会说:这哪里是诗?

的确,它是"非诗"的诗。难怪谢冕教授说,这是"自杀性"的创作事件。但是谢冕并不是否定《0档案》,而是说它的"特别"。1994年谢冕在北京大学主持了《0档案》的讨论会,最后总结发言时,说:"于坚和他的《0档案》的价值在于,他所显示出来的人的语言存在的特殊困境,比同时代的作家和诗人要涵括得多得多。他所要显示的,在《0档案》中已经表现到了极致,是我们每个中国人都深切感受到的。通过各种语词的有意味的拼凑和堆积,到达一种高度,所堆积的是一个非常宏伟和有深度的东西,震撼人的东西。"

于坚不是不会抒情,他写过《真实的冬天在郊外的指甲上……》(2004)、《街道泛起明亮的颗粒……》(2004)、《只有大海苍茫如幕》(2007)、《芳邻》(2009)、《我走这条也抵达了落日和森林》(2011)、《大象》(2011)等许多抒情诗,不过他的抒情很特别,有人说,于坚的抒情不是高蹈、虚矫的,而是具体、实在的,融入了个体微妙的生命经验和对传统抒情方式的自觉与省思。就此来说,他修正和开拓了当代抒情诗的写法。

于坚还很会用诗幽默——于坚式的幽默。他写了一些所谓"物象"诗,如《啤酒瓶盖》(1992)、《速度》(1999)、《塑料袋》(2002)、《玻璃》(2007)之类。于坚在这里的许多诗里,以冷幽默别开天地,令人耳目一新。1997年他出席了鹿特丹国际诗歌节,其间朗诵了《啤酒瓶盖》,当时的情形,他在《马斯河上的诗歌之船》一文中记述道:"我一向坚信汉语是世界上最优美的语言,它与人生、大地是一种亲和的关系,它不是为了你死我活的斗争也不是为了从世俗人生中向偶像升华被创造出来的。它的自然、朴素、亲切、温和、优雅、幽默感和人间化是普遍性的,可以被任何一种听觉感知。下面开始微笑,开始大笑,开始笑得前仰后合。我有重听的耳朵都听见了他们在笑。我知道我的诗歌已经生效,我为他们展示了一种仅仅需要常识就可以理解的生活,一种来自日常世界而不是意识形态的幽默,这种幽默遍布世界,只要人们打开一瓶啤酒。我不敢说我的诗有多么好,但我敢说,我没有装神弄鬼,没有夸大其词。看啊,在那里,如此而已。翻译告诉我,他听见有听众说,没想到中国人还有幽默感。是了,瞧瞧这个世纪,我们写下了多少苦大仇深的文字。"①

顺便说说,于坚的散文主张和散文创作也是"无法无天"的、"不讲理"的。他在《因为一家刊物问了,所以谈起散文》中说:散文,在一切文体之外,又在一切文体之内。散文是没有方向的,怎么写都可以。在散文中,如何说已经不重要了。你可以天马行空

---

① 于坚:《棕皮手记》,第371—372页。

地想说什么说什么。散文的真实在于它是用心灵来写作。散文的自由在于,它可以是诗歌的、哲学的、文艺批评式的、小说的、书信的、通讯的、报告文学的、戏剧的、日记的,但在这些文类一般以为所是的标准来看,它又并不就是它们。这种文体上的自由保证了写作的自由。形散神不散也许是有道理的,散文在于你可以胡说八道东拉西扯,但要有感觉,要有灵魂,要造出你这些胡说八道可以存在的语境、场。叙述过程产生的快感、美感、觉悟是很重要的……①

燕祥,我倒是觉得于坚关于散文的这种主张很有道理。我手边有两册于坚的散文集——《棕皮手记》和《相遇了几分钟》,正像于坚自己说的那样,它们的写法天马行空,内容五花八门:有论说(讲很抽象的哲学道理,像个哲学教授),有抒情(写的那么深情),有记述,有写景,有的像格言,有的像散文诗……有的散文很美,我简直爱不释手。

老实说,我喜欢于坚的散文更甚于他的诗。于坚,有许多诗,我很喜欢,觉得他很有才,觉得他是个难得的诗歌"鬼才";也有些诗,虽然我承认它们是很特别的富有独特个性的诗,但我并不欣赏。另外,关于"拒绝隐喻",也不是完全不可以商榷。若从诗歌整体来说,即使你一首诗的具体语句看起来没有隐喻、没有暗示,但整首诗所传达出来的意蕴,可能是大的隐喻;至于隐喻着什么,读者细细体味,会体味出来。诗(我说的是真正的诗,可以称得上诗的诗),总有意蕴,总有言外之意吧?那意蕴,那言外之意,实际上就是隐喻啊。

还有,大概我还是太传统了,我身上有一种传统美学的惰性,觉得文学各个部门,善于抒情的就抒情,善于"说事儿"的就"说事儿",发挥各自的特长,不必硬要"赶着鸭子上架"——"赶"一两回,大家惊异,好玩儿,可能收到很好的效果;但是,老是"赶","赶"得次数太多,也就不新鲜了,也许会发生审美疲劳,也许……甚至形成某种"模式"。

---

① 参见于坚:《相遇了几分钟》,上海人民出版社2008年版,第369—373页。

燕祥，你说是这样吗？

上面关于于坚散文我略说了几句。然而，这里我们主要是“说诗”，至于散文，留待别的地方说吧。

下封信见。

2020年7月14日于安华桥蜗居

韩东的“诗到语言为止”

燕祥,你好!

下面再说说“民间立场”的其他人,例如韩东。没有能力也没有精力涉及更多的人。也没有能力没有精力多说、详说、全面说。我的原则是:只想说别人没有说的,或者别人所说的话我有不同意见需要辩驳的,或者我认为别人说得不全面不充分我需要加以补充的。这是我的宗旨和追求的目标。很难达到它的理想程度,努力就是。

我之所以说韩东,当然首先是因为他作为“民间立场”的重要诗人,值得一说。其次,还有点私人情感上的原因。我虽然同样没见过韩东,但,当我知道了韩东生平的两件事之后,兴趣立刻提起来了。

一件事,韩东是方之的儿子。方之是谁?就是因写了《内奸》而获得1979年短篇小说一等奖的江苏那位著名作家,当年我们热议和崇拜的对象(当时我还曾想写评论文章呢)。方之原名韩建国,1957年与高晓声、陆文夫、叶至诚等组织“探求者”文学社,提出“干预生活”的主张,被打成右派,开除党籍,受苦受难。1979年,当《内奸》获奖消息传到他家时,他却已经去世,年仅49岁。夫人代他到北京领奖。他的成就令人赞叹,他的遭遇令人唏嘘;而今天,他的儿子韩东,应该令他在天之灵得到安慰和骄傲。我们对方之的儿子韩东,自然情不自禁地加以关注——也许这是中国传统思想里“将门虎子”的情结作怪吧。而且方之的这个儿子在文艺界真能“闹腾”,“闹”遍各个领域:他不但写诗,还要编刊物,还要写小说(短篇和长篇),还要演电影,还要当电影导演……而且每个门类都能“闹”出名堂——他的诗多次获奖(例如《韩东的诗》获2019年第三届钟山文学奖诗歌诗评类作品奖),没想到他导演的电影《在码头》也获得2019年休斯敦国际电影节最佳导演金奖。

另一件事,韩东是山东大学的毕业生,与我同一所学校。虽然我学的是文学,他学的是哲学,而且他比我晚了20年;但是,山东大学四个字，可以从感情上把人牵在一起。这又使我情不自禁地对韩东多看几眼。

燕祥，我自作多情了吧？你别笑。

有这两层“关系”，算是“私情”吗？也许有点儿吧。但是，我还是参照哲学家赵汀阳在《没有世界观的世界》（中国人民大学出版社2003年版）等著作中所谓“无立场”的原则，尽量客观地面对我的研究对象，“不从价值的角度去判断事物”[①]。“无立场”的思想方式是拒绝把生活的立场带入思想中去充当裁判。生活的归生活，思想的归思想。另外，“无立场”也不是反对任何立场；相反，“无立场”意味着不反对任何一种立场在特定语境和条件下的合理性，但不承认任何立场具有超语境、无条件的普遍有效性，也就是说，“无立场”就是反对任何观点拥有特权。如果从哲学的角度去说，“无立场”就是以存在论的态度代替价值论的态度，只以存在的角度去分析问题，不从价值的角度去判断事物，也就是在存在论的层面上去理解价值的事实。这个观点，至少可供参考。

但是，需要说明的是，真正做到无立场，是非常困难的事情，譬如司马迁《史记》，鲁迅赞之为“史家之绝唱，无韵之《离骚》”，梁启超称为“史界太祖”；但在司马迁书成之时的汉代，却并不受待见，因为它里面有许多当时的“违禁”词语。[②]真正“客观”地做学问，应

① 在2021年10月《中国文学网》发布的《给我一个支点：第一哲学转向——访赵汀阳》中，赵汀阳进一步申说了他的“无立场”的思想方式。——2021年11月16日修订时补注

② 参见《“二十四史”之首的〈史记〉，为什么到了唐朝才被史学界重视》（清风明月逍遥客）凤凰网，2022年8月28日。“虽说并非束之高阁，朝廷对迁书的传播仍是控制相当的严格，基本上只会在统治高层间流转。因为当中不乏记载宫廷秘事，故流播概况受限。史载武帝阅到《孝景本纪第十一》和《今上本纪第十二》时，认为迁书对己刻意贬损，因而勃然大怒。不仅刊削简上内容，连书简也一并摧毁。因此，曹魏时期《史记》中的两篇本纪只有目录，没有具体文字。”这是政治和意识形态作怪。直到唐代，脱离当时的政治和意识形态环境较远了，《史记》的待遇才得到改善，“《史记》终成为一门专门的学问，而宋人王应麟称之为‘史记学’”。——2022年8月29日补注

竭力摆脱此类政治和意识形态干扰。

说韩东，首先要说到他的“诗到语言为止”。这是韩东的名言，颇有影响，几十年来在人们的嘴里说来说去，虽然说的时候不一定理解它的确切所指。

这句话出自韩东《自传与诗见》一文，发表在1988年7月6日《诗歌报》。原话是这样的：“诗歌以语言为目的，诗到语言为止，即是要把语言从一切功利观中解放出来，使呈现自身，这个‘语言自身’早已存在，但只有在诗歌中它才成了唯一的经验对象。”到了2008年4月26日，韩东在“全球语境下的中国当代诗歌”研讨会上发言时，又对“诗到语言为止”作了修正(其实是具体化或者补充)。他说：“二十年前，我曾有过‘诗到语言为止’的说法，在今天的‘语境’里，我想修正或者将其具体化，即是：中国诗歌到汉语为止。当然，我所理解的汉语并非‘纯正永恒’的古代汉语，而是现实汉语，是人们正在使用的处于变化之中的现代汉语。这便是我们所处的唯一的语言现实，虽然唯一但内容丰富、因素多样。它的庞杂、活跃和变动不居提供了当代诗歌创造性的前提。因此，任何一劳永逸的方案都是不存在的。因此语言问题说到底还是一个现实问题。对现实语言的热情和信任即是对现实的热情和信任。诗人爱现实应胜于爱任何理想，无论是历史纵深处的传统理想，还是面对未来的‘全球化’的理想。诗歌是对现实的超越，而非任何理想之表达。再修正：中国当代诗歌到现实汉语为止。”

对“诗到语言为止”和“中国当代诗歌到现实汉语为止”中的大部分意思，我给予有保留的肯定。韩东曾批评“一些诗人着力于意思、意义、意象这些可供嫁接再造的因素的经营，而更加细腻和微妙的语言层面却被忽略和排斥”，是批评得在理的。对韩东“要把语言从一切功利观中解放出来”，我赞同。而他所谓“现实汉语，是人们正在使用的处于变化之中的现代汉语……它的庞杂、活跃和变动不居提供了当代诗歌创造性的前提。因此，任何一劳永逸的方案都是不存在的。因此语言问题说到底还是一个现实问题”，这些说法也好，我也同意。

但是，对他所谓“诗歌以语言为目的”，我持保留意见——“诗歌以语言为目的”吗？我怀疑。

燕祥，关于哲学上的语言问题（以及连带的诗歌语言问题），有些想法我在肚子里憋了好多年，终于趁着给你写信（包括前面的信）的机会向你说出来。只是不知说得是否在理。我在这几封信里唠唠叨叨说得多了一点儿，你耐着性子听听，帮我琢磨琢磨。

20世纪最后几十年，以至21世纪的今天，中国的一些哲人、一些诗人，包括“知识分子写作”和“民间立场”，都受到西方“语言学转向”的强大影响。这包括积极和消极两个方面。一方面，它狠狠冲击了以往的“语言工具论”，把那种忽视语言，认为“语言只是表达思想的工具”、内容就是一切、意义至上等创作理念，搞得声名狼藉。这是具有积极意义的。我赞赏。但是，另一方面，“语言学转向”传到中国，在某些人那里，我认为是“转”过了头。从语言是“奴才”一下子变成了语言是“皇帝”。中国的某些诗人，也跟着从轻视语言转到语言至上，认为语言就是诗歌的一切。更有甚者，有的人把心思完全放在语言上，一切围着语言转，只在语言上琢磨来琢磨去，甚至把写诗变成玩语言游戏。

在我这个老脑筋看来，走偏了！走偏了！

韩东的“诗歌以语言为目的”，就是受了这种影响；虽然他还不是像某些诗人那样把写诗变成玩语言游戏，但“诗歌以语言为目的”这话是有毛病的，是有误导性的，是有偏颇的。

我认为诗歌并非以语言为目的。待我说得稍微详细一点儿。

我看，语言既不是“奴才”，也不是“皇帝”。语言就是语言。它当然很重要，因为它和人的生命不可分割，它是人的生命（生活、生存）的一种形式，或一种表现形式，或者说是表现形式之一。但是，语言再重要，比之于人的整个生命（生活、生存），它也只能处于第二位。关于这个问题，我同意李泽厚的观点，他提出，要“走出语言”，即“走出当今语言哲学的牢笼”。他认为“说话”毕竟是第二位的。他还说“我本不大相信语言是人的家园或人的根本”。

他是哲学家，可能想得更周全。前面，在本书第一部分《诗歌现状及发展方向问题》中谈到欧阳江河与王家新的语词诗学时，我曾提到李泽厚，引了他比较完整的一大段话。此处不再重复。

我在这里重申我支持李泽厚的观点。我觉得他说得有道理。

诗，根本上是表现人的生命（生活、生存）活动的，不是仅仅表现人的语言的；而且，语言也是人的生命（生活、生存）活动的一种表现。人有生命，人活着，不是仅仅靠语言。人没有语言不行，但仅仅靠语言，人活不了一天、两天。在人的生命（生活、生存）面前，语言只能称臣。所以，人的生命（生活、生存）是第一位的；语言再重要，比之于生命（生活、生存），也是第二位的。以此为立足点看诗，它的目的不是语言，而是生命（生活、生存）。说“诗歌以语言为目的”，这话走偏了。而那些把写诗当作语言游戏，更是偏到他姥姥那里去了。

关于“诗到语言为止”这个问题，我说不出更多的话了。

韩东的诗，作为“民间立场”的代表人物之一，人们谈论得已经够多，譬如他的最有名的《有关大雁塔》《你见过大海》《梦中他总是活着》《记事》《吉祥的老虎》《生命常给我一握之感》……到处可以找到对它们的评论，有的评论写得是不错的，譬如姜飞发表于《现代语文（文学研究）》2010年第11期的《韩东：诗的现象学和现象学的诗》，很有启发性。只是，对姜飞要提出这样一个问题：非要用西方的现象学方法来考察韩东的诗吗？这个问题得空倒是可以商榷。

我没有更新更多的话。不再招人烦了。

燕祥，你怎么看？

2020年7月16日于安华桥蜗居

臧棣及其他

燕祥,你好!

现在谈谈当下很火爆的臧棣。

臧棣,1964年生于北京。毕业于北京大学,1997年获得文学博士学位,现在是北京大学中文系副教授。从年龄上说,他比任洪渊晚了一代有余。臧棣20世纪80年代开始写诗,曾获《作家》杂志2000年度诗歌奖,入选“中国当代十大杰出青年诗人”(2005)、“1979—2005中国十大先锋诗人”(2006)、“当代十大新锐诗人”(2007),诗歌创作正处于旺盛期。2019年,广西师范大学出版社又隆重推出他的三部诗集(其中的诗绝大多数写于21世纪这一二十年):分别是诗集Ⅰ《沸腾协会》,封面上的一句话是“诗是一种生命的仪式”;诗集Ⅱ《尖锐的信任丛书》,封面上的话是“对诗而言,真正的旋律是隐喻在词语的黑暗中不断发生的爆炸”;诗集Ⅲ《情感教育入门》,封面上的话是“诗的深刻性并不源于思想。诗本身就是一种思想”。这些话应该是作者关于诗的理念。而且这三部诗集的封面上赫然印着:“舒婷、李敬泽、柏桦、杨炼、唐晓渡、洪子诚、江弱水、西渡、王敖、陈先发倾情推荐”,这十位乃当今文学界、诗歌界权威人士。真是气势如虹。读者未读之前,先起敬畏之意。

我赶快让儿子代我从网上买来拜读。

之前我对臧棣的印象,总的来说是不错的。前面的信中,我曾说读臧棣写的关于儿子的诗,感动得落泪。

臧棣的某些诗虽然也不好懂,但是他的大多数诗与欧阳江河不大一样。他有些诗,乍一看,难懂;仔细体味,还是可以懂的,只是要多费些思考。另外,一些诗(或许数量比较少?我没有统计),确实不好懂,与欧阳江河相近。

臧棣许多诗,如收在诗集《沸腾协会》中的《天书协会》(第74—75页)、《绝唱协会》(第81—82页)、《邂逅协会》(第121—122页)、

《过客协会》(第124—125页),收在《尖锐的信任丛书》中的《万古愁丛书》(第3—5页)、《青烟丛书》(第20—21页)、《原始角色丛书》(第27—28页)、《非凡的洞察力丛书》(第41—42页)等,读起来使人想起朱自清在《中国新文学大系·诗集》的"导言"中评李金发的话:"他的诗没有寻常的章法,一部分一部分可以懂,合起来却没有意思。他要表现的不是意思而是感觉或情感,仿佛大大小小红红绿绿一串珠子,他却藏起那串儿,你得自己穿着瞧。这就是法国象征诗人的手法,李氏是第一个人介绍它到中国诗里。"[①]就臧棣这些诗而言,他也像朱自清赞赏李金发诗歌所说"不缺乏想象力",一些意象非常美,很有意味,如《沸腾协会》第121页的"太阳正脱下它的橙色泳裤/搭在银杏树的树梢上",第125页的"我也会花点时间,/试着管晨曦叫太阳的胡须",第172页"那东西一定是在我们出生前/就来到这世上的。它一定还会活得/比我们更长久。/它是用来开阔眼界的";《尖锐的信任丛书》第9页写落日"它只想熔尽它身上的金子,/赶在黑暗伸出大舌头之前",《情感教育入门》第253页又一次写落日"一抬头,落日已圆满完成了/世界之吻。回味扩散在/玫瑰色的西北风中",等等。但是这些诗,"一部分一部分可以懂",却"仿佛大大小小红红绿绿一串珠子,他却藏那串儿,你得自己穿着瞧"。其他的诗人,往往一首诗的题目可以视为穿"珠子"的绳串;臧棣不同,他这三部诗集中的绝大多数诗,其诗的题目与整首诗,似乎看不出什么联系,仅举一例,《尖锐的信任丛书》第71页《双鱼座丛书》"你有个长着三只耳朵的朋友,它是你的香蕉,/你用小手摸着香蕉的耳朵,你带我重新回到了自然的原点。你有个长着六只耳朵的朋友,它是你的大衣柜。/你扒开柜门,从里面掏出做梦的衣服;/如果你愿意,你能从衣袖里撵走一只兔子。你有个长着十只耳朵的朋友,它是你的红灯笼。如果不是你用手指指着,我还真没看出它的红色舞蹈……"你很难找到题目与诗本身的联系;臧棣的大部分诗,如果读者拿诗的题目当绳串,很难把诗句串起来。题目有点儿莫名其妙。也有个别诗是例外,例如《尖锐的信

① 见《中国新文学大系·诗集》,上海良友图书印刷公司1936年版。朱自清"导言"在该书卷首。

任丛书》第63页《稻草人丛书》、第75页《挖掘丛书》,以及《尖锐的信任丛书》卷四《纪念王尔德丛书》等十四首诗,还有《情感教育入门》第213页《一只喜鹊是如何起飞的入门》,等等,题目与诗还算一致。难得!

其实题目问题也不是什么大事,许多诗不是以"无题"名之吗?

臧棣的好些诗,你细细琢磨一下,的确是有味道的好诗。譬如《沸腾协会》诗集中的《灵魂人物协会》:"海浪给礁石鼓掌""晚霞的明信片/平放在大海的脊背上,供我们免费取用。/你还记得你第一次被风景催眠是在什么时候吗?"(第78—80页)。多么奇特的想象,多么美妙的意境!你读一读这本诗集中的《风马牛协会》吧(第83—84页),你会看到:好一派壮美、辽阔又刮着"现代风"的草原景象!还有《非常原始协会》(第85—86页),你沉入它的意境,如饮甘泉。还有这个集子里的同名诗《沸腾协会》(第143—144页),咂摸咂摸,很有味道。臧棣另一个集子《尖锐的信任丛书》中的《落日丛书》,诗味悠长。特别是《尖锐的信任丛书》卷六的那一组诗(第259—293页,大都以某花或植物为名),还有卷七(第297—320页)的大部分诗,较前面的许多诗,都好读,好像变了风格;有的句子很美,如第271页"毕竟一路上,反复山影切磋人影",还有第320页写海鸥"没想到吧,飞翔的海鸥,一会儿像白手套,被人从看不见的蓝色洞穴里抛出;一会儿像浅色的手绢,被人从隐形的窗户边挥舞",多么奇妙的想象,多么独特的感觉!我特别喜欢《情感教育入门》中的《台风山竹入门》,这首诗,是我看到的写台风写得最好的诗。全诗如下:

> 当湛蓝的海面开阔到
> 让低垂的白云不断轻佻
> 人生如梦,它的不满已接近
> 一种临床现象;它不会止于
> 我们以为它不过是一种天气现象——
> 还有比充满梦幻色彩的
> 太平洋更好的舞台吗?

霹雳几乎是现成的，
它只需把它自己的疯狂的旋转
举向奇观的缺席；
行踪飘忽，但大致的方向
就像一个核按钮已被悄悄按下……
玻璃粉粹，伴随着美人的尖叫声，
从高空坠落的建筑残片将无视警告的行人
狠狠砸倒，而猛烈倒灌的海水
看上去更像有魔鬼卧底在我们中间
试图隐瞒在自然面前人人平等
比在法律面前人人平等
更有效。它的磅礴
几乎令所有的刺激物瞬间失效。
它漂亮于我们多少还能借助
它引发的恐怖反思世界的安慰。
唯一的区别，它的时间
要远远少于我们的时间。
所以，它只能从强度方面
报复神的遗憾。它放纵自己的失控，
沉湎于仿佛只有死亡能纠正
历史之恶。一旦复杂，
真实就难免太廉价。它必须让自己
看起来更像一个巨大的谣言，
妖艳于它的毁灭性，可以在异地
兑换成厚厚的一沓站票。

臧棣《情感教育入门》中的大部分诗，似乎比前两个集子里的诗写作时间更晚、更纯熟。其中还有些诗我也很喜欢，譬如第102页《踏青归来入门》，意境好，而且大体押韵，富有诗的音律美——这在臧棣恐怕是特例。

但是三部诗集，我还是更喜欢第二部里面的许多诗。

臧棣的诗，不是每首诗都那么可爱；如前所述，有的诗太费思考,花那么多时间和脑力,值得吗?而且个别的诗,即使你花了那么多力气,依然领悟不了那些分行文字……是不是“性价比”太低呢?就此而言,我考虑到一个可能具有某种普遍性的问题:是不是“朦胧派之后”有的诗人(或者只是很少的诗人),他们与广大读者的沟通出现了问题?他们(或他们中少数人)诗歌里所写的“感觉”“思绪”乃至“哲思”,过分“各”,“各”到与众人不通,众人根本无法理解、无从感悟。读这样的诗,值得吗?如果诗不能与众人、与广大的读者接通情感和思想,诗还能存活吗?

最近我看到诗人吕约有这样一首诗:《诗歌不知道自己已经死了》。吕约写道:“诗歌不知道自己已经死了/在一千个洞的高尔夫球场上为它举行了国葬/眼皮上撒上花瓣,花瓣上洒上几滴眼泪/一滴来自希腊人,一滴来自印第安人/一滴来自海豹/墓志铭由拉丁文和甲骨文写成/所有长着两条腿的人都看到它终于死了/身穿黑色和金色织成的寿衣嘴角似笑非笑……”如果诗歌真如吕约说的“死了”(已经死了或即将死了),将是非常悲哀的一件事。我当然不愿意接受这样一个事实。但是,让我们大家都好好想一想:假如诗歌真的接不通与广大读者的心灵关系,它的命运将如何?

另外,臧棣个别的诗太“自由散漫”。他的一些诗是散文诗的分行,我找不到他分行或分段的规律和理由(也许他自己有)。例如《情感教育入门》第86页《将时间比成镰刀的几种后果入门》:

无形的收割中,头颅
在苇茎上最爱出风头——
怎么左右,最后都会沦为
不是东西的东西;
而时光比摆动的镰刀更具体,
就好像突然之间,你中
有我比命运更具体。
每个回合都很暧昧,以至于
反光的刃,有时都懒得
将人性之恶一笔带过。
超出十岁,人的无辜看上去

更像是博物馆里的收藏品。
想辩驳的话,镰刀的声响
不一定都来自铁的意志。
更多的时候,触摸是盲目的,
并且很容易加速到
充满快感的撞击。你可以争辩说
至少美妙不仅仅是人生的
一种味道。因为最容易独立的,
就是美妙的身体;最不自由的,
也是这个身体。有何悲剧可言?
咔嚓之后,迎风倒下的,
很可能是一大片芦苇。或者,
借助距离产生美,树木的断茬上
长出的黑木耳,已包装好,
进入私人订制,被扔进
无形的传送带,正朝着你这边,
纠集着一场硬泡而来。

其中的许多断句断行的理由,一般人琢磨不到——它们为什么如此断句断行,许多人难以理解(是否如此,读者可从诗中审视),尤其第6—7行:

就好像突然之间,你中
有我比命运更具体。

为什么把"你中有我"拆成两行?

还有的句子很长,硬性分行,如《情感教育入门》第113页《凌霄花入门》:

僻静的土墙,风蚀的假山,
废弃的支架,很快就会在遮蔽中
感觉到来自那些藤蔓的
绵密的拥抱让它们获得了
新的身体性……

其中“很快就会在遮蔽中”以下几行是一个句子，硬性分行，感觉很不自在。它本是一句散文，分行成“诗”的模样，这有更深的意思吗？我看不出来。

还有，第148页《梵净山入门》的第一段、第二段，第152－154页《宝古图沙漠入门》最后四句，都有散文长句分行的问题。

臧棣诗中还有许多类似的例子。

这里不想过多谈这些问题，相信读者比我更会读诗。现在还是对臧棣与任洪渊之异同，进行比较——他们有共同点，更有差别。

任洪渊与臧棣有一个明显的共同点，即都喜欢哲思，而任洪渊更甚。任洪渊的诗几乎都是哲思的诗；他写诗，几乎都在“哲思”。当然，臧棣不同，他只是有一部分诗在进行哲思，譬如《情感教育入门》第397页的《以冬夜为现场入门》就是一首典型的臧棣式的哲思诗。还有，你读一读《尖锐的信任丛书》卷四《纪念王尔德丛书》到《重读塞利纳丛书》这十四首诗(第197－226页)就会有体会——他试图用诗讲某种道理。当然，他的哲思也常常隐晦得很，你得琢磨半天才能领悟他的意思或者还不能完全领悟他的意思。至于他哲思得是否深刻、合理，那就看读者的价值标准和判断了。

一般地说，哲学家是把感觉、经验提炼成哲思，变成理论。而任洪渊和臧棣这样的诗人可能走的是相反的路。不管怎样，他们必须善于把哲思变成感觉、经验。当然，诗人特别是优秀诗人，常常是通过直觉，即在感觉、经验里直接呈露哲思——诗里的感觉、经验直接就是哲思。

但是，具体到任洪渊和臧棣这两位诗人，我很理直气壮地称任洪渊为哲学家型的诗人、思想家型的诗人；我却不敢这样称呼臧棣。臧棣还不能说是哲学家型、思想家型的诗人。

两人还有不同：一宏大，一小巧；一广阔，一细密。任洪渊如大鹏鸟高高地飞在蓝天上，雄视旷野；而臧棣则如百灵鸟，在不太高的空中展示其婉转动人的歌喉。臧棣的大多数诗，从生活的细微处捕捉独特的感觉、情思和哲思，开发诗的矿藏，冶炼出一首首只有他才写得出的诗章。例如，他总能够从日常生活的某种事物诱发灵感:《世界末日丛书》(《尖锐的信任丛书》第77页)"亚述人制作了最有想法的盒子,/盒子里只有影子。盒子里只能装下影子。/他们相信只要提到我的影子就够了。/对于世界的腐败,影子是最好的惩戒";《真实的瞬间丛书》(《尖锐的信任丛书》第86页)"八只喜鹊沿河边放飞它们自己的黑白风筝","四条河已全部化冻,开始为春天贡献倒影"……臧棣多处写到"影子"——几十处?上百处?还有一首诗的题目即叫《影子博物馆丛书》,好像他对"影子"特别感兴趣;他还多次写到"蝴蝶""镜子"……他从它们那里引发情思,酿成诗。这些都是很细微的感觉,细微的情思,由此织成细密的诗网。读者可以在这三部诗集中发现许多这样细微的感觉,细微的情思,细密的诗网。而它们,在任洪渊的诗中见到的比较少。任洪渊那里多是翱翔的大鸟,而臧棣却仔细抽绎那大鸟身上羽毛的形状、色泽。

我还想说这样一点看法:任洪渊与臧棣,他们各有优势;但是,在各自的优势之下,是否也有不尽如人意之处呢?我的不成熟的意见:前者(任洪渊),高则高矣,阔则阔矣,是否显得离地太远,有时不免有空泛之嫌,是不是过分"形而上"了?后者(臧棣),小巧、细密固然不错,有的诗是否眼界再广阔一点儿更好呢?

这纯属个人感觉。还是不要失去每个人的个性和优势为宜。

学院派诗人和"知识分子写作"中,我还很喜欢王家新的诗,他的许多诗不故弄玄虚,亲切可爱。他的《帕斯捷尔纳克》《在山的那边》等,隽永清朗。还有,他的《田园诗》写羊群,太美了:"如果你在京郊的乡村路上漫游/你会经常遇见羊群/它们在田野中散开,像不化的雪/像膨胀的绽开的花朵/或是缩成一团穿过公路,被吆喝着/走下杂草丛生的沟渠……"

西川、柏华、张枣包括欧阳江河的一些诗,也有自己的特点和优长,不无可爱之处。特别是西川,他的诗非常耐读。他和欧阳江河是"知识分子写作"中最具代表性的诗人。

燕祥,你对学院派诗人(或教授诗人、"知识分子写作"),观感如何?

2020年7月18日于北京安华桥蜗居

打工诗人郑小琼

燕祥，你好！

咱们先来看一首诗，它的题目叫《疼痛》：

我一直在想，到底是什么牵着我从千里之外来这里
是一些临近海洋的风，制衣厂一天十二小时的劳动
每月25日那几张薄薄的钞票，我想不出还有别的
能够让我扛着命运奔波在这个小小的村庄
它的繁华是别人的，它的工厂、街道、服装商铺是别人的
它的春天是别人的，只有消瘦的影子是自己的
二年多了，我还没有找到在这里的理由
所以我每天都有沉浸在川东的回忆里
在那里有一家小小的医院
那里停放着我四年的时光
那里有一盏半明半暗的灯
它会照亮我回家的路程

写这首诗的人叫郑小琼，是一位从四川到广东来的打工妹。她的诗没有过多的修饰，没有华丽的辞藻，看不出多少“隐喻”“暗示”“通感”；它们就像地里长出的庄稼那么质朴、那么清新，叶子上还带着露水。但是，从这些非常真挚、非常实在的诗句里，读者看到心酸和无奈。为什么千里迢迢“扛着命运奔波在这个小小的村庄”做“一天十二小时的劳动”？“每月25日那几张薄薄的钞票，我想不出还有别的”。诗人感伤地说：“它的繁华是别人的，它的工厂、街道、服装商铺是别人的/它的春天是别人的，只有消瘦的影子是自己的”。

从2001年开始，打工妹郑小琼写《黄麻岭》等一系列有关打工的诗篇，述说自己的青春丢失在黄麻岭（她最早的打工地）：“我把

生活摆在塑料产品，螺丝，钉子/在一张小小的工卡上……风吹走我的一切/我剩下的苍老，回家”。在黄麻岭度过了五年，丢失的不仅仅是青春，还有被超声波打掉的手指盖和留下的噩梦。但是，郑小琼说：“青春丢失在哪里，人的一生就会牵挂哪里。黄麻岭对于我，就是这样一个地方。”

郑小琼一直挣扎在底层。她用诗歌向世界呐喊，描写和展示她以及他们这些底层人群滴血滴泪的生活，声张他们的诉求。她的诗歌一经面世，便让世界吃惊。这些和着泪水的忧伤歌唱，打动了无数打工和没有打工的读者。以后又写散文和长诗。她的诗和散文，陆续发表于《诗刊》《山花》《诗选刊》《星星》《天涯》《散文选刊》等报刊，作品多次入选年度最佳选本，曾参加第三届全国散文诗笔会、《诗刊》社第二十一届青春诗会。获得人民文学奖、庄重文文学奖等多项大奖。她说：“我告诉自己，我们是这个珠三角城市所发生的事情的见证者，应该把见到的想到的记下来。这是一种底层打工者在这个城市的耻辱感，这种耻辱感让我不会麻木。”

人们把郑小琼称为打工诗人（或打工妹诗人），而她自己反对人们把她“标本化”或“标签化”。但是，没有办法，我觉得还是用“打工诗人”这个称呼最合适。

在一次访谈中，郑小琼比较详细地作了自我介绍。她生在四川南充嘉陵江边一个很小的村庄，2001年从卫校毕业却找不到合适的工作（她进过骗人的黑医院，为了“良心”愤然离开），为生计南下广东打工，辗转于模具厂、玩具厂、磁带厂、家具厂，几经周折，来到东莞市东坑镇黄麻岭的一家小五金厂打工。她说，早上7时30分上班，12时下班，下午1时45分上班，5时45分下班，6时30分加班，一直到9时30分下班。每天机械地在机台上取下两斤多重的铁块，再按开关用超声波打孔，她一天最多打过13000多个孔。在流水线上，她的编号是245号。大家不叫她名字都叫她“喂，245！”叫了5年。在残酷的现实面前，“好像所有的理想一下子全都没有了”[1]。

① 王士强、郑小琼：《我不愿成为某种标本——郑小琼访谈》，《新文学评论》2013年第2期。

起初,郑小琼只是用诗歌"虚化和减轻现实世界的痛苦"。她唱道:"我在我们这一代人群中行走我在楼群的城市饥饿的人群中生活我看见我们在同自己的影子对话我们的身体在与寒冷交朋友我的肠胃跟饥饿相伴我们的血液里还流着高贵的诗歌。"又唱道:"黑夜正拖着楼群的阴冷降临大地我们无处可躲寄居在广东我们又仰天长叹我们又在租居的房间吟着古来圣贤皆寂寞我们都是圣贤但是工业时代的广东容不下我们的诗歌它容纳的是机器流水线。"(见郑小琼《自叙者之一》)这时的郑小琼虽然苦痛,但仍然乐观,诗歌给了她理想主义情结的空间。十年后,生活的沉痛和磨难赋予了郑小琼一种更加严肃乃至沉重的责任感,使她具有了更自觉的意识,使她越来越清楚地知道自己写作的意义。于是,她开始写长诗。特别引人瞩目的是她那部滴着打工妹血泪的长诗《女工记》(花城出版社2012年版),她用七年时间的追踪和思考,描述了一百余位打工妹的生活,记下女工们的欢笑与眼泪、快乐与悲伤、希望和绝望。同时,这些诗文也让不曾亲历过流水线生活的人们,看见另一种"数量庞大、声音微弱、表情痛楚"的生活,看到工厂、流水线和铁棚屋,看到除了爱情、电子游戏、小资情调之外,青春还有拖欠工资、老板娘的白眼和工伤的血腥……

《女工记》将数量庞大的外来女工们还原成一个个鲜活的女性个体,有名有姓,有独特的遭际、思想、性格……郑小琼说,我曾写过一个女工熊曼,在手记中曾有过如此感慨:"她老了,只能返回湖南的老家,重复着公公婆婆的日子,在家里带孙子,种点地,儿子却重复着自己的命运……在这个家庭,我看到一种命运的轮回,一种无奈与辛酸。"有的女工没有生活目标,只是混口饭吃;有的想着找个合适的男人,但是,被骗,怀孕,打胎;有的命运更惨,沦为妓女……

郑小琼记录了她们在流水线上艰难而努力的生活与奋斗。为什么不是写群体("们")而是写个体("她")?郑小琼在《女工记》获得第四届在场主义散文奖新锐奖答记者问时说:"我个人一直觉得一个人的名字包含着个体的尊严,所以我选择用工友的名字来作为一首诗歌的标题。我呈现的是一个个具体的女工个体的命运,而不是群体的样本化的面孔或公共化的面孔。如果用'们'去写，也许这一个个具体而生动的女工会成为我笔下的一个选题，或者反映这种生活的一个脸谱化标本。但我一直很反对这种脸谱化，我想更立体地呈现这一个个具体的人。""在我写到的这些女工中，有几个人我已经跟踪很多年，每一年都会去看看她们，或者去她们老家看看。我一直以为，在一个国家，如果无个体之权利与尊严，则国家同样也无权利与尊严。而一个名字的背后，意味着一个人的尊严、责任、权利。现实中，她们中的很多人无法享受到这个国度用法律给予她们的权利，她们的利益不断地被损害。正是她们的故事让我感到我们更需要尊重个体的权利与利益，不要用庞大而虚无的集体或者什么特色、国情来搪塞或忽略个体应有的权利与利益。捍卫每个个体的尊严与利益，就是捍卫一个国家的尊严与利益。"①

这是一种多么可贵的觉醒！

作者写《女工记》时，不是旁观者的叙述，而是感同身受地倾吐，所以具有感人的艺术魅力。《女工记》直面自己所生存的这个底层世界，用更深刻的目光去看待这个底层世界，并且也试图理解这个世界之所以如此的原因。郑小琼《女工记》使我想起了夏衍于1935年创作的报告文学《包身工》，在那里，夏衍以铁的事实、精确的数据，真实地描述了"包身工"（当年上海纱厂工头从农村"包"来打工、订有"包身文字契约"的女孩子）的苦难生活。但是，夏衍写《包身工》，是以作家或工人运动工作者的身份去观察、体验，写的是他之外的工人的苦难；而郑小琼写《女工记》，则是亲历，是"个中人"自己的体验，是"个中人"自己的自我观察和自我记录，具有更加无可置疑的真实性和深刻感染力。如果说郑小琼初期诗歌中所描写的饥饿、阴冷、疲倦……曾经在十年前的诗歌中被她轻描淡写地一笔带过——这些不过是以词语的名义出现的"意象"；那么，在十年后的《女工记》中，处于最底层的打工者们的血泪生活，已经成为她诗歌的中心，成为她全力去探寻、描绘、倾泻的全部内容。

① 金莹：《郑小琼：〈女工记〉，被固定在卡座上的青春》，《文学报》2013年5月20日。

人们应该关注并记住这位写出如此震撼人心的作品的打工诗人，让她以及她所代表的诗歌力量在当代汉语新诗历史上留下一席之地。对郑小琼的关注并不仅仅是在关注作为个体的郑小琼，而是要借此来传递出对一个时代中被遮蔽的，但却构成了我们生活运转基石的劳动者的关注和尊敬。

看了《女工记》后，我曾给朋友们写过这样的信：

朋友们，若有空，请看来自生活底层的令人触目惊心的郑小琼《女工记》（还有她令人泪下的后记）。虽然郑小琼可能不如某些诗人有学问、有技巧、有手段，但郑小琼比某些诗人更高明、更能打动人，因而更惹人喜爱。为什么？她经历生活的磨难，且很残酷。因此我说：不但“愤怒出诗人”，更是“磨难出诗人”。[1]也正因此，叶嘉莹特别推崇近代女诗人吕碧城[2]，认为她比李清照更胜一筹。

① 关于“愤怒出诗人”“磨难出诗人”，在邵燕祥先生去世两年后，我看到中央电视台中文国际频道2022年6月3日《鲁健访谈：对话叶嘉莹》中叶先生一段富有启示的话，虽然不能再对邵燕祥讲了，但还是要讲给读者听，因此补充在这里。叶先生说：“变故、磨难，王国维说‘天以百凶成就一词人’，是经过磨难的人，才成为一个好的词人，苏东坡如果一帆风顺地做官，没有现在苏东坡的诗词传留下来，你没有经过忧患，你的诗词就浅薄。所以纳兰性德，我们的本家，他的《饮水词》写得再好，也没有深度，就因为他死得太早，他没有经过人生的磨难。《饮水词》有天才，写得很轻灵，写得很动人，他有很敏锐的感受的能力，但是他没有经受忧患，这就是所以纳兰性德的词深广（深度和广度）不够的缘故。他只能写短小的令词，就是他的那种聪明和锐感。”——2022年6月3日补注

② 吕碧城（1883—1943），又名兰清，字遁天，号明因，晚年号宝莲居士。安徽旌德人，出身书香门第，父亲吕凤歧为光绪进士。吕碧城为近代中国女权运动的首倡者之一，中国女子教育的先驱，中国新闻史上第一位女编辑、中国第一位女性撰稿人，并开创近代教育史上女子执掌校政先例的民国奇才女。吕碧城一生饱受磨难。少年失怙，家产被夺，夫家退婚，寄人篱下，母亲与妹妹被贼人所掳，曾服毒自杀。后凭其才华和学识，在近代中国打出一片天地。她与秋瑾交好，情同姊妹，被称为“女子双侠”，也因此险些入狱被杀。她是近代中国杰出的女词人。传世著作有《吕碧城集》《信芳集》《晓珠词》《雪绘词》《香光小录》等。

生活是艺术源泉，虽然这话听起来太“俗”、太“常识”，但还是值得思考，值得重视——至少它是获得艺术成功的重要一维。某些诗人（特别是他们的后期），是否离真正的与国人、与民众息息相通的生活远了？他们后期的诗似乎前景黯淡，许多读者并不喜欢。原因在于离百姓太远、与百姓太“隔”，没有打通与读者之间的心灵之路，甚至隔着一道万里长城呢！

2020年7月22日于安华桥蜗居

农民诗人余秀华

燕祥你好!

你肯定已经注意到了,21世纪以来,从湖北农村冒出一位性格倔强、作风泼辣的女诗人余秀华,她以一首《穿过大半个中国去睡你》,一度风靡全国。现在风声渐弱,但,咱们仍然记忆犹新。人们叫她“农民诗人”,我也这么叫,但好像这种叫法不像称郑小琼为“打工诗人”或“打工妹诗人”那么确切。不错,余秀华是生长在农村,生活在农村,她的诗里也不可能少了农村的景象;但是,读了云南的一位诗人王单单的许多诗以后,觉得过去关于余秀华的说法不太准确——余秀华是一个农民出身、住在农村的写诗的人(她的诗的确不错);而王单单(仅从我看到的而言)才是真正的“农民诗人”。所谓“农民诗人”,并非只是生在农村、生活在农村,而是说他的诗从“肉体”到“精神”都是“农村”,浸透着“农村”——王单单的诗就是如此。即使他写在城里打工的《中国民工》,也满是“农村”味儿、“农民”味儿;何况宁愿“坐在院坝里撕苞谷”直到“黄昏”而不愿去“安置房”的老夫妻(《黄昏记》),还有“撵着羊群走在晚归的路上”的牧羊人,那时“远远望去落日如血/正从天上滴下来”(《冬至》);而余秀华只是身在农村,却不是主要写农村,也不是主要写农民;她写得最多的、最惹人注目、人们也最感兴趣的、感觉最深刻的,是她的情诗——这种诗,并不分乡村、城镇,农民、工人……

还是回到她的那首起家诗,《穿过大半个中国去睡你》:

其实,睡你和被你睡是差不多的,无非是
两具肉体碰撞的力,无非是这力催开的花朵
无非是这花朵虚拟出的春天让我们误以为生命被重新打开
大半个中国,什么都在发生:火山在喷,河流在枯
一些不被关心的政治犯和流民

一路在枪口的麋鹿和丹顶鹤
我是穿过枪林弹雨去睡你
我是把无数的黑夜摁进一个黎明去睡你
我是无数个我奔跑成一个我去睡你
当然我也会被一些蝴蝶带入歧途
把一些赞美当成春天
把一个和横店类似的村庄当成故乡
而它们
都是我去睡你必不可少的理由

可能有人觉得某些诗句“生猛”了些。也许是吧。但是，比起杨炼的《艳诗》，特别是比起“沈浩波们”的“下半身”诗，这算不了什么。既然性是人们生活中必不可少的一部分，文学（包括诗）涉及情爱、性爱，就是很自然的事情——只要不是纯粹宣扬色情。写女性的美、写情爱乃至性爱，在我们老祖宗那里就已经开始了。《诗经·硕人》“手如柔荑，肤如凝脂，领如蝤蛴，齿如瓠犀，螓首蛾眉。巧笑倩兮，美目盼兮”；《楚辞·大招》“朱唇皓齿，嫭以姱只。比德好闲，习以都只。丰肉微骨，调以娱只”；陶渊明《闲情赋》“愿在衣而为领，承华首之余芳；悲罗襟之宵离，怨秋夜之未央！愿在裳而为带，束窈窕之纤身；嗟温凉之异气，或脱故而服新；愿在发而为泽，刷玄鬓于颓肩；悲佳人之屡沐，从白水而枯煎”；白居易《长恨歌》“春寒赐浴华清池，温泉水滑洗凝脂。侍儿扶起娇无力，始是新承恩泽时”；宋词里、元曲里、民间小调里，更多……不胜枚举。现代新诗里也多的是，郭沫若《女神》中有一首 *Venus* 如是说：“我把你这张爱嘴，/比成着一个酒杯。/喝不尽的葡萄美酒，/会使我时常沉醉！//我把你这对乳头，/比成着两座坟墓。/我们俩睡在墓中，/血液儿化成甘露！”以《乡愁》为大陆读者所熟知的台湾诗人余光中写过一首《双人床》，其中说：“惟我们循螺纹急降，天国在下/卷入你四肢美丽的漩涡……”明显描写性爱。陈鼓应说他是“色情主义”。

其实，这些有关情爱、性爱的描写无可厚非。对于余秀华来说，出于她的切身体验，这首《穿过大半个中国去睡你》是真实感人的。它没有装腔作势。它直率，甚至可以说天真。云南诗人、“鲁迅文学奖”获得者雷平阳谈到余秀华的这首诗时，认为它其实很干净，“就像余秀华自己说的，它就是一个标题党，只是大家解读后煽动出了大部分人的想象空间而已”，她的真诚赢了虚情假意；而对于余秀华的成名，雷平阳认为那是她该得的，“真诚，她的诗把自己放进去了，就跟鸟儿天生要叫一样，她需要开口说话”[①]。

余秀华的这首诗使我想起了俄罗斯著名女诗人茨维塔耶娃[②]的《我想和你一起生活》：“我想和你一起生活／在某个小镇／共享无尽的黄昏／和绵绵不绝的钟声／在这个小镇的旅店里／古老时钟敲出的／微弱响声／像时间轻轻滴落……”真实、坦率、透明、热烈。她们写的都是想象中的爱，袒露胸怀，没有一点儿忸怩和做作。

余秀华是个脑瘫（不是脑残）病人，话说不太清楚，走路摇摇晃晃，依世俗，很难找到可心的爱人，于是嫁了个没有爱情的丈夫，丈夫没有文化，也没有多少智慧。两个这样的人在一起，哪里来的爱情？

但余秀华也有一般人都有的七情六欲，她所缺少的，只是真正的爱情。越是没有爱情，越是渴望爱情。然而现实给她设置了获得爱情的种种障碍。在接受凤凰网记者采访时，谈到爱情，她说：“我不知道该去埋怨谁，最后还是恨我自己，恨我的丑陋和残疾，这样的循环让我在尘世里悲哀行走：一个个俗不可耐的男人都无法喜欢我，真是失败。”谈到身体：“我感觉有一点沮丧：我如此引以为傲的旺盛的性欲其实和很多人是一样的。”谈到离婚，她明确写道：“这一辈子，我从来没有什么梦想，也对生活没有指望。如果一定要说出一个，那就是离婚。这几年的幸运和荣光，最好的事情就是离婚。”[③]

① 《诗人雷平阳点评余秀华：她的真诚赢了虚情假意》，《楚天都市报》，2015年1月28日。

② 玛琳娜·伊万诺夫娜·茨维塔耶娃（1892－1941），俄罗斯文学“白银时代”主要代表之一，被称为20世纪俄罗斯最伟大的诗人。一生创作了一千多首诗，绝大多数是爱情诗。

③ 魏冰心：《对话余秀华：小时候担心原子弹会不会把我炸了》，凤凰网文化，2018年7月11日。

她的真爱，包括情爱和性爱，大都在想象中。她想象中的爱以及写出来的情诗，非常真实动人。譬如这首《唯独我，不是》：

唯有这一种渺小能把我摧毁，唯有这样的疼
不能叫喊
抱膝于午夜，听窗外的凋零之声：不仅仅是
蔷薇的
还有夜的本身，还有整个银河系
一个宇宙
——我不知道向谁呼救
生命的豁口：很久不至的潮汐一落千丈
许多夜晚，我是这样过来的：把花朵撕碎
——我怀疑我的爱，每一次都让人粉身碎骨
我怀疑我先天的缺陷：这摧毁的本性
无论如何，我依旧无法和他对称
我相信他和别人的都是爱情
唯独我，不是。

不再多举了，读者翻翻余秀华的诗集，不难发现感人的情诗，譬如《完美的时光》《一只蝴蝶的路》《如此温香》《一个奔跑在深秋的女人》《圆满》……

除了情诗，余秀华也写了其他很动人的诗篇，譬如《我养的小狗，名叫小巫》，读到最后，我落泪了。不过余秀华认为，她所写的所有的诗都应该是“情诗”。她在接受凤凰网记者采访时说：“诗歌还是要写生活，季节、动物、植物，这样的东西。但是我想，所有的诗歌都应该归结为情诗。为什么呢？因为有感情才可以写诗，没有感情写不了。”[①]因此可以说她写的诗都是广义的“情诗”。

你读一读余秀华的诗，虽不能说她的诗就是完美无缺的最好的诗，但确是富有独特个性的真正的诗。燕祥，你在与唐晓渡的对话中说：“我在《诗刊》那段时间看稿子其实没有多少理论指导，就

① 魏冰心：《对话余秀华：小时候担心原子弹会不会把我炸了》，凤凰网文化，2018年7月11日。

凭我的写作经验，凭我对诗的直觉。”你“凭我对诗的直觉”的说法深得我心。对余秀华的诗，我的直觉告诉我：这是真诗。明代“前七子”李梦阳说“真诗乃在民间”，余秀华就是真正的来自民间的诗人。对于一个从小脑瘫、只读过高中、长期生活在相对封闭的农村的女子来说，她的成就令人惊奇，也叫人敬佩。有人对她做过度要求、过于挑剔，是不应该的。

余秀华的许多诗，具有奇特的想象力，具有直击你心窝的魅力。譬如这首《木桶》：“河流上源那个腰肢纤细的女人/怎样把两个王朝装在她的左右口袋里/在这么热的中午，她如何让自己袖口生香呢//最初，她也以杨柳的风姿摇摆人生的河岸/被折，被制成桶，小小巧巧的，开始装风月/桃花，儿女情长，和一个带着酒意的承诺//儿女装进来，哭声装进来，药装进来/她的腰身渐渐粗了，漆一天天掉落/斑驳呈现//而生活，依然滴水不漏。”读后不禁拍案：好诗！

写诗需要“天分”或叫“天赋”吗？凤凰网记者与余秀华还有这样一段对话：

凤凰网文化：你觉得在写作上，你靠的是天分还是后期的学习？

余秀华：我不知道天分是什么，我后期的学习也不多，就稀里糊涂的。像他们有的人说，一年能看几百本书，我心想，我一年看几本就觉得很好了。

凤凰网文化：以前看的书都是从哪里来的？

余秀华：我以前看书很少，真的是没钱，不敢瞎花钱，基本上不买书，不买衣服，就那样过日子。

凤凰网文化：都没怎么看别人的就自己写了？

余秀华：没看，我基本上在写诗的时候没读过诗。

凤凰网文化：那就是天分了。

余秀华：没办法。[①]

我不是绝对的天才论，但我还是相信人有一定的天分或天赋

① 魏冰心：《对话余秀华：小时候担心原子弹会不会把我炸了》，凤凰网文化，2018年7月1日。

存在。[①]写诗的天分或天赋，似乎有某种“遗传基因的馈赠”的因素在“作怪”。

当然，天分不止一个种类，有人有这方面的天分，有人有那方面的天分。有人说，没有天赋的努力毫无意义。这话有一定道理，但不能绝对化。有人写了许多年诗，但看不出他有这方面的天分。我说，别写了，干别的去。燕祥，这也就是你所说的“无论是老一辈还是新一代，如果对诗没有起码的感觉，你就入错了行”。

但是应该看到，许多人不是没有天分，而是没有发现自己身上的天分。需要努力在实践中发现自己的天分，需要发现自己独特的天分；而且，需要努力开掘自己身上的天分。

余秀华是有写诗的天分的。

但是，我还要补充一句：光有天分，可以写出非常优美、非常动人的诗，但成不了伟大诗人。只有经历过人生“炼狱”、历史磨难，如屈原、杜甫等人，才能写出“与日月齐光”的伟大诗篇，才能成为永垂青史的伟大诗人。这很残酷，却是事实。

2020年7月25日于安华桥蜗居

① 美国学者诺姆·乔姆斯基在他的新书《我们是谁》中谈到想象问题时说过这样一段话：“先天结构决定了我们能提出丰富多样、可以表述的问题，同时也有无法提出的问题，而这些问题对于某些不同物种的大脑却可能是可以提出的。我还引用了休谟的一些类似观点。他认识到，与‘野兽’一样，‘人类的大部分知识’有赖于‘源于大自然初始之手’的‘一系列自然本能’——用我们的话来说就是遗传基因的馈赠。因此可以看出，以上几个结论都是相似的。”见《乔姆斯基：关心语言，更是关心人类的命运》，《新京报书评周刊》2022年4月28日，该文摘编自诺姆·乔姆斯基《我们是谁》一书，摘编有删节，标题为摘编者所起。——2022年4月29日修订时补注

附录

记邵燕祥

我与邵燕祥先生，自20世纪80年代相识，是三四十年的老朋友，但算起来相聚的机会和时间并不太多。前些年，年轻一点儿的时候，有时几个朋友到燕祥家里聚会，嫂夫人谢文秀做的糟鸡翅，味道真不错。后来年纪大了，家里做饭太费事，也相约到饭馆聚餐，席间海谈，何西来纵论天下大事，直说到饭菜凉透。燕祥话并不多，关键处冒出几句，让人喷饭。常常有点睛之语。

偶尔，我与燕祥也在会议上见面。那次应邀到山西太原开会，会后燕祥、舒展、方成、杨建中（蓝翎）、秦晋和我，六个人一起游壶口瀑布。阳光明媚，方成在河滩细沙上的自画像，妙极，可惜我没有相机，没把画像留下来。而舒展一展歌喉，唱《黄河颂》“我站在高山之巅，望黄河滚滚……”令我吃惊——燕祥告诉我，舒展年轻时学过声乐。后来游晋祠，看宋塑侍女像，燕祥小声说：“你看那形态、模样，像不像现在太原的女孩子？说不定那时就以当地女孩子为模特儿呢……”

待在一起最长的一次，是20世纪90年代的一个夏天。那是一个很"热闹"、很"繁杂"的夏天。当时，关于改革开放，关于市场经济，关于人文精神，关于"伪崇高"，关于"道德滑坡"，关于"姓资"与"姓社"，关于"消费"与"休闲"……说什么的都有。思想活跃而混杂。极"左"势力和思想不时"耀武扬威"，说是要重提"阶级斗争"，要"动大手术"。我们几个朋友也有一肚子话想说。那时我当文学研究所文艺理论室主任，与何西来商量，搞个朋友聚会，也说说我们的一些想法。我想，何西来与"各方人士"联络多，就由他去具体筹划。于是，我们六个人：邵燕祥、刘心武、何西来、钱竞、白烨和我，相约到北戴河避暑，在那里搞一个"北戴河对话"——白天下海游泳，晚上进行神仙似的"对话"。中心是什么？当时的文学、文化状况，人文精神，改革开放，市场经济，历史传统，国际交流……海阔天空，无拘无束，有话就说，有屁就放。对话常常延长到深夜，气氛热烈。燕祥的锐利、心武的才气、西来的睿智、钱竞的机灵、白烨的接地气……给我留下深刻印象；而我，则不时在一旁敲边鼓。

晚饭后散步的时候，有一次刘心武说到邵燕祥："燕祥不愧是写杂文的。"我领会心武的意思。因为燕祥发言虽无长篇大论，但关键处一针见血，一语中的，入木三分。其发言亦如杂文。

我们没有任何"官方"的背景——我虽然是文艺理论室主任，但没有任何高一级领导授意（倘若真有授意，那"意"恐怕也不一定合我们之"意"），也不以文艺理论室名义召集，而是朋友间"友情"联络。完全是"民间"对谈，说的都是我们想说的心里话。后来根据录音整理出了一本《北戴河对话录》，近20万字，分别在全国各大刊物发表，我记得在吴敬琏主编的《改革》上连发了两期或是三期，吴敬琏还专门打电话来对我们的观点表示赞同。

我与燕祥最常用的联系方式是电话和书信；有了电脑，主要是电子邮件。感谢互联网，太方便了，真伟大。有什么诗文要给对方看，一摁鼠标，发过去了。有什么感想、意见，文思构想，诗歌意象，乃至文坛趣事，国际"花边"……一摁鼠标，走，几秒钟的事儿。如果对方就在电脑前，几分钟，意见就来了。

那天燕祥的女儿谢田发电子邮件给我，要征集他父亲的书信。

纸质书信,我太粗心,没有留下来;但是我与燕祥的电子邮件是基本保存的(也不全)。我整理了一下,自2005年2月27日起(之前的电子邮件没有保存)到2020年3月11日,15年间,我与燕祥互通的电子邮件,约九十三“通”(“通”者,一来一往之谓也)。除了互致问候之外,最多的是诗文交流。

燕祥常把自己的诗集和杂文集寄给我。有一次,他寄的书在邮局耽搁了。他一听说我没有及时收到,就说“我干脆把电子稿发给你吧。”

大约是2015年底,燕祥的《痛与痒》问世,来信说:“老杜:燕祥三四年来近作辑成《痛与痒》一册,近由作家社出版。天寒霾重,我先不跑邮局寄赠纸本了。就此奉上电子版,供闲时一阅,略可解闷? 不致添堵就好。后天冬至,又届圣诞,然后是新春佳节,我们博采各国节日,以图一快! 向全家问候,拜贺!”

有时他也把刚写的诗文(有许多是尚未发表的)发来。如2010年4月7日发来“聋”诗一首《失聪打油》:

春风过耳马如聋,把酒论人雷自轰。只为偏听常俯耳,并非慎独且孤行。失聪便怪人(或作伊,开伊能静女士一个玩笑)能静,聆教翻疑语不通。莫笑身无天子相,老夫忽地变真龙。

趣味盎然。我转给同事和学生们看,他们很喜欢。黎湘萍说:“邵先生的‘打油’诗写得真绝,与聂绀弩的诗一样,可大可小,亦诗亦史,庄谐成趣,愉悦身心。作者不求闻达于诸侯,作品皆为传世之佳作。欲了当代事,不可少邵诗!”

燕祥热心又细心,对我帮助非常大。他给我以鼓励,细心为我改错字,还把我的文章推荐给熟悉的报刊编辑。2013年7月21日我把一篇悼念老友栾勋的小文发给他,他立即回信:“老杜:你好!文章拜读。可能因为老栾惜墨如金,不轻易发表文章,不像有些在各种媒体上‘混个脸儿熟’的人那样,我竟没听说过他这个人,太对不住这位好人了。看到他还债那一段,我的眼眶湿了。上天不公啊! 文章开头部分‘乍一……’的乍,就是‘乍暖还寒’的乍,没有口字偏旁。天大热,后天大暑,你们俩多多保重! 嫂夫人写书法可以清心，似比写文章强。”我把回忆吴晓铃先生的小文发给他，他说：“老杜：你好！写吴晓铃先生一文拜读，写得活灵活现。‘翠华楼’就为‘萃华楼’，与东兴楼皆民国年间北京最火的山东馆子。”后来我把回忆母校的小文《我是青岛人》发给他，他回信：“老杜：《我是青岛人》一气读下来，好文章！朴实无华，但有真情，我这不相干的人，到最后也是五味杂陈。有个字，‘同等学历’应为‘同等学力’，我曾两次钻‘同等学力’的空子跳班，但我不如你，你跳了班不但照样跟得上，还名列前茅，我因偏科，跳了班更是以歪就歪，幸而改天换地，我离开学校，‘参加革命工作’了。不然，能不能拿到天底下都难说。俱往矣，尽管如上所述，我也是怀念学生时代的老师和同学的。秋安！双好！”

2013年12月，我相继把怀念师友的小文《钟惦棐同志》《许觉民同志》等五六篇发给燕祥，他立即回信：“老杜：好文章，早就该写了。拿到什么地方发一下？比如《文汇报》的‘笔会’版，给他们的潘向黎发去吧，她是写《太平军》那位复旦潘旭澜教授（已故）的女儿。如何？冬安！全家好！燕祥。”随后来信：“老杜：你好！建议你把除已寄发给《文汇报》潘向黎的那篇以外，已写出的师长印象集中一下，加个总题，寄发给上海的褚钰泉兄。他多年前原在《文汇读书周报》，现在替江西的一家出版社编一个丛刊，名《悦读》，已有数年，在读书界颇获赞誉。我已向他打了招呼，他表示欢迎你寄稿去。另件转上他给我的复信。双好！今天冬至，请注意防寒保重！”我就是通过燕祥同编辑褚钰泉相识，发表了许多文章。褚钰泉先生成了我们共同的好朋友。褚先生不幸于2016年1月9日因心脏病突发去世，我和燕祥都应约为《褚钰泉纪念文集》写了诗文。我把悼文发给燕祥看，他回信：“老杜：你的《作者的知心朋友——怀念褚钰泉先生》，我看到最后，我的眼圈湿了。文章最高技巧是无技巧，贵在真诚，贵在发自内心。谢谢！”燕祥也写了悼诗：《思“悦读”，挽钰泉》二首。第一首：“初于‘书市’识阿昌，春草青青秋草黄。书友朋侪情若许，人生原不计炎凉。”第二首：“书缘三十有余年，纵有书缘一面悭。悟得‘悦读’真味永，一年四季读书天。”后面加注曰：“幼年即知旧传谐谑童谣：‘春天不是读书天，夏日炎炎正好眠。秋又凄凉冬又冷，收拾书包过新年。'褚钰泉兄大张'悦读'之帜，惠及同好，启发后来者多多，功不可没，成俚句相挽。邵燕祥　乙未残腊。"并托我转给纪念文集的编者、21世纪出版社社长张秋林先生。信曰："老杜：你好！我有二则俚句，拟寄张秋林先生，因未与他联系过，怕邮路不通，烦你过目，如以为可，即代转发一下如何？又，标题中的'悦读'二字，我用的是引号而非书名号，盖以为老褚标举的'悦读'，是作为'古之人（读书）为己'的一种读书境界，而非专指刊名，当然，他经手编辑的四十四卷刊物，正是这种精神的最好载体。不知然否？并请代向秋林先生致意！燕祥上　2016年2月4日。"后来我的悼文和燕祥的悼诗，都发表在《天津文学》上。

2015年，燕祥因心脏病做了一个搭桥手术，住院一个多月，我们都很心焦。我发信问候，劝他一定不要着急，从长计议，把病治好："燕祥，千好万好，身体应该是第一好。保重，保重！"燕祥回信说："老杜，说得对！也还是留得青山在的意思，只有这样，才能坐看大千世界好戏连台也。"燕祥深情面对世界、面对生活，而且满怀情趣。过了几个月，燕祥康复后又得目疾。我不知此情，把刚出版的拙著《坐在汽车上看美国》（散文集）快递给他；不见电子邮件，电话问询。燕祥回信："老杜：刚才文秀告我，接到你的电话。打开电脑，这才看到你的来信及详尽的附件。我的目疾还待个把月可望痊愈。目前尚属限制读写阶段，虽然有所放宽。不过大作来后，我当可断续阅读，我知道此书好看呀！大约下周一我们会下乡十天，再回城复查。已有好几个月没去了。"

2018年春节前夕，燕祥给我发来邮件，并附十首诗。他说："我近年偶有打油，现从2017年年头年尾戏作中各录五首供过目，不足为外人道也。今年以来无诗，以心情不佳，恐与天气无干，亦不足为外人道也。"燕祥的《解愠》《迎鸡年吉祥》《警世谣》《燕然》等十首诗，非常好，但他嘱咐"不足为外人道也"，可能认为其中有些诗"不宜"公开，所以我不敢全都公之于世，但有一首，即写给沙叶新的，很有趣，不妨共赏：

遥寄沙叶新病中

日出天天日日新，忽念沙兄“少十斤”；近来天地都多病，况是两间被卡人。被卡难阻善作剧，剧似人生生似戏；愿君续作连台本，落实骗子是真的。真成假处假成真，成群骗子闹纷纷；小骗装神又弄鬼，大骗俨然冠名神。有憎缘于有真爱，铁笔状写先生蔡；精神一代传一代，铮铮铁骨刷存在。犹记成都一执手，京沪千里相望久；遥闻笑语声依稀，能令骗子绕墙走。”(沙叶新戏称其名一半即“少十斤”)

有时我也把自己的打油诗发给燕祥，他不但细读而且细改，一来一往，很有意思。2019年12月，我把打油诗《自白——留给后人的话》发去，他回信：“老杜：新诗《自白——留给后人的话》甚好，富有哲理。只‘在世为孙子’一句，建议作适当修改，如何，请酌。”我立即回信说明情由：“燕祥：在一个访谈中，有人问我：你当主任时，为什么与同事关系搞得好？我戏言：给大家当孙子。有好事先想着‘爷爷’(同事)们。写这首打油诗时，想以此表示做人要谦卑、低姿态。我再想想怎么改。”随即，燕祥回信：“老杜：此语本事，以散文写成琐忆，就有味，入诗则须加注，隔着一道手续了。”我立即回燕祥：“或者把两句诗改为：为人当谦卑，处世不招摇。”燕祥立即赞道：“哈，好，成了一句格言。”因燕祥听力不好，所以用电子邮件往来，虽不即时，但省得麻烦耳朵。

我曾写过一首小诗《失望——昨夜我做了一个梦》，我的学生看了觉得太失落，帮我改了一稿。我发信给燕祥：“近日写了一首打油水平的小诗，表达一种心情或者情绪。我的一位学生看了，可能觉得太失落，给改了一下。一并发去一笑。”燕祥回信说：“老杜仁兄：大作及几番改稿均拜读，此事有趣，可入诗话或《世说新语》，关于师生之谊，或推敲之道。然否？燕祥上。”在这一来一往的信中，体味到燕祥亲切而带点儿幽默的情谊。

更多的情况，是燕祥对我的那些“分行文字”予以鼓励。

我们常常是在电子邮件上对话。2018年2月8日我把打油诗《春》(见附录《耄耋诗选》)发给燕祥：“春节即到，提前给你们拜年！

预祝全家春节好！今冬北京无雪，但春天例行来临，2月4日立春胡诌小诗《春》，借以问候老朋友。”燕祥回复，开玩笑说：“老杜：知你近来诗心萌动，我们写诗的队伍又扩大了，好！你写的春消息很动人，但我们这里还没感受到。立春已过，而温度不升。提前拜旧历年！今天是所谓小年，腊月二十三，小孩子们已经没有多少祭灶的概念了。呵呵！顺祝双安！”我马上解释写此诗的缘起：“我写此诗，根本是近日我个人心情的表露。因为我女儿一家，虽在美国不富裕（他们是教书匠，收入不高），但十几年的积蓄，终于在前两月买了自己的房子（他们住在人口最少的怀俄明州，房价相对便宜）；我小外孙明年即可上大学，小外孙女明年上中学。一家安居乐业。我很高兴。所以立春日，主观感觉春日融融。我写歪诗，属偶然现象。哪根神经忽然碰到什么，才胡诌两句，玩玩而已。”

2020年1月4日，我把自己的打油诗《我只是一个老鸡公》（见附录《耄耋诗选》）发给燕祥，他阅后立即回复：“老杜：此诗咏物明喻，写出大家心理。你比马雅可夫斯基晚生半个世纪，现在却比马诗人年长半个世纪，经历得多，思想感情都比他更成熟了，没错！”得此言，我受宠若惊。2020年4月18日我偶作打油诗《上帝啊……》（见附录《耄耋诗选》）发给燕祥，他立刻予以鼓励：“老杜：拜读，大作甚好。上帝云云，本身即矛盾体，此诗将其矛盾还原。或者算得上哲理诗吧？”

我与燕祥最后的两通电子书信，就是本书前言所附的谈《宅居谈诗》的那两组信。万万没有想到燕祥会突然离我们而去。

得到噩耗，我好几天回不过神来。

几个月前我曾把一首打油诗《对老友说——顺其自然》（见附录《耄耋诗选》）发给他，燕祥立即回信：

老杜：

殆亦变相的“老夫聊发少年狂”欤！

又，如无胃病，则不宜过分地“吃软不吃硬”，不是为了减少起夜，而是吃些硬食，既可令胃功能保持不变，又用牙咀嚼，牵动脑部，据说也有益健康，这是从报纸和网络上的补白文字看来的，谨供参考。

燕祥

2020年1月30日

多么温馨！

但是，非常残酷的事实是，说如此温馨话语的好友，没有打一声招呼，走了。

如同恩格斯所说：死不是死者的不幸，而是生者的不幸（大意）。

燕祥虽然几十年间被打入另册，不被当人看，蒙冤受苦，饱尝人间不幸；但他自己个儿，从来都是堂堂正正、清清白白的男子汉。他是中国传统中老百姓眼里真正意义上的好人。好人终有好报——像燕祥这样在睡梦中死去，是幸福的。

痛苦的，是我们这些仍然活着的人。

2020年11月25日稿，12月12日改

耄耋诗选

——献给所有我爱和爱我的人

一、偶有所感

一头待宰的母牛

一头待宰的母牛[①]
被赶到屠宰场去
一路走来
颤抖四蹄
三步一跪
目光戚戚
环视人群
泪水扑簌落地

看到这一幕
一瞬间
月亮突然瘫软了
地球霎时不动了
珠穆朗玛愣住了
长江黄河流泪了

2020年1月9日草,2022年8月11日改,已过84岁矣

① 2020年1月5日,广东汕头,一头母牛被拉去屠宰场,一路下跪并流泪,工人拍下视频后被广泛传播,网友众筹24950元,将牛买下,送至一座寺庙放生。

黑云压城

黑云肆虐,用暴风做帮凶,
把整个宇宙封锁得水泄不通。
我站在阳台上,
看着黑云压下来,
如泰山压顶……

铜钱般大的雨点,
砸着大地,
砸着屋顶,
砸着马路,
砸着马路上冒雨行驶的大客车、小轿车,
还有那顶风冒雨骑自行车,不屈的百姓。

顶风冒雨——这不是“顶风作案”吗?
我生生看着这暴跳如雷的雨和狂风,
惩罚他们,摧残他们,毫不留情。

二十几年前初夏遇暴风雨草,2022年10月15日改定

北京的小胡同

昔在《红旗》杂志,深秋子夜赶稿,夜宵后,与友人散步小巷,星月杳渺而神秘,夜色迷茫而寂静,忽有所感,遂记焉。

北京深秋的小胡同,
夜色降临是那么静,
如离魂倩女悄悄走来,
没有气息没有脚步声。

北京深秋的小胡同,
月色升起是那么轻,
它默默地飘向天空,
直飘到墨绿的穹顶。

我想沉入这样的夜色，
把心间的烦尘洗净；
假如在这月色里死去，
灵魂能否升入清白月宫？

2022年10月14日改定

蓝色的天空
——给友人写信

这么纯净的蓝天，就像透明的蓝水晶
如果天空可以游泳，我将跳入
我将泡在里面，让它浸透我的魂灵
把我的感伤和忧愁尽数消融

你注意到此刻的蓝色天空了吗
我写信，就是对着这样的天空
我想把天空的蓝色写进信里
让你把这迷人的蓝色钳进心胸
午睡，睡得很沉，做了一个梦
你知道那梦是什么样的颜色吗
它湛蓝湛蓝，就像今日的天空
我想牵着你的手走进蓝色天空

2022年10月11日改定

看芭蕾舞罗密欧与朱丽叶

我看到演员用足尖
亲密说话

罗密欧，像一只雄鹰
飞越仇恨的家族
降落在朱丽叶窗下

朱丽叶，晶莹透亮——
浑身上下如此清澈
她穿一身洁白的舞裙
空灵，像一片白云飘落
她的身躯之内，火一样的炽热
她的爱，这轻盈的身子怎么容纳得下

2022年10月13日改定

北方的春天

在北方
春天从麦田起跑
她身着绿衣，跨过欢快的小河
爬上村头的柳梢
她又攀到杨树的树巅
举着杨穗，伴着杨叶的掌声
向路人招手微笑

春天是一个爱打扮的姑娘
她一会儿脱下绿装
换上迎春花黄色的小袄
一会儿又穿上玉兰的喇叭裙
洁白无瑕　无比骄傲
她还用杏花的粉红染遍全身
比新嫁娘还要娇娆

四月来了
她用红玫瑰装饰乌黑头发
还穿上西府海棠碎花旗袍
微风细雨
五月来报到
春姑娘站在屋檐下微抬媚眼

羞嗒嗒向南方瞧——
因为夏天从那里发来微信求婚
姑娘的芳心被热情的小伙打动了
婚期定在六月
我们的春姑娘就要出嫁了

2022年10月6日晨，奔85岁矣

上帝啊……

假如真有上帝创造世界
他功过是非该如何评判
他说有光　于是就有了光
他也让灾祸病疫随意泛滥

他把亚当夏娃逐出伊甸园
放任他们生儿育女到处繁衍
却又让洪水漫地　人为鱼鳖
一只诺亚小舟　能救几人于难

他炮制魔幻鸡尾酒
酸甜苦辣味味俱全
他把一代一代百姓
在嬉笑中灌成醉汉
让他们糊涂涂　飘飘然
奔向世界末日　恐后争先

他又是个铁面阎罗　无情判官
没有谁比他更蛮横　更凶险
世界上每个人打一降生
一律预判死刑　只是执刑有快慢
有的人刚到世间就判死在摇篮
有的人先做斩监候　劳役中苦苦熬煎

有的人缓刑五十年　七十年
有的人过了过了百岁刑期未满

他玩尽猫戏老鼠的把戏
让人在地狱中接受考验
不到太阳熄灭地球冻结
百姓的苦日子不能算完

2020年4月17日于安华桥蜗居，2022年8月11日改，时84岁又1个月

元大都土城公园

序曰：我家住在元大都土城公园南侧，可谓近在咫尺。那里是我经常散步的地方。每年四月，园中海棠花溪，花海翻浪，人潮涌动，熙熙攘攘，比当年庙会还热闹，似乎骚动整个京城……但我今年没有去——“宅”家防疫也。“宅”而向往，于是胡诌了一首打油诗。

往前数七百五十个年头
蒙古骑马抢婚到大名府
生下一个蒙汉混血儿
起了个名字叫元大都

大都，七百五十个冬夏春秋
你渐渐睡去，披着一身黄土
年年，北来的风沙为你盖被
岁岁，南来的细雨为你洗漱

千年的铁树会开花
今天你居然苏醒了
啊，原来你竟是一位妙龄女娃
无数海棠花，是你新生的美发

一条小河作为舞带缠着你的腰
又歌又舞讲述当年大元的繁茂
孛儿只斤·忽必烈是你的骄傲
马可·波罗的大鼻子引你抿嘴笑

宽阔的御道,路平如砥直如弦
登上城北门,顺中轴线往南看
两侧街道商店货摊齐整整
四四方方犹如一个大棋盘

岁月埋了你七百多年仍然健旺
你清晰记得五十坊的熙熙攘攘
塞外的风沙为钟鼓楼搽了七百层霜
站在中心台依然听见钟声洪阔嘹亮……

2020年4月4日于土城南侧之蜗居,时82岁

注:元世祖孛儿只斤·忽必烈至元四年(1267)到至元十三年(1276)建元大都,至今750余年矣。朝廷将大都街道分为50坊。《马可·波罗游记》述云:"全城的设计都用直线规划。大体上,所有街道全是笔直走向,直达城根。一个人若登城站在城门上,朝正前方远望,便可看见对面城墙的城门。城内公共街道两侧,有各种各样的商店和货摊……整个城市按四方形布置,如同一块棋盘。"

二、友情与爱

三条小溪
——赠三个女孩

三条小溪
照过镜子的
和没有照过镜子的
都一样

清澈见底

从各自的源头
流汇在一起
你们的歌唱
甚至使石头和枯树
都浸透了绿意

当各自流去的时候
连离别的泪
也是绿色的

从泪珠里
映照出
三个晶莹的世界

谁知道
谁知道
那里面有多少爱

我也曾
像你们似的
碧波荡漾
不知从什么时候
不知在什么地方
我开始
变得浑浊
失去了原有的模样

不知还会不会
有一天

我重新澄清
像你们那样
用水晶般的身躯
收摄巫山的云朵
采摘第一道
羞怯的霞光

（此诗发表于《诗刊》1987年第4期）

1987年初夏，我与朱寨、应雄等一起，到何其芳的故乡四川万县（今重庆万州市）出席何其芳学术研讨会。其间，三个女孩子——万县师专的小刘、中央民族大学的小白、河南师范大学的小王，会上会下形影不离，好得一个人似的。她们见我亦很亲切，因为年前她们一起在北京进修班学习，我是进修班的老师之一。会议结束，三个女孩告别，天塌地陷般的痛苦。三人搂成一个人，泪水冲洗三个黏成一坨的娇嫩面庞……目睹这一幕，我心搅动甚烈，不禁落泪。这不是悲泪而是喜泪——我惊异：今日竟然仍有如此纯真的友情！之后，我与小白、小王，还有朱寨、应雄，同船东去又同车北上。火车上，小白、小王始终手挽手偎依而坐，寡言少语，偶尔目光碰在一起，则悲情相融。愈近新乡，她们四目不敢相视；临到小王下车，两个姑娘竟然哭出声来……

回京第二天，我就写了这首小诗。后来，小白当了中央民族大学中文系主任，小王当了河南师范大学中文系主任，小刘到深圳发展。

——2022年8月19日追记，时84岁

飞天
——敦煌情诗

穿过
人生旅途的
戈壁滩
翱翔千年
你
终于

飞来了

你终于
飞来了
我的维纳斯
你这
美的精灵
在我
爱情的
宇宙里
你
将是一颗
永不坠落的星

为什么
为什么
你来得这样晚
捧着一颗
煎熬的心
我
等了你一千年
望眼欲穿

风雨
寒暑
从冬
到春
从夏
到秋
站在
我生命的

鸣沙山顶
眼巴巴
望着
天之尽头
“过尽千帆皆不是”
多少次
希望同失望
搏斗
然而
我
从不放弃追求

你
终于
飞来了

飞来了
盘旋在
我的心房
你的飘带
像胡琴的
弓子
拉在我
尘封已久的
心弦上
我
颤抖着
发出错乱的音响

我
惶恐得

喉咙嘶哑
羞红的脸儿
映着
变白的鬓发
胸膛起伏
任热血
冲刷
我唱出一支
压在心底
千年的歌

我的
月牙泉里
水已经很浅
是你
暴雨般的青春喷泉
将它注满
你还在我
生活的荒漠上
开出
一串串
坎儿井
我想
我的前途
将是一片片绿洲

此诗草于1984年夏兰州当代文学研讨会中，发表于1984年《甘肃日报》；2018年80岁修订，发表于《天津文学》2018年第2期。

立春

你说今天立春好节气
终于熬过无雪的冬季

其实,从见你那刻起
春天已住进我心里

白云朵朵,从头顶飘飞
我看到的是簇簇白玫瑰

冷风飕飕,吹过华北平原
我听到春姑娘拉动琴弦

杨树枝头的芽鳞在瑟瑟抖动
我看到春天把小手伸向天空

院子里的玉兰卷着鼓鼓的花芽
不几天它就举着春天尽情爆发

古人云“草色遥看近却无”
春姑娘藏在唐园的深处

2018年2月4日立春即兴,2022年10月14日改,奔85岁矣

附叶廷芳和赵勇读后以诗回复:

迎春时节和书瀛兄

叶廷芳

纵使生命已进入冬季,
你仍把春天拥在心里。
难怪在你的字里行间,
依然散发着春的暖意。

2018年2月8日

打油一首和杜老师

赵勇

杜老喜吟《春天里》

想起《大约在冬季》
最美不过夕阳红
羡慕嫉妒无恨意

杜老师：前几日便看到大作，很喜欢，当时忙乱，未及时回复。今又看到叶先生和诗，即兴胡诌打油一首，供您一笑。

赵勇 2018年2月8日

春意

上午乘车去看你
还摸不透你心意
四野枯黄，天空蒙蒙灰
车厢满是烟雾，透不过气

下午你送我，向车外望去
忽然看见大片大片的绿
那是麦田展露胸怀
向我转达春的情意

2022年10月5日，奔85岁矣

姥姥

妈妈到队伍上去了，我哭
小脚的姥姥哄我，满村寻
村边的杨树吐“穗”了
杨“穗”攥在凉凉的小手里
小手攥在暖暖的大手里

大学，暑假，看姥姥
我午睡，她醒着
为我盯着下蛋的母鸡
没等它大声报告“成绩”
赶快撒去一把米

我四十岁回家看姥姥
她丢下拐杖急急出屋门
大喊一声“小瀛啊”
雪白的头发飘起来
身子扑进我怀里

2022年9月21日，奔85岁矣

爷爷

爸爸抗日牺牲了
奶奶心疼哭死了

八个孙子我最小
爷爷贴心看护着

严冬赶集八里路
清涕冻成两冰柱

回村先喊小瀛呢
怀里掏出肉包子

一九四八我十岁
爷爷临终眼不闭

百里之外我赶回
爷爷遗容露笑意

2022年9月21日，奔85岁矣

妈妈

一九八八年秋冬之交，
我五十岁，生病住院了，
七十岁的妈妈，

冒着大雨，转了三次公交车，
到医院来看我。

一手打着伞，
一手提着包，
包里是保温杯，
保温杯里盛的
是她亲手做的鸡蛋面条。
打开保温杯的盖儿，
腾腾热气往外冒。

妈妈头发上是雨水，
背上也叫雨淋湿了。
她扑在我床头，
满眼看到的似我儿时相貌。
她的手冰凉、干枯、粗糙，
但抚摸我的脸，又软又暖，
顿时我心里的温度在升高。
那天我一点儿胃口也没有，
胃里在翻腾，酸水往上跑；
但是，为了妈妈，
我硬是吃了一碗面条。

2022年10月14日，奔85岁矣

读秒

——老妻得阿尔茨海默病，据称，此症不可逆

手拉手
六十年风雨攀爬
忽然你跌入悬崖
拼死抓你的手
但一次次滑脱
坠落　坠落　坠落

时间不听我哀告
嘀嗒　嘀嗒　嘀嗒
一秒一秒走过
拼死抓你的手
总也抓不着

叫天不灵　叫地不应
天地不仁　冷眼一瞥
嘀嗒　嘀嗒　嘀嗒
一秒一秒走过
拼死抓你的手
怎么也抓不着

嘀嗒　嘀嗒　嘀嗒
一秒一秒走过
一秒一秒走过……

是走向世界末日吗
是我的世界末日到了吗
天哪

2022年7月19日改,84岁生日

我们家的中心
——爷爷为虎妮儿写的打油诗

属虎的儿子今年四十八岁
虎年才有了第一个孩子
起了个小名叫虎妮儿
她成为我们家的中心
全家人把她围成同心圆
她就是同心圆的中心点

她的哭和笑、拉和尿
连着我们每根神经元

昨晚听到她哭,今天一大早
先去看看她睡得好不好
她醒了,对着我咧嘴笑
那是我一天最大的骄傲

明天全家要为虎妮儿拍百日照
必须捣持得漂漂亮亮,理发洗澡
翻出三十年未穿的西服和领带
像去会见尊贵的客人和政要

我们老两口今年都是八十四了
不信俗语,阎王叫,也不到
虎妮儿成为我们活下去的最大动力
过百岁,一定要看着她结婚坐花轿

2022年10月17日

乡愁·青岛小调

我与夫人,两家,长期居于青岛,我们都把青岛视为故乡。夫人田光华女士1964至1977年在位于青岛的山东海洋学院(今中国海洋大学)教书,宿舍在海洋学院最高处八关山二号楼之最高层,是该校最先见到日出日落的地方。惜楼层太高,当年自来水时常压不上来,只好山下取水,昔小女四五岁即帮助妈妈提水;蜂窝煤也需从山下运上山来——这是我每次探亲最重要的工作之一,但一家团聚,苦中作乐。1977年,夫人调来北京,但时时梦回青岛,思乡之情至今愈烈。兔年,我们八十六,春节为半岁孙女虎妮儿写歌,戏作《乡愁·青岛小调》(袭《沂蒙山小调》),望她长大会唱歌时,代爷爷奶奶传达思乡之情。

人人都说青岛美

大海栈桥让人醉

八关山上是我家
日出日落看彩霞

山下打水山上喝
上上下下苦中乐

奶奶四十来北京
梦中常常回岛城

如今奶奶八十六
提起青岛双泪流

2023年春节

好友蒲震元教授阅后于2月12日来信：

杜老师：新发来的《青岛小调》已拜读。诗心即童心，令人神往。附去拙作《东风第一枝·迎春》词，供一笑：

抗疫艰难，红梅怒放，遥观松影凝绿。如歌岁月流逝，梦里童心难足。雄关险道，谁曾问，征途风雨？改革路，京华圆梦，学子天涯相祝。

春渐近，朝阳初沐；冬渐远，柳丝轻拂。育人重任犹记，科研成果相许。诗词三百，坎坷梦，由人评录。共回首，八旬相依，喜听迎春新曲。

蒲震元　2023年2月12日

晚景·午睡

——就像咱俩儿

你晒着太阳睡了一觉
盖着暖烘烘的黄棉袄儿(注1)

我也拥着爱进入黑甜(注2)

在你晒得暖暖的身边儿

生活里虽有狂热浪漫
常态却是柴米油盐儿

我拿给你最爱吃的烤红薯
你端来我喜欢的花生米儿

冷了　你为我掖被角
热了　我为你扇扇子儿

孙女出生　你忘了去开老年会
我文章出错　多写了几个喜字儿

我腰椎开刀　你眼泪淋淋
你神经性头疼　我急得要命儿

知冷知热知酸辛
两颗心儿能共振

人若问:爱情长啥样儿
告诉他:就像咱俩儿

2018年2月16日大年初一草,2022年8月9日改,年84

注1黄棉袄:古人谓黄棉袄为冬日阳光。俞平伯有诗曰"未辨饕餮一饱同,黄棉袄子暖烘烘,拼三椅卧南窗下,偶得朦胧半忽功",写他被关在"牛棚"里阳光下的午睡。

注2黑甜:古人谓睡为黑甜,称睡梦中的境界为"黑甜乡"。宋苏轼《发广州》诗:"三杯软饱后,一枕黑甜余。"

看老同学照片

1958年我从青岛一中高中毕业。2018年10月,老同学发来毕业60周年聚会照片，回想60年前模样，感慨万千，五味杂陈，戏作打油小诗一首。

岁月啊
你这个冷酷的雕刻家
六十年
你怎么狠心
把我们雕刻得满脸沟豁

时间啊
你这个老不死的窃贼
六十年
你偷走了
我们所有人的青春

2018年10月草，2022年10月9日改，奔85岁矣

三、自嘲与讽刺

我只是一个老鸡公

看到我老汉
写了几句
分行的文字
朋友说
没想到
你还是个诗翁
啊　朋友
不是
我哪里是诗翁
诗人　诗翁
多么睿智
多么轻灵
我心目中

他飞得很高
如雄鹰翱翔在天穹
而我
顶多是个飞不动
更飞不起来的老鸡公
有时打鸣
站在墙头上
跷脚嘶喊几声
而那
破锣般的声音
也不好听
因为我
不像鸡婆那样
具有生蛋的功能
也许有一天
我被牺牲
成为饭桌上的宫保鸡丁
人世难料啊
沧桑变幻
谁能说得定
倘能幸免
我将恪守本分
度过余生
当黑夜
即将逝去
我仍会按时报告天明
但我
无资格以此居功
也不值得别人称颂
因为
那并非我觉悟高

而只是我的本能

草于2020年1月3日,翌日10时改,年八十又二

对老友说
——顺其自然

办公室
这厢里
老伙计年年少
八宝山
那答儿
骨灰盒岁岁多

生老病死
自然规律
紧张什么
何必
多愁善感
当回事儿啊

领着老妻
公园里
走走坐坐
看青年
双双对对
卿卿我我
他们
撒狗粮
咱也搭把手
这世界
天地广
有咱一角

缺牙少齿
满嘴漏风
唱不了歌
躲一旁
写几句酸诗
乐呵乐呵

欺软怕硬
早上牛奶
晚上粥
夜尿频
披衣如厕
多撒几泡

2020年1月28日草、29日改、30日又改，时年八十又二

附：邵燕祥批阅

（2020年1月30日9点46分电子邮件）

老杜：

殆亦变相的“老夫聊发少年狂”欤！

又，如无胃病，则不宜过分地“吃软不吃硬”，不是为了减少起夜，而是吃些硬食，既可令胃功能保持不变，又用牙咀嚼，牵动脑部，据说也有益健康，这是从报纸和网络上的补白文字看来的，谨供参考。

燕祥

又：叶廷芳读后以诗回复：

再赠书瀛兄

叶廷芳

你的文论已立我心头，
而今诗笔又频频打油。
仁兄何须再羞羞答答？
任缪斯纵情为你伺候！

2020年2月22日

白与黑

下雪了
下雪了
白茫茫一片
大地真干净
普天同色
宇宙一统
难分皂白青红
或谓世界“大同”

是这样吗？
令人疑虑重重……

这个世界
黑白难辨
常常使我
混淆西东
我的热爱
我的真诚
总是受到
百般戏弄
昨天书记
道貌岸然
誓为人民
奋斗终生
今天被告
贪腐七亿
从宽处理
无期徒刑
多少高官大员

（不管是赖小民还是孙力军）
捞钱猎美苦心经营
前仆后继不怕“牺牲”
堪比“革命”战场的英雄

巾帼亦不让须眉
（例如孙力军的“女宾”们）
与权贵同演
一幕幕喜剧
让人口呆目瞪
屏幕上电视女神
光彩夺目冰洁玉清
出口美词丽句
倾倒亿万观众
屏幕外花天酒地
俯身权势
以身相赠
甘当“情儿”
突然报告
权贵落马
无可奈何
哎呀——苦了卿卿

……
面对不断砸来
千真万确的奇闻异事
我常常怀疑
自己的耳朵和眼睛
为什么　为什么
我的信仰
时常遭受

这样的欺凌
这个世界上
究竟哪是真　哪是假
还有什么可靠的东西
让我实实在在攥在手中
五十年前
北岛“我不相信”
难道今天
还要让我重喊一声
难道这就是
二十一世纪
我们这时代
甩不掉的宿命

2020年1月9日稿，2022年9月29日又改，时近85岁矣

附记：数年间，常传来某委员、某书记、某部长落马（如判死刑的赖小民、李建平，判死缓的孙力军），并传某电视美女、某著名女星（她们也是受害者，不提名字吧）受牵连被调查，深受刺激。有感于此，遂以打油诗《白与黑》（又题《下雪了》）记述多味心情。

丑恶，用雪是掩盖不住的。不论谁，挖空心思、巧用妙计，都无济于事，那令人厌恶的嘴脸总会暴露于光天化日之下。

我自知上面的分行文字乃打油，语言直白无味，没有蕴涵，不像诗；无奈何，鄙人才气有限，写不出“言有尽而意无穷”雅句，也用不了象征、比喻、暗示、通感、陌生化……诸般手法，只好说些直来直去的大白话，聊疏郁闷耳。

2020年8月21日16点25分，时82岁

我疲劳了

是否因为年龄？
我不知道。
我八十四岁了，
我疲劳了。

电视剧重放一遍又一遍，
我孙子能把台词背熟了，
他摇着我胳臂:“爷爷快看啊!”
我在他身边打鼾了。

电视上反反复复就那几句话，
像听和尚念经,众口一调，
听得耳朵起茧了,我想逃，
铺天盖地压过来,胜过钱塘潮，
你让我往哪儿逃？除非耳朵聋了。

我八十四岁了;
也许因为老了——
我疲劳了，
我睡着了……

2022年10月13日

灵与肉

题记:1986年初,世事烦扰,百无聊赖,偶效后现代诗人,戏作《灵与肉》(又题《梦幻与实景》)打油诗一首,36年后偶尔翻检,觉得还有点儿意思,修订,录之。——2022年8月16日晨,时八十四岁矣。

昨夜
我的灵魂
爬上五十层云梯
满心欢喜陶醉美景
一脚蹬空
摔下来
摔在今天的
水泥地板正中
摔得很响

摔得很重
摔成碎片
像只碎酒瓶……

睁开眼睛
已是黎明
晨曦扫着
残月和星星

戴上眼镜
捡拾碎片
抚摸手脚
觉得贼疼
妻子偎在身边
太阳出来
舔着她
爱怜的眼睛
女儿勤快
拿来扫帚
嘴里哼着
流行歌曲
儿子说
别忙倒掉
我捡几块
做万花筒

走在街上
吞着车屁
肚子发胀
头脑空空
的士“蝗虫”

立交桥头
左突右冲
东奔西行
观象台东边
荣毅仁托着
巧克力大厦
好不威风
建国饭店
像个浪人
穿件黄夹克
头发亮晶晶

新疆羊肉串
发出膻味
穿牛仔的姑娘
直说真香
留胡子的小伙
买了三十串
吃得流口水
活像饿狼

汽车站上
人头攒动
情侣亲嘴
优雅大方
俊男靓女
人来人往
摩肩接踵
竟然没人欣赏
九路汽车
半天不来

一来成串(不是羊肉)
接连九辆
等车的人
里外三层你推我搡
前仆后继澎湃汹涌
犹如钱塘狂浪
车门儿一开
人被弹出
个个东倒西歪
踉踉跄跄
售票员(那卷毛小子)
骂骂咧咧
像在屠宰场
驱赶一群羊
火车站广场
如赶庙会
叫卖的不是
冰糖葫芦
有人退卧铺
刚一出声
被无数只手
团团围住
云南姑娘
来京结婚
刚下火车
就挂满泪珠
新郎来接
兴冲冲急匆匆
出车祸
送医院抢救

街心公园
朋友散步
谈论萨特
和存在主义
一个女人(很漂亮)
走来低声问
要不要
进口打火机

西单
新开的商店门口
录放机
杀猪般嚎叫
人家说
穿西服的经理
本是个农民
一位土老帽儿

紫霞公寓
王家公子
有个好老子
是个好苗子
昨天还是办事员
今天当上了
旅游局长
兼书记

赵家四姑娘
乃我旧时情人
在大学曾是
我们班主席

十年间
离过三次婚
嫁过四次人
写过五部喜剧

同学中
就属我
榆木脑袋
没有出息
大学毕业
结婚生子
柴米油盐
住十五平米
文章写一些
书稿有两部
就是找不到
发表园地
气急败坏
把书稿烧掉
只诌些
后现代诗句

1986年于北京东三环大北窑寓所草

失落和追求

我诞生在诗的时代
那时候
田间
急促地敲着诗的鼓点
艾青
夹带着纤细的血丝吹响诗的号角
何其芳

用延河水润润喉咙唱着夜歌和白天的歌
我成长在诗的时代
那时候
半个世界站在阳台上
看天安门的国庆焰火
毛泽东半是伤感半是骄傲
吟诵昔日杨柳今日舜尧
贺敬之回延安
搂定宝塔山放声歌唱
郭小川望星空
无穷想象而又无限惆怅
如今我生活在无诗的时代
昔日的血与火连同浪漫一起退向远方
剩下的是街头迷乱的霓虹灯
以及俗不可耐的广告女郎……

我苦恼,我揪心,我追问上苍——
为何“物质”进步了
“精神”和诗却踩不到一个点儿上

我困惑,我矛盾,陷于重重迷雾
造物啊,你这个难以理喻的怪物
你为什么时而是西施,时而是嫫母
你为什么如此香甜却又不时发出阵阵恶臭

历史啊,你这个惯于恶作剧的老头儿
你让火山搂着冰山翩翩起舞
你让专制与民主恋爱,独裁与自由交友
你让善与恶结婚,美与丑交媾
你让战争向和平开枪——
这流血的惨剧何时到头

"人精"啊,照照镜子——人模人样
是同类是乡党
但看起来圣洁真纯
内心却如此肮脏
为什么你们总是争权夺利
人心不足蛇吞象

真相一曝光
诗魂吓得遁走他乡

然而,诗远去,我心牵挂
我渴望着新时代的诗魂快快降临华夏
我愿以身相许
即使我化为灰烬,化为烟霞
也要伴着我那亭亭玉立的灿烂光华
向着诗国不懈地追求,不懈地攀爬
我要将双手死死抓住诗魂的尾巴

假如诗魂是一团火
我宁愿做一只扑火的灯蛾

1997年10月3日草于北京中轴线上,2022年8月10日改

难道你不会老?

今天早上出去散步,又走到那棵桃树周遭。
哎呀,才几天,桃花的颜色开始苍白了——
像使用漂白粉洗过而又没洗净,
留些残红在腮边,如徐娘半老。

些许残红表示它对昔日的留恋,
看样子,它还想永远做"阿娇"。

老子曰:“物壮则老”。
当桃花盛开时,
预示它快开败了,
无奈啊“阿娇”,
难道你不会老?

2022年10月16日,奔85岁矣

《老子》第三十章:“物壮则老,是谓不道,不道则已。”

四、访英纪实诗

1999年底至2000年初,赴英作学术访问,偶有所感,随手速记。23年之后,虎年末尾,偶然翻阅旧稿,觉得此中尚有可留者,于是着意修订,今录之。

飞机迎着晚霞飞

飞机直向西北方向,
迎着晚霞飞去。

外边的景色很美。
前方的天边总是有一道
玫瑰色的红线闪耀着,
充满着神秘的诱惑。
太阳的整体虽然不能看到,
但它总是拖着一条光亮的尾巴,
翘在地球边儿上徘徊。

似乎太阳永远不能完全落下去,
天永远不能完全黑下来。
飞机在同落日做赛跑的游戏。

我们飞往那个曾经
号称日不落的国家。
日能永远不落吗，
这怎么可能呢？

1999年底飞往英国的飞机上草，2022年10月27日改定

走进大英博物馆

从这个展室走到那个展室，
好像穿过时间隧道。

在不同文明中间徜徉，
从纪元前到纪元后，
从中世纪到文艺复兴，
从亚洲到非洲，从南欧到北欧……
只恨少长了几只眼睛！

“收百世之阙文，采千载之遗韵”，
“观古今於须臾，抚四海於一瞬”。
每个民族都有自己值得骄傲的文化和值得称赞的历史，
每一件文物，哪怕是远古时代的
一个石斧、一只陶罐、一枚钱币……，
都凝聚着人类的智慧和才能，
你可以在那上面看到他们行进的脚步和身影。
人啊，你真是“万物的灵长，宇宙的精华”！

1999年底伦敦草，2022年10月23日改

他乡遇亲人

走进大英博物馆中国展室，
一种暖暖的、软软的，
使我每个毛孔都感受到舒服的乡情扑面而来。

我好像在另一个星球上遇到了亲人。
商代的羊面青铜鼎，
三千多年的岁月在它的身上留下了斑斑锈迹。
(这样的鼎，目前世界上只有两件，
一件藏在大英博物馆，就是此刻我所看到的；
另一件藏在日本的东京。)

漂亮的唐三彩，
有一队风尘仆仆的骆驼正在行进之中——
是从西域来长安，还是从长安出发去西域？
一只骆驼微微扬着头颅，
步态稳重而轻盈，
眼睛温顺而默默含情。

山西五台山清凉寺的壁画，
占据了展室东端的一面墙。
虽然岁月的侵袭使它的色彩黯淡陈旧，
但人物形象，生态可掬，风韵犹存。
可惜啊，痛心啊，当年切割搬运，
留下了原不应该有的条条痕迹，
这是它遭受劫难和屈辱而抹不掉的见证。

大清帝国乾隆皇帝御案上的纯金摆设——
一座天圆地方的宫廷建筑模型，
足有数公斤重。它像一个俘虏，
早已没有了当年在皇帝身边的那股威风。

元代和明代的青花瓷，
洁白如玉的白瓷，
站在它们面前，
仿佛感到仲秋明月在照耀，

清澈见底的秋水在流淌。
还有“宰相刘罗锅”的墨宝，
还有大肚弥勒、千手观音、金银珠宝、历代钱币……
（而且，据说展出的只是馆藏文物的一部分，
还有很多极其宝贵的文物密而未露。）

这是灿烂辉煌的中华文明的血肉啊！
你们本来属于中华民族，
本是我们的无价之宝，
如今却流落在异国他乡。

亲人们呀，
你们是怎样“流落”在异国他乡的？
被“赠送”？
被“倒卖”？
被“偷盗”？
还是被“俘获”（如同拿破仑军队在北非俘获那块“罗塞达石”）？
你们之中有几个
是“自愿”来此充当友好使者的？

我忽然感到自己像一个探监者，
探望被囚禁着的亲人。
进而我感到：
大英博物馆
就像是一个精制的大监狱，
一个囚禁文明的大监狱。
这儿囚禁着的，
是从世界各地“俘获”来的文明。

1999年底伦敦草，2022年10月23日改定

我与查尔斯王子是“邻居”

——剑桥记事之一

访问了牛津,来到剑桥
三一学院的苏珊院士
把我安排在素雅的客房
同一单元另一房间
是查尔斯王子在剑桥住过的地方
我竟然与查尔斯王子是“房”邻“房”

我得到允许,进去参观——
虽不豪华,却透着皇家的辉煌气氛
一张大床,床垫、被褥和被罩
都是金黄色绸缎的

写字台前有一把带扶手的靠椅
也是金黄色的
写字台不大,但十分精致
上面摆着相当讲究的台灯
靠边是一部圣经

木地板虽显得旧了些
但干干净净且令人觉得厚实
墙上挂着几幅不大的画像
他们都是剑桥的名人——
其中一位是达尔文

1999年底草于剑桥,2022年11月5日改定

孩子与白天鹅

——伦敦公园小景

在摄政王公园的池塘边
一位黑人妈妈领着小女儿

给白天鹅和大雁喂食
小女孩儿拿着面包
怯生生地伸出小手
白天鹅放不下高贵的架子
像个绅士那样度着方步
不慌不忙走过来
但它还没有来得及张嘴
个头儿较小的大雁从旁边迂回而至
抢先一步把面包衔去
面对这个场面,孩子吓得一愣
钻到妈妈怀里
但白天鹅仍然在那儿从容等待
妈妈鼓励女儿另拿一块面包
直接送给白天鹅
她那黑皮肤的手臂同天鹅白色的羽毛
形成美丽的对比

1999年底草于伦敦,2022年11月4日改定

爱丁堡古堡

爱丁堡是从一块巨石上长出来的
它的根是一座古堡
一千多年了
越长越繁茂
长成了今天的爱丁堡

爱丁堡早晨的空气如此香冽
吸一口,比苏格兰牛奶更有味道
太阳出来
照耀着石头铺就的古老街道
最先映入眼帘的
就是雄踞在悬崖峭壁边的那座古堡

它一副目空一切的姿态
威风凛凛　昂首阔视
踏着爱丁堡的房屋树木逍遥

迎着朝阳
我们走上爱丁堡之顶——
走上那座高高的古堡

我们在一座宽大厚重的城门前停下来
这是古堡的第一道门
“一夫当关　万夫莫开”
大门一关　重兵把守　敌人休想进来

导游说
一连设了七道“鬼门关”
是当年苏格兰对付英格兰
现在我们把大门打开了
让英格兰人进来
是想掏他们的腰包
赚他们的钱

我们走到古堡的平台上
那里摆放着几尊古时的大炮
炮口直指大海的方向

我手扶护栏极目远望
远远的
是蓝色的海水和浅褐色的山冈

近一些
是市区的楼房——红的屋顶

浅黄或白色的墙

再近一些
看到的似乎是一座教堂
还有隐约可见一座雕塑——
那是著名历史小说家司各特的纪念像

再仔细看　看到了王子大街
好像一条大河奔向海洋
人流涌动　车辆似扬帆远航
我想到北京的王府井　上海的南京路
这里的人脉同样兴旺
在这里运动着　活跃着的
是人类不息的生命在伸张

生命是不朽的
有生命　地球就有希望

1999年底草于爱丁堡，2022年10月28日改定

蓝·白·绿

眼睛里变幻着蓝、白、绿，
我从爱丁堡驶向杜伦。

清澈的天空中飘着白云，
云朵间透出的蓝天，
蓝得让人心醉。

火车沿着北海行进，
蓝得发黑的北海水，
时出时没时现时隐，
好像与人捉藏谜。

北海的水这样稠，
稠得有点儿发腻。

有时火车离海很近，
好像海比岸高了数米，
稠稠的黑海水要倒出来，
泼向火车，泼向人群。

白色的，是羊群。
它们静谧地、安详地低头在绿地上啃着草，
十来只一簇，几十只一群，自由自在，悠然得意。
这里的羊别具一格，
它们的身子全白，
而头和蹄子则是黑的。
在满山遍野的绿色衬托之下，
羊群的白色身子显得越发白，
黑色的头和蹄子显得越发黑，
就像朵朵黑白相间的花镶嵌在绿地。

我一时恍惚——
是否走进童话世界里？

1999年底草于爱丁堡到杜伦的火车上，2022年10月29日改定

走进杜伦大教堂

上午十点钟，
杜伦大教堂披一身金色的阳光，
如同一座小山填满我的眼帘。
推开高大厚重的大门走进去，
昏暗钻入我的毛孔，
肃然、森然包笼我的心。
仰望高高在上的石头穹顶——

离人间如此遥远，可望而不可及。
彩色玻璃上的圣经人物，
背负着人类的灾难，满脸悲凄。

我走在大厅，放轻脚步，
皮鞋后跟撞击石头地面的回声，越发清晰。
大厅中央、穹顶底下，
一种无形的力量从四面八方
向我的灵魂挤压下来，似要压碎。

突然响起雷鸣般的风琴声，
强大的共鸣，震撼着耳膜，
灌满教堂的每个角落——
琴声轰鸣，也参与着对人的灵魂的压迫。
我想逃离这个地方，摆脱挤压。

我觉得我的灵魂同宗教格格不入。
今生我注定成不了一个宗教徒——
“天堂”不适宜于我这世俗的凡人。
我死后，
情愿肉体腐烂在生我养我的泥土里，
而我的灵魂(如果有灵魂的话)，
就随便飘荡在哪个树丛中、哪块草地上、哪条河水里，
让它同小鸟为伍，同蝴蝶为伍，同鱼儿成为邻居。

1999年底草于杜伦，2022年10月31日改定

杜伦石桥小景

伴着一群翻飞的海鸥，
我漫步在威尔河的微风中；
站在石桥上看风景——
今天我装饰了谁的梦？

桥的石头护栏上，
已经生了一层厚厚的绿苔。
从桥上往下看，
河水欢快地流着，不舍昼夜。

几个年青人划着舢板，
箭一般迅速穿过，
打起朵朵水花，
留下串串青春漩涡。

两旁河岸，长满绿树，
树荫遮住河面，水被映成墨绿色；
有的树枝快要伸到水中了，
似乎要用它的“手”掬起清清的河。

1999年底草于杜伦，2022年11月1日改定

一生学术小结

——耄耋之年的自我批判

2024年7月19日，我86周岁。这辈子除了上学读书的时间，我一直“待在”文学研究所这个学术研究单位。我一生没有别的本事也不喜欢干别的事，只对“道问学”感兴趣，因此作了60余年学术研究。今日，我的学术写作即将封笔，回首一生学术经历，作一自我批判——我是在康德所用“批判”的意义上使用它的。过去许多年，“批判”一词对许多中国人来说感觉上可能不大愉快，若认为“批判”一词太刺耳，改为“反思”“检讨”，亦可。

此文算是我一生的学术小结吧。

壹

20世纪50年代末60年代初我在山东大学中文系学习时，在中国学者中，我最崇拜的是马克思主义美学家和文艺理论家蔡仪先生，于是毕业后考取了他的美学研究生；之后又在他领导的文学研究所文艺理论组（后来叫文艺理论室）工作。蔡仪先生是一位严肃正直而有成就的学者，对中国现代美学作出了自己的重要贡献；师从蔡仪先生学习美学，是我的荣幸。

我在蔡仪先生指导下写的第一篇学术论文是《艺术的掌握世界的方式》，写作中努力遵循蔡仪先生现实主义美学思想，也吸收了其他美学家的观点（如苏联美学家卡冈关于艺术如何掌握世界的论述），以三万六千言的篇幅阐述自己对马克思主义美学中“艺术地掌握世界”的理解。蔡仪先生最后审订此稿时，把他认为不符合马克思主义美学原则的“枝枝杈杈”砍掉，发表于《美学论丛》第1期。那是1979年。

1980—1984年，蔡仪先生主编《美学原理》（全国哲学社会科学

"六五"重点项目之一，成书后由湖南人民出版社1985年7月出版），我承担其中"第六章　从艺术的认识到艺术的表现"和"第七章　艺术美的创造在于艺术典型的描写"，完全是蔡仪美学思想的演绎，初稿送蔡仪先生审阅，他亲笔纠正了我某些不符合他美学思想的论述，如，对我"审美"一词的使用，蔡仪先生提出批评，他认为"美"是"客观"的，而"审美"则夹杂进去"主观"因素，必须把"美"和"审美"严格区分开来。

这期间我还出版了两本小书《论艺术典型》（山东人民出版社1983年版）和《论艺术的特性》（人民文学出版社1983年版），并且在全国各个报刊上发表数十篇论文。这段时间我的学术工作，基本上是遵循现实主义美学而加上我的些许发挥和个人见解，如在《艺术典型与多数、主流及其他》（见《文学评论》1980年第1期）中，我特别强调了艺术典型的本质真实而不必拘泥于"多数、主流"，并且提出艺术典型的"哲理性"；在论述艺术特性时，我强调了艺术的审美性质——"审美"一词，是在未经蔡仪先生审阅的情况下使用的。

贰

20世纪70年代末80年代初在中国大陆掀起的"改革开放"和"思想解放"，是中国现当代史上一个新时代的伟大开端，我相信未来学者在撰写中国历史时，会把它作为一个重要事件记载下来，可能那时给予它超过现在史界所给予的更高评价——此处仅就思想文化领域而言，至于它对整个社会政治经济的影响和意义，当由政治、经济等方面的人士作权威论述。"改革开放""思想解放"大大解放了中国文化（特别是与我个人最贴近的学术研究和文学艺术）的生产力。20世纪80年代是中国当代学术思想最活跃的时期。其间，以我个人的亲身体验，自己身上许许多多有形无形的绳索逐渐松绑了，甚至解脱了，手脚被放开了。我受益甚大。一方面，世界各民族的优秀学术思想大量涌入，我如一块海绵般吸纳其中的诸多养分。我的许多观念和固有思想受到强烈冲击。在或激烈或舒缓的碰撞中，交融、互渗、互动，促使我对以往深信不疑的观念进行反思。另一方面，社会现实和审美现实的新发展、新变化时常与我以往观念发生矛盾，也使我按照“实践是检验真理的唯一标准”对流行的理论思想进行检索。于是从20世纪80年代中期开始，我的学术思想和美学观念发生了重大转折。其中最显著的，是从现实主义美学向人类本体论美学的过渡。这表现在1988－1989年写的三篇论文《关于人类本体论哲学》(《云南社会科学》1989年第2期)、《论人类本体论文艺美学》(《文艺理论研究》1989年第3期)和《再论人类本体论美学》(《文艺理论研究》1989年第5期)之中。

1985年以前，我基本上持传统的以认识论为哲学基础的现实主义美学观点。之后，便逐渐感到，这种美学不能完全地和恰切地抓住审美和艺术的全部性质和特点。现实主义美学总是说“艺术是认识、是再现”，但，这只把握了部分真理、只适宜部分艺术，并不能解决所有的艺术问题和美学问题。譬如，书法艺术、音乐艺术、建筑艺术认识了什么、再现了什么？不容易讲通。我不是说这种现实主义美学完全错了、不中用了、应该否定了，而是说不能像以往那样，把它看成解释艺术问题、美学问题的“只此一家、别无分店”的唯一方式，视它为包治百病的灵丹妙药。这样，我开始从认识论美学阵地挪开脚步，踏入人类本体论美学领地。我开始认识到和领悟到“文学创作作为一种审美活动，是人类最重要的本体活动形式之一”，是“人之作为人不能不如此的生活形式、生存形式之一”。从人类本体论的立场来解说“创作”“作品”“欣赏”，可以得出同认识论美学不同的结论：(1)“文艺创作从根本上说是人的生命的生产和创造的特定形式，也就是由作家和艺术家所进行的审美生命的生产和创造活动”；(2)“文艺作品就是人的审美生命的血肉之躯”，是人“进行审美生命的生产和创造的结晶”；(3)“文艺欣赏主要是由读者和观众所进行的一种审美活动”，也是“审美生命得以再生产、再创造”——“文艺作品不断被欣赏，其审美生命也就不断地被生产和创造”，“文艺欣赏是审美生命的存活方式、运动方式和延续方式”。

人类本体论文艺美学有哪些特点呢？我们可以从认识论文艺

美学和人类本体论文艺美学的对比中发现二者的区别。

第一，如果说认识论文艺美学老是把眼睛盯着外在客观现实，它所强调的是文艺对现实的认识性，因此它也可以称为现实本体论文艺美学；那么，人类本体论文艺美学则把目光凝聚于人自身，它所强调的是文艺对人自身生命的体验性。文艺活动当然也包含着认识性和解释性；但在人类本体论文艺美学看来，更根本的却是体验性，甚至可以说，它认为文艺要把认识性因素和解释性因素也都消融于体验性之中。

如果说在认识论文艺美学看来，文艺写某物是为了写得像，在于把握某物的现象真实和本质真实(典型性)；那么，人类本体论文艺美学则认为文艺写某物不是为了写得像，而是借某物来表现人自身，表现人的价值，表现人的情感，表现人的生命体验，而体验又离不开人的感觉、感受活动和情感、情绪活动。

第二，如果说认识论文艺美学以及其他某些美学理论常常把文艺与生活看成彼此区别很大的两回事，强调两者之间的距离；那么，人类本体论文艺美学则总是强调文艺同生活(人的生命活动)的同一性，认为文艺是生活的一部分，在一定意义上可以说文艺与生活在一定要义上就是一个东西。

人类本体论文艺美学既不贬低文艺，也不抬高文艺。它从人类本体论意义上确定文艺的性质和位置，并且规定文艺与生活的相互关系。它认为，既然文艺活动是人生命活动的基本方式和形式之一，那么，在这个意义上提出“文艺即生活”“生活即文艺”的命题就是对的。它意味着，作为审美活动的文艺是一种特殊形式的人类生活，是生产和创造人的审美生命的生活；凡是真正表现出人的本质的生活活动，都是人的自由的生命活动，这也就是审美活动和艺术活动。当然，在一定意义上也应该看到文艺与生活的不同，这里所说的不同并不是截然相反、冰炭不容的两种东西的不同，而是指人的两种生命活动之间的不同，这种不同并不否定它们作为人的生命活动形式的同一性。

认识论文艺美学强调文艺与生活的区别和距离，强调文艺是对生活的认识(反映)，这就“先天”地决定了文艺创作即审美创造活动在时间上是一种“拖后”活动:有了现实生活,然后才有文艺创作;有了被反映物,然后才有对它的反映活动。一般地说,在认识论文艺美学看来,文艺活动比生活本身是晚了一拍的活动,至少是晚了半拍的活动。“再现”这个术语很典型地表达了认识论文艺美学的“拖后”反映的特点。

人类本体论文艺美学则不同:它认为文艺活动本身就是生活活动,就是人的生命活动的一部分。因此,从总体上说,文艺活动不是“拖后”活动,而是即时创造的活动,是正在进行式的活动,而且一般说也是一次性的、不可重复的活动。其实,在文艺欣赏中也是如此,欣赏者在欣赏一部作品时,也是在进行即时创造的活动;如果换了一个欣赏者,这些形象将是不同的样子;即使同一个欣赏者,在另外的时候、另外的心境和文化气氛下再欣赏以前欣赏过的那部作品时,又会有新的创造,也许是以前没有、将来也不会出现的那种创造。正因为是即时创造,是正在进行时的创造,所以也就是一次性的、不可重复的创造。文艺活动犹如现场进行一场足球比赛而不是事后看比赛录像。

第三,人类本体论文艺美学与别的美学理论对比,也能够凸显出自身的鲜明特色。首先,与浪漫美学及克罗齐的表现论美学相比,差异显著。浪漫美学倾向于“作家中心论”,强调作家的体验和感受,这有其合理性,但往往忽视审美对象在艺术创作中的价值和作用。而人类本体论文艺美学并非排斥审美客体,而是认为艺术家的创作活动能够将审美客体与审美主体融为一体,与人的生命体验相融合。克罗齐的表现论美学过于强调“直觉”和“表现”,却忽视了文艺的物化、传达阶段和形式因素。相比之下,人类本体论文艺美学不仅关注生命体验,还强调文艺的物化、传达阶段和形式,认为没有这些元素,艺术便不复存在。艺术作为人的生命活动,是具体的、可感知的、有形式的,它既体现在艺术家的创作体验中,也体现在这种体验的对象化、物化、形式化和文本化中。其次,与作品本体论美学相比较。作品本体论表现出对某种作品本文的崇拜倾向,它的缺陷在于:常常把艺术仅仅看成语言自身的构造物,认为作品即本身(兰色姆),或认为作品即“意向性”客体——意识对象的存在物(现象学),看不到或不重视文艺中最根本的东西是人类本体性。显然,作品本体论美学所忽视的,正是人类本体论文艺美学所重视和强调的。人类本体论文艺美学既不忽视作品本文,也重视作者和读者。它从统一的人类本体论的角度全面地评价上述诸因素对文艺的意义。最后,与读者本体论美学相比较。读者本体论以“读者反应理论”和接受美学为代表,它表现出读者崇拜的倾向。这种理论自有其价值;但以读者为中心,搞读者崇拜,企图以有限的目光所见代替对整个艺术世界的全面审视,表现出很大的局限。人类本体论文艺美学当然不忽视读者,但把它放在一个适当的位置上,把读者、作品本文、作者等因素,组合在人类本体论文艺美学的有机系统之中,尽量科学地给文艺现象以解释。

人类本体论文艺美学并不排斥上述各派美学理论,而是扬弃它们,否定它们的缺点和偏颇之处,又充分肯定和吸取它们的合理因素,并把它们纳入自己的体系之中。

叁

1992年前后,我再度转换研究视角,从价值论哲学出发去解释审美和艺术,认为“美(广义的)就是一种价值形态,审美活动属于价值活动范畴”,即步入价值美学领域。

1992年12月,我发表了《审美价值论纲》(《文学评论》1992年第6期);2008年,我出版了《价值美学》(中国社会科学出版社);2015年,我又出版了《美学十日谈》(中国社会科学出版社);2023年8月,我发表了《关于“审美”和“文艺”的一家言——给赵勇教授的信》(《文学争鸣》2023年第8期)。这些是我研究“价值美学”的主要足迹。

前些年人们好谈“转向”(有所谓“人类学转向”“语言学转向”“文化学转向”云云),其实在思维方式上更值得重视的还有一个“价值论转向”。正如有的学者所说,转向不仅是世界观,而且更是人生观、价值观;价值思维成为哲学思维的重要方式,而且实现从客体的、直观的实体性思维向主体的、实践性的关系性思维转变;

哲学不仅追求客观知识,更重要的是关心人、关心人与人类的生存状况和命运,建设一个更加美好的、合乎人性的、自由和全面发展的世界。

我的主要看法是:价值美学,或称为价值论美学,属人文学科,是美学的一个分支,是以哲学价值论为基础建立起来的,在当今这个时代,哲学价值论是把握审美问题的最适宜、最贴切、最合其本性的方法和角度;价值美学把审美活动作为价值活动来研究,它是从哲学价值论角度对审美活动进行感悟、思索、考察和研究的一门学问。价值论美学与认识论美学之间的关系如何?我的回答是:价值论美学与认识论美学虽然很不相同,但它们并不绝对对立,而是可以互补。它们以不同的理论视角、用各种不同的方法协同作战,可以更加全面地、透彻地把握审美和艺术的性质和特点。

我的价值美学的基本内容是怎样的呢?在2023年写的《关于“审美”和“文艺”的一家言》中,我总结了一生研究价值美学的主要观点。

我重申了《美学十日谈》中的一些论述:

当进行审美活动时,既有主体的对象化,也有对象的主体化。具体说,在审美活动中也像在一切价值活动中一样,一方面,主体对客体进行改造、创造、突进,使对象打上人的印记,成为人化的对象,即赋予对象以人的,即人文的社会—文化的意义;另一方面,客体又向主体渗透、转化,使主体成为了对象化的主体,成为对象化的人。这样,审美价值也就诞生了。审美价值就是在人类的客观历史实践中所产生和形成的客体对主体的意义,即事物对人的意义。美(审美价值)的特殊性在于,它是以感性形态呈现出来的对于人的积极意义,丑则是以感性形态呈现出来的对于人的消极意义。悲剧,套用鲁迅的表述,是把那积极意义毁灭给人看,喜剧则是把那消极意义撕裂给人看。艺术的天职就是要弘扬真善美。文学家、艺术家万万不可失职。

这是我几年前的一些表述,大体上表达了我当时一些基本的观点和粗糙的看法,但可能不够清楚和准确,需要再琢磨。譬如这段话开头“当进行审美活动时”，精确一些的说法应当是“当人类进行历史实践活动时”。因为主体(人)和客体(对象)发生关系，它们的互相渗透、改造、创造，从而主体对象化、对象主体化，等等，从根本上说，从源头上说，是人类客观历史实践的过程和结果。而“审美活动”，只是人类客观历史实践活动的“分泌物”之一；美(审美价值)只是人类客观历史实践活动中所开放的众多“花朵”之一。

其实，《美学十日谈》里还有另一段话：

> 美(审美)的秘密隐藏于对象与人发生的关系之中，存在于两者互动关系所生发的那可感受可体味的意义、意蕴、意味之中；或者可以说，美就是那可感受可体味的意义、意蕴、意味。它是一种特殊的价值形态。大量历史事实说明，把审美活动看作一种价值活动，把美(审美现象)视为一种价值现象，把审美归为价值范畴，庶几能把几千年来困扰人们的总想说清楚而总也说不清楚的有关审美的一系列问题，说清楚或说得比较清楚。以往美学误区正是在于从“价值”之外找美。

这段话更进一步地表述了我对美(审美价值)的看法，虽然仍然显得粗糙，但它把前面那段话的意思具体化了，可能更易于理解了。

不管几年前怎么说的了，现在我要强调的是：应当从“价值”的角度看美。

第一，价值是一种“关系”，它联系于客体但它不就是客体，它联系于主体但它不就是主体，它是主体(人)与客体(对象)之间的一种关系；或者说，价值虽不是客体(对象)却必关涉客体(对象)，它虽不是主体(人)却必关涉主体(人)，它是客体(对象)对于主体(人)的一种意义——这种意义，就是一种关系。因为，单独的客体(对象)本身，不存在意义(它没有意义)，只有它与主体(人)在实践中联系起来，发生了关系，才有意义。同样，单独的主体(人)本身，也不存在意义，只有主体(人)与客体(对象)在历史实践中发生了关系，才产生了意义，即对象对于人的意义。所以我们要强调：是什么使人与对象发生了关系？是实践，是人类的客观历史实践。

因此价值作为关系，是客观历史实践的产物。

第二，任何“关系”，都不是实体，不能把“关系”实体化。如上所述，价值作为对象对于人的意义就是一种“关系”，因此，价值作为“关系”，也不是实体，不能把价值实体化。说价值不是实体，不但是说它不是物质性的实体（某物或某人），而且也是说它不是精神性的实体（观念中存在的某物形象或某人形象）。

第三，美（审美价值），也是一种“关系”，是人与对象在客观历史实践中发生的一种特殊关系，它当然也不是一种实体。平常人们所说“这事物或人物美，那事物或人物不美”，根本上不是事物或人物作为单独的对象本身（即作为一种实体）美或不美，而是在人与对象的关系中所产生的意义，即那对象对于人来说所产生的意蕴、意味，才有美或不美的问题。

同样，说美（审美价值）不是实体，既是说它不是物质性的实体，如蔡仪先生说的典型的自然物或典型的人；也是说它不是精神性的实体，如朱光潜先生说的“物乙（物的形象）”。

离开了“关系”，单是“实体”——不管是物质性的实体还是精神性的实体，都不能构成“美（审美价值）”。譬如，蔡仪先生的“典型”，朱光潜先生的“物的形象”，李泽厚先生的“人化的自然”或“自然化的人”，等等，都不能构成“美（审美价值）”。

总之，我强调：美（审美价值）是一种关系而不是实体。蔡仪先生、朱光潜先生、李泽厚先生，虽然他们在美学上都有各自的成就和贡献，但他们的根本问题在于：都把美（审美价值）实体化了、客体化了。

第四，最近我曾对朋友说文艺是“审美价值形态”（这是我第一次如此表述），就是源于上述观点，即把我的审美价值学说运用到文学艺术的解说上。具体说，就是：文学和艺术是以语言文字或其他手段——绘画的线条、色彩，音乐的乐音、旋律，舞蹈的形体、造型（电影电视艺术、建筑艺术、书法艺术……的手段，以此类推）作为媒介，所呈现出来的对于人的意义、意蕴、意味，即价值。就是说，它们是价值形态；但它们不是一般的价值形态，而是一种特殊的价值形态。其特殊者，是指它们是通过上述媒介以可感的形式

(可感受、可领悟,可视、可听甚至可触摸)呈现出来的价值形态;它们作为对象对于人的意义、意蕴、意味这种特殊价值形态,总是把"知、情、意"以及"理性、非理性"等诸多因素综合地包含其中、融为一体,而"情"特别突出。

我把它称为"审美价值形态"。

肆

在我一生学术研究工作的后期,我一再强调"向传统找力量和资源"。

历史是不能隔断的,似乎世界上没有哪个民族的历史和传统比中华民族更加持久和强大。建设现代美学和文艺学,决不能断了中华民族的根。而以往数十年的美学和文艺学研究(包括我自己在内)的缺陷之一,正是对自己的老祖宗不够尊重,有一些著作断了"根"甚至没有"根"。我认为需要特别提倡向传统寻找力量、寻找资源。有鉴于此,21世纪最初几年,我和文学研究所的老同事及青年学者合作,编写了一套《中国20世纪文艺学学术史》(四部五册),2001年由上海文艺出版社印行,2007年中国社会科学出版社再版。在该书的《全书序论》中,我曾写道:"中国20世纪文艺学学术史,是由古典文论的传统的'诗文评'学术范型向现代文艺学学术范型转换的历史,是现代文艺学学术范型由'诗文评'旧范型脱胎出来,萌生、成形、变化、发展的历史;也可以说是中国传统文论在外力冲击下内在机制发生质变、从而由'古典'向'现代'转换的历史,是学术范型逐渐现代化的历史。这是中国文论历史性的转变和发展。"

我的真正着眼点是如何汲取数千年传统而进行今天的文艺学建设,看看中国古代文化传统、诗学传统在建设今天的文艺学时发挥怎样的作用和怎样发挥作用,也看看外来元素如何同中国元素相融汇、相结合;我特别关注未来的文艺学走向,看看以数千年资源滋养起来的中华民族的文艺学,将会以何等面目迈进21世纪世界学术之林——我所企望的是,在21世纪的全球化世界格局中,中华民族文艺学既与世界学术息息相通，又能够走出中华民族自己的路来，而不是像20世纪七八十年代刚刚改革开放那几年那样，总是跟在别人身后，踩着别人的足迹，说着别人的话语。

近十几年来，我在中国文论的历史传统以及中西文论之范式与概念的比较方面费了不少工夫，力图从学理上厘清中国传统“诗文评”和西方“文学批评”各自的特点以及它们之间的界限，希望学界在撰写中国古典文论的历史（中国文学批评史）时，以中华民族传统的“诗文评”代替“文学批评”——这当然不是对现今人们用惯了的“文学批评”这个用语的否定，也不是对“中国文学批评史”这个学科的否定，而是突出强调中华民族文艺美学自身特色。这远不只是更换一个名称那么简单，它背后隐含着我们如何看文艺学的立场、观点和方法等更深层的东西。

到近现代，中国古代“诗文评”转换为现代形态的“文艺学”（或今天人们常用的“文学理论”）。在一定意义上可以说，文艺学是中外杂交之后产下的“混血儿”，是古今相融之后生出的新生命，是流淌着中外古今多种血液的一种新的学术生命体。

作为“混血儿”，它是中国的但又不是纯粹中国的——它不是也绝不应该是中国古代“诗文评”的翻版，而是它的现代化；它有外来优秀学术文化元素但又不是纯粹外国的——它不能是也绝不应该是外国诗学文论的照搬、挪用，而是它的中国化。它是地地道道的“杂交品种”。

我还想重复地强调几句：“混血儿”是文化发展的常态。只有在经过各种文化相交、相克、相融、相生之后，才能出现优秀学术果实——这同生物学上的“杂交”优势一样。单一物种内部的繁殖或近亲繁殖，只能造成物种的退化；而远缘杂交才能产生优秀品种。从古到今皆如是。例如，“意境”这个“诗文评”的招牌概念，其实是“混血”的，它身上至少有中华民族和佛学思想两种基因。在现代文艺学中，“意境”生命力仍然十分旺盛。所以，中国现代形态的文艺学作为“混血儿”是一种美称，我高度肯定它、赞扬它。

当然，历史地考察，我们也应该看到：现代文艺学这个“混血儿”，它“混血”之中占优势的一方是外国因素（西方因素或苏俄因素)。当19世纪、20世纪之交以至20世纪最初的二三十年中西交融时,西方是强势文化,这时在中国创立新的文论模式总是向西方靠拢;尤其在“五四运动”时期,“革命”猛士们恨不得“砸烂孔家店”,不分青红皂白推倒一切传统,有人主张干脆“全盘西化”——在这种形势下出现的现代文论,从外在的面孔到内在的蕴涵,当然是西方占主导。20世纪50年代一边倒学习苏联,当时建立起来的“文艺学”模式也类似。

按西方模式或苏俄模式发展起来的“文学理论”或“文艺学”,虽然是顺应历史的产物,也符合逻辑;但是,总觉得有缺陷。

到了新时期,清醒过来的许多学者反思当年情况、观察今天的现实,认为中国文论得了“失语症”——我想这“失语”主要是指失去了本民族的话语权和话语能力。在一定的有限的意义上(不要太夸张),这不是没有道理的,但要做历史的和逻辑的分析。

如何弥补以往的缺陷,如何克服“失语症”,是个十分复杂的问题,在今后的文艺学(文学理论)的建设中也是十分艰巨的任务,需要大家共同探讨,一起努力。

在今天的中国文艺学建设问题上,要防止两种倾向:只强调外来元素而忽视中国元素,或者只强调中国元素而忽视外来元素。如果说前者是“全盘西化”,那么后者就是“狭隘民族化”。

在中国现代文艺学发展中之所以会出现“失语症”,原因之一是过去有一段时间我们的中华民族各个方面太落后,身体太孱弱,独创性和原创性能力太小、太弱,因而在文化上也失去对世界的影响力,说话没人听,甚至连你真正优秀的东西人家也不一定认为优秀——不买账。这就需要我们的民族各个方面都强大起来,具有足以震撼世界的综合能力。这特别需要发展和提高我们的民族文化(包括美学和文论)上的原创能力和独创能力——把我们文化上、美学上、文论上真正具有“独立知识产权”的“品牌”拿出来,给自己,也给世界。现代“文艺学”较之古典“诗文评”,发生了重大变化。我们应该从学术史的角度认识到,现代文艺学身上体现了两种不同学术范型的变换,即由旧的古典形态的“诗文评”之学术范型向新的现代形态的“文艺学”之学术范型的转换。

具体来说，从“诗文评”到“文艺学”，这两者之间，不但学术的思维对象发生了变化，而且更根本的是思维方式、治学方法、范畴、命题、观念、术语、价值取向、哲学基础等都发生了变化。譬如，古典文论（诗文评）多以诗文等抒情文学为中心和重心；而现代文艺学则转而多以小说、戏剧等叙事文学为中心和重心。古典文论的思维方式和思维方法大多是经验的、直观的、体察的、感悟的，与此相联系的是其理论命题、范畴、概念、术语等含义模糊、多义、不确定和审美化，耐体味而难言传，在批评形态上也大多是印象式的、点评式的（眉批、夹批、文前批、文末批等），因而也显得零散，逻辑性、系统性不强；而现代文艺学的思维方式和思维方法则大多是理性的、思辨的、推理的、归纳的，理论命题、范畴、概念、术语都有严格的界定而不容含糊，在理论批评形态上也大多走向理性化、科学化、逻辑化，讲究比较严密的理论系统。古典文论的哲学基础多是中国传统以“善”为中心的伦理哲学或“人生哲学”；而现代文艺学则多是从西方借鉴过来的以“真”为中心的现代形态的认识论哲学和进化论、阶级论、科学、民主、平等、自由等现代的世界观、社会观、人生观。古典文论多强调“征圣”“宗经”“道统”“文统”“以道统文”“文以载道”（视文为道的附庸，为载道、明道的工具），强调文学“劝善惩恶”的道德内涵和“温柔敦厚”“思无邪”的诗教；而现代文艺学则更多地从现代哲学和世界观、人生观基础上关注文学与社会生活、人生价值的关系，关注文学与政治、经济的关系，关注文学的认识作用、教育作用、审美作用，并且在一定程度上注意到文学艺术的独立品格，文学自身的价值、规律等。

伍

在一个访谈节目中，我曾把自己的研究工作分为四个方面：美学研究、文学基本理论研究、中国古典诗学研究和李渔研究。上面谈了前三个方面，现在谈第四个方面，即李渔研究。

有人认为我是李渔研究的“行家”，其实这是误解。李渔研究不是我的“主业”，而是我的“副业”和“业余爱好”。

但数十年来我从未停止过对李渔的关注。我可以谈谈“李渔美学”这项“副业”和“业余爱好”的情况。1979年受老师蔡仪先生之命，为他主编的《美学论丛》写了两篇有关李渔戏剧美学的文章，接着又写成《论李渔的戏剧美学》一书，由中国社会科学出版社印行。从此作为“副业”，几十年间断断续续涉笔李渔；而我的“主业”，始终是文艺学、美学、中国古典美学，偶尔写点散文之类。由此可知，说我是李渔研究的专家实在夸张；恰切地说，我于李渔研究，只是“半个”，且是“业余”。

几十年间，我断断续续涉笔李渔，写了《李渔美学思想研究》、《李渔美学心解》、《李渔生活美学研究》、《闲情偶寄》注释和评点、《李笠翁曲话》、《李笠翁词话》，此外还对李渔第一部传奇《怜香伴》进行校注。

《李渔美学心解》是我在李渔研究中比较满意的一本书，仅以它为例，略窥我对李渔研究的基本面貌。该书2010年12月由中国社会科学出版社出版，李渔研究专家黄强教授为之作万字长篇序言。该书分为《戏曲篇》《园林篇》《诗词篇》《服饰篇》《仪容篇》《饮馔篇》《花木篇》《颐养篇》，共25万言，是继1998年《李渔美学思想研究》之后十余年来我对李渔美学的进一步思考。黄强《序》说：“杜书瀛先生的《李渔美学心解》一书，将李渔研究纳入审美文化范畴，视《闲情偶寄》为‘一部美学小百科’，兼及李渔其他美学理论材料，采用最为灵活、最贴近阐述对象的学术随笔形式，对李渔进行个性化的解读。”

2023年，当我85岁的时候，出版了关于李渔研究的最后一部著作《李渔生活美学研究》。这是近些年对李渔审美活动和美学思想的重新思考，力图给予中国历史上这位杰出的艺术家和美学家更恰当的定位和评价。我认为，李渔美学的基本特点（或曰核心标志），是生活美学——不论李渔的戏曲、诗词、小说的艺术创造，还是李渔对它们的理论阐发，都浸透着他的生活美学思想因素，他的所有艺术作品和美学理论，都是最平民化的、最生活化的，它们离普通百姓很近，离生活本身很近，处处散发着生活本身的美之光辉,它们都是在李渔生活美学思想指导下撰写出来的。李渔是我国古代杰出的生活美学大师。

在此我还要讲一下自己在学术研究中的一个永不能忘却的教训。早年在撰写李渔研究文章时,我曾犯过一个不大不小的错误:1983年第6期《文史哲》发表的《李渔生平思想概观》,依据朋友在蒲松龄故居发现手抄李渔词稿,并蒲松龄在苏北宝应县做幕僚时曾有戏班为知县孙惠祝寿等资料,未经认真考证即推断那戏班即李渔家班、李渔和蒲松龄有过一次接触,此后误导学术界和文艺界多年。一些李渔研究的学术论文,特别是收入《李渔全集》的《李渔年谱》,还有多部李渔传记,均依此说;连北京人民艺术剧院描写李渔生平的话剧《风月无边》,开始即李渔、蒲松龄相见;2011年为纪念李渔诞辰400周年而演出的文艺晚会,一上来就是大段李渔与蒲松龄友谊的戏,我坐在台下,看得脸上火辣辣的。我乃罪之魁、祸之首也。依照现有历史资料,并没有确凿证据表明李渔与蒲松龄曾经会面或有过其他直接交往;相反,他们二人相见的机会几乎等于零(我的朋友黄强教授以及另外一些专家已经作了认真考证)。借此机会,我再次诚恳向学术界谢罪。

陆

2012年初春,在老友何西来兄热情推荐之下,我偶然间走到中国作家协会主持的"历史文化名人传记丛书"之中,承担《李笠翁传》的写作任务。这不但在我的"计划"之外,而且在我的"意料"之外。进入该丛书——我对人戏称是心甘情愿受西来"裹挟",懵懵懂懂却十分愉快"上山"的。进了山门,看到各路大仙云集,队伍相当壮观。我乃此界小巫,颇有"自惭形秽"之感,觉得这碗饭不好吃。

我之所以被选中写《李笠翁传》,大概是一些人误认为我是李渔研究专家。其实,如前所述我只是"半个"研究李渔的业余人士而已。

我作为李渔研究者虽是"半个",但写作《李笠翁传》却是"全心”。当我正式接受了“历史文化名人传记丛书”《李笠翁传》的写作委托之后，深感这是一件于中国文化事业有重要意义的事情，因此兢兢业业，丝毫不敢怠慢。从2012年初春起，我便搁下了手头正在进行中的一部书的写作以及所有其他工作，全心全意投入《李笠翁传》的创作中来。我的不算太小的写字台上，撤去了看似杂乱实则有序的其他书籍，全部换成有关李渔的资料——它们像两座小山高高地堆在我写字台两边，中间留了一条“峡谷”安置笔记本电脑，我就在那“峡谷”中敲击电脑键盘。从那时起，我犹如鬼魂附身，脑子里每时每刻总有一个李笠翁在飘动，时而模糊，时而清晰，时而在空中与我说话，时而在睡梦中把我叫醒……使我像着了“魔”似的魂牵梦绕、寝食不安（直到现在其“阴魂”依然没有散去）。半夜睡不着，忽然想到一个细节，怕忘了，赶紧开灯记下来。夏天到美国探亲（这是原本计划好、预订了机票的），也没法甩掉这个“魔”。女婿习惯于夜间在客厅工作，到凌晨三点他关灯休息；而我则习惯大清早干活，于是凌晨三点左右，他关灯不久，我即开灯，接他的“夜班”，打开笔记本电脑写我的《李笠翁传》。为了查阅资料，女婿驱车载着全家从怀俄明州到加州大学伯克利分校东亚图书馆……那是我在美国度过的一个“与魔共舞”的夏天！李笠翁搅得我没法陪外孙和外孙女踏踏实实地玩耍，享受含饴弄孙之乐。

我写《李笠翁传》遵循了丛书编委会给它定的两个基本规定：一是真实性（不能虚构，但可有合理想象），二是文学性（要有可读性、有文采）。我很赞同这个指导思想，并时时以（认为）《李笠翁传》须是一部严肃的具有真实性和可读性的历史文化名人的文学传记，应该真实性和文学性并重，而真实性是它的基础。因此在创作中我所努力追求的理想状态是，所写内容都真实可靠，有根有据，有文献可查——我想让它经得起历史检验，并且经得起专业人士的查证；在真实性基础上，讲求文学性、可读性。我企望它能够雅俗共赏：既要让尽量多的一般读者看懂和喜欢，为他们呈现出一个具有一颗不安定的灵魂，永不满足现状，总是标新立异、独出心裁、开拓创新，勇于挑战成见，爱做翻案文章，惯于自我作古，穷愁半世却积极乐观，风流倜傥而才思敏捷的李笠翁，创造出一个立体的活生生的文学形象；也要让文化品位较高（甚至专业）的人士所欣赏，吸收李渔研究的最新成果，纠正以往某些疏漏和错误，写出我心目中一个真实可信而有血有肉的戏剧家、小说家、美学家李笠翁，具有学术价值。只是由于本人能力和才识有限，可能还达不到这个目标；但是，“虽不能至，心向往之”。

从接受《李笠翁传》的写作委托到成书，我一共写了四稿，心无旁骛而集中进行传记创作的时间不过一年半，但是，其实我是用了我几十年有关李渔的几乎全部“积蓄”的。我实地考察过李笠翁老家浙江兰溪和金华，沿兰江北上循李渔当年从故乡赴省城乡试路线到富春江，辗转到了李渔走上“卖赋糊口”之路、创作传奇和小说达十年之久并且晚年又选作归宿之地的杭州；我走访了李渔出生地江苏如皋，找寻当年李渔家药铺究竟开在什么地方，还到如皋城外传说中李渔读书的老鹳楼故地，发思古之幽情；我又探寻了李渔在他生命辉煌期生活了十六七年的南京翼圣堂和芥子园遗址，以及李渔水路出游的母港燕子矶码头……在写作中，我除了依照丛书编委会专家（学术组的刘彦君研究员和文学组的贺绍俊教授）提出的宝贵而中肯的审读意见，进行了两次大幅度修改之外；还得到了许多李渔研究专家和朋友的热情帮助，如扬州大学黄强教授、南京师范大学沈新林教授、李渔裔孙李彩标研究馆员、南通大学钱健教授、杭州师范大学张维昭博士、如皋水绘园康爱华女士，近在我身边的黎湘萍研究员、陈定家研究员、范希春研究员及夫人……以及李渔研究会、兰溪市委宣传部、如皋市委宣传部，还有南京市、兰溪市、如皋市的许多朋友。尤其是黄强和李彩标二位先生，他们可谓是我的写作顾问，我不但吸收了他们的许多高见和研究成果，而且在写作中遇到什么疑问和难题，还会随时向他们请教。在此一并致以衷心谢意。

成书后，以《戏看人间——李渔传》为名，2014年1月由作家出版社印行。

我希望我写出的是一个独特的李笠翁。

柒

最近几年我还做了一件事，对当代汉语新诗进行考察。

“宅”在家里，也想做点力所能及且感兴趣的事。我一辈子研究美学，当然不能不研究文学艺术；虽然我不专门研究诗，但对诗尤其热爱，因为在我看来，诗乃文学之精、文学之魂。于是，“宅居”期间，饕餮式地读诗，特别是读当代汉语新诗；读纸质文本的作品，也在网上读当下的诗；附带的，也读些诗论。有时自己也写几首打油诗，自娱自乐，同时作为自己诗学主张的试验品。其间，我给老友邵燕祥写了数十封信，把我读诗的感想向他倾诉，我的许多观点得到他的赞同。他在2020年2月9日给我回信说：“你深入浅出地讲清了诗要通向读者心灵的道理。我们‘文坛’上有老中青三代诗评家、诗歌理论家，他们或者不作声，或者发些怪论（如所说这位欧阳氏），误人子弟。包括某某教授，就往往在诗的问题上有失郑重，说了许多不负责任的话，有的是趋时媚俗，有的是吃了人家嘴短，必得说好话。兄平时的研究方向，并不涉及诗，也与诗坛无人事瓜葛，偶然跨界发声，句句中肯，足以服人。以上三文，是否可付非专业的媒体一发（如《光明日报》或《中华读书报》等，拥有非专业的读者较多），听听反应？”在2020年3月12日给我回信中，他又说：“以书信形式谈诗，不作高头讲章，易为一般读者所接受。这类随笔式的‘科普’，是当前最需要的。乐见其正式发表。……我喜欢你的文风，目下诗歌界活跃的评论家，多是中青年高校教师，他们的文章，往往是为评职称而作，枯燥乏味，甚至故作艰深；影响所及，带坏了准备考研和已经读研的年轻人……一说你就明白了。”

这样的书信往来持续到燕祥突然去世而止。

而我对新诗的关注和考察，依“惯性”亦向前滑行了两年——我今年86岁，掐指算来，80岁之后，差不多过了五年与诗为伍的日子。

五年间，我在《诗刊》《诗探索》和其他文学刊物上读到许多有味道的作品，也买些诗集读。有的诗人，一接触，就使我眼前一亮。

例如，由于好友吴思敬的推荐，我读了路也的诗，感到惊喜：怎么这样优秀的当代诗人之前竟没有注意？于是我写了一篇万字长文《读路也》，表述了我对路也诗歌的赞誉。[①]打工诗人郑小琼使我敬重，她的诗令人惊叹；许立志在24岁时歌唱着“我是一只小小的飞蛾／总是奋力地扑向／生活这场滔天大火”而自杀身亡，使我心灵战栗；陈年喜不愧为“用生命写作”的打工诗人，他的《炸裂志》“我在五千米深处打发中年/我把岩层一次次炸裂/借此把一生重新组合”，让我震撼；老诗人邵燕祥晚年的诗引起我浓厚兴趣；而昌耀的诗更使我钦佩；从农村走出来的才女余秀华，充满泥土气息的王单单……我也喜欢。

还有许多诗人的许多可读的诗，读之，总是从这个方面或那个方面得到内心的触动，获得某种审美愉悦。譬如，黑龙江李琦的一些诗，江苏胡弦的一些诗，甘肃叶舟的一些诗，河南冯新伟的一些诗，海南小岛的一些诗，浙江沈苇的一些诗，四川曾蒙的一些诗，广西大雁的一些诗，宁夏高鹏程的一些诗，青岛高建刚的一些诗，大连丛棣的一些诗，上海西厍的一些诗，苗族诗人张远伦的一些诗，女诗人紫衣、赵四、杨晓芸、青鸟、娜夜等的一些诗……因年老力衰，没有办法广泛阅读，更不能一一列举。

但是，也遇见缺乏诗味或很少诗味的诗，譬如“中国原创歌词网”2020年2月7日发布的一首诗，据说是某位诗人的代表作，读之，恕不敬：味同嚼蜡。但，这是少数。

还有一类，仅仅满足于写自己的“小悲哀”“小快感”，谢冕曾说：“我对诗歌界不满意，烂诗泛滥，写得很随便，缺乏一种很严肃的心情对待诗，满足于抚摸自己。小悲哀、小快感可以写，但是不能忘记诗歌根本的东西。诗歌是教化人的，这一点有的人不敢说，但实际上诗歌是要教化人的，是要表达时代的。你不想用诗感化别人，你写诗干什么？至少让他感动，至少让他有同情心，同情弱者，了解眼泪。你看不到，你都不看这些。一己的欢乐太渺小了。

① 参见《读路也》，《南方文坛》2022年第6期。

我不满意。”[①]

另有一类，是不知所云的诗，它们犹如东晋某些名士在当时某种学术氛围和政治空气之下的“谈玄”，其口中的“玄言”，玄之又玄，好像故意让人听不懂、读不懂。仿此，我称当今某些令人读不懂的诗（当然只是当代汉语新诗的一少部分）为“玄诗”，它们让我感到透不过气来，甚至为此很苦恼；如果这些诗读多了，会对眼下的诗歌走向产生悲观情绪。有人提倡诗应该“读不懂”，或曰“读不懂”有理，使我惊讶。

还有，某些诗人写诗太满足于玩技巧、玩语言，满足于“词生词”，对此，谢冕批评道：“句子写得好，那不是因为技巧，而是表达，是它有很深刻的生命体验。‘我的中年裁下多少/他们的晚年就能延长多少’——陈年喜的诗歌很伤感的。他写了中年人的负担，这负担很沉重，但是他没有滥情。像这样的诗，这是用生命写的诗，这难道是简单的技巧能够解决吗？我不想批评一些诗人，开口闭口说诗歌是码字，是技巧，把一代人的胃口给毁坏了。”[②]

于是，诗歌现状中的这些问题，促使老眼昏花的我虽费力却认真地审视新诗。我重温了百年新诗的发展历程；而重点，则是对改革开放以来新时代的当代汉语新诗进行考察。2023年，我把给邵燕祥的数十封信集中起来，冠以《宅居谈诗——致邵燕祥书》，交由山东大学出版社。后来我又在这些书信的基础上深化、补充。

本书从20世纪60—70年代兴起的朦胧派（北岛、顾城、舒婷等），到20世纪80—90年代以至21世纪头20年的所谓“朦胧派之后”——“知识分子写作”、“民间立场”、打工诗人、农民诗人……这些，自然而然地夺取并占据了我关注和考察的百分之九十以上的地盘；尤其是围绕“新诗面临的问题和出路”这个中心，我则费尽心力；对主张诗应该“读不懂”那种走极端的理论，我花了比较多的口舌进行分析和批评。

① 舒晋瑜：《谢冕：珍惜今天，为今天干杯》，《中华读书报》2023年6月18日。

② 舒晋瑜：《谢冕：珍惜今天，为今天干杯》，《中华读书报》2023年6月18日。

我一厢情愿地为汉语新诗遇到的问题寻求出路。不管别人怎么看、怎么说，我这个傻老头儿，十分可笑地这样做了，且自认为做得非常卖力。我曾将考察的情况，给我的好友、老诗人邵燕祥先生写了数十封信，很高兴，我的意见得到燕祥的认同。这些信，大部分已在报刊发表，并且将以《宅居谈诗——致邵燕祥书》为书名由山东大学出版社出版。后来，我又通过进一步思考，在原来书信的基础上修订成专谈当代汉语新诗的一系列学术论文；虽然限于能力和精力，不能对所有我所关注的诗人都给予详细论述，但针对其中有代表性的，我列了专章。

读者会发现，这本书的"扎眼"之处在于"挑刺儿"。我批评了欧阳江河所谓"诗歌最深奥的内核，是'不为交流'，这不是诗人的傲慢，而是因为诗歌本来就不是交流的产物"等论调，以及与此相联系的"小众化""贵族化""精英化""神秘化"创作倾向。我还特别批评了欧阳江河某些走极端的理论主张，他公然鼓吹和提倡诗可以"读不懂""看不懂"，认为这是诗的"特权"；他把读诗比喻为"听鸟歌唱""看鱼游泳"，认为"很多时候，最美的最神秘的事物，它就是一个发生，无需你去弄明白它确切表达了什么。我们不会因为听不懂鸟的歌唱，看不懂鱼的游泳，就不去听鸟语，就不去看鱼游了。可我们何曾给予过诗歌以鸟和鱼一样的特权？"我认为这是涉及当代汉语新诗如何发展的原则性问题。若依此，则新诗的未来堪忧。诗歌世界应该是一个多元化、多样化的世界，你当然可以按你的"精英理论"写你的"精英诗"；但，似乎不应该鼓吹创作"鱼游泳、鸟歌唱"这样谁也不懂的诗，也不应该倡导"鱼游泳、鸟歌唱"这样众多读者(包括许多诗人)难以理解更难以接受的理论。当年卞之琳说"我以为纯粹的诗只许'意会'，可以言传则近于散文了"[①]，也并非提倡诗可以"读不懂"——他所谓诗只许"意会"，就是诗歌不同于散文的被"读懂"的方式。

因此在这本书中我大声疾呼：诗人不能不与读者"交流"，诗歌不能与"交流"绝缘；把所谓"读不懂"比喻为"听不懂鸟的歌唱，看

① 卞之琳：《关于〈圆宝盒〉》，《十年诗草》，桂林明日报1942年版，"附录"。

不懂鱼的游泳”,是荒谬的;诗歌根本没有让人“读不懂”的特权!

我要特别说明,我一生认识和直接交往的诗人朋友很少,除了邵燕祥是我多年好友(而且与他交往最初并非因诗)之外,我几乎不认识其他诗人——与朦胧派、“朦胧派之后”以及“知识分子写作”和“民间立场”的各位诗人,没有任何个人交往,与他们的每个派别都没有“私情”。因此,本书所写,是只凭作品,说说我的感觉。这样倒好,当我说到谁的时候,不会夹杂所谓“圈内”“圈外”的“人情”。

我的批评和论述,完全是对事不对人。例如,对欧阳江河,该赞扬的,我毫不吝啬;该批评的,也毫不留情——欧阳江河是一位既“可爱”又“可气”的诗人,不论我话说得如何不中听,对他走极端的理论批评得多么厉害,我依然认为欧阳江河是写了许多优秀诗歌的有成就的诗人,对其优秀诗章,应予充分肯定。对朦胧派,我也是既肯定它的成就,又批评了北岛、顾城等后期诗歌中存在的一些问题。对于“朦胧派之后”,我着重评述了于坚、臧棣等当红诗人的创作,对他们的诗文,我既情不自禁地喜爱又发泄了少许“不满情绪”。不管我的批评对象看了作何感想,但我绝无恶意,我把他们当作推心置腹的朋友,可以“好话”“坏话”无所顾忌。

我在本书中试图改变以往理论文字那种面孔冷峻、不苟言笑的呆板文风和“冬烘”形象,改变那种姥姥不亲、舅舅不爱的可怜面目,以轻松而不失严谨的文字,切近新诗发展需要解决的问题,提出自己的意见和建议。最近看到谢冕在一次访谈中谈到理论批评文章的写作时,如是说:“我尽量地把批评文章写得漂亮一些,写得大家爱读一些,写得有美学意义。因为你的批评文章写得非常枯燥,而且掉书袋,现在不仅掉古人的书袋,还掉洋人的书袋,这读起来特别费劲,而且你自己读懂了没有都令人怀疑。要把文章写得很好读,读得又很愉悦,道理又讲到了,我就追求这个。所以我就是写‘美文’,希望批评文章也写得很美、写得很漂亮,漂亮以后大家爱读,把道理又讲出来了,这就是我的追求。”[①]谢冕这话,深得我

① 周明全:《我们应该面对我们的时代——谢冕先生访谈》,《扬子江文学评论》2022年第2期。

心。他的理论批评文字写得漂亮,别具一格,我很欣赏,值得学习;只是我更追求素朴和生活化。我不喜欢某些当代学人写文章使用过多的装饰语和形容词,或者动不动就是成语和典故,或者注释连篇。我欣赏的是平淡清新,自然天成,行云流水,似同家人寻常说话,如与朋友促膝谈心。我努力做了,只是做得还不那么好;但,这是我的追求目标。

这本书的许多观点,某些持不同诗歌理念的诗人和诗论家——我的许多认识或尚未结识的朋友,也可能并不赞同或不完全认同。我欢迎批评和争论。这很正常,正如蔡元培先生主政北京大学时所提倡的,不同(甚至尖锐对立)的学派可以共存,不同学术观点的争论,无害而有益;在学术上若总是"舆论一律",倒没有什么好处。

有许多比我年轻的诗论家,随意举出手头看到的几位,像敬文东、姜涛、张桃洲、段从学等,以比较新的(至少比我这个老朽)思维结构和思维方式解说汉语新诗,读他们的文章(读得并不太多),使我受益。当然,我与他们之间可能有些不同意见——也许是"代沟"所致吧?但,无论如何,我愿同他们交朋友,向他们学习。

我再次声明:我批评了某诗人或某诗作,但我绝非有意得罪谁,而是讨论学术问题。学术观点分歧再大,我仍然愿意与他们交朋友。而且特别希望听到他们的批评。顺便说说:我在发表于《文艺争鸣》2023年8月号的《关于'审美'和'文艺'的一家言——写给赵勇教授的信》中曾说:

当今学术界缺乏互相辩驳以促进学术发展的风气,一辩驳,就认为是"敌对"行为,学者之间的友谊可能因此而破裂。学术界、文学艺术界某些人中间流行的是"圈子",圈内互相吹捧,圈外互相攻击。最显著的例子就是前些年当代汉语新诗中"知识分子写作"和"民间立场"两派之间无原则的混战,甚至到了互相"骂娘"的地步——我为之感到悲哀。为什么学者和文学家(诗人)之间有不同观点不能互相讨论甚至互相批评呢?在这个问题上,我认为应该以魏晋时"竹林七贤"好友之间进行学术辩驳为榜样。嵇康写过一篇非常有名的《养生论》，他的朋友向秀有不同意见，写了一篇《难养生论》，随后嵇康又写了一篇《答难养生论》。史书记载二人"辞难往复，盖欲发康高致也"——通过互相驳难，得以互相启发，促进思想完善。此外，嵇康的好友阮侃写过一篇《宅无吉凶摄生论》，嵇康则写《难宅无吉凶摄生论》对阮侃的"性命自然"说加以驳难；嵇康的另一好友张邈写过一篇《自然好学论》，嵇康则写了一篇《难自然好学论》，借此批评当时虚伪的"名教"。这种朋友之间就学术问题互相驳难的风气实在应该大力提倡，尤其是在今天。

现在，这里我愿意重复强调这些话。

平庸学者如我辈者，思想其实是贫乏的，一生也就有那么一点点见解，也就做了那么一点点事情。关于我，一些朋友在各种场合说的那些过誉的话，我知道我配不上，但我感谢他们的善意和友情。对自己能吃几碗干饭，我心里有数。

捌

几十年来，我还做了一件事：培养研究生（包括做博士后的合作导师）。除了20世纪80年代我与何西来联合招收了五名硕士生之外，一直只招博士生。我谈谈作为中国社会科学院文学研究所的研究生导师与大学中文系的导师，培养研究生的不同路数、不同风格。就我个人来说，我带研究生是"放养式"的，放出去，让他们漫山遍野吃草，充分锻炼和发挥他们的主动性、主观能动性——当然不是放出去不管。而许多大学培养研究生，如北京师范大学童庆炳教授等培养研究生，大概是"圈养式"的，放在眼前，严格"配料"饲养，这样，研究生受到严格的按部就班的训练，学得比较扎实、系统。

哪种更好？我不知道，但是现在我想，是不是两者结合起来更好？

北京师范大学的赵勇教授曾对我说：您说一个是"放养式"，一个是"圈养式"，那你们给学生开课吗？我说，也开课，也给学分。但是不像大学那么严格。我们的学生少，不像有的大学，成立一个博士班、硕士班，我们总共那么几个学生，就到家里来。我的书房就是学生经常来的地方。所谓讲课，就是面谈，讲讲老师对这门课、这个论题的设想和理解。考试，有时候就是出一个题目，学生写一篇文章。到后来可能也比较严格了，反正我带的时候不是那么严格。所以我说我是“放养”：你去吃草，到处去吃，满山遍野去吃，各家的什么营养都吸收，回来以后咱们再商量，看有哪些观点，怎么来融会贯通，再提出自己的观点。这样的好处是学生能发挥他的主观能动性，锻炼他自己去思考，去找食儿吃。你们“圈养”，是满灌，规定好了，给什么饲料，饲料怎么配。硕士更是很严格，饲料，它是配好的，各种营养，譬如钙、镁、锌什么的，不能缺了。反正是各种各样的饲料都配好了。我们文学研究所不是这样，我们是一个人带那么一个两个学生，而且我们老师很多、招生名额很少，今年你只能带一个两个（你带多了别人就没得带了），明年可能你就不能带了，让给其他老师带。所以我们那里带的学生很少。我一共带了有五六个博士生。我们是今年招一个，别的名额给人家。然后明年你就别再招了。

我的第一个博士生张婷婷。之后是陈定家、范希春、周正兵、詹艾斌、李媛媛——李媛媛是硕博连读，硕士导师是高建平，博士在我名下。还有一个“论文博士”杨星映，重庆师范大学教授。在我这里拿博士学位的，就这么几个。

我所谓“放养”，即你的学生就到你家里头来，你给他上几门专业课。有些公共课没办法，得集体上，如公共外语、思政还有其他我不知道的公共课；公共课之外，其他专业课的伸缩性就非常大了，由导师设计。你带一个学生你就给他开几门专业课。这几门课，老师提出要求，开书目，要读这本书、那本书，学生根据要求自己去考察和研究现实问题，去读书，并请教各方面专家（这就是满山遍野去吃草，找各种食儿吃），自己思考问题，形成自己的观点，然后回来与老师交换意见。学完这门课以后，学生写一个读书报告或者写一篇文章，发也行，不发也行。这门课要是要学分的话，你就根据他的文章或读书报告给他打分。所谓“放养”就是这个意思。

玖

除了业余研究李渔，我还有另一个业余爱好：写点散文。我出版过《家族记忆》《我的学术生涯》《忘不了的那些人和事》《坐在汽车上看美国》等几本散文集。

说起写散文，我倒是有些想法，但我不是作家，不是散文家，可能说不到点子上。我不太赞成人们特别讲究（或刻意追求）写散文的所谓“技巧”。好像巴金说过：无技巧就是最高的技巧（可能不准确，大意如此）。诗人于坚，散文也写得好。怎样写散文？他认为怎么写都行，想怎么写就怎么写。他在散文集《相遇了几分钟》最后一篇《因为一家刊物问了，所以谈起散文》中说：散文，在一切文体之外，又在一切文体之内。散文是没有方向的，怎么写都可以。你可以天马行空地想写什么写什么。散文的真实在于它是用心灵来写作。这种文体上的自由保证了写作的自由。形散神不散也许是有道理的，散文在于你可以胡说八道东拉西扯，但要有感觉，要有灵魂，要造出你这些胡说八道可以存在的语境、场。叙述过程产生的快感、美感、觉悟是很重要的……于坚这些话有一定道理，特别是他说散文“要有感觉，要有灵魂”。这说到点子上了，说到要害处了。灵魂是什么？我认为最根本的就是真情实感和独特的审美感觉。譬如童庆炳教授，他也是业余写散文，许多篇都写得好，好就好在有真情实感，所以能打动人。技巧在其次。此刻我手头没有童老师的散文集，过去读他的散文，现在，仍然印象深刻的是他怀念妻子的那篇，还有《今天我代表中国》，读了很感动。它们“情”透纸背。没有真情实感，绝不会如此打动人。当然，必须用自己独特的审美感觉写出来。

说到真情动人，我想到三十多年前（20世纪80年代）在《人民日报》上读到宗璞的一篇散文，记得题目叫《哭小弟》，悼念他英年早逝的弟弟。那时我住劲松，自己订了一份《人民日报》（现在谁还花钱订报呢），中午报纸来了，看到宗璞这篇文章，一读，拿不下眼来了，一边读，一边忍不住流泪，直到读完，还流了好长时间的泪，那时我夫人上班了，孩子上学了，就我一个人，在床上躺着哭。亏得没有人看见，若看见，以为我遇到天大难事。你们也可能笑我。但当时就是这样，宗璞散文的真情深深打动了我。

不过（回过来再说于坚）也不能说于坚关于散文的那些话百分之百都对，因为他是才子，爱写什么就写什么，爱怎么写就怎么写；但是，像我们这些普通人，写散文还是要考虑值不值得写、怎么写。一篇散文，总要有个中心，不能漫无边际，拉拉杂杂；而且要有“感觉”（独特的审美感觉），还要写得有趣些——如果你说的事、你用的语言，舅舅不亲，姥姥不爱，嚼起来一点儿味道没有，岂不悲哀！我不太知道写散文的什么“技巧”，难道这就是所谓“技巧”吗？

关于趣，贾平凹说，一个人不怕无知就怕无趣。他这话只说对了一半。无知，对于一个搞科学的人来说，是致命伤。但是文学家的确怕无趣。鲁迅、林语堂，写得都有趣。贾平凹散文写得好，他自我评价：“我散文第一，小说第二，书法第三，诗不入流，没有出版价值。”

写散文，第一是“情”，第二是“感觉”，第三就是“趣”。这三者，在不同作家那里，可能有偏重，譬如钱锺书和杨绛比起来，他们都有“感觉”，但钱锺书偏重于“趣”，而杨绛偏重于“情”。就我个人喜好来说，我更喜欢杨绛，仅就这点说，我觉得杨绛散文比钱锺书散文更显可爱。其实两人都好，各有各的好。

说远一点儿。我喜欢韩愈的《祭十二郎文》，抒情千回百转，字里行间满是情，初读，不忍释手，再读，仍如初读，非常耐体味。韩愈之抒情，具有“魔力”。我也喜欢归有光《项脊轩志》和《女二二圹志》等散文，它们都不长，有的只有几百字。归有光与韩愈，风格不同，归有光是平中见奇——于平实叙事中见奇特情愫。他似乎非常平静地叙事，娓娓道来，不动声色，他总是“叙”那些日常生活的“小”事，但读着读着，你会觉得归有光所叙，情满满、意满满，字字沁入人心。我还喜欢余怀《板桥杂记》，写秦淮歌女名妓，几句话就能创造出一个生动形象，有的篇章，令人情不自禁，读者会为人物的不幸遭遇而泪水涟涟。此外我也喜欢柳宗元的《永州八记》（《始得西山宴游记》《钴鉧潭记》《钴鉧潭西小丘记》《至小丘西小石潭记》《袁家渴记》《石渠记》《石涧记》《小石城山记》)，脍炙人口，虽看起来记的是山水，而字里行间有情有趣——充满人的情趣。不过，这些文字是柳宗元失意(被贬永州)时所作，乃"苦中作乐"也，也是一种"排解"，而且表现了他对生活的热爱，对人生的深刻体验和感悟。他说："悠悠乎与颢气俱，而莫得其涯；洋洋乎与造物者游，而不知其所穷。引觞满酌，颓然就醉，不知日之入。苍然暮色，自远而至，至无所见，而犹不欲归。心凝形释，与万化冥合。然后知吾向之未始游，游于是乎始。故为之文以志。"(《始得西山宴游记》)

我喜欢"平淡"而不喜欢华丽。我喜欢"淡"得有味。我追求淡泊。写散文，语言要像寻常说话，不要卖弄辞藻。这一点，汪曾祺的散文就做得很好。他的《蒲桥集》以及其他散文，都很平实，但有趣，如写抗日战争时昆明西南联大，学生躲防空洞，也造就了谈恋爱的机会，有人在洞壁上发人生感慨："人生几何"，有人在旁边补上几个字："恋爱三角"。有的调皮的学生到湖上茶馆喝茶，叫小吃，是一盘一盘的，老板按盘收费，有的学生恶作剧，吃完把盘子丢进水里，逃避交费；老板明知如此，对这些穷学生也不追究。还有，写新疆湖水之蓝，绝了。但都是平实叙说，没有过多的渲染铺排。好像现在个别人有卖弄辞藻的风气，找些人们不常见的字、词，找些古代名人的话，像羽毛一样插在自己身上，以示有文采，有学问。

写散文，还是像老百姓说话那样，平平常常，朴朴素素。千万不要装腔作势——那会弄巧成拙，让人笑话。

我还想说一说：一个搞理论的人，最好要懂点儿艺术创作，懂点儿艺术实践，譬如写点"美文"。这是老一辈美学家朱光潜、宗白华等早就提倡的。我深信此说。这样，你的理论文字才不像"瘪三儿"。而且不管你搞理论、搞古代，你必须关注现实，不要不食人间烟火。这样，你的工作，你的文字，才是"活"的、有"生命气息"的。我强迫自己写点散文、写点诗，就是这个原因。不是为了当作家、当诗人。

2023年春，北京师范大学赵勇教授率两弟子造访寒舍，进行了一次很有意思的对话。其中有一部分谈到散文写作，集中阐述了我关于散文的美学思想。赵勇说，我在2013年6月1日参加童庆炳教授两位学生江飞和李立的博士论文答辩时，聊到了散文，江飞刚出了散文集，我说江飞的散文像一股烟，有点抓不住；而我与童老师的散文像北方的老榆树皮。所谓江飞散文“像一股烟，有点抓不住”，是说年轻人的想象力飞扬、轻快，像一股烟，飞升起来……当然，也可能包含年轻人的审美趋向与我们有些差异，他的有些意念我们可能不易抓住；而我和童老师，老了，飞不动了，我们的思想和感觉，经过岁月的磨砺，起了一层老茧，像“老榆树皮”，摸起来“刺手”。

这些比喻性的评语，是学古代“诗文评”（诗话、词话、曲话、文话）的评点方法。古人的“诗文评”语言，大多是印象式的、感想式的、感悟式的，你看看《沧浪诗话》《四溟诗话》《人间词话》……或金圣叹对《水浒传》的批评文字，到处都是“着一闹字境界全出矣”（王国维）之类的话，随意发挥，想到哪说到哪，点到为止，而且跳跃性很大，快速转换；它们一般不作系统的理性阐发（包括理性比较强的严复评点《老子》、评点《庄子》、评点姚鼐《古文辞类纂》，也有类似特点）。但，这些评点，大多非常精彩，一语中的，直击要害，有的，胜过千言万语。但是，它们可能不太系统，也不太注重所谓“逻辑”，与西方理论批评，非常不同。

我很欣赏中国古代的评点。这是我们的优秀传统，应该继承。我是有意识地进行学习的。最近我写了一篇评云南昭通农民诗人王单单的小文，题为《读王单单〈花鹿坪手记〉手记》，就是评点。有几段是这样说的：

王单单是从泥土里长出来的。他的诗满是泥土的味道，这种味道充满着泥土的“土”气，但闻起来又充满泥土的“香”气。

他的诗像田野里长出来的蒲公英花，黄色的，不大，采几朵，拿在手里，不经意扫一眼，好像很平常，但仔细端详，那花瓣，那花蕊，挺好看的——小巧，秀丽，不张扬，却耐看。等成熟了，蒲公英的种子，飞起来，落在田地里，钻进沃土，继续繁衍。

我把山东济南女诗人路也（第八届鲁迅文学奖获得者）同王单单进行了比较：

路也是水(济南的泉水)做的——她的诗,抓一把能捏出水滴;王单单是泥(昭通的泥土)做的——他的诗是和农村的土地黏成一坨儿的。路也是地地道道的城里人(城市诗人),王单单是地地道道的村里人(乡村诗人)。

我不知道这些试验性的批评文字能否为学界和读者所接受。

拾

写到这里,还有几句“赘语”想说。我虽平庸,但还是愿意并努力做学问;我一生无他爱好,只对“道问学”有兴趣。但,我已经是耄耋老者了。70岁时我觉得自己做学问“正当年”,雄心勃勃;80岁时感到自己还有把子力气,思考、写作还算灵敏;可是近一年明显感到脑力、体力迅速下滑,记性大减而忘性激增,提笔忘字时有发生,连降血压、降血糖的药也常常忘了吃。

长期以来,我把做学问、写文章视为我的“命”——犹如贾宝玉之于他的那块“玉”。而今,我的那块玉好像丢了。我已经是实实在在的86岁了,不愿意承认而又不能不承认。已经不能像以往那样正儿八经地做学问、写文章了——“玉”丢了,“命”安在哉?这其中的苦……不可说也。

近日脑子里老浮现出晏殊的两句词“无可奈何花落去,似曾相识燕归来”。眼见我的“花”(生活的“花”、学术的“花”)不断落去,无可奈何;而似曾相识的“燕子”时时“归来”,它们的自由翻飞让我忆起当年的“矫健”——可时过境迁,“落去”的“花”是我的“花”,而“归来”的“燕子”已经不是我的“燕子”了。

这本书应该是我一生中最后一部学术著作了。我进行学术研究的笔不得不放下了。就此,我向学界朋友们告别。

我爱你们!

最后,把一首刚刚写的小诗《我是一条平凡的小路》送给大家:

我是一条平凡的小路
永远高不过人类之足

高傲者总是人眼看路低
无视我的尊严和价值

我不高大,只愿恪尽职守
如果人们走在我的身上
做一些有用有益的事情
我就会感到欣慰和满足

我喜欢交游,与历史结成好朋友
虽然从一出世我们总是曲曲折折
但结伴同行,一路往前走,往前走
我想告诉世人,此生足矣,足已矣

朋友们,再见!

2024年7月26日草于北京安华桥陋室

后记

几点说明，并再探讨几个理论问题

花了两年多的时间修订完《宅居谈诗——致邵燕祥书》这部书稿，还有许多话想说，也觉得有必要说。虽然燕祥先生在世时的最后半年，因疫情宅居读诗，与他互通信息和感想，给他写了43封信，把我对百年汉语新诗特别是近五十年（“朦胧诗”以及“朦胧诗之后”）诗歌问题的主要看法，“不知天高地厚”地尽情“一吐为快”；但是燕祥先生去世后，又读到过去未读或者新出现的资料，看到些新发生的情况，引发许多新的想法，但已无法再跟燕祥先生交流了，只好留在《后记》里。

《记邵燕祥》是我在燕祥先生去世后立刻写的，记述了几十年间与他交往的美好记忆，写的时候却时时因往昔之温馨而今“物是人非”心酸不已。我希望通过我的点滴记述，让读者能够更多地看到这位正直、善良、睿智、因经历多难人生而大彻大悟的知识分子的品格。

《耄耋诗选》是我自20世纪80年代以来几十年间的诗歌选集，其中绝大部分是耄耋之年新作或改定。有的诗是与燕祥先生交流过的，并得到过他的指教；但这次收拢在一起，并或多或少进行了修改，却未曾请他过目指教——他永远也看不到了，只能附于此。现在我不怕羞，红着脸把这些打油水平的诗洒向社会，供广大读者一笑，也用"诗"的形式略微表现一下我的诗学主张。

* * *

其次，燕祥先生去世后，又有新的材料和新的感想，涉及几个重要理论观点，也只好放在《后记》里说一说。这里分为五个问题论述。

第一个问题，关于创造。

诗是离不开创造的。2021年我在"中国文学网"上看到哲学家赵汀阳关于"创造（创作）"的论述，觉得很有意思，得到宝贵启示。赵汀阳从哲学原理上阐明了创造、创作对于人类存在和发展的意义。他认为，"人的存在论同时是一种创世论"：

对于人来说，创世就是创造历史。这意味着，人是作为生活作者（maker）而存在的，于是，人的存在意图超出了to be的重言式，有意义，有生活，有历史。也就是说，人的存在并非仅仅"在之"（to be is more than to be as it is），而是"在而为"（to be is to do）。因此，"第一哲学"的出发点就是"我行故我在"（facio ergo sum），这个出发点对于存在意图的解释力强过"我思故我在"（cogito ergo sum），因为存在是做出来的，而不是想出来的。人的存在的核心问题是未来之未来性，未来是存在不可知的另一半，因此，未来只能是一个创作对象，在这个意义上，"我行"必定同时是对生活的"创作"（creo）。①

这个思想我赞成。人类如果没有"行（做）"，没有对生活的"创作"，就没有人类的"存在"，没有人类的"历史"，没有人类的"发展"，人类就会灭亡。而人类的"行（做）"，就是实践（包括物质实践和精神实践），而这个实践，不只是以往活动的重复，根本上，它的

① 赵汀阳的话，见《给我一个支点：第一哲学转向——访赵汀阳》，中国文学网，2021年10月23日。

核心,它的最主要的部分,必须是创造新的东西。我特别欣赏赵汀阳的这个思想:"人的存在的核心问题是未来之未来性,未来是存在不可知的另一半,因此,未来只能是一个创作对象,在这个意义上,'我行'必定同时是对生活的'创作'(creo)"这也就是我在给燕祥先生的信中一直强调的:人类最重要的问题是通过"实践"对"未知"的开拓,也即"创造""创新",是前所未有的"第一次";而诗(真正的诗),就意味着"创造""创新"。诗,也是一种特殊的"行(做)"——特殊的"实践",诗就是通过自己特殊的"实践",对"未知"所作的开拓。好的诗永远是开创性的"第一次"。不过,诗作为"行(做)"之所以特殊,就在于它不是"物质实践",而是"精神实践",它是一种特殊形式的对生活的"创作(创造)"。

但是赵汀阳对艺术创作(艺术创造)的看法却值得商榷。他说:

我所使用的"行"是一个字典式的概念,或者说是一个人类学的概念,即一个全面的做事概念(making facts),并不偏重于诠释行为的某些类型,而是强调人类行为的创作性质,即古代汉语"作"的概念。创作性绝非艺术的特性,其实,艺术最突出的特点并不是创作性,而在于感受形式的强度、深度和容量,艺术把感受形式强化到能够把深不可见的事情变成直接可见的。然而,具有更高创作难度的人类创作是制度、规则、思想、技术、工艺等生活形式的发明,比如农业、居所、车轮、水车、铁路、电力、衣服、医药、货币、互联网等的发明,还有家庭、爱情、友谊和社会的发明,以至国家、法律、政治的发明。这些事物的发明定义了人类生活。相比之下,艺术、小说、诗歌、学术等作品,因为比较纯粹而更容易被注目;而车轮、雨伞、剪子、镜子之类的物品,只不过是被人们"日用而不知"而已。[①]

人类社会的历史,是通过实践的创造(创作)而一步步前行的历史。这种前行,常常是"摸着石头过河";但是也常常通过想象,

① 赵汀阳的话,见《给我一个支点:第一哲学转向——访赵汀阳》,中国文学网,2021年10月23日。

描绘未来的蓝图，或曰制作模型。这种蓝图或曰模型，总是要放回实践中去操作（再实践），而且可能会不断修正、补充，不断放回新的实践中去。蓝图或曰模型，有偏于理性（理论理智）的，有偏于感性（形象情感）的。理性（理论理智）的蓝图或曰模型，就是人类历史上各种关于未来社会的理论、学说；感性（形象情感）的蓝图或曰模型，主要表现在各种艺术作品（文学和各类艺术形式）中。当然，不论哪一种，不论是理性（理论理智）的蓝图、模型，还是感性（形象情感）的蓝图、模型，都必须回到实践中去（再实践）。通过再实践，有的有益，有的无益。有益者保留且发挥作用，无益者淘汰。好的艺术作品，就是有益的感性（形象情感）的蓝图、模型。它们同样是人类的创造（创作）。赵汀阳所谓"创作性绝非艺术的特性，其实，艺术最突出的特点并不是创作性，而在于感受形式的强度、深度和容量，艺术把感受形式强化到能够把深不可见的事情变成直接可见的"，否定了艺术的"创造性"特点，是大可商榷的。真正的艺术，是名副其实的创造（创作）。最近我看到路也"第八届鲁迅文学奖获奖感言"《诗大于人》一文，谈到诗的创作，她说："写诗的乐趣在于依赖语言的物质魔方进行最大限度的精神创造。而创造，就是从混沌的'无'中产生出轮廓渐渐清晰的'有'的来。每一次写作，都相当于模拟一次创世的过程。这个创世行为，没有模板可循，与其说是依靠所谓经验，倒不如说是依靠直觉和天启，真正的创作其特质和过程，无异于神创造天地海和其中的万物，无异于盘古开天和女娲补天。同时，在这个创造中，无疑还包含了秉持独立意志和冒险精神的'试验'兼'试错'，一次又一次地离开安全地带，进入陌生而崭新的领地，不断地拓展着诗歌的半径与诗歌的维度，写作的可能性当然是多元的并且开放的，朝着无限敞开。"[①]路也以自己的创作实践说明艺术（诗）是一种特殊的精神创造，"每一次写作，都相当于模拟一次创世的过程"，"无异于神创造天地海和其中的万物，无异于盘古开天和女娲补天"；创造，正是艺术（诗）的"特性"。赵汀阳所谓"创作性绝非艺术的特性"，与艺术实践不符。而艺术（包括文学、诗）作为精神创造（创作）活动，与其他的物质创造（创

① 路也：《诗大于人》，《作家通讯》2022年第12期。

作)活动(如赵汀阳所谓"农业、居所、车轮、水车、铁路、电力、衣服、医药、货币等的发明",还有"技术、工艺等的发明")不同,它主要是精神模型的创造(创作);与其他带有精神性的创造(创作)活动(如赵汀阳所谓"制度、规则、思想的发明",以及所谓"家庭、爱情、友谊和社会的发明,以至国家、法律、政治的发明")也有区别——它主要创造(创作)"新人"的模型,创造"新人"的精神性格和精神素质的模型。如人们通常所说的:文学是人学。我再加上一句:诗是人的心灵之学,它创造"新人"的心灵模型。

* * *

第二个问题,关于"未知"与"神秘化"。

我看到一些新的资料,愿意在这里多说几句,作为给燕祥先生信中关于这个问题的补充。

2022年,已经94岁的美国著名学者乔姆斯基在他的新书《我们是谁》中说:"如果承认神秘主义的公理,那么就不能以我是否理解来作为判断事物是否存在的标准。排除神学的考虑后,我们可以换个方式来表述洛克的思想,那就是:他认为大自然有些特质对人类而言是无解之谜。牛顿对此并不反对。他不断寻求以某种方式来避免得出物体可以超距相互作用这一'荒谬'结论。他推测,无处不在的上帝有可能是导致万有引力相互作用的'非物质媒介'。但是如果没有实验证明,他就拒绝'虚假推测',所以他只能走到这一步。牛顿最杰出的批评家莱布尼茨认为,无接触的相互作用是'不可思议的',牛顿认可这一看法,但不认可莱布尼茨所说的这是一种'不合理的神秘特质'。牛顿认为他的原则不是神秘的,'只有它们的根源才是神秘的'。他希望这些根源能用物理术语来诠释,意思是指机械论哲学或类似的术语。由于没有做到这一点,牛顿主张,要是能从现象中归纳出一般原则来,还'能为我们揭示所有有形事物的行为特质是如何遵从那些明显原则的,那将是哲学跨出的一大步,尽管这些原则的根源还未被发掘'。"[①]

①《乔姆斯基:关心语言,更是关心人类的命运》,新京报书评周刊,2022年4月29日。该文摘编自诺姆·乔姆斯基《我们是谁》一书,摘编有删节,标题为摘编者所起。

在这段文字里，我们要特别注意这样一个意思：洛克“认为大自然有些特质对人类而言是无解之谜”；但是，牛顿认为“如果没有实验证明，他就拒绝‘虚假推测’”。同时，“牛顿认为他的原则不是神秘的，‘只有它们的根源才是神秘的’”。我理解，说“大自然有些特质对人类而言是无解之谜”，即人们通常的所谓“神秘”，是合理的；但是，依牛顿的思想：这所谓“神秘”，不是说他的“原则”（万有引力）以及尚未认知的事物是“神秘”的，而是说它们的“根源”，即“第一推力”，是“神秘”的。其实，难道真有所谓上帝的“第一推力”？这确实“对人类而言是无解之谜”，即“神秘”；然而按牛顿的“原则”，“未知”并非“神秘”。

联系到本书（“我不赞成将诗神秘化”）关于“神秘”和“未知”问题，应作如是观：诗歌之所谓“神秘”，只是说它尚且处于“未知”状态，尚且处于未被“领悟”的状态，这时，人们常常说“诗无达诂”，说它难解、多解乃至不可解，认为它似乎“神秘”（其实并非真的“神秘”）；但是，面对尚未被“领悟”和尚且“未知”的对象，并不等同于面对永远不可知、不可领悟的“神秘”对象；诗人和诗歌理论家不应将尚且“未知”、尚未被“领悟”的对象神秘化，相反，诗人和诗歌理论家的职责之一，是揭秘和解密。而且好的诗歌创作，就是探索人生之“未知”、揭示人生之“未知”，是将“未知”变为“可知”或“已知”，是将尚未“领悟”变为可以“领悟”——总之诗歌是要去神秘化。欧阳江河却将诗歌“神秘化”，追求诗歌的这种所谓神秘状态，提倡诗歌可以而且应该永远停留在“未知”状态也就是“神秘”状态。这是不可接受的。

*　　*　　*

第三个问题，关于“偶然”和“秩序”。

“偶然”和“秩序”，这是2021年底去世的哲学家（思想家）李泽厚先生所论述的一个重要哲学问题，以前我没有注意，而近日，李泽厚晚年的友人马群林在其新书《人生小纪：与李泽厚的虚拟对话》当中重新加以记述。

“偶然”和“秩序”，与美学，与诗，与诗学，有非常大的关系，引起我的思考。

李泽厚说：

偶然问题。后现代哲学把它讲得很充分，我就不展开了，只简单说几句。《批判哲学的批判》和几个主体性提纲，就是强调偶然以对抗当时盛赞的必然性、决定性。在自然领域，有人胡说量子也有“自由意志”，其实说的就是这个“偶然”，量子力学不是机械力学和传统决定论所能解释的。但偶然又不是毫无因果、毫无秩序可寻。量子力学也有概率性的规则在。审美和艺术是自由性、偶然性最大的领域，我曾以DNA来比拟其多样、复杂和变异，但也仍然有秩序可寻。我在《认识论答问》(2008、2010)中又强调了秩序和秩序感的重要性。我说“天地有生之德”的“生生不已”正是靠秩序而维持，“日月行焉”“万物生焉”“天地有大美而不言，四时有明法而不议”，这“行”这“生”这“法”这“美”便是秩序，却又充满着千变万化的偶然，所以才有“以美储善”“以美启真”。“情本体”哲学指向的是这个神秘的宇宙存在及其秩序和偶然性。[①]

李泽厚认为“审美和艺术是自由性、偶然性最大的领域”，的确如此。其中的文学和诗更是如此。为什么？因为“文学是人学”，诗更是人的“心灵之学”。而人，作为“社会历史”的创造者，同时也是它的产物，他的人性，他的心灵的本性，浸透着“自由性、偶然性”。李泽厚进一步解释说：“历史更充满偶然。从人类看，所谓‘必然’也只是从千百年历史长河看的某种趋势和走向，如工具的改进、经济的增长、生活的改善，但对一个人、一代人甚或几代人来说，却没有这种必然；相反，无不充满着偶然。”因此，写“人”的文学，写“心灵”的诗，就“一个人、一代人甚或几代人来说”，“无不充满着偶然”，甚至“充满着千变万化的偶然”。因此，“偶然”的存在，这是文学和诗“题中应有之义”，不必感到惊讶或大惊小怪。倘若

① 马群林：《人生小纪：与李泽厚的虚拟对话》，南京大学出版社2022年版。“凤凰网读书”以《李泽厚：把哲学归还给生活，归还给常人》为题，将部分内容摘录，2022年8月18日发布，并强调：该书形式虽“虚拟”，内容其实是很“实在”：文中李泽厚的观点，都可以见诸李泽厚的各类论著、文章、书信等，并经过李泽厚本人的修改和增删。我2022年8月18日看到的就是“凤凰网读书”发布的摘录。

没有“偶然”，没有“自由性、偶然性”，文学和诗也就成了死板的、无趣的、不食人间烟火的、没人待见的劳什子。你喜欢这样的文学和诗吗？真正的文学和诗绝不能缺少“自由性、偶然性”。你看看大仲马《基督山恩仇记》里有多少个“偶然”？你看看李白《梦游天姥吟留别》是多么“自由”？

但是，可能有的人把诗的这种“充满着千变万化的偶然”，视为“神秘”，并竭力加以宣扬。我在本书中所批评的某人将诗“神秘化”，就是指此。我认为，把“偶然”误解为“神秘”，不恰当亦不可取。还是用“偶然”来介说它比较合适，而不要用“神秘”或尽量避免“神秘”这个概念——因为，一“神秘”，就可能导致不可知；而“偶然”则不同，虽然它“充满着千变万化”，却并非绝对不可知。其理由，并不难理解：“偶然”虽然“多样、复杂和变异，但也仍然有秩序可寻”；既然“有秩序可寻”，就不是完全“不可知”；不是完全“不可知”，就不“神秘”。按照李泽厚的说法：“‘天地有生之德’的‘生生不已’正是靠秩序而维持，‘日月行焉’‘万物生焉’‘天地有大美而不言，四时有明法而不议’，这‘行’这‘生’这‘法’这‘美’便是秩序。”

总之，“有秩序可寻”，就是不“神秘化”。

说了这么多，总之一句话：我还是不赞成将诗“神秘化”。

* * *

第四个问题，关于继承中国古典诗学（“诗文评”）的思维方式、治学方法和表述风格。这是一个大问题，需要专题论述，这里只能涉及点滴。

近年来，我常常自觉不自觉地反省自己多年来做学问的思维方式、表述方式和文风，时感不安。回顾和检索自己半世之美学研究和文艺理论工作：我曾经（特别是早年）那么热烈追求理论的“体系性”“系统性”，我曾经如此洋洋自得地本着“思辨性”的宗旨，撰写那些板着面孔、冷冰冰的理论文字——它们几近“蒸发情感”，似乎绝“情”到“七情不认”，姥姥不爱，舅舅不亲……它们对理论建设究竟有多大好处？广大读者真的需要这些看了使人昏昏欲睡的“冬烘”文字吗？今日转过头来回首往事，兀自感觉无趣。所以，我有时对亲密朋友开玩笑说：“我要在理论工作上‘改邪归正，重新做人’。”这就是我近年来一直试图改变文风(在一些文章中也倡导改变文风)的动因。我要努力写点儿“活泼泼”的“亲民(普通百姓)”文字。我想成为理论文风上的“亲民”党。2020年疫情宅居期间以书信形式写《宅居谈诗——致邵燕祥书》,就是一次有意识的成规模的试验;2022年写的《读路也——与吴思敬论诗书》和《读王单单〈花鹿坪手记〉手记》,是又一次有意识的试验。其中,《读路也——与吴思敬论诗书》这篇长文,谈到对这位女诗人的许多诗歌作了类似古人的所谓“点评”;而《读王单单〈花鹿坪手记〉手记》,通篇都是点评,可以看作当今的“诗文评”,不讲“系统”或“体系”,只是依据自己读诗的片刻感受、体验和领悟,信手拈来,随感而发,有话则长,无话则短,任意挥洒,尽兴而止。我这是从中国传统诗学那里(譬如严羽《沧浪诗话》、谢榛《四溟诗话》、王国维《人间词话》……)学来的。

恰巧,近日看到马群林记述李泽厚一些观点,甚得我心。在《人生小纪:与李泽厚的虚拟对话》(见前注)中,谈到“体系”问题,李泽厚说:“早年受黑格尔和其他一些哲学的影响,我对建立体系有兴趣。后来我反对故意构造体系。我不以为非要去构建一个无所不包的形而上学新理论,那个时代早已过去。体系总是试图给人一套规范式的东西,这套东西经常管制着人家,成为所谓知识—权力结构。”中国的“诗文评”,很少有类似西方的“体系”——我绝不一概否定某些“体系”建构,其实中国“诗文评”看似毫无体系和系统的散金碎玉(看不出明显的体系或系统),但仔细考究,于散金碎玉中,还是有某种“隐体系”暗含于内。

这里插几句话:我还要特别说明,面对西方那些宏大的有体系的理论建构,与中国看似不重体系的散金碎玉般的“诗文评”,不能扬此抑彼或扬彼抑此,不能非要分出个孰高孰低、孰优孰劣。不!我反对欧美中心主义,也反对中华中心主义。西方的月亮不比中国的圆,中国的月亮也不比西方的圆。它们的不同存在,只能看作不同民族、不同文化的各自特征。它们各有优长,如人们常说的:要“各美其美,美美与共”;应该互相交流,互相学习,共存共荣。这才是人间正道、世界正道、历史正道。

书归正传。

李泽厚还说："从内容讲，用过于清晰的推论语言和知性思辨的体系著作便无法真正把握哲学的精神，正如用理性来论证上帝的存在（已为康德所驳难）、用理论来解说诗一样，既不可能，也没意义。它们只成为解构的对象。从形式上说，我不大喜欢德国那种沉重做法，写了三大卷，还只是'导论'。我更欣赏《老子》五千言和那些禅宗公案，《论语》篇幅也远小于《圣经》，但它们的意味、价值、作用并不低，反而可以玩味无穷。"（见前注）李泽厚在这里直接提到"解说诗"，所谓"用过于清晰的推论语言和知性思辨的体系著作"无法真正把握"哲学的精神"（我强调一句：更无法把握诗的精神——"用理论"无法"解说诗"，这"既不可能，也没意义"）。这段话的总体精神是对的——虽然不能那么绝对。中国"诗文评"，从来不是通过"清晰的推论语言和知性思辨的体系"来说诗、来解诗（甚至有时候也不以此解说小说和戏曲，如金圣叹评水浒）。它是"诗性"思维，也是"诗性"语言，偏于"感性""感受""感悟""体验"。它们与"清晰的推论语言和知性思辨的体系"是两股道上跑的车。它们的这种"诗性"思维、"诗性"语言，常常难以用"理性"的"体系"来约束、来规范；但，它们总是语出惊人，富有"抓人"的力量，精彩纷呈。

而且，"诗文评"最常用的方法是"点评"。它有自己的优势。这就涉及李泽厚另一个特点：他的文章和论著，"论证"似乎不多，许多情况下就是一个一个直接讲出观点来。常用所谓"点穴法"。李泽厚解释这种"点穴法"的特点："一是直击要害，二是点到为止。我一直喜欢'要言不烦'这四个字。我的书，就性质说，属于康德所谓主观的'意见'，而并非客观的'认识'，即不是追求被人普遍承认的科学真理，不是原原本本地讲一套知识，而只是陈述某种个人的看法。我希望能找到一些时代所需要的东西，能抓住一些有价值的东西提供给年轻人。只要有一句话能够给人以启迪，能够引发人们去思考，我就感到欣慰和满足了。"（见前注）所谓"点穴法"，在中国诗学那里，就是点评。点评的特点之一，即"要言不烦"，一语中的，直击要害，点到为止。如王国维《人间词话》所谓："'红杏枝头春意闹’,著一‘闹’字,而境界全出。‘云破月来花弄影’,著一‘弄’字,而境界全出矣。”(“红杏枝头春意闹”乃宋祁《玉楼春》中句子,“云破月来花弄影”乃张先《天仙子》中句子)

关于文章形式和文章风格,李泽厚还进一步谈到他晚年“通俗答问体”和“通俗化”问题。他说:“哲学本是从对话、答问开始的,老祖宗孔、孟和西方的柏拉图不都如此吗?《朱子语类》不就比《朱文公文集》更重要,影响也大得多吗?‘通俗化’不是肤浅,它要求把哲学归还给生活,归还给常人。通俗答问体有好处,彼此交流思想,生动活泼,鲜明直接,却无妨深刻尖锐,不会成为高头讲章,不为繁文缛节所掩盖,也不会使人昏昏欲睡。真正重要的东西,常常几句话就可以讲清楚,不必那么烦琐。这跟学术界现在的学术规范可能很不符合,我就不管它了。”(见前注)李泽厚非常欣赏陈寅恪,说:“他的书常常并不厚,如《唐代政治史述论稿》《隋唐制度渊源略论稿》。你看看里面的材料和观点,眼光非常锐利,洞察力极强,抓住史实,寥寥数语,就把问题说清楚了。此外,他似乎随意讲的几句话,也并未论证,却极有见识,极有分量,抵得上一篇文章或一本书。”(见前注)

李泽厚所追求的“通俗化”和“真正重要的东西,常常几句话就可以讲清楚,不必那么烦琐”,也正是我所赞赏和追求的。我前几年写的《美学十日谈》(中国社会科学出版社2015年版)就是对话体,还有一些访谈文章,如最近的《重在创新,贵在超越——杜书瀛访谈录》(《中国文艺评论》2022年第9期)也是对话体,它们把理论文字的死气沉沉变为活泼轻松,不像读《人民日报》第一版那样严肃紧张。邵燕祥也认为本书“以书信形式谈诗,不作高头讲章,易为一般读者所接受。这类随笔式的‘科普’,是当前最需要的”,有这等评语,我深感欣慰。

* * *

第五个问题,关于北岛的“悔其少作”。

2022年,在燕祥先生去世两年后,我看到谢冕在一次访谈中对朦胧派的高度评价,其中涉及北岛的“悔其少作”,对我深有启示,所以我也想在此多说几句。

谢冕在2022年5月接受周明全的一次访谈时说:"所以我看到《今天》杂志,读到了包括食指、北岛在内的这些诗人的作品的时候,我是非常兴奋的,我觉得一个新的时代开始了,我们从此要生活在自由创造的时间里头,而且诗歌也恢复了它的自由。其实所谓的'朦胧诗'的精神,就是批判的精神,就是怀疑的精神,它启发我们批判黑夜,迎接光明。什么是诗歌的理想?这就是诗歌的理想。我们已经十分厌恶把诗人、作家当作一种对象进行打击、进行压抑,将他流放到各地去,甚至加以迫害。就像《今天》这样,我们要放声歌唱,我们要自由地表达我们自己的心声,这个就是当时我所感受到的。"谢冕还对所谓"新的时代"作了这样的解说:"这个时代是什么时代呢?这个时代就是中国结束了长期的封闭、与世隔绝,重新面向世界、开放国门、改革开放的时代。就是结束了封建的宫殿性的封闭而面向世界,面向新时代的,这样开放的一个局面。这个时代唤起了我们长期被压抑的创造的精神,所以我们每个人都会说'黑夜给了我黑色的眼睛,我却用它寻找光明',这就是一个寻找光明的时代,一个开放的时代,激发了我们重新复兴中华、复兴中华文明这样的一个民族再生、民族复兴的热情。也就是那个时候,那些在暗夜里头写作的,追求光明的这些年轻诗人的作品,让我眼睛一亮,让我感觉到我所向往的、我所要追求的,就是这样的一些创作。这些创作和过去我们所看到的作品不一样,因为它表现了一种觉醒,表现了一种追求光明、追求理想的这样一个文学和诗歌的命题。"谢冕还说:"'卑鄙是卑鄙者的通行证,高尚是高尚者的墓志铭',这也是概括一个时代,北岛先生,他自己说这些诗不好,其实他误解了,他误解了自己,不知道自己面对时代所写出的诗句,'卑鄙是卑鄙者的通行证,高尚是高尚者的墓志铭',这是概括一个时代和时代精神……这个也就是我对诗歌的希望,我说诗歌的希望在这儿。我们怎么样呢?我们保持我们相对的内心的独立性,发扬诗歌的自由精神,然后用独特的意境和语言来表达我们面对的时代。"[①]以往对北岛的"悔其少作",虽觉不大对劲儿,但

① 周明全:《我们应该面对我们的时代——谢冕先生访谈》,《扬子江文学评论》2022年第2期。

究其底里，却不甚了了。谢冕几句话，点明了北岛及其朦胧派同道当时作品（也就是北岛的所谓“少作”）的价值所在。谢冕明确指出“北岛先生，他自己说这些诗不好，其实他误解了，他误解了自己”。

北岛先生，何必“悔其少作”？

北岛之“悔其少作”，涉及文学和诗歌创作的历史性、时代性问题，这是一个重要的理论问题。历史发展了，时代变化了，文学和诗歌创作的理念肯定会发生变化，创作实践也肯定会发生变化；但是不应该用后来变化了的理念和实践去否定之前作品的价值。这是历史主义的客观态度。不知北岛先生以为然否？

当然，北岛先生可能有“艺术思维”和“艺术方法”方面的考虑（他要同之前诗歌的思维方式和表述方法划清界限）。这是可以进一步讨论的，而且北岛这方面的考虑也具有合理性。

*　　*　　*

我1958年被保送进入山东大学中文系学习，1964年毕业，在校6年（其中因病休学1年），感受到深深的师恩和同学情谊，终生难忘。我的根在这里，我的生命非常重要的一部分在这里。20世纪末以来，我又被聘为山东大学文艺美学中心学术委员，使我终生保持着与母校的血肉联系。此刻，承山东大学文艺美学中心，特别是谭好哲教授厚爱，将拙著推荐给山东大学出版社印行，感激之情，怎一个“谢”字了得？

我的书终于与我母校的出版社联系在一起了，这是我的荣幸。谢谢山东大学出版社！谢谢山东大学出版社我的校友们！谢谢编辑傅侃、李淑敏！

最后，我还要特别感谢著名诗论家吴思敬教授为拙著作序。思敬先生可以说是我写作本书时的全天候顾问。写作过程中有不熟悉的诗坛情况或拿不准的问题，我随时向他请教，他无论多忙，也随问随答；有时话太长，电子邮件“不过瘾”，就电话详谈。本书的一些章节，也在他主编的《诗探索》发表。我能有思敬先生这样的朋友，乃三生有幸。

2022年8月21日草，11月14日改定